忠心铁血

——历代英杰传

江峰 著

中西書局

图书在版编目(CIP)数据

忠心铁血 ：历代英杰传 / 江峰著. -- 上海 ：中西书局，2025. -- ISBN 978-7-5475-2475-6

Ⅰ. I247.5

中国国家版本馆 CIP 数据核字第 20259NN872 号

忠心铁血——历代英杰传

江 峰 著

责任编辑	李碧妍
装帧设计	黄 骏
责任印制	朱人杰
出版发行	上海世纪出版集团 中西書局(www.zxpress.com.cn)
地 址	上海市闵行区号景路 159 弄 B 座(邮政编码：201101)
印 刷	上海中华印刷有限公司
开 本	890 毫米×1240 毫米 1/32
印 张	13.375
字 数	320 000
版 次	2025 年 8 月第 1 版 2025 年 8 月第 1 次印刷
书 号	ISBN 978-7-5475-2475-6/ I·280
定 价	78.00 元

本书如有质量问题，请与承印厂联系。电话：021-69213456

目　　录

青春力量　热血长存

——为江峰同志《忠心铁血——历代英杰传》序

年前，青年民建会员江峰同志以新作《忠心铁血——历代英杰传》相赠，并邀作序。自言十年前读到东汉耿恭“十三将士归玉门”的故事，热血沸腾、血脉偾张。说与友人，却无人知晓。回望泱泱中华五千年星汉灿烂，似耿恭一般忠肝义胆的英雄人物比比皆是，他们虽与历代王侯将相、大儒名宿共同铸就了中华脊梁，却早已湮没于历史烟尘。江峰同志遂有意选取其最出彩的人生片段，以真实历史为蓝本，加以文字铺陈和创作，以再现中华英才凌云志，重绘荡气回肠忠义魂。执此一念，不断努力，耿恭一篇初成。之后，竟一发不可收，先后又整理出南朝梁陈庆之、唐张巡、南宋孟珙、明铁铉和夏允彝、夏完淳父子等历史人物故事。书稿终成，虽殊为不易，却也初心得慰。

余观其书中所录，有家国情怀也有儿女情长，有追求理想也有坚韧担当，刚烈忠勇令人感佩。黄沙古道埋忠骨，英雄气概壮山河。江峰同志以鲜衣怒马的青春，一念所及便埋首故纸堆中，独力前行，义无反顾，其指点江山、挥斥方遒的青年精神，亦颇有英雄气概。

鲁迅先生说，青年“所多的是生力，遇见深林，可以辟成平地的，遇见旷野，可以栽种树木的，遇见沙漠，可以开掘井泉的”。青年是最富创造力，最有生命力的群体。青年理想远大、信念坚定，就是一个国家、民族无坚不摧的前进动力。回首近现代百年中国，在革命、建设、改革的伟大历史进程中，正是中国共产党擎起的理想之旗、信念之炬激励着一代又一代有志青年前赴后继、披肝沥胆，书写了一部中国近现代的百年奋斗史。这也是习近平总书记要求我们学好“四史”的要义所在。

当中国特色社会主义进入新时代，面对波谲云诡的百年未有之大变局和任务艰巨的国内发展，我们更加需要有理想、有担当的一代青年。青年是“早晨八九点钟的太阳”，青年一代有理想、肯担当，国家就有前途，民族就有希望。

民建会内便有许多这样的青年。当中共中央总体布局“五位一体”、战略部署“四个全面”，他们勇立潮头，敢想敢试；当坚决打赢脱贫攻坚战的号角吹响，他们不辞辛苦走进大山到访边疆；当明确国家治理体系和治理能力现代化目标，他们建言献策力尽绵薄；当新冠疫情暴发，他们捐款捐物驰援武汉，支援国家最需要的地方。大家响应号召积极防控，众志成城抗疫情，千方百计复经济，在忠诚与担当中书写了青春的正能量。他们心中有理想，眼中便有光；心中肯担当，脚下便有力量，便也成为实现中华民族伟大复兴中国梦的一份子。

江峰同志倾心研究历史人物，致力于中华优秀传统文化的传承和传播，虽任重而道远，然其“功成不必在我”的觉悟和“功力必不唐捐”的行动，亦可谓我民建有理想、肯担当的优秀青年。

忠心铁血——历代英杰传

希望江峰同志以此书为起点，继续挖掘中华历代英杰，为历史爱好者奉献更多的文化大餐，为传承和传播中华优秀传统文化奉献力量。历史的长河浩浩荡荡，青春的脚步奋斗不息，青春的力量热血长存。

是为序。

周汉民

2020年5月12日

自　序

我自幼喜欢历史，有英雄情结，过往偶尔会写一些历史短评，总觉意犹未尽，如鲠在喉。某日与朋友闲聊，我说想写一些优秀的历史人物故事，整理成册，朋友大为推荐，说这个想法非常好，既可以让读者了解更多历史，又促进当下社会的精神建设。在朋友的激励下，回家后，我就奋笔疾书，历时数月，考证多方资料，写下本书七个人物，呈现给读者朋友。

历史是严肃的，不容亵渎的，真实历史远比虚构小说精彩。本书故事以真实历史为蓝本，但加上部分场景想象和文字铺陈，以期让故事更生动，更有趣味性。

恢弘磅礴的中华历史中，杰出人物数不胜举，千古圣人者诸如孔子、孟子、王阳明等；保家卫国者诸如岳飞、文天祥、于谦等；科学贡献者诸如张衡、祖冲之、沈括等；文艺创作者诸如陶渊明、李白、杜甫等；雄略帝王者诸如秦始皇、汉武帝、唐太宗等，皆是普通读者耳熟能详的超群出众之人。但由于各种原因，更多的风云人物却被淹没于浩瀚书海之中，不为读者所知。本书即为此由，所选人物皆为普通读者寡闻少见的彼时英豪，成稿期间，我数问周边朋友，的确如此。

本书所选人物分别为耿恭、陈庆之、张巡、孟珙、铁铉、夏允彝和夏完淳父子，乃节选出几个人物最出彩的历史片段而整理成故事，不乏有波澜壮阔的战争场景，亦有铮铮铁骨的家国情怀。

为什么写耿恭？客观地说，耿恭的事迹是写出此书最原始的精神动力。十年前，我读到耿恭的故事就热血沸腾、血脉偾张，当时的我就想针对这类人物写点文章，直到现在，总算初成，也算告慰初心。耿恭以孤城数百之众抗匈奴数十万之敌，大汉朝廷数千将士千里驰援，“十三将士归玉门”的故事活脱脱就是汉代版《拯救大兵瑞恩》，其故事中也有此书里仅有的铁汉柔情，荡气回肠。铁血军魂，血肉丰满。耿恭之节义，尤过苏武。

为什么写陈庆之？古往今来，将星云集，诸如孙武、白起、李牧、韩信、岳飞等，也许是自幼所读之书印象至深，难以扭转形象，在我心中，唯一的不败之将即为白袍神将陈庆之。文弱儒雅的陈庆之以七千之兵，辗转北国数月，敌百万之众，历经百战，未尝一败，恍若神话之旅，也许苍天亦不忍毁其千古常胜之名，而使其败于洪水。毛主席曾点评，每读《陈庆之传》，为之神往。

为什么写张巡？世间忠勇之烈，无过于张巡，百炼钢心，千锤义骨。书生意气的张巡扼一城而捍天下，计谋百出，应变出奇，以数千之众，孤城抵御安史叛军一年之久，四百余战，结局惨烈。故事中同时还描叙了六忠烈中其余五个人物，尤以南霁云描述最多，其刚烈忠勇、英武绝伦，已为民间二龙大王化身。其余几人，都有鲜活描写。六忠烈以惨烈绝伦的英雄壮举勾勒出中华脊梁的岿然正气，其忠义谋略，卓然冠于一时而垂于后代。

为什么写孟珙？世人皆知宋时抗金名将岳飞、抗元名臣文天祥，甚少有人知道另外一个国之长城孟珙，若说岳飞是南宋中流砥柱，那孟珙即为擎天战将。若论功劳，灭金抗元，孟珙之功犹过于岳飞，其忠君体国，可贯金石，攻灭金室，雪百年国耻，再抗蒙古，可歌可泣，为孱弱宋室之扛鼎之才，良将风流，文武全才，举荐贤能，鞠躬尽瘁，死而后已。孟珙亡后宋室每况愈下，遂不可支。孟珙之才，谈笑定乾坤之大才也。

为什么写铁铉？千古第一硬骨，本书中唯一的少数民族英雄。铁铉之刚，无愧于他的姓。他乃济南全城后世供奉的城神。靖难之战中，燕军所向披靡，唯有铁铉使马上皇帝朱棣无计可施，在齐鲁大地上屡受挫折。在明室南北对战中，铁铉光芒四射，令人难以置信。铁铉之烈，给千古以来文人士大夫的不屈忠义做了最好的诠释。

为什么写夏允彝和夏完淳父子？父刚子烈、才子佳人、少年英雄、恩师慈母、诗文词唱，完美结合。晚明时期，士大夫精神发扬光大，但卑躬屈膝、义气尽溃、变节投降者亦比比皆是，相比之下，更显夏氏父子精神之可贵。父为忠投水生殉，子为义精忠报国。以夏完淳为圆心，其父、其师、其母、其伯父、其岳父、其妻、其妹、其友、其堂表至亲，满门忠烈，唯此一家，夏氏父子及其周围抗清义士如同一股清流，以其彪炳千古的忠义、以其精彩绝伦的文才，光耀千古。

历史是时代的一面镜子，每读具有反抗精神之胜利者的历史之时，总不免思潮腾涌，反躬内省。后人读史，忠奸之道，善恶之分，义邪之别，一目了然。离经叛道者固有其情原之处，忠肝义胆者则更显伟大。胜利者为历史之骨架，忠肝义胆者即为历史之血肉经脉，浩瀚星海，寰宇苍穹，华夏历史以五千年的传承傲立世界之林，仁义礼智信之儒家之道，贯穿中华历史始终，无数命世之才奉行此道，于历史风云中龙吟虎啸，如颗颗流星擦亮夜空，绚烂耀眼。

尊重历史，敬仰历史，能写进历史读物的风云人物不足十之一二，作为后人的我，不愿我中华诸多忠义之魂湮没于历史烟尘，望将更多的中华英才及更多壮阔灿景呈现给读者，并望以本书抛砖而引玉，引更多类似读物展现于世。

江　峰

2020 年 2 月 1 日

铁血军魂　耿　恭

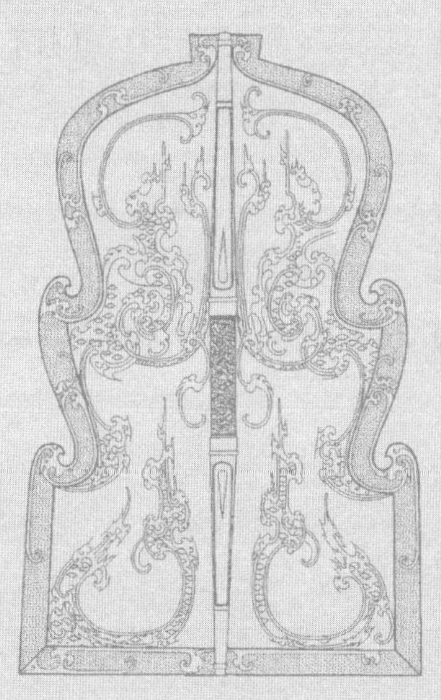

东汉永平十七年（74），东汉国力恢复，重新经营西域，再断匈奴右臂，任命陈睦为西域都护，耿恭和关宠为戊己校尉。次年，北匈奴单于派两万精兵进攻车师，杀死车师后王，转而攻打驻扎了数百人的耿恭驻地，将其围困在驻防之地金蒲城中。铁血军魂耿恭由此拉开了令人荡气回肠的故事序幕。

金浦战令

浩瀚的戈壁滩中，后车师国国都金浦城（今新疆吉木萨尔北）如同一颗明珠镶嵌在绿洲中，在冬日午后的阳光下，享受着难得的安宁。城头上正站着一位铁甲重装的将军，他重眉长须，黑色的眼眸看着远方。

“校尉，斥候发现匈奴人又要围上来了，快撤吧!”形似枯槁的哨卫石修心急如焚地冲了上来。

身为大汉西域府戊己校尉的耿恭（字伯宗）愁眉紧锁，屹立在城头。戈壁滩深处暗云涌动，旌旗在尘土中若隐若现，那是匈奴人的军马卷起的尘土。经过昨天的恶仗，耿恭知道金浦城不是久守之地：昨日会同后车师国王安得出城应战，三百名军士全军覆没后，他就知道撤退是不可避免的了。

虽然石修不停地催促，但耿恭不为所动。后车师国王安得临终前的哀嚎，如铁锤般击打耿恭的胸膛；匈奴与焉耆、龟兹等国联军如狼似虎的吼叫也不断地浮现在他眼前，让他恨得牙痒痒。边关紧急的情报已经快马急报给大汉朝廷，但此去朝廷，路途遥远，传出的急报如石沉大海般杳无音信。

耿恭左手按住腰间的宝剑，如一尊塑像般纹丝不动，石修着急地跪了下来："校尉，快撤吧，全体军士求您了！匈奴军有备而来，声势浩大，我军尽早突围后撤吧，异日再战，以便等待朝廷援军，再抗匈奴。"

耿恭缓缓转过身，威严的眼神让石修不敢直视，随之，耿恭长叹一口气，转身面向东方洛阳方向，抱拳向天痛喊道："陛下，吾大汉健儿在西域浴血奋战，披荆斩棘。然本部兵少将寡，实难抗击匈奴大军。臣叩请天恩，早日收到边关急报，派出援军，以抗匈奴，臣耿恭必肝脑涂地，以报陛下。"

石修抬头看着耿恭，只听得耿恭威严地说道："整军待战！"石修怀疑自己的耳朵是不是听错了，绝望地叫道："校尉！"

"莫要再劝，整军待战！"耿恭再一次强调，"传令所有军士，稍事休息，城头列队集合！"

"喏！"军令如山，石修恢复坚毅的神态，起身面向耿恭肃穆道："属下誓死追随校尉。"

耿恭背过身看着远方的匈奴营帐，深思熟虑后缓缓命令道："让所有军士准备尿桶，就地出恭，将箭镞抹上尿液粪便。兹事体大，不得有误。"

"喏，谨遵将令！"军人以服从命令为天职，石修没有丝毫的疑虑，转身下楼。

战前动员

所有的军士从疲惫不堪中振作起精神，拿起手中的武器，陆陆续续地从各个角落走上城墙，在军司马的指挥下，整装列队，翘首屹立，等待耿恭的视察。

得到军士列队完毕的消息，耿恭深吸一口气，威严地走到队列前，自左至右扫视一遍，整个部队就只有四百多名军士了，军士们虽然俱显疲态，但每个人眼神中皆透出那份不可战胜的坚毅，让耿恭豪情尤甚。

面对生死与共的弟兄们，耿恭威如雷霆道："大汉健儿们，匈奴人又要围上来了，吾等将何如之?"

"誓死追随校尉!"汉军健儿震天动地的呼声如惊雷响彻苍穹。

耿恭道："匈奴人屡屡犯我大汉，掠我大汉子民，侵我大汉疆土，吾等食大汉朝廷俸禄，当行忠君之事，分君之忧。吾等为朝廷守边，痛击匈奴是吾等之职责，定要让匈奴人有来无回!"

"犯我强汉者，虽远必诛!""犯我强汉者，虽远必诛!"此起彼伏的呐喊声在金浦城内滚滚传动，后车师国的臣民们由衷地尊敬这来自东方的军队，不由地随着城墙上的喊声也振臂高呼。

后车师国与匈奴的血海深仇同样不共戴天，后车师国王安得已经被匈奴斩于马下，精锐军队在昨日的激战中丧失殆尽，整个金浦城只剩下老弱妇孺和残兵败将。

后车师国王后刘思若带领着臣民聚集到城门前的大道上，齐声向汉军拜道："汉军威武!"

耿恭看到王后，慌忙走下城楼，离王后丈许远，向刘思若作揖道："王后多礼了，让耿恭汗颜!"

"将军免礼，车师国的安危全拜托将军了!"王后向前两步，指着身后的臣民说道：“我车师国蒙汉庭眷顾，方得太平，今将全城百姓托付于将军，供将军驱使，将军毋须推辞。”

一袭白纱的王后刘思若乃汉人之后，她黑目皓齿，高冠玉带，外形异于车师国人，嫁与安得后，深得车师臣民爱戴，常行走于巷间，与民同乐，后车师国人皆呼其为汉家王后。

后车师国人高举双臂跟随王后向耿恭喊道：“悉听将军吩咐，汉军威武！”

耿恭肃然起敬，退后两步，双手抱拳，弯腰向王后及所有后车师国臣民作揖道：“蒙王后厚爱，耿恭万死不辞！”

“校尉，匈奴人围上来了！”军士庄襄急促地从城墙上奔了下来。

耿恭威喝道：“休得慌张！传令诸军，没有我的命令，不得轻举妄动！”

王后身后的后车师国人一阵骚动，顿时停止了高昂的口号，眼神中俱透露出惊恐，王后刘思若从容地转过身高喊道：“车师国的子民们，匈奴是来自地狱的恶魔，火神必会保佑车师国，他必将保佑我们驱赶黑暗，驱赶恶魔。恶魔最终必将消失于火神的光辉照耀之下！子民们，正义属于我们，光明属于我们，车师必胜，汉军必胜！”

在王后的感召下，骚动的后车师国人恢复镇定，再次振臂高呼道：“车师必胜，汉军必胜！”

耿恭点头示意了下王后，步履坚定地走上城楼。汉军健儿依旧刚健挺拔地迎风列队，纹丝不动。没有耿恭的命令，谁也没有轻易走动。虽然众军士衣衫褴褛，但众人坚毅的眼神中皆透露出无所畏惧的神情，只待耿恭一声令下。

不远处，大漠深处卷起一道尘墙，匈奴的骑兵已从尘墙里凸显峥嵘。耿恭无视于远处的喧叫，从容不迫地沿着部队来回视察。看到了年轻的军士张封，他走上前帮其整理破碎不堪的戎装，拍拍肩膀赞许道：“好样的!”

稚气未脱的张封挺直胸膛，面若寒霜，大声叫道：“汉军威武!”

耿恭默许，不再多言，继续来到一个老兵杨武前，用拳轻轻地击打其胸口说道：“好样的!”

“校尉宽心，属下誓死追随校尉!”杨武叫道。

耿恭点点头，缓缓转身走到城楼最高处，面向列队汉军命令道：“汉军兄弟们，匈奴人就要来了，拿起你们手中的武器和弓箭，传我将令，等匈奴人靠近城墙三十步远，乱箭齐射!”

“喏!”在耿恭的命令下，所有军士急速奔到垛口设防。

远处的匈奴军马不断逼近城墙，耿恭和石修耳语几句。石修心领神会，点点头，冲下城墙，片刻工夫后又冲了回来，手里拿着一大布包不知为何物的粉末。在石修的指挥下，每个军士侧后方都放着一个尿桶，耿恭再次命令每个军士就地出恭，然后将布包里的粉末均匀倒入每一个尿桶里做搅拌，每根箭在射出之前，箭头务必粘上这调制好的尿液。众军士不知道耿恭葫芦里卖的什么药，但都依令行事。

汉家神箭

“咚，咚，咚!”战鼓声骤然擂起，城楼下稍许健壮的后车师国人也冲了上来，全金蒲城能活动的男女老少都被动员起来，准备投入到战斗中。

“校尉，匈奴人已经冲上来了!”张封指着近在咫尺的匈奴军阵，急呼耿恭。

只见匈奴骑兵卷起的尘土漫天遍地，尘土随着匈奴军阵向金浦城池铺压过来，压得金浦城内的汉军喘不过气来。由于匈奴人精于骑射，攻城非其所长，所以越临近城池，阵型越发散乱。

耿恭蔑视地看着嗷嗷乱叫的匈奴军队，冷冷地说道："众军莫慌，等匈奴兵再近点。"说完，亲自把箭镞在尿桶里反复蘸了蘸，缓缓举起弓箭，右肋与腰脊用力往前一挺，左手低扣弓肩，右手两指紧紧夹住箭尾，整个弓箭被拉出满环，搭在右手之上的眼瞳折射出穿越黄沙的残阳光辉，静静地等待着匈奴骑兵的逼近，当第一个匈奴兵到达不到三十步远时，耿恭一声闷喝"着"，利箭应声而出，刹那间钻进匈奴兵的左胸，那匈奴兵顿时倒地不起。

"校尉威武!"见那匈奴兵中箭倒地，有军士欢呼。

"大汉将士们，拿起你们手中的弓箭，让匈奴人知道我们汉家神箭的厉害!"耿恭威声道。

"喏!"众军士皆学着耿恭，将箭镞在尿桶里浸透，再射向匈奴人，瞬时间，众箭齐发，匈奴兵纷纷倒地。

耿恭命令士兵齐声高喊道："汉家神箭，其中者必有异!"

眼见同伴纷纷落马，匈奴军惊恐于汉军的神箭，俱心惊胆战地退后百步。中箭的匈奴兵没过多久，便肌肉崩裂、伤口溃烂，巨大的疼痛让伤者不断哀嚎，一种莫名的恐惧就像瘟疫一样在匈奴军队中迅速蔓延。匈奴军心动摇，攻城势头逐渐减缓。耿恭趁匈奴人疲惫之时，一声令下，全军倾城而出。面对来势汹汹的汉军，匈奴军阵顿时一阵骚乱，丢盔弃甲，一溃千里，纷纷作鸟兽散。

城里的后车师国人看到城外狼狈逃窜的匈奴兵，皆欢天喜地高呼道："汉军威武，匈奴退了！匈奴退了!"

耿恭紧绷的心弦终于稍许松了一点，转身向石修询问道："派去柳中城（今新疆鄯善县鲁克沁镇）的斥候回来没有？"

"禀告校尉，还没有！"石修答道。

耿恭应了一声，走下城墙。后车师王后刘思若依然在城墙下，镇定自若地指挥着车师国人搬运武器。看到耿恭走近，王后起身示意仆人端起一碗水迎接道："将军辛苦了！"

"谢王后！"耿恭没有推辞，牛饮而尽，喝完恭敬道，"王后请移驾至安全之处，守卫车师乃耿恭分内之责，耿恭万死不辞！"

王后微微一笑："将军，守卫车师，也同样是车师国人的职责，妾身为车师王后，理应与车师国共存亡！将军莫劝。"

耿恭默然片刻后，抱拳转身离开，沿着城墙内壁独自巡视。刘思若看着耿恭的背影，怔了晌许，微叹一口气，唏嘘自己命运多舛：自从祖上由长安西迁至此久矣。嫁与安得国王后，力劝其臣服于大汉朝，安得曾许她有生之年回归故土，可随着匈奴的到来，一切皆化为泡影。

边关急报

"报！"一阵急报惊醒和衣半睡的耿恭。杨武冲进瓮城下临时搭建的校尉议事营帐，报道："校尉，焉耆和龟兹两国慑于匈奴威势，再度反叛，两国已率部逼向西域都护陈睦所部，北匈奴单于部率兵向柳中关宠部进军。"

深夜里的急报晴天霹雳般将耿恭震惊，他强打精神，不让自己在杨武前面失态，背对杨武，摆手沉声说道："某知道了，汝先退下吧。"

“校尉!”杨武哀求道，“金蒲城小墙薄，不能坚守，校尉当早做打算，尽快突围撤吧!”

“汝先退下，某自有分寸!”耿恭说道。

“校尉!”

耿恭背身挥挥手，没有再言语。待杨武退出后，耿恭来到案前，双臂撑着案台，紧锁眉头，看着羊皮地图，思绪万千……

几百年间，汉朝与匈奴的战争从未停止，虽冠军侯霍去病（西汉名将）驱赶匈奴至漠北，但经过数百年，匈奴又死灰复燃，继续南侵。从光武帝建武年间起，匈奴分裂成南北两部。南匈奴经光武帝的抚绥，归附汉朝，成为中国的藩属。北匈奴心怀怨怼，屡屡入寇帝国北疆的五原郡和云中郡。永平八年起，北匈奴又联合西域的诸多小国，经常袭扰河西一带，使河西边关的城门为之昼闭。要打败北匈奴，就必须首先征服西域，亦即实施汉武帝多年前规划的“断匈奴右臂”的战略。北匈奴军事力量主要是呼衍王的军队，其据点在伊吾卢城；而北匈奴与西域诸国的联络纽带主要是位于天山两侧的前、后车师国。所以，只要控制伊吾卢、车师，就可以成功斩断匈奴右臂。

让人欣慰的是，去年年底汉军就在西域打了一场漂亮仗，一举攻占伊吾卢，降服了前、后车师国，使得与汉帝国断绝了六十五年的西域一朝复通。

那是永平十七年十一月，奉车都尉窦固和驸马都尉耿秉等人率一万四千骑从敦煌出征西域，在白山一带击败北匈奴呼衍王兵团，占领伊吾卢；随后进攻车师，俘后车师国王，逼降其子前车师国王；最后窦固奏请皇帝，在车师恢复西域都护与戊己校尉：任命陈睦为西域都护，自己为戊校尉，关宠为己校尉；由自己率部驻守天山北侧后车师国的金蒲城，由关宠率部驻守天山南侧前车师国的柳中城。可这才还没过多久，当窦固班师凯旋的一个月后，北匈奴单于就派遣左鹿蠡率两万骑兵反攻车师。当此时候，西域北部的焉耆、龟兹等国竟又归附匈奴，并与之组成联军进攻西域都护陈睦所部，北匈奴也开始分兵进攻关宠的柳中城。金浦城当前虽侥幸逃过一劫，但自己所部和关宠所部都只有区区几百人，如何抵抗匈奴？陈睦和柳中城的关宠生死未卜，朝廷援军迟迟没有音信，区区金蒲城弹丸之地，本部能一直坚守下去否？杨武刚才的劝告在耳边嗡嗡作响，若全军后撤，那置金蒲城于何地？再者，金浦城已被匈奴人团团围困，如何后撤？撤退后，置车师国于何处？

雨中长谈

“轰……隆隆”，一声惊雷自天际处炸起，营帐外被闪电洞击，如白昼般透亮，狂风从城外卷起黄沙漫过城墙，吹进棚内。耿恭用竹简压住案台上的地图，冲出营帐，仰头望天，漆黑一片的夜空中陡然降下豆大的雨点，干瘪的嘴唇忽然被甘露滋润，一股甘甜钻入胸膛深处。久旱之地，突降暴雨，实乃吉兆。耿恭闭眼仰天，暗自默念：苍天保佑，必不亡我耿恭，必佑我大汉健儿。

一阵清脆的铃铛声从雨中传来，后车师国王后刘思若带着两个仆从，随车驾缓缓而至，仆人撑开雨伞，引王后下车移步至耿恭面前，燕语莺声传入耿恭耳朵：“天降暴雨，将军缘何站在帐外？”

“王后深夜至此，有何见教？”耿恭没有正面回答王后的问题，慌忙抱拳鞠躬道。王后突然到来着实让他觉得有些唐突。

裘装素冠的王后微微一笑道：“将军莫要见怪，白日里汉军与匈奴激战，伤者无数，妾身辗转反侧，实难安睡，特让仆人带来衣物草药，献于将军。”

待王后说完，仆人面向耿恭深鞠一躬：“将军，衣物草药俱在车内，务请将军笑纳。”

耿恭退后两步汗颜道：“王后，万万不可，车师国人也受伤无数，还请王后将这些药品留与受伤的国人，臣耿恭代汉军将士谢王后厚爱!”

“将军勿要推辞，车师国人妾身自有处理，汉军为国奋战，为车师驱赶匈奴恶狼，妾身为车师王后，理应为将军分忧!”王后坚持道。

“那耿恭代所有汉军兄弟谢王后!”耿恭不再推辞，抱拳谢道。转身对矗立在门口的张封命令道：“将王后赐予的物件速速分与众人。”

“喏!”

待张封消失于黑暗之中，王后屏退仆人，缓步进入营帐，耿恭迟疑地跟随王后进入帐内，心知王后深夜至此，必不是给予衣物草药这么简单。

两人相隔五步远，耿恭低头垂目，不敢迎视王后。帐外雷雨轰鸣，帐内寂然无声，两人沉默半晌，王后嫣然一笑，打破尴尬道：“将军，妾身同为汉人，素知汉家男女有别，深夜惊扰将军，实乃有要事商量，还请将军勿怪。”

“王后雅量，耿恭粗人，王后有何指教，还请明示，耿恭定效犬马之劳!”耿恭弯腰作揖道。

“将军过谦了，妾身素知将军三代将门，忠良之后，今困身于金蒲，而后将有何打算，将军有虑否?”王后问道。

耿恭暗自心惊，嘴中却慷慨道：“大丈夫当马革裹尸，战死疆场，在下身为金蒲戊校尉，当与金浦城共存亡，以报大汉朝廷。”

“将军言重了，亡夫安得国王素喜研习汉家书籍，妾身尝与之共读，妾身闻孙子曰：兵者，利而诱之，乱而取之，实而备之，强而避之，怒而挠之，卑而骄之，佚而劳之，亲而离之，攻其无备，出其不意。此兵家之胜，不可先传也。今匈奴气势逼人，鼎盛之际，将军何不避之，以退为进，实为上策，将军以为何如?”王后娓娓叙述，如一记闷锤击打着耿恭胸膛。

耿恭抬起蜡黄的脸，呆视王后，惊诧车师王后竟然这般博学，一时语岔。

“将军，能屈能伸方为真男儿，忍辱负重实乃大丈夫。汉军安危全系将军于一身，将军岂可逞一时匹夫之勇，而置全军安危于不顾？如此，当有负大汉朝廷所托，亦非妾身眼中的真将军!”王后口吐莲花，如醍醐灌顶般惊醒耿恭。

耿恭为之敬慕，站直身体，继而深深地弯腰鞠躬，久久不起，恭敬道：“耿恭正为此事纠结，还请王后不吝赐教!”

“金浦城低墙薄，四面无险可据，实非久防之地。金蒲往东百里，有一小城，名为疏勒（今新疆奇台县境内）。疏勒附近有溪涧，水源充足，而且地势较高，易守难攻。将军可以引军据此，退可以还归故土，进可以等待援军再战匈奴，将军意下如何?”王后分析道。

耿恭走到案台上的羊皮地图前，端详半晌，不无忧虑地愁道：“王后，依您之策，汉军之危虽解，然置车师于匈奴铁骑之下，耿恭实难从命!”

“将军多虑了，自安得国王亡于匈奴，车师与匈奴之仇不共戴天。但百年来，车师国与匈奴素有往来，并无间隙。匈奴此次逼城而来，只因车师为汉朝屏障，匈奴恼此而已。当妾身忍辱率众降之，匈奴自会冰释前嫌，将军尽可放心离去。”言语毕，王后突然掩面暗自抽泣，柔弱的身体仿似摇摇欲坠。

察出王后异样，耿恭上前两步，欲扶住王后，但最终还是退后两步回到原地，微叹道：“王后节哀，耿恭定会把安得国王殉国之事报于大汉朝廷，以彰车师国之荣。”想了想，继续说道：“只是此次耿恭远去，实在有亏王后厚待，实非耿恭本意。”

“将军休要多虑，趁此难得夜黑暴雨之际，将军尽早率军出城去吧。”王后之言，不由耿恭半分争辩犹豫。

“王后实乃女中丈夫，令耿恭汗颜！”耿恭心中虽有不忍，然王后之言句句在理。数百弟兄之命皆系于他手，权衡之下，他终于下定决心，向王后拜道：“耿恭即刻率部而去，王后请多保重！”

“将军，此去疏勒，路途艰险，前途未卜，愿火神保佑将军，逢凶化吉，早日等到汉朝援军！”王后说完，黯然神伤。不等耿恭再言，便走出营帐，钻入马车，在雨中留下一串串嘀铃铃的声音，消失在雨夜之中。

“谢王后吉言！王后保重！”满面是雨的耿恭看着风雨中渐渐远去的马车，遥遥抱拳喊道。他心中五味杂陈，百感交集。然军情危急，容不得他有丝毫懈怠，想到此，他即刻急步进入帐内，披挂整装，唤过庄襄、石修、杨武，号令全军撤退。

深夜撤退

金浦城外的匈奴人早已安睡，狂风暴雨的袭击之下，几个哨兵依靠帐篷边沿，昏昏欲睡。匈奴兵并没有针对耿恭深夜突围做好设防。游牧民族虽然凶残彪悍，但并没有完全洞悉战争的艺术，在他们眼里，勇武即是王者。可华夏大地历经几千年的战争洗礼，将星百出，将军谋士们计谋百出，俱深谙兵家诡道。经耿恭与王后商议，车马辎重暂留金浦城，伺机后发。黑夜中的金浦城外伸手不见五指。耿恭率领军士从东城沿绳索而下，约摸半个时辰，几百人皆已出城，一身轻装。随着耿恭一声令下，部队众人耳耳相传，几百人手持刀枪，鱼贯而行，小心翼翼地绕匈奴营帐而遁。

“轰……”，一道耀眼的电光将天空和大地照得透亮，闪电像条条矫健的白龙，将乌云撕得四分五裂。

“汉军，汉军逃跑了!”电闪雷鸣惊醒了匈奴哨兵，他看到了匆匆撤退的汉军。

耿恭大声向部队命令道：“石修、庄襄、杨武各领十人断后，众军勿须恋战，五人一队，自此向东，疏勒城集合!”

匈奴人很快组织起围剿队伍，向汉军逼杀而来，石修当先而出，于暴雨中立于一土丘之上。只见石修张弓搭箭，借着闪电的余光，对准一个匈奴骑兵。利箭至，人落马。闪电下的石修如一尊战神映入匈奴兵眼中，石修高喊道：“兄弟们，快撤!”跟随石修的军士也依样画葫芦，纷纷向匈奴人放箭，一时间，雨中乱箭齐飞，匈奴兵纷纷落马倒地。

庄襄率十人冲入奔袭而至的匈奴军中，他瞅准一个匈奴骑兵，一个箭步跨上，长枪挺出，一声断喝，扎个透心凉，匈奴人应声而倒。庄襄翻身上马，将腰间战刀拔出，挥刀向身边的匈奴骑兵劈出，“啊”，匈奴兵一声惨叫。紧随庄襄的张封立刻窜起，跳上马背，硬生生将匈奴兵掀翻倒地，庄襄所部见庄襄如此神威，俱胆气豪生，众人皆义无反顾地冲向敌阵，匈奴兵仓促组军，哪知败退汉军竟如此凶猛，一时被杀个措手不及，溃不成军。

匈奴兵皆已仓促组军前去追击汉军，营帐几乎没有设防，杨武则率部绕至匈奴兵背后，冲入营帐，乱刀之下，又多了若干冤魂。杨武冲入马厩，那里有训练有素的战马，正是汉军撤退急需。杨武一不做二不休，砍断栅栏，瞬时间，几百匹战马冲营而出，跟随着杨武的头马，向东疾驰，从背后冲入追击汉军的匈奴军阵，匈奴兵瞬间被杨武的马群冲得七零八落。

待杨武和庄襄汇合，冲出包围后，石修闪开一条道让出两部，继续断后，并不时射出汉家神箭。匈奴兵纷纷落马，领头的匈奴将军无奈，仓皇命部队后退。石修率部反戈一击，竟然再次将匈奴军杀得胆肝俱裂，直至耿恭“无须恋战”的军令再次传来，石修这才率部追赶大部队而去。

待天色渐明，暴雨渐停，匈奴军陈尸遍野于金浦城外。尸体中，几无汉军衣冠，匈奴兵俱神色崩溃，纷纷惊呼：“汉兵神威，真可畏也!”

经过数日的奔波，耿恭所部终于来到了后车师王后建言的疏勒城。自此，铁血军魂耿恭将率领着他的数百大汉儿郎叙写出了一部波澜壮阔的英雄史诗，汉朝廷永不放弃边关将士、千里救援疏勒城的壮举也由此开篇。

火急战报

滴水成冰的深冬，一场凶猛的暴风雪从北方的天空席卷而来，疯狂地拍打着汉都城洛阳城墙上的雉堞。刚刚登基三个月的汉章帝刘炟端坐在朝会大殿上，望着殿外不停肆虐的风雪，尽管身体和四肢都略微感到有些寒意，可他的内心却温暖如春。是的，这位新天子有理由为自己拥有的一切感到自豪和喜悦。

这一年他刚满十八岁，正是一个雄心勃勃、渴望建功立业的年龄，而父亲刘庄（汉明帝）又给他留下了一个政治昌明、民生富庶、疆域辽阔、武力强大的帝国。这一切都让年轻的天子踌躇满志。他觉得自己只要再努一把力，就能像先祖汉武帝刘彻和汉光武帝刘秀那样，缔造出一个海晏河清的盛世，让大汉帝国的赫赫天威远播四夷。

刘炟知道，要实现这个理想，就必须打败帝国最强大的敌人——匈奴。去年，汉军在西域的一系列胜利让年轻的皇帝豪情备涨。降服车师就意味着切断北匈奴与西域的联络，迫使其在孤立无援的情况下最终臣服。毋庸置疑，这是一次具有重大战略意义的胜利。所以这些日子以来，汉章帝刘炟和他的大臣们一直沉浸在胜利的喜悦中。

然而，所有人都没有料到，就在这场突如其来的暴风雪猛烈袭击洛阳的同时，一个浑身是血的军士，辗转千里，从遥远的车师给深宫中的大汉君臣带来了一封加急战报。

战报是驻守柳中城的关宠发出的，上面的内容让年轻的皇帝和他的大臣们目瞪口呆。皇帝和大臣们这才觉察出喜悦如此短暂，原来早在八个月前，边关就已告急，西域都护陈睦所部在北匈奴的进攻中全军覆没，陈睦虽奋力抵御，终因寡不敌众而壮烈殉国。

匈奴军队现已进攻耿恭所在的金蒲城和关宠所在的柳中城，而耿恭和关宠所带领的部队都只有区区数百人。两支部队危在旦夕，西域眼看又要沦于敌手。

显然，这是一封十万火急的战报，可让人遗憾的是，从这封战报发出一直到它送达洛阳，时间已经过去了整整八个月！这八个月里都发生了什么？那总计还不到一千人的汉朝军队，能挡得住匈奴人的两万铁骑吗？时间已经过去了这么久，那一群大漠深处孤绝无援的大汉勇士们是不是早已全军覆没、埋骨黄沙了?!

庙堂论战

崇德殿里，皇帝刘炟端坐在御案后的蒲垫上，眼见殿下的大臣们唇枪舌剑，自己在心中不断盘算：大汉王朝已历三百载，虽经王莽之乱，但并不足以断大汉之烟火，归其因，皆人心归附大汉。先祖光武帝以仁义延续大汉社稷，与众臣披肝沥胆，肝胆相照，云台二十八将亲如兄弟，互结姻亲，共稳大汉江山。大汉仁义，无愧于每一个为之奋斗的英魂，今汉军健儿陷于西域，当救其于水火之中，尤耿恭更为开国功臣耿弇之后，若不救之，将无颜面对先祖列宗。

刘炟内心已有计较，耐心地看着大臣们争论。皇帝虽然年轻，但已有足够的城府掌控这庞大的帝国。

“不救!”司空第五伦（第五为复姓）起身说道。第五伦身为三公之一，德高望重，正直无畏，曾深得先皇赏识，其上书论说政事从不违心阿谀附会，公正无私，在朝廷上素有威望。

“爱卿且慢道来，朕洗耳恭听!”皇帝微微倾身，刘炟素来敬重司空，常请教古今之事。

“陛下，此封战报自发出之时，已历八个月有余。匈奴和西域联军兵力强大，耿恭和关宠两部安能以区区百余人抵抗八个月，以臣枉自度之，两部十有八九已遭不测。如若贸然出兵营救，此去西域，正值寒冬，天气恶劣，路途遥远，跋履山川，皆苦寒不毛之地，必将给汉军的行军作战和后勤补给造成巨大的困难，如若救人不成，反再让我大汉军士无谓牺牲。以臣愚见，朝廷在此时只能选择暂时放弃西域，伺机再图恢复。”司空侃侃而谈，浑然不知年轻皇帝的脸色越来越难看。但司空一向如此，天性质朴憨厚，一切以大汉朝廷为先。

司空的意见和理由的确代表了多数朝臣的看法。

“是啊！陛下，臣附议司空之言，若派大军此去西域，实若水中捞月，劳而无功，望陛下思之!”一大臣说道。

另外又一人苦口婆心道：“陛下，此去路途遥远，可能徒劳无益。况西域小国反复无常，不足以屏障以抗匈奴。莫如司空所言，伺机再图大计。”

大殿之上你一言我一语，如苍蝇嗡嗡般地钻进年轻皇帝的耳朵，令他在大殿上如坐针毡。一股强烈的悲哀瞬间涌上皇帝的心头，但他仍不苟于颜色，一言不发，面容不惊地看着众臣叽叽喳喳。

众臣眼见皇帝沉默不语，神情捉摸不定，便顿时鸦雀无声，大殿上的气氛刹那间像凝固了一般。众臣皆揣摩着年轻皇帝的心思，面面相觑，等待皇帝发话。

年轻的皇帝见此情形，微微一笑：“众卿怎么停了，继续说啊，朕倾耳细听!”

“陛下，微臣还请陛下三思。耿恭与关宠所部虽陷于西域，前途未卜，但若天佑汉军，彼等能逃出生天，乃我大汉福泽寰宇；若不能，务请陛下勿要劳师远行，徒增无辜伤亡。”司空第五伦喋喋不休。

“司空言之有理，朕定细细思量之!”第五伦德高望重，年轻的皇帝不想驳其颜面。

“陛下，臣认为司空之言差矣！臣以为要救!”振聋发聩的声音惊起于大殿，年轻的皇帝为之精神一振，感觉空气中糜腐的气氛一扫而空。司徒鲍昱（字文泉）的声音让皇帝如清风拂于面颊，若清泉甘于舌尖。刘炟总算听到有人说出他的心声，急忙端直身体，整冠正肃，伸出右手，平铺指向鲍昱道：“司徒大人有何高见，朕愿闻其详。”

鲍昱历仕光武帝、汉明帝、汉章帝三朝，为人刚正清廉、奉法守正，众臣皆以之为楷模。只见鲍昱从蒲座中站起，缓缓走于大殿中线，向皇帝深鞠一躬，朗声说道：“陛下，臣认为陛下当速派大军，营救耿恭、关宠二部，以彰显我大汉之仁义。”说完他环视众臣，欲言又止。

“司徒尽可畅所欲言，勿须顾虑，此事朕自有思量！”年轻的皇帝鼓励道。

“陛下，我大汉派军深入西域，乃彰显我大汉恩泽四海，庇佑西域众国免受匈奴之苦。西域即如大汉之肌肤，西域寒则大汉寒，西域暖则大汉暖。然西域之安危，全系我大汉军士之劳。我大汉军士在西域浴血奋战，披肝沥胆，为国捐躯，大汉为其披肩挂甲、封妻荫子尚不能彰其功劳。若因边关危及、身陷绝境，朝廷就遗弃之，则令亲者痛仇者快，试问，以后还有谁人为朝廷而战，谁人为大汉而战，谁人又为陛下而战？”鲍昱立于大殿之上，再次停顿，环视众人痛声道：“凡劝陛下放弃西域、放弃救援之言，皆祸国殃民之言，欲陷陛下于不仁不义之名也！”

“鲍昱，你，危言耸听矣！”司空第五伦一心为公，不曾想鲍昱之言置他于祸国殃民之地，气得直咳嗽。

“司空莫急，请安坐，且听司徒说完。”刘炟微笑着劝道。

“陛下，先前众臣皆劝陛下放弃救援，虽是常理使然，但朝廷一旦如此行事，陛下放弃奋战的大汉健儿，对外则放纵匈奴施暴，使其更肆意枉然，对内则让大汉子民失望。如此，国人将置陛下何处？”鲍昱继续说道，“即便如此，如果是一时权宜而永保边境安宁，倒也未尝不可。可匈奴狼子野心，踏平西域后，必将沿河西向东，虏我大汉子民，掠我大汉财物，大汉几十年之功将毁于一旦。届时边关忧矣，试问陛下将派何人而战？何人愿为大汉而战？”

鲍昱畅快淋漓地陈述，激动之时，胡须抖动，手指殿梁，继续滔滔不绝道：“耿恭、关宠二部，虽各自只有数百人，但从战报上看，却已抵挡了匈奴人的进攻很长时间。况且匈奴人精于骑射，并不善于攻城，我大汉军队经营西域各城，早就筑高其城池，夯实其城墙，尤以耿恭乃三代将门之后，深谙兵法，只要彼等攻防有度，定能坚守以待援军。以臣愚见，匈奴之盛不足为惧，大汉之威才是朝廷所图。陛下应速速下令敦煌及酒泉火速派遣精锐骑兵，昼夜兼程，前往救援，不出四十天，定能将被困将士救回塞内！若此，被困将士定将叩谢陛下圣恩，为大汉奋战的所有军队必将为陛下赴汤蹈火！”

鲍昱口若悬河，义正词严，于大殿之上，余音绕梁，久久不绝，一股荡然浩气震慑了每一位大臣。众人皆瞠目结舌，无以反对鲍昱的岿然正气之言。朝堂之上，再一次肃然无声，等待皇帝裁决。

鲍昱的一席高论，深深打动了年轻皇帝的心。他面不改色，俯视众臣：“众卿还有复议否？”

殿下依旧寂然无声，静得可以听见掉下的一根针。眼见众臣不再发声，刘炟缓缓从蒲垫上站起，宽大的袖摆朝殿下长长挥去，他气贯长虹地朗声说道：“水可行舟，亦可覆舟。大汉的军队是水，大汉朝廷是舟。朕若自断吾水，则众卿将以何居舟？大汉朝廷从来不会冷却英雄的热血，即使这次救援注定覆水难收，那朕也要向大汉的子民们宣告，我大汉帝国不会放弃西域，我大汉朝廷亦从来不会放弃为之战斗的勇士们，众卿休要再议，朕意已决，当速派援兵，着令敦煌、酒泉两郡，兵发西域，速救耿恭、关宠二部。”

年轻的皇帝步履坚定地走出崇德殿，宫殿楼阁鳞次栉比，肆虐的暴风雪渐停，整个宫城银装素裹。刘炟微闭眼睛，仰天深吸一口凉气，一股清凉自鼻窜入脑门，他暗自祈祷："天佑汉军，佑我大汉。"

几个时辰后，快马急诏自宫门出，诏命酒泉、敦煌两城守军急抽选精锐骑兵七千大军于敦煌集合，由段彭、王蒙和皇甫援三位将军率领，急速奔赴西域。

大汉帝国的年轻皇帝刘炟用行动表明，他决不放弃任何一个为国而战的士兵，即便只有万分之一的希望，也决不放弃。

激战疏勒（一）

耿恭自金蒲城突围至疏勒城，发现此城的确如后车师王后所言，水源充足且地势较高，遂令全军在此据守，等候援兵。此时的耿恭已经获悉，西域都护陈睦终因寡不敌众，以身殉国，关宠也血溅柳中，为国捐躯。匈奴在西域再无后顾之忧，将全力应对疏勒汉军，自己的数百将士已经成为大汉朝廷留在西域的一支孤军。为以防不测，耿恭派出部将范羌前往酒泉求取粮草。

疏勒城外，匈奴军一直死死咬住耿恭所部不放，两军相持，已至百日。经过这段时间，匈奴调兵遣将，誓将耿恭擒住。吸取了之前的教训，匈奴人遍请西域诸国能工巧匠，制作攻城器械，以做攻城准备。

随着匈奴军的又一次逼近，耿恭与众军士围坐在大帐里，商议对策。经斥候探报，这次匈奴纠集了两万大军，来势汹汹。疏勒城外的匈奴营帐黑压压一片，于大漠苍穹下连绵不绝，一眼根本看不到头，令人望而生畏。汉军站在疏勒城墙之上，向远方眺望，匈奴军开灶的烟火遮天蔽日，夹杂着大漠的沙尘卷进疏勒城，一阵阵逼向每一名士兵。

大漠里七月的清晨，太阳还没有从东方升起，青黑色的天空，刚刚蒙蒙透出点即将破晓而出的霞光。凌厉的匈奴军挥舞着弯刀，狼嚎鬼叫地冲向疏勒城，开始了立体化的进攻。黑压压的箭雨铺天盖地的钻进疏勒城内，对疏勒城一阵远程压制之后，匈奴敢死队呼呼地逼到城下，嗷嗷乱叫地向城头上攀爬。

面对匈奴咄咄逼人的进攻，耿恭早有准备。几个月来，耿恭在疏勒城内加固城墙，以便应对随时到来的恶战。经过长期的交战，他深谙匈奴的战法，一而再，再而三，三而竭，匈奴兵的士气耗尽之时，就是全军反击之时。

一如往日，耿恭成竹在胸，命令全军就地隐蔽，等待时机，以便给匈奴兵致命一击。汉军三人一队，五人一组，彼此呼应，以盾牌墙垛为掩体，避开匈奴兵的石头弓箭。当匈奴兵的先头部队快要登上城头，汉军部队则伺机探身，耿恭命军士用已准备的火油草垛自上而下推出，顿时匈奴兵发出一阵阵鬼哭狼嚎的声音，撕心裂肺，满身是火的匈奴兵纷纷滚落城头。待匈奴兵心惊胆战之余，汉军相互协防，探出城头，张弓搭箭，对准城下乱成一团的匈奴步兵，乱箭齐射，匈奴兵迫不得已，纷纷抛戈弃甲，狼狈撤退。匈奴中军内，弓箭手队本排成阵列，阵型顿时被后撤的前军打散，冲散得七零八落。

匈奴战鼓骤然急促起来，后阵的督战队再次驱赶着部队向前冲，退后者立斩不赦。夹杂在督战队与城池之间的匈奴兵进退维艰，士气尽失，无奈督战队压阵，他们只得硬着头皮，毫无章法地继续冲向疏勒城。

汉军仍旧严阵以待，敌人势旺，避其锋芒，敌人势衰，汉军如猛虎出山。当匈奴兵再次临近城池，汉军强弩齐射，又推出沾满沥青的滚木，再次逼退匈奴兵的进攻，如此反复几次，匈奴气势尽消，几无战力，耿恭抓住战机，大开城门，率领敢死队冲出城外，耿恭本人也一马当先，奋勇向前，汉军将士眼见主帅身先士卒，皆奋不顾身，众军皆知当此存亡之际，唯有拼死向前，尚能存一线生机。

只见耿恭提枪跃马，在敌阵中左冲右突，往来冲杀，纵然匈奴人凶悍，也不曾见如此骁勇之将，瞬时被其杀得人仰马翻。石修率领一队，从城中推出一排冲阵车，带着翻滚的刺轮冲向匈奴兵，匈奴兵猝不及防，霎时间，成群结队的匈奴兵倒于冲阵车下，冲阵车前进的道路上，留下一条长长的血路，皆是匈奴兵血肉模糊的尸体。杨武、庄襄等人也舍生忘死，与匈奴兵厮杀不休，两人各率领数十名轻骑，左右包抄，直杀入匈奴后阵，杨武一杆长枪，如入无人之境，嘴里高喊："挡我者死!"石修善射，不停射出连珠箭，每箭必中。匈奴兵四处奔逃，直呼汉军神人也。

耿恭麾下，张封、刘成、常项、柳能、孙熙、江承、曹亮、万羌、岳先、李立等诸军士皆以一敌十，匈奴人根本难以招架如狼似虎的汉军，一败涂地，溃退十余里方才止步。

自匈奴发起进攻，战斗持续三个时辰，汉军将士完胜匈奴。眼见匈奴军一泻千里，汉军皆冲出城外，站到高高的山坡之上，挥舞旌旗，齐声高喊："汉军威武！汉军威武!"欢呼声响彻天穹，阳光下的大漠逐渐酷热难当，可在烈日的照耀之下，汉军手里的刀枪长矛却闪出凛凛白光，寒气逼人。

硝烟慢慢散去的战场，拼杀嘶喊声余音犹存，疏勒城外，到处是横七竖八的匈奴人尸体，面目狰狞，惨不忍睹。一群群秃鹫自天空翱翔而下，啄食着还未被收回的匈奴兵尸体，待打扫战场的匈奴兵赶来，秃鹫惊起冲天，一阵长嘶，仿似嘲笑匈奴再一次惨败而归。

匈奴祭祀

戈壁滩上的匈奴营帐内，气氛肃穆异常，匈奴大单于获悉疏勒城久攻不下，暴跳如雷，亲临营帐。帐内左右谷蠡王、左右大将、左右大都尉、左右大当户均左拳抱胸，列队依次站立。大单于威喝道："我大匈奴横行西域，所向披靡，缘何一个小小的疏勒城，竟让尔等一败再败，实乃大匈奴之耻，有何良策破之？速速报来！"

端坐于大单于右侧身边的一儒冠长衫的汉人谋士摇着蒲扇说道："大单于莫躁，汉军善守，若我军强攻，定然损兵折将，今疏勒小城，耿恭所部，缺衣少食，粮草补给定是汉军所缺，况今逢酷暑，天气炎热，以鄙愚见，匈奴大军若团团围住疏勒，断其水源，则不过数月，汉军必不能持！"

大单于面无表情，俯视众人："尔等以为如何？"

"此策善也，"右谷蠡王说道，"汉人军师孙子曰，不战而屈人之兵。大单于，余以为此计可行，若为此，汉军定不能长久！"

"然也，那就依此计行事！"大单于继续说道，"待明日天明，全军随吾祭拜天地，以佑我大匈奴。"

"是，大单于英明，昆仑神定佑我大匈奴大败汉军，一统西域！"众将齐声拜道。

七月的西域清晨，晕中泛黄的月亮依旧还悬在空中。由于早晚温差大，匈奴兵皆裹着厚厚的裘皮钻出了帐篷，极目远眺，远方微微泛红的山脉在青天下光秃秃的，此起彼伏，连绵不绝地延伸至远方，哈气成雾的空气中，甚至还能看到在寸草不生的戈壁滩深处，间或有细微冰霜覆盖，灰白一片。茫茫的戈壁滩上，除了星星点点的骆驼刺点缀其中，皆是一望无际的荒凉，不远处的疏勒，周围却郁郁葱葱，如同戈壁滩上的一颗明珠，但此时在匈奴兵眼里，却是眼中刺、肉中钉，恨不能除之而后快。

随着一阵悲凉的胡号声响起，匈奴军皆神色庄重，从喉头处发出悠长的哀鸣，呼和着苍茫一片的戈壁，更显凄凉。匈奴兵逐步聚集到营外空旷之地，围成若干浩大的人圈，圈中已燃起巨大的篝火堆，熊熊篝火燃起的狼烟垂直而上，直冲天际，篝火堆旁，早早地排放着三张桌子，第一张桌子放着奶制食品，第二张桌子放着众多宰好的牛羊等牲畜，第三张桌子放着各式果品，圈中一名张牙舞爪的巫师，带着青面獠牙的面具，向祭品伏地跪拜，拜完后，巫师点燃九盏神灯和九炷香，敬满九碗酒，一切就绪后，嘴里念念有词，一会儿拿着手里的道具指向天，一会儿围着篝火跳着不知名的舞蹈。

一阵悠长的胡号再次响起，大单于带领着众匈奴贵族行至仪式圈外，人群给大单于让出一条道。大单于双目炯炯有神，神色凝重，缓步直行，进入正中的篝火圈内，右手握拳抱胸，面向巫师咒咒有声。巫师手舞足蹈地绕着大单于旋转，待巫师跳毕，大单于带着众贵族虔诚地跪拜在祭品前，巫师则在一旁继续念着不知所云的咒语。大单于拜满九次后，带领众人面向幽幽青山，向天泼洒三碗酒，再向山峰处洒出三碗，最后再向地洒出三碗。等大单于礼毕，巫师以一种奇怪异常的尖厉声音向天空中呼喊道：“昆仑神，昆仑神！”喊完，向天空中抛出数不清的事先写好的咒语画符。

整个祭祀仪式冗长神秘，胡号透出的一股苍凉悲哀声，如潮水般洞击匈奴心扉，令人隐隐作痛，那种隐痛，如没有身临其境，则无法言喻。

匈奴祭祀的狼烟窜向天空，汉军将士站在疏勒城头之上，皆啧啧称奇，不知道匈奴在干什么，久居西域的万羌向耿恭说道："这是匈奴的祭祀仪式，我汉军连胜匈奴，匈奴锐气尽失，定是其大单于为宽全军之心，设祭祀仪式，拜天拜地拜神。"

耿恭皱着眉头说道："匈奴人已尽克西域诸国，汉军于西域，唯疏勒小城苦苦支撑，现匈奴大单于坐镇大营，势必稳定军心，此将是恶战之始也。"

"校尉莫忧，我大汉将士皆百战之士，善守能攻，匈奴人虽人多势众，但皆匹夫之勇，不足为惧!"江承笑道。

"求天拜地，弄神作鬼，非兵家之为也!"孙熙鄙夷道。

"诸君切不可妄自尊大，近日匈奴人必将再犯，速速传令，整军待战!"耿恭命令道。

"喏!"众将皆抱拳应承道，看耿恭神色凝重，众将悻悻退出帐外。

激战水源

正如耿恭所料，匈奴再一次袭城而来，但攻势明显没有前面几次凶猛，攻城部队与汉军一触即溃，继而匈奴屡次攻城，皆如此这般。

耿恭深感奇怪，不知匈奴军葫芦里卖什么药，他获悉匈奴军帐下有一汉人谋士，足智多谋，常有奇策献于大单于，耿恭心里突然有一股不祥之兆，正迟疑间，张封冲到眼前，气喘吁吁道："校尉，校尉，大事不好!"

"何事如此惊慌？且慢道来!"耿恭问道。

“噗呲，噗呲”，张封大口大口地喘着粗气，待呼吸稍稍缓和，便急道：“校尉，有大队匈奴人绕道疏勒城后，正在修筑水坝，欲截断我疏勒水源!”

耿恭顿时气冲脑门，惊愕失色地急道：“匈奴此计诈也，声东击西，某应早防此计。此番若匈奴计成，疏勒危矣。”懊恼之余，耿恭命道：“速速传令石修带领两百人的敢死队，务必拼死抢回水源。”

“喏!”

“等等，”耿恭前后来回踱步，面无人色道，“传令全城，准备水桶等一切可以盛水工具，以备不测!”

“喏!”张封站在原地，追问道：“校尉还有何吩咐?”

“速去!”耿恭顿了顿，随即缓了缓神色，看着嘴唇干瘪的张封，拍了拍他的肩膀，关切道：“时值酷暑，尔路上莫急，传令石修，若不能夺回水源，切莫恋战，早早撤回。”

“校尉!”年轻的张封莫名所以，不知耿恭为何如此这般犹豫。

“去吧!”耿恭转过身，看着远方，内心轻叹一口气。身为全军主心骨，刚才差点失态，实非主将之为。不过此次匈奴如果把水源截断，疏勒小城以区区数百汉军，到底还能坚持多久?朝廷援军迟迟杳无音信，本部汉军当为之奈何，耿恭一筹莫展。

水源尽头，匈奴早已派重兵把守筑好的水坝，就等着汉军前来争夺。石修带领两百个敢死兵冲上之时，匈奴人以逸待劳，居高临下，将汉军团团困住。石修率众拼死相搏，无奈匈奴人多势众，石修等人力不能敌，不到片刻，敢死队员便倒下一片。

石修大肆咆哮，不顾一切地要找匈奴人拼命，他心知水源是疏勒城的生命线，必须不惜一切代价要把它拿下。张封死死拖住石修劝谏道："校尉早已下令，若不能敌，当尽早撤退，切不可鲁莽行事。"

石修无奈，瞪着血红的眼睛，砍翻两个匈奴人后，不甘心地对部下敢死队员命令道："全军且战且退，莫要恋战!"

黄昏下的溪涧上游，汉军留下了几十具尸体，鲜血染红了整个溪涧。石修在山坡之下看着沿溪涧顺流而下的片片鲜红，心有不甘，又想带队向上冲杀，无奈张封带着众人死死拉住。石修只得愤愤作罢，带着残兵回到疏勒城，见到耿恭，石修跪倒耿恭跟前，痛不欲生道："校尉，石修无能，不能夺回水源，请校尉赐罪，属下绝无怨言。"

"此乃本将之过，尔何罪之有，皆因某未能未雨绸缪，早做准备，才有此惨败。事已至此，余当亡羊补牢，以弥此过。"耿恭说完，看着众军士又说道："传令，尔等速速带领全城青壮，提桶星夜出城，趁溪涧下游还有余水，全部调运回来!"

"喏!"

"行军注意隐蔽，切记!"耿恭生怕有失，再次提醒道。

"喏，属下这就去安排!"石修起身谨慎道。

星夜抢水的汉军，提回来的那一点点水只能作为一点心理安慰，杯水车薪，解决不了根本问题。盛夏的疏勒，辣阳高悬，空气中弥漫着阵阵热浪，恨不得将整个疏勒都烤干。虽然耿恭执行了严格的配水制，可没过几天，全城还是陷入了严重的缺水危机，汉军虽组织敢死队反复多次前去夺水，无奈匈奴防范严备，汉军终难得逞。

疏勒城内，无论士兵还是全城居民，皆饥渴难耐，嗓子冒烟，尤其到了深夜，干渴生疼的咽喉更令人辗转反侧，难以入睡。

略带寒意的清晨，耿恭步入城中街道，看到城中居民拿着瓦碗置于树叶之下，汲取着可怜的露水，当汲出一两滴，赶忙探出嘴唇略微蘸一蘸，蘸完之后，口中咂巴咂巴两下，咽下口水，给干渴生疼的嗓子注入一点生津。老弱妇孺们在城中一角，搭建香堂，向天祈求，奢望给干涸的疏勒降下甘露。据城中传言，已有人开始喝自己的尿液。听到此传闻，耿恭一筹莫展，只能紧蹙眉头，返回到军营中，士兵们几乎都是整夜未睡，皆趁着清晨的凉意，张开嘴巴，朝着微润的天空中，不停吸气，再吞咽，奢望可以让喉头舒服一点。

耿恭独自于帐内冥思苦想，突然心思抖动，像在脑海里抓住了一根救命稻草，越想越觉可行，他走出帐外，传令诸军士到校场集合，带着沙哑的声音说道："汉军将士们，疏勒四周水草丰沛，水源充足，匈奴人虽截断了我们的上游水源，但疏勒城下定能发掘暗水，吾等求天不如求己，传我将令，发动全城居民挖井，以解干渴。"

"喏!"

一场声势浩大的求水之战在疏勒城中悄然发起，耿恭亲自举起铁锹，铲出第一抔土，所有人趁太阳还没有升起之时，跟着耿恭，铆足所有力气，向地底下深深挖去。

两三天过去，汉军锹下的深井已达十五丈，可还是没有渗出一滴水，深井根本没有任何出水的迹象，常项、柳能、孙熙等人丢开铁锹，心灰意冷，仰天长嚎："天不佑我汉军，大丈夫当马革裹尸，死于疆场，难不成吾等就渴死在这疏勒城?"

"天无绝人之路，也许会有转机!"岳先安慰诸人道。

善于饲马的曹亮突发奇想，他向耿恭建议道："校尉，城中已无半点水迹，为下之际，或可榨取马粪里的水来救急!"

"马粪?"耿恭几乎不敢相信自己的耳朵，大惑不解道。

"是的，属下早年与胡人迷于沙漠数月之久，曾用此法解渴，依属下建议，此法可解燃眉之急，以待转机!"曹亮言辞凿凿道。

"就依尔所言，权且试为之!"耿恭暗自苦笑，万般无奈道。

得到耿恭的首肯之后，曹亮便带领数人，准备工具，前往马厩，开始榨取马粪汁。马粪汁水经过数次蒸馏过滤，最后在一口大锅里被煎熬出来之时，呲呲冒烟，曹亮用刀剽开水面上的泡沫杂物，带领两人小心翼翼地把汁水分到坛坛罐罐里，待水稍凉，再分别用小碗盛出几份，一一递到众人面前，众人看着颜色泛黄并掺杂着马粪味的汁水，皆不由自主地皱起眉头。当把碗口凑到嘴边时，张封顿时忍不住呕吐起来，无奈胃中无物，只得不停干呕。其他众人见张封如此惨状，更是不敢下嘴。

看着自己面前的马粪水，耿恭也不断泛出一阵反胃，心中迟疑片刻，但仍果断端起碗来，走到众人中间朗声说道："汉军不畏于匈奴刀剑，难道还惧一碗水否?当此生死存亡之际，兄弟们，喝了这一碗，为了朝廷而喝，为了大汉而喝，为了吾等自己能够活下去而喝!"说完，耿恭扳起小碗，对准口中，闷头一饮而尽，喝完捋了一下蘸着水汁的胡子，故作神色自若，朗声笑道："甜若清泉，实乃甘露也，哈哈!"

众军士眼见耿恭如此痛快喝完，遂不再犹豫，纷纷捏起鼻子，强忍恶心，喝完碗里那令人作呕的马粪水。

"校尉，匈奴人又要攻城了，"当众军士刚刚喝完马粪水，匈奴的战鼓声远远播起，自远而近，分外刺耳地钻进众军士的耳朵。刚刚喝完了一股恶酸味的马粪水，石修正气不打一处来，噌一下站起身来，急不可耐地道："随我来，杀他个痛快!"

"且慢，且听校尉号令!"杨武按住他说道。

"弟兄们，当下，我军正是缺水疲弱之时，切莫逞勇武之能，徒增伤亡，匈奴欺我缺水，故耀武扬威、装腔作势而已，此时匈奴必不会强攻，只是佯攻以消我军士气矣，"耿恭顿了一下，说道："传本将令，众军轮流上阵，以弩弓退敌。"

"喏!"众军得令，列队迎敌。

正如耿恭所言，在汉军一阵箭雨之下，匈奴偃旗息鼓，挥舞着战刀，稀稀散散地退了下去。据那汉人谋士之言，匈奴大单于已知长此以往，汉军必不能持久，只是命部下不时地佯攻疏勒，以消耗汉军的体力和士气。

神井出水

马粪水只能解汉军的燃眉之急，并不能持久为之。况马也无水可饮，没过几天，马也渴得无法排泄。疏勒已经被烈日晒干掉最后的水汽，全城几乎都像在冒烟一样，干渴的人们在燥热的空气中昏昏欲睡。汉军士兵们终于绝望了，众军士挤在屋檐下的狭小阴凉处，奄奄一息，等待着上天的裁决。不远处，有一口挖好但一直不出水的水井，众军士傻傻地看着井，望眼欲穿，奢望着奇迹的发生。

耿恭束手无策，仰面朝天，浩然长叹道："闻昔日贰师将军（西汉名将李广利）拔佩刀刺，飞泉涌出；今汉德神明，岂会将我等困死于此?!”说完整肃衣冠，向这口不出水的水井一遍又一遍地稽首而拜。面对缺水的危机，纵是足智多谋的耿恭也已经黔驴技穷，此时为了全城将士百姓，他只能以虔诚来感动上苍。

也许是地下水经过数日的渗透开始迸发，抑或真的是上苍被这群坚守在绝境中的大汉士兵所感动，总之就在耿恭近乎绝望的那一刹那，耳尖的张封忽然惊喜地站起身喜道：“校尉，校尉您听!”

耿恭应声而停止拜伏，只听得细微的汩汩声从井底传出，耿恭战战兢兢地爬向井沿，探头朝井底看去，顿时欣喜若狂，此刻的他再也顾不得自己一军之主的身份，狂声跳跃起来，嘶哑地喊道：“出水了，出水了，井底出水了!”

全体将士随着耿恭的叫声，皆喜不自禁，团团围住该井，看着汩汩而出的清泉，众人一齐忘乎所以地欢呼起来，奔走全城公告：“出水了，出水了!”直至嘶哑无声，众人这才发现，只顾着高兴，竟然都忘记了喝水。

待所有人畅快淋漓地痛饮之后，耿恭带领全城军民集体面向此井，向天而拜：“苍天有眼，大汉洪福，佑我汉军，佑我耿恭，若日后有幸，耿恭定为此井树碑立传!”

“万岁，万岁，大汉万岁!”穿云裂石的呼喊声从城中传出，传至匈奴营帐，匈奴兵不知疏勒城中所发何事，皆出帐向疏勒城远远望去。

疏勒城终于不缺水了，甘甜的井水潺潺而出，不停地被运入城中千家万户，在耿恭眼里，这不仅仅是井水，他还看见了御敌的武器，是摧毁匈奴军心理的强大武器，匈奴人就等着汉军缺水而土崩瓦解，可汉军就这样神奇地被天眷顾，绝处逢生，天不亡耿恭，天不亡西域的这支汉家孤军。

“传我将令，全军向疏勒城头泼水，给干了几天的城墙也洗洗澡，给匈奴人看看，汉军不缺水，汉军是不可战胜的。哈哈!”耿恭豪情万丈地笑道。

当士兵们把一桶桶水抬上城头，当着匈奴人的面擦洗城墙，匈奴人傻眼了，不远处的汉军士兵们忘情地相互嬉水而戏，同时面向匈奴人发出阵阵嘲弄的狂笑。

汉军没有崩溃，如耿恭所料，匈奴人彻底崩溃了，大帐内的大单于气急败坏地咆哮道:“汉军的水到底从何而来?”

身边的汉人谋士也一筹莫展，他根本都不敢相信自己的眼睛，心中暗自惆怅:“汉军真是有如神助也。”

“传我命令，攻城!”大单于暴跳如雷:“吾定要将耿恭生擒活剥!”

激战疏勒(二)

“呜，呜，呜!”空前残酷的围城战拉开了序幕，匈奴人彻底放弃了让汉军屈服的念头，大单于下令，不惜任何代价，每天攻城，誓要将疏勒拿下。

耿恭在做出羞辱匈奴的决定之时，已经预料到匈奴一定会恼羞成怒，他下令动员全城青壮年，加班加点，加固城墙，对全城辎重粮草做好配给制度，以确保后续的长期作战。所有人围绕即将到来的战斗，制作各种守城兵器枪械，当匈奴来临之时，汉军将士常备不懈，弓弩刀枪一一准备齐全，在城头各处设防，只等匈奴军的进攻。

大单于坐镇军中，帐下左右谷蠡王、左右大将、左右大都尉、左右大当户等将领皆在大单于的威逼下，督促自己的部下死战疏勒，一队退下来，另一队紧接着会攻上去，匈奴人的进攻此起彼伏，连绵不绝，围城的匈奴兵越来越多，而守城的汉军士兵却越打越少，城里临时被征调的青壮年也跟随汉军浴血疏勒城头，挥洒热血。耿恭同样身先士卒，坚守在战事前线，不停地击杀冲上城来的匈奴人，为提升士气，每次战斗打响之时，耿恭更是率先亲自擂鼓，激励全体汉军将士。

残酷异常的战斗不断考验着汉军将士们的心理底线，匈奴军要攻下疏勒的决心也不断地考验汉军将士们的坚韧程度。日复一日的战斗残酷地消耗着汉军有限的兵力，看着身边熟悉的身影不停倒下，耿恭眼冒怒火。当战斗再一次打响，他毫不畏死，挺立于城头，看到一个匈奴兵爬上来，奋不顾身，冲上前去，大吼一声：“杀!”刀锋自上而下压向匈奴兵的头颅，那人一声惨叫，滚落下城头。

汉军将士们虽濒临绝境，但在耿恭的激励下，士气却空前高涨，神射手石修箭无虚发，每射必中，杨武、庄襄等人各自率领数十军士，彼此呼应，不停地推出滚木硝石，大破匈奴的登城部队。汉军之前连夜打造的御敌神器——汉弩，在柳能、孙熙、江承等人的手下也大显神威，神弩如蛇信般不停吐出，射得城外匈奴人仰马翻。数度强攻之下，匈奴军虽能屡次突破汉军的防守，但登上城头之时，曹亮、刘成、万羌、岳先、李立等人皆立刻以肉身填上缺口，心心相印，携手共进，挺枪而上，与敌人作殊死搏斗。战斗从早到晚，一刻没有停息，哪怕毒阳高悬之时，双方也没有停下殊死相搏。一批批匈奴兵倒在了疏勒城头之上，疏勒城依然牢牢地在汉军脚下屹立着，岿然不动。

大汉帝国的军旗始终在疏勒城头上高高飘扬，当一个旗手倒下，立刻就会有第二个旗手迅速扶住，夕阳西下，浑身沾满鲜血的汉军旗手，在漫天残红下，格外的悲壮。当最后一批匈奴兵再次被汉军击退，耿恭带领着残余的汉军，连呼喊胜利的力气都没有了，只能静静地站在城头傲视匈奴大营。大单于远远地看到汉军阵中傲然而立的耿恭，衣冠褴褛却正气凛然，粗眉虬髯在风中苍劲地舞动。那是他此生遇到的最强劲的对手，那是他此生从来没有碰到过的大汉军魂，他仰天悲叹道："叹我大匈奴无此良将，实乃大匈奴之憾也，吾誓生擒耿恭，纳降之。"

弹尽粮绝

匈奴大单于苦于无法征服疏勒之时，汉军也同样再一次陷入困境。长期孤守疏勒，前无救兵，后无援军，汉军的粮草逐渐耗尽。泉水可以从地底下挖，粮食可以吗？长期的战斗不断消耗着汉军的体力，看着空空的粮仓，粮草官哭丧着脸站在耿恭面前："校尉，今天是最后一餐了，过了今天，粮仓里真的是找不出一点粮食了。"

耿恭转过身，背对粮草官，他不希望在部属面前露出胆怯之色，此前他已派部下范羌前去酒泉讨要粮草，但范羌却迟迟没有音信，饶是耿恭内心心急如焚，此刻也无济于事。没有粮草，无论汉军有多少坚强的毅力，那也只是强弩之末。

耿恭心中暗自叹气，谋事在人，成事在天，愿苍天保佑汉军，再次度过此劫。他沉声命令道："宰马！"

"校尉！"粮草官愁道："马不能杀啊。"

"汝休要争辩，某何尝不知，非不到万不得已之时，不能杀马，可当此非常之时，汝有何计可施?”耿恭质问道。

粮草官被问及无言，无奈退下。

当精良的战马倒于血泊之中时，汉军将士们皆不能自已，痛不欲生。战马是军队最亲密的伙伴和朋友，是这些战马伴随这支孤军度过一次又一次劫难，年轻的张封死死抱住一头还在抽搐的战马痛哭道：“黑云，我的黑云啊，呜呜!”

全军痛哭的声音传至耿恭营帐，硬着心肠的耿恭也忍不住地独自垂泪，他何尝忍心将自己的爱驾送入铡刀之下，可这些追随他出生入死的汉军兄弟要活啊，此刻，他心中唯有一个信念：一定要带着这些兄弟活下去。

耿恭走出营帐，看着面黄肌瘦的汉军众人，朗声道：“尔等皆因马而哭，马会因尔而哭否？战马因战而生，当因战而亡，今尔等有何痛苦？匈奴在城外虎视眈眈，尔等竟在城中儿女情长，若不食马，尔等皆要葬身于此，尔等将何以回归大汉?”说完，耿恭虎目圆瞪，厉声喝道：“都站起来，都站起来，开灶煮马!”

“喏!”经耿恭痛斥，众军士只得吞下眼泪，有气无力地遵命行事。

疏勒城内的战马本就不多，只能解得一时之急，并不能持久，当最后一匹马的马肉也被分至众军的碗中之时，疏勒城终于陷入了最后的绝境，再也无可食之物。当粮草官再一次站到耿恭面前时，耿恭仰面长叹道：“先退下吧，天意如此，吾亦无回天之术也!”

此时的耿恭已经完全断绝大汉朝廷能派出援兵的希望，自退至疏勒，已达半年之久，这么长的时间，他没有收到半点朝廷的音信，也许朝廷已经遗忘他们这支孤军了，也许派出的援军被匈奴击退了，他实在不愿意再继续想下去，转眼间，西域又要进入寒冬，缺衣少食的汉军将以何而战。

车师送粮

第二天的战斗依然不适时宜地打响了，所有的汉军将士拖着疲惫的身体再度奔赴战场，汉军用尽最后一点力气击退匈奴后，退回城内，横七竖八地倒在城内的各个角落，喘着粗气，众人皆傻傻地仰面朝天，看着青黑的天空，所有军士哪怕再挪动一点点身体都没有力气。耿恭同样精疲力尽，静静地躺在众军士群中，不知所想。

疏勒城外忽然传来若隐若现的呼唤："汉军兄弟们，请开城门。"

守门之人完全没有力气起身查看，众军皆死气沉沉，当此之时，疏勒城外除了匈奴人，再也不会有其他人。

近在咫尺的呼声再度响起："汉军兄弟们，快开城门，我们是车师国王后派来送粮草的!"

年轻的张封一个激灵，仿佛空气中赐予了他一股神的力量，陡然站起身，跑到耿恭身前激动而又颤抖地叫道："校尉，校尉，您快听城外，车师国王后给我们送粮草了。"

耿恭也精神陡震，竖起耳朵，城外的声音如天籁般动听："耿恭将军，我是车师国王后的使者，快开城门!"

"快，快，快开城门!"此时的耿恭再也无法保持自己的威严，慌不择声，踉踉跄跄地站起身来，命令道："快，随我一道，打开城门!"

命运多舛的汉军再一次绝处逢生，当身心俱疲的汉军看到粮草车的那一刹那，所有疲惫的躯壳里，皆有如神助，迸发出无穷的力气，紧紧围住后车师国的使者带来的粮草车，伙夫们迫不及待地先卸下一批干粮，众军士哪里等得及伙夫逐一分配，皆一哄而上，抓到干粮就狼吞虎咽起来，耿恭总算稍微褪去疲惫的神态，以心疼的眼神看着他的弟兄们，他没有制止军士们的哄抢，只是强忍住自己的饥饿，打足精神，呵护地喊道："吃慢点，吃慢点。"

众军士太饿了，浑然未闻耿恭的劝告，尤其是张封带着一伙年轻的军士，直吃得脖子发直，干粮没有水拌合着，堵在嗓口，张封直急得眼冒金星，石修慌忙舀了一碗井水给他灌下去，这才让张封缓了一口气，等干粮进肚，打了个饱嗝，张封这才略显害羞地笑道："我实在是太饿了！"

石修拍了拍张封的脑袋笑道："你没听校尉吩咐？让你们吃慢点！"

众年轻的军士们皆摸着脑袋，抹抹嘴巴嘿嘿傻笑。

等众军士吃得差不多了，耿恭这才拿起一块小饼，咬了一小口，细嚼慢咽，缓缓地品尝这来之不易的粮草，后车师国的使者们站在一边，并没有急于陈述详情，等耿恭把整块小饼全部吃完，这才走上前抱拳恭敬道："在下代王后向将军问好！"

"耿恭失态了，请贵使见谅！"耿恭还礼汗颜道。不但是士兵饿的失态，耿恭同样饿得说不出话了，只得先吃完再接使者的话。

"将军多礼，在下乃车师国王后使者，王后知将军困于疏勒，粮草必不能持，特命在下向将军输运粮草。"使者笑道。

"王后真乃汉军之福也，汉军困境，贵使刚也看到，此番粮草救急，救汉军于水火之中，实乃久旱遇甘雨啊。"耿恭说道。

"此皆王后先知先觉也，将军有所不知，在将军撤离金蒲之后，车师国就陷于匈奴，王后心系全城百姓，委身于匈奴，然王后一直挂念将军安危，命在下每日偷偷收集粮草，于安全之地储存，以备将军急用，此番偷运粮草，也是险关重重，险些失于匈奴耳目。”使者心有余悸说道。

“贵使不辞辛苦，耿恭不胜感激，请受耿恭一拜！”说完，耿恭便倒地大拜。

使者慌忙托住耿恭说道：“此皆王后全将军之功也，在下徒行事尔！”

“不然，王后之恩，容耿恭日后再报；今若无贵使远来，汉军危矣！”耿恭硬要拜道。

“将军，毋须再多礼了，在下来时，王后嘱托在下将此信交与将军，王后所言，皆在信中，将军可即刻回信，在下今晚带回。”使者从怀中拿出一封牛皮封好的信件递于耿恭。

“贵使今晚就回？不多呆一宿？”耿恭急道。

“王后嘱托在下，见到将军后，星夜速回，以避匈奴。”使者说道。

“好，那就恕耿恭慢待，不留贵使，待耿某看完信件，与王后回信，请贵使于帐内稍稍歇息！”耿恭说完，让张封带使者到偏帐稍事休息，自己独自走回营帐。

拆开牛皮信封，娟秀的字迹现于绸缎之上，寥寥数语，耿恭细细打量之：“昔妾以汉人之身，和亲于车师，今又委身于匈奴，然心系大汉故国，夜不能寐，将军孤悬疏勒，力抗匈奴，当缺衣少食，今奉粮草，以全将军，若将军转危为安，妾心安也。愿我大汉边境安宁，汉胡永止干戈，愿将军建万世之功，成不朽之名。”

铁骨铮铮的耿恭不禁眼前模糊，端着绸缎，细细品嚼，不舍放下，辗转半个时辰，耿恭于桌案上扯出一块布，席地端坐，执笔回复道：“王后之恩，耿恭涌泉相报尚不能及。王后大义，令耿恭汗颜，若耿恭此番全身返回汉廷，定奏明汉帝，以全王后不世之功。”耿恭盯着信布，欲再加上两句，可落笔又停，如此来回几番，最后仰天闭眼，长叹一口气，丢开毛笔，仔细地将信布折好，塞回牛皮信封，转身走出营帐，递于使者，恭声道：“有劳贵使千里救援，今贵使离去，匈奴人耳目众多，路途艰险，贵使一路珍重！”

“谢将军嘱咐，余会小心，在下去了！”使者说道。

“等等！”耿恭突然拉住使者，欲言又止。

“将军，有何事吩咐？”使者问道。

耿恭咬了咬牙，双眼微润道：“疏勒前途未卜，耿恭生死未知，若耿恭全身而退，汉地与西域相隔千里，此番远去，不知何时能见，望贵使代耿恭言于王后，耿恭拜谢王后大恩！”说完，对使者再以大礼相拜。

“将军，在下定向王后禀报将军所言，天色欲明，在下当速速离去，以避匈奴！”使者还礼道，说完，向耿恭再深深鞠躬，便再也没有回头，带领使团匆匆消失于黑暗之中。

耿恭目送使团离开，怅然若失，随之轻叹一口气走回营帐，继续端着王后的来信，和衣而睡。

香消玉殒

车师王后的雪中送炭，将汉军从死亡的边缘拉了回来，汉军又恢复了生龙活虎的状态，面对匈奴不依不饶的攻城，汉军是兵来将挡水来土掩，每次匈奴都是败退而归。耿恭深谙兵法，知道进攻才是最好的防守，当匈奴偃旗息鼓之时，耿恭常派出小股部队偷袭匈奴，双方你来我往，互有胜负。

随后几个月的焦灼鏖战中，王后不停地遣人运粮输送至疏勒，以确保汉军之需，自耿恭以下，汉军将士无不感王后厚恩，每夜向西磕首拜谢。

好景不长，运送粮食的队伍终于被匈奴发现了，匈奴很快顺藤摸瓜，得知乃王后所为。大单于雷霆震怒，严令军士将车师王后缉拿，囚于营中，厉声对王后叱道："我待尔不薄，奈何尔竟不思图报，反助汉军，意欲何为?"

王后不怒反悲，徐徐哀道："汝杀我夫，羞辱吾身，吾恨不能食尔肉，啖尔血，吾昔为汉人妇，今助汉军，有何不可？汝凶残暴掠，掠我西域，妄图汉室，汝尝忘《匈奴歌》否?"

"啊呀呀!"大单于吼道："来人啊，给我将这泼妇拉出去烧了，以敬昆仑神。"

乌泱泱的匈奴帐外，车师王后被悬于一离地三尺的木架之上，脚下堆满了干枯的木材草料，王后刘思若毫无惧色，狂笑道："失我焉支山，令我妇女无颜色；失我祁连山，使我六畜不蕃息。哈哈，单于，尔忘否？哈哈!"

王后吟唱的是当年匈奴人被冠军侯霍去病赶出匈奴王庭西逃后而传唱的歌曲，这是匈奴人引以为耻的一段历史。

听到王后不停重复此歌，大单于马鞭怒指，气急败坏嘶吼道："烧，烧死她，给我烧死这个恶妇!"

干材草料被点燃，熊熊烈火像魔鬼一样龇牙咧嘴，面目狰狞地要将王后吞噬，火借风势，越烧越旺，当火焰终于窜上高雅亮洁的王后身体之时，青天顿时为之变色，刚还是艳阳高照，瞬间变成乌云密布，烈火中的王后依然还在高声吟唱《匈奴歌》，令人生畏的声音令每一个匈奴人胆战心惊。大单于的嘶吼声与王后的歌声在空气中纵横交错，在浩瀚无垠的戈壁滩上四处飘荡，直至王后的声音越来越弱，最后只听见草料燃烧在风中噼啪作响的声音，大单于的声音这才戛然而止。

疏勒城头的汉军看着不远处被烈火煎焚的王后，皆痛不欲生，情不能已。石修、杨武等人当即要集合军士冲出城去救人，耿恭何尝不想如此，可匈奴军正等着他们前去救人，正等着他们钻进设计好的圈套。

最后，耿恭瞪着血红的眼睛，决绝地哀然转身："传我将令，任何人不许出城，违令者斩!"

"校尉!"诸军士齐声跪拜道："让我们出城救人吧!"

"传我将令，任何人不许出城，违令者斩!"耿恭再一次威严地重复，说完，眼圈泛红，头也不回地钻入营帐。

激战疏勒（三）

粮草的补给随着车师王后的香消玉殒而中断了，没过多久，汉军再一次陷入了断粮的危机，当饥饿再次降临之时，耿恭已无马可杀，看着日渐消瘦的军士，耿恭心如刀绞，但却无能为力。

日薄西山，刚结束战斗后的军士饥肠辘辘地被耿恭召集到校场。耿恭来到部队前面，此时的汉军经过几个月的奋战，伤亡惨重，折损大半。能够战斗的只有区区七八十人了，面对耿恭的视察，众军士一如既往地迎风挺立，看着眼前这些同生共死的汉军将士们，耿恭只是高声问道："汉军健儿们，我的兄弟们，我们现在粮草已尽，我等将空着肚子与匈奴厮杀，尔等怕不怕?"

"不怕!"众军士挺身齐声喊道。

“大汉将士，尔等为谁而战?”

“我们是大汉的将士，我们为大汉而战!”

“我的汉军兄弟们，耿恭能与尔等同生共死，实乃耿恭之幸也。”耿恭顿了顿，朗声说道：“我大汉朝的健儿，从不向敌人屈服，我大汉朝的健儿都是顶天立地的大英雄。当此报效国家之时，诸君皆无愧于天地，无愧于朝廷，无愧于我大汉父老，今我军孤悬疏勒，朝廷尚无援军，吾等唯有置之死地而后生，陷之亡地而后存，传我将令，全城搜寻可充饥之物，老鼠、蟑螂、飞禽、走兽，凡是能充饥的，皆捕之。”

“喏!”

“如无活物，那就吃死物，铠甲皮革，皮带兽筋，一切能充饥的，皆食之。”

“喏!”

“将士们，经万难苦中取乐，历千险绝处逢生，死地求生方能显我英雄本色，吾耿恭将与兄弟们一起，同进共退，同生共死，吾等一定可以转危为安，化险为夷，吾等也一定能战胜匈奴，回归东土。汉军威武，汉军必胜!”

“汉军威武，汉军必胜!”嘹亮的口号冲向天际，汉军将士们浑身早已破烂不堪，铠甲上的布条一缕一缕，在风中颤抖，但一股股浩然正气拔地而起，那傲骨嶙嶙的意志也持久立于天地而不灭。

匈奴人的进攻一天也没有停止，然而，疏勒城上的军旗依旧顽强地迎风飘扬着。

寒冬来临，大单于看着城墙上形似枯槁但意志坚强的汉军士兵，心中不由得涌出恐惧的敬意，这是一群真正的战士，这是真正的汉朝之魂。他左拳抱胸，右手摘帽，向疏勒城弯身鞠躬，转身传令停止进攻。

大单于突然想起了百年前的汉将李陵，飞将军李广之孙，虽勇冠三军，然因无救兵而身陷匈奴，后不得已与单于公主为亲，被封为匈奴坚昆国王、右校王，今何不效仿此事招降耿恭？

匈奴的招降信息传至疏勒城，大单于开出条件：汉军投降，然后封耿恭为王，嫁单于的公主与耿恭为妻，其余所有将士皆有封赏。

大单于开出的条件的确丰厚，对这群过了今天就不知道明天是否还能活着的人来说，的确具有不可抵御的诱惑力。众军士们不知耿恭意下如何，皆默不作声，等待着耿恭的最终裁决。结果已经不重要，无论耿恭做出任何决定，所有的人都会毫不犹豫地跟着耿恭的步伐。

看着众军士，耿恭笑道："汝等心动否？哈哈！汝等以为吾将何处之？"看到众人依然不说话，耿恭面色一紧说道："稍安勿躁！且听我将令！"

片刻之后，疏勒城头之上，一名汉军缓缓地举起了白旗，大单于终于为之舒心一笑，心想，即使是真正的英雄，也不愿意就此活活被困死。

耿恭站在城头之上，面向大单于，抱拳朗声说道："今疏勒已至绝境，蒙大单于厚爱，让耿恭与众军生路，耿恭不胜感激，务请大单于派出使者进城检阅汉军，以便耿恭受降。"

大单于欣喜若狂，当即满口答应，身旁汉人谋士却提醒道："小心耿恭有诈！"

大单于满不在乎地说道："当此情形，岂能有诈？区区疏勒，弹丸小城，山穷水尽之境，耿恭奈何处之？昔日李陵如此，今日耿恭亦如此也。哈哈！"

汉人谋士黯然退下，不再复言。

当匈奴受降使者进入疏勒，耿恭与诸军士相视而笑，不待使者落定而坐，耿恭一声令下："来啊，给我绑了！"

使者惊恐道："尔欲何为？"

"哼哼，吾先祖乃大汉元勋，三代将门，吾若降尔，百年之后，吾有何面目面对列祖列宗？吾又有何面目面对大汉朝廷？吾更有何面目面对为我等而亡的车师王后？"耿恭厉声喝道，随之传令："将这厮给我绑到城墙之上，我要活剐之！"

一阵疾风掠过疏勒城头，城墙上的一幕顿时让城外的大单于目瞪口呆，面对着数万匈奴大军，耿恭悠然自得地端坐于城头之上，命令士兵架起火堆，将匈奴使者横绑在一木棍之上，像烤羊一样让士兵上下翻转，随着使者的惨叫，耿恭猛然从使者腿上硬生生剐下一块肉，鲜血从使者身上喷出，耿恭浑然无视，与众军士狂笑道："让我等尝尝，是这匈奴肉好吃，还是老鼠肉好吃，哈哈！"

大单于崩溃了，恼羞欲狂，以马鞭遥指耿恭，暴喝道："耿恭，汝不识抬举，吾誓将汝生擒活剥！"骂完，一口鲜血朝天喷出。

匈奴诸将生怕大单于闪失，慌忙抬着大单于速速退后，大单于张开满口鲜血的嘴巴，狂喊道："给我攻城！攻城！传大单于令，不屑一切代价，吾誓将耿恭生擒活剥，碎尸万段。"

"呜，呜！"匈奴人更大规模的进攻开始了，这是一场势力悬殊的战斗，这是一场荡气回肠的战斗，这是一场旷古绝今的战斗，数万匈奴大军日夜不停地轮番进攻，最后的几十个大汉士兵如不屈的战神一般，一直屹立在疏勒城头，战刀已经砍出缺口，箭已射光，连石头都已砸完，汉军没有了武器，就与冲上城头的匈奴人展开肉搏战，扭打到一起，一批批的匈奴人被赶下城去，又一批批的匈奴人冲了上来，风雪中的耿恭盔甲早已不知所踪，光着上身的他在风雪中左冲右撞，白雪和鲜血混杂于一身，令人不忍直视。

当匈奴兵终于又一次被无情打退的时候，残留的汉军在破烂不堪的军旗之下迎风而立，呼呼的风雪穿过满是破洞的军旗，鼓出悚然的声声怒鸣，那面象征大汉荣耀的军旗在战火和风雪中依然挺劲地飞扬。

“汉军威武，汉军必胜!”雄浑的口号再一次从风雪中的疏勒城头响起，匈奴军已经开始怀疑他们到底是在和谁作战，所有的匈奴兵内心皆为之震惊，不再敢举步向前。大单于也在不断地自问自答：这到底是一群什么样的将士？他们是铁打的男人，是不可战胜的军魂！

疏勒城中的汉军正在浴血奋战，已至绝境，包括耿恭在内的所有人，没有人知道是否会有援兵来救他们，可就算战至最后一天，以耿恭为首的大汉军队也决不放弃。可他们并不知道，他们望眼欲穿的大汉朝廷援军正在星夜驰援西域。肩负使命的大汉援军一刻不敢等待，正在朝着疏勒的方向星夜奔袭而来。

千里救援(一)

自酒泉、敦煌而出，段彭、王蒙和皇甫援等人率领七千援军经过两个多月的急行军和艰难跋涉，终于在建初元年即第二年二月抵达位于天山南麓的柳中城，可关宠所部早已全军覆没，段彭等人伤痛欲绝，疾行两百里，来到早被匈奴占领的交河城（新疆吐鲁番西北约五公里处），愤怒的汉军一举攻下此城，斩杀三千八百匈奴兵，俘虏三千余人，缴获驼马牛羊等三万七千头，匈奴仓皇北撤，留下孤零零的前车师国。无奈，前车师国再度投降汉朝。

大汉朝廷收到的是关宠的战报，但此刻关宠已亡，柳中、交河已被汉军克复，援军下一步何去何从，军中展开了激烈的争论。

援军大营的议事帐里，众将端坐，皆一脸沉重，诸人皆知此议将决定这七千援军的生死存亡，皆不敢贸然开口。

“此去疏勒耿恭部，路途遥远，况耿恭孤军区区百人，余以为耿恭部亦和关宠部一样，早已沦于匈奴铁骑之下了。”段彭率先沉声道。

“段将军所言甚是，时值严冬，此去疏勒，需翻越天山，路途艰险异常，余亦以为援军勿须再以身涉险。”王蒙附言道。

众将皆以为是，此番远征，已获大胜，若再劳师动众，铤而走险，实乃得不偿失。

“万万不可！”一个人赤红着脸跳将出来，正是耿恭派往酒泉求取粮草的范羌，范羌拉住段彭，痛声泣道：“朝廷派出大军以援西域，今已至交河，离疏勒城咫尺之遥，岂可半途而废。耿恭将军所部虽势单力薄，但皆我汉军精锐，身经百战，善守能攻，疏勒坚城，水源充足，城池坚固，足以抵挡匈奴大军，吾以为耿恭定能坚守于疏勒，以待朝廷援军，将军切不可图一时之便，贸然撤兵啊！”

段彭皱起眉头，左右为难，身为援军主帅，他坚决不能带领全军踏上绝路，但仍禁不住范羌的苦苦哀求，左右为难。他心知范羌追随耿恭多年，情同手足，实在不知道该如何决断。

范羌深信耿恭一定还活着，他坚信自己的战友们仍然在坚持战斗，他不厌其烦地绕着大帐，轮流拉着几位将领的手苦求。

听着范羌痛彻心扉的哭诉，众将也皆有不忍，纷纷低头窃窃私语，最后都抬起头，等待几位主将发话。范羌亦是眼巴巴地紧盯着王蒙、段彭二人，希望他们能发出进军号令。

皇甫援苦叹一口气，说道："范羌兄弟，以愚兄之见，耿恭所部，区区百人，面对几万人长达一年的围攻，断没有生还之理，汝何苦作此无用无益之事。"

"将军，我大汉从不抛弃为之战斗的军队，陛下派遣援军，也即为此意，今范羌无论如何也不会放弃前去救援耿恭将军。是年，耿将军派我前去酒泉求取粮草，余迟迟未能复命，心如刀绞。今疏勒近在咫尺，我恨不能插上翅膀，立刻回归队伍，以见吾兄耿恭将军，若几位将军执意要撤退，范羌求将军能拨取部分兵马给我，吾将独自前往疏勒营救耿将军，范羌活要见人，死要见尸!"范羌不依不饶地哀求道。

"唉！就依范将军之言吧!"看着范羌真挚的眼神，段彭叹息道，转身面向王蒙，"王蒙将军，尔以为何?"

"权当处之。"王蒙叹息道。范羌的坚持，实令王蒙等人肃然起敬，不忍相拒。王蒙继续说道："既如此，拨两千兵马与范将军，余部与我等回朝复命!"

"谢将军成全!"范羌热泪盈眶，抱拳感激。

千里救援(二)

暴风雪中的交河故城里，段彭和王蒙留下两千精壮汉军与范羌，即将率部撤离。临撤退时，王蒙抱拳向一身戎装的范羌敬佩地说道："此去疏勒，翻越天山，路途艰险，汝若不能越，当早去早归，愚兄在酒泉等你喝庆功酒，保重!”

“将军放心，吾定能与耿恭将军全身而还，以报兄之成全。”范羌抱拳还礼。

目送大军远去后，范羌转身面对留下的两千汉军健儿，众军士均于暴风雪中昂首挺立，等待新指挥官范羌的检阅，范羌右手握住腰间宝剑，踩着没过脚跟的积雪，步履坚定地来到众军跟前，大声喊道：“汉军健儿们，跨过天山，那里也有我们的汉军兄弟，他们已经在那里与匈奴人独自战斗了一年，我们要不要救?”

“要救!”军士们齐声答道。

“此番救援，将九死一生，兄弟们，汝等怕否?”

“与范将军同生共死，不怕!”

“漫天大雪，天山横堑，漫漫险路，诸军需同心协力，携手共进，大风扬兮汉军武，暴雪掠兮天朝威，时不以待，那里正有我们的汉军兄弟望眼欲穿，耿恭将军也正翘首以待我们，弟兄们，出发!”范羌左手指向天山以北，手握马鞭的右手坚定地一挥，指向面向疏勒城的天山另一侧，大声喊道。

“汉军威武，汉军必胜!”英姿焕发的两千汉军健儿踩着积雪，风卷戎装，义无反顾地踏上了漫漫的救援征途。

雪越下越大，不到天明，大雪足足堆积了一丈多厚。寒冬的西域，那逼人的寒气钻入筋骨，冷得令人发指，巍巍天山，如一道不可逾越的天堑横卧在汉军面前，可任何一切困阻都抵挡不住范羌救援的心情，范羌及其两千弟兄，皆心坚石穿，坚韧不拔，坚定地迎着肆虐的风雪，向天山深处进发。

望着荒无人烟的天山峡谷，交河城带来的行军向导畏首畏尾，不敢草率行事。依向导的意见，天晴之日，横跨天山尚且九死一生，况且今日逢此恶劣多变天气，如若贸然前行，那定是绝无生还之理。范羌心急如焚，哪里肯停下脚步，他大声说道："我汉军天威，斩妖除魔，遇神杀神，遇鬼杀鬼，区区天山，将在我汉军脚下颤抖，弟兄们，早到一天，耿恭将军就多一天希望，早到一刻，就多一刻希望，吾等当速速前往，不得停顿。"

向导仍不愿向前，情急之下的范羌拔刀架向导脖子，声色俱厉："汝如若退缩，休怪某刀下无情!"向导这才无奈，被迫引队进入青黑天空与白雪相间的天山深处。

两千援军将士无需范羌催促，暴雪中的援军皆披荆斩棘，一心向前。他们心知，天山那边有他们处于生死边缘的兄弟，无时无刻不在等候着他们的驰援。悬崖峭壁之上，将士们贴着岩壁，踩着半身宽的小路，小心翼翼地蹒跚前行，一不小心，就会踩空脚下，不时有人因此而坠落悬崖，凄厉的声音淹没于风雪之中，但其他人根本来不及悲伤，强忍住失去战友的眼泪，继续踩着齐膝厚的积雪，义无反顾地迎着黎明前进。虽天气酷寒，将士们却大汗浃背，热血沸腾，前方的大旗在风中格外苍劲地鼓动着，白雪的映衬下，异常的绚丽多彩，在后续跟进的军士心中定格出前进的动力。

范羌一直走在队伍最前列，与开拓的先头部队一起，如黄牛般给后续的队伍开出一条雪道。耿恭的谆谆教诲仿佛就在眼前呜呜作响，他心中不断闪过执着的念头：校尉一定还活着，校尉，你一定要活着，范羌这就来救您了。

远处铺满白雪的山峦上，恍若印出耿恭以及众兄弟们正在浴血奋战的身影，如一帧帧画面从范羌眼前不停地闪过，撕心裂肺的嘶吼声仿佛也从天山对面不断地钻进他的耳朵，令其如梦如幻。此刻的范羌眼冒急火，几乎冻僵的双腿仍机械性地不断向前迈越，不肯停下半步。

部队行军整整一天一夜，没有任何休息，向导已经累得浑身无力，气喘吁吁地走到范羌面前求道：“将军，我累得真不行了，休息一会儿吧！再说，弟兄们也都走了一天一夜，是该休息一会儿了！”

范羌无奈，转身看着疲惫不堪的队伍，众军士神色虽仍然坚定，但眼神中均透露些期许，范羌长叹一口气，向北拜喊道：“校尉，范羌知校尉正望眼欲穿，无时无刻不在等待着范羌，范羌恨不能插翅飞跃天山，即刻面见校尉，以求宽慰，务请校尉再坚持些许，范羌数刻便至。”

说完，面向两千健儿沉声说道：“范羌知弟兄们辛苦了，就地休息半个时辰。”

得到范羌的命令，众军士如释重负，皆瘫倒在雪地之上。众人大口大口地喘着粗气，费力地从行囊中拿出干粮，合着随手而抓的白雪，囫囵吞枣地吃了起来。众人一边吃，一边回望来路，皆不知这一天一夜到底走了多远。

范羌无心休息，来到向导跟前，看着消失在远方山脉后蜿蜒曲折的小道，皱着眉头询问道：“此去疏勒还需多久？”

向导喘着粗气，抬头看了看周边山脉走势，心思抖动，再打开羊皮地图仔细查看，突然欣喜道：“将军神武，不知不觉，如此狂风暴雪之下，竟然带队已越天山主脉，此地距疏勒城，不足二十余里，再有五个时辰，大军定能在夜半之时赶到疏勒。”

风雪渐停，日薄西山，雪后的天山壮美雄浑，晚霞将天山主脉映出一片金黄，呈现在将士们眼前的美景仿佛如仙境般美轮美奂，将士们无不震撼天地之广，寰宇之宽，对此盛景如痴如醉。纷纷惊叹之余，发现自己竟然一夜之间跨过如此天堑，更是不敢相信。

范羌剑指泛出金黄色霞光的天山狂笑道："壮哉天山，然任尔阻断南北，却阻挡不住我赫赫天威，汉军跨越尔身，天佑大汉，天佑我范羌，校尉，范羌来了，哈哈！汉军威武，汉军必胜!"

"汉军威武，汉军必胜!"震耳欲聋的呐喊声在空旷的天山山谷里肆意回荡，远处的积雪不停地随着呐喊滑落山岩，煞是壮观。

"兄弟们，打起精神，胜利就在眼前，我们今夜即可到达疏勒，耿恭将军正在向我们挥手，疏勒的兄弟们正在向我们摇旗呐喊，弟兄们，即刻出发!"范羌精神倍增，站起身来大声命令道。

"喏!"军令如山，两千健儿齐身站起，稍事休息后，将士们又一次恢复出坚毅的神态。

会师疏勒

大风夹杂着大雪又开始飞扬起来，肆意地拍打着戈壁滩上的一切。伸手不见五指的黑暗中，唯有疏勒城中的火把透出点点亮光。这是一座小而坚固的城，城内几乎没有人，城墙上的箭孔刀痕，明白地告诉世人，这里曾发生过怎样的激战，这里更像寂静的村庄，几无生机，在深邃的黑夜之中，透出一股悲戚与苍凉。

耿恭带领着残存的二十五名汉军，蜷缩在城墙一角的营帐内，奄奄一息。

众人围绕着耿恭，相互依偎，挤成一团相互取暖，但依然抵扛不住这冬日的酷寒，皆瑟瑟发抖。白天又刚刚打退匈奴的一次进攻，众人抱着明日将是最后一战的决心，誓与疏勒共存亡。

耿恭看着众人，此刻的他再也无法保持威严，柔声向张封问道："累吗?"

"跟随校尉是张封的福分，不累!"张封咧开干裂的嘴唇笑道。

"校尉，此生能与校尉同生共死，实乃杨武之幸也。"杨武激动道。

"校尉，岳先能与校尉并肩作战，三生有幸!"岳先道。

"校尉，李立亦如是，誓死追随校尉!"李立道。

"校尉，属下愿誓死追随校尉!"残留的二十五人齐声伏地而拜。

石修起身说道："校尉，我大汉健儿以区区数百人，抵抗匈奴数万大军一年有余，此乃大汉荣光，乃校尉之功，余能追随校尉作此彪炳千古之战，乃石修之福，日后九泉之下，石修无愧于心，无愧于生吾等大汉父老。"

"好样的，石修，诸君皆是好样的。"耿恭沾了沾雪，润了润嘴唇说道："我耿恭能与诸君腹心相照，并肩作战，深为己荣，待明日匈奴来犯，诸君皆无需顾我，战至最后一刻即可!"

"喏!"二十五人再次俯拜，当此绝境，诸军士皆知明日一战，必是全军覆亡之时，此时的他们已然忘记生死，只希望能够与耿恭作最后一次并肩而战。

突然隐隐有一丝丝嘈杂的声音自城门外传入营帐，耿恭等人顿时大惊，均以为匈奴人要夜袭疏勒。

浑身褴褛的庄襄，拖着残疲的身躯，拄着长枪，勉强站起身，瞪眼喝道："校尉，匈奴又来了，待余杀退之。"

诸军士纷纷挣扎起身，争先恐后地欲投入到这不期而至的生死之战中。

那面屹立在寒风中残破的大汉军旗在火把和白雪的双重映射下，在黑暗中熠熠生辉，风尘仆仆的范羌站在城外向城里轻轻呼唤："校尉，校尉，范羌率军来援，朝廷援军来迎接校尉，请校尉速速打开城门!"

疏勒城中众人这才听得分明，这是耿恭分外熟悉的声音，这是他及城中所有汉军弟兄日思夜盼的声音，这是每日做梦都在想的声音，在所有人彻底绝望之时，这声音如天籁之声般降临到耿恭与众人头上。

"范羌，范羌，这是我的范羌回来了!"耿恭挣扎着蹒跚起身，颤抖而又激动地沙哑道："是，是范羌，快，快，快随我打开城门!"

此时的耿恭踉跄着步伐，与二十五人相互搀扶着，迫不及待地打开城门。打开城门的那一刹那，范羌看到衣衫褴褛的耿恭及其他弟兄，按捺不住地冲到耿恭面前，倒地跪拜哭喊道："校尉，范羌来迟，致校尉于水火之中，范羌死罪也，请校尉治罪!"

"何罪之有，何罪之有，来了就好，来了就好。"此刻的耿恭再也抑制不住绷紧太久的心弦，这一刻终于得到彻底的放松，铁血军魂也非真是铁打，一样有血有泪，他紧紧抱住范羌，热泪如泉涌而下。

"校尉!"范羌知道耿恭这一年多受了太多苦，他没有经历，也无法感同身受，只能任由耿恭紧紧抱住他，听到左右军士们诉说这一年发生的事情，范羌情动之处，再也忍不住，嚎啕大哭起来："范羌来迟，致校尉受苦了，呜呜，呜呜!"

这一刻，两队士兵皆忍不住相拥而泣。疏勒城内的这群铁骨英雄被追杀，被围困，在生与死的边缘苦苦挣扎，整整一年来，终于得以流下畅快淋漓的眼泪。同样，奔袭数千里驰援疏勒的汉军也痛哭不已，为疏勒守军，也为自己，一天两夜，暴风雪中跨越天山天堑，这是前无古人的壮举，可在这群铁打的汉子脚下，天堑变成通途，他们征服了这片本不可逾越的大地。

这是永存于历史的相逢，这是大汉两股浩然之气的对碰，耿恭以几百军士坚守疏勒的壮举换来了大汉朝廷的千里救援。英雄的热泪从不轻流，但这一刻的泪水却是如此的悲情悲壮。

痛哭过后是清醒，虽然耿恭所部终于等到了援军，但疏勒之危并没有解除，数万匈奴人还在城外虎视眈眈，范羌是趁着风雪中匈奴人的熟睡才能摸到疏勒城前。

“校尉，西域之事，朝廷已知，范羌请求校尉，速速撤离疏勒，以图后举!”范羌劝谏道。

“既有朝廷诏令，吾等便不再作固守疏勒之妄想。就依汝言，即刻撤离疏勒。”耿恭不假思索，向众人传令道:“诸军先行充饥，稍事休息后，即刻轻装出城，不得有误。”

诸军士听到耿恭撤退的命令，得以离开这生死回旋之地，皆如释重负。范羌援军有序地将干粮分与守军，待众人填饱肚子，再整装完毕，双方汉军合二为一，在耿恭的统一指挥下，以最快的速度趁黑撤出疏勒城，一路向东南疾行。

撤离疏勒

大单于从睡梦中惊醒，隐隐约约听到远处战马嘶鸣的声音，大单于急向左右询问:“发生何事?”

匈奴斥候急匆匆地钻进帐篷道:“报，汉军援军已至，耿恭率部撤离疏勒。”

“快，快追，遣军速追!”大单于睡意顿消，一年多来的鏖战，本以为明日就可将耿恭擒于马下，碎尸万段，不曾想汉军山穷水尽之时，竟有援军驰援，若是此次再让耿恭逃出生天，那真是大匈奴从没有过的耻辱。

嗷嗷乱叫的匈奴骑兵踏雪而来，浩瀚的白色雪原，毫无遮挡，汉军踪迹一览无余，匈奴骑兵天明时分追上汉军，耿恭横刀立马，屹立在雪原之上，如赫赫战神，带领着残余的二十五人与范羌的生力军并肩而立，严阵以待，这荒芜的戈壁滩上再次迎来了杀声震天的殊死之战。当第一个匈奴骑兵冲上来时，耿恭大喝一声，照准马腿，奋力砍出，战马一声痛苦的嘶鸣，俯身倒地，马背上的匈奴骑兵瞬间应声落地，耿恭哪里肯饶，高高跃起，从天而降，刀尖向下，一头扎向匈奴兵的胸膛，鲜血顿时染红了白雪。

范羌、石修、张封、杨武等人不甘示弱，皆纷纷冲入敌阵，第一批匈奴兵片刻之间被汉军击溃，耿恭大声喝道:“诸军休要恋战，且战且退!”

杀退匈奴先头部队的进攻后，耿恭与范羌率领着汉军继续向南疾驰，匈奴兵在身后纠缠不休，继续追赶，与汉军展开了拉锯战，穷凶极恶的匈奴军在汉军的殊死阻击下不断被击退，但汉军将士也是不停地倒在血泊之中，范羌所率两千汉军几欲丧失殆尽，从疏勒城中带出来的军士也陆续杀身成仁，耿恭心如刀割，但生死存亡之刻，不容他柔情辗转，只得强忍心中滴血，继续率部一边杀敌一边撤退。

很快，在天黑之前，残存的汉军将士又至天山山脚，范羌见状，面向天山伏地而拜，大喊道:“山神，佑我汉军，佑我范羌，能够摆脱匈奴追击。”

最后一批匈奴骑兵追击而至，范羌向耿恭高声喊道：“校尉先行，范羌断后!”

耿恭哪忍范羌独自面对匈奴，带领最后的部队，汇合范羌所部，投入到最后的厮杀之中。结局仍然出乎匈奴人的意外，眼看着就要生擒耿恭，可就是缺这最后的临门一脚。汉军将士再次大发神威，硬生生地阻挡住了匈奴人的最后一击。耿恭在范羌等人的死命保护下，终于得以率领着数百人撤退至天山深处，消失在匈奴人的视野里。

惨胜的匈奴人远远地看着撤退的汉军将士留在天山深处的脚印，望山兴叹，皆发出巨大的疑问，他们是人吗？这到底是一群什么样的军队？

大单于惊闻耿恭全身而退的消息之时，急火攻心，又是一口鲜血喷口而出，仰天长叹：“汉军神威，不可胜也!”

还归玉门

三月的玉门关虽寒意阵阵，但城中已透出丝丝春意，树木已开始顽强地钻出嫩芽。玉门指挥官中郎将郑众下令，全城张灯结彩，军民出城列队，远迎即将回归大汉的西域戊校尉耿恭所部，迎接这批以疏勒孤城为大汉浴血奋战一年有余的勇士们。

郑众率众远远地冲上衣衫褴褛的耿恭等人，行至耿恭身前，郑众不顾一切地拥抱耿恭。热泪再次自耿恭面颊而下，终于还归大汉，终于见到了熟悉的大汉城池，终于见到了日夜思念的大汉亲人。

耿恭所部加上范羌救援的两千人，经过一年的苦战及最后的撤退，经历千辛万苦，于归途中又病死冻死饿死很多人，最终得以生还十三个勇士。

包括耿恭在内，这十三人早已形销骨立、不成人形，身上穿的也已经不能叫衣服，只能说是沾满血迹和污渍的一条条烂布片，可大汉帝国的赫赫天威就是在这样的一群人身上傲然呈现，令人望而生畏，肃然起敬。

这十三个军魂的名字分别是耿恭、范羌、石修、张封、杨武、庄襄、刘成、常项、柳能、江承、曹亮、万羌、岳先、李立。当郑众抱住浑身力竭的耿恭之时，包括郑众在内的所有人都不约而同地发现，大汉帝国付出重大代价拯救回来的不是十三个形似枯槁的残兵，而是一腔彪炳千古的英雄热血，那是一根根顶天立地的民族脊梁。

短暂的欢迎仪式后，郑众命全军鼓号齐鸣，亲自带队，引领着十三个勇士来到将军府，待十三勇士就餐完，郑众欲亲自给耿恭等人沐浴更衣，耿恭等人慌忙推辞，郑众力压耿恭双手，恭敬道："君以单兵守孤城，当匈奴数万之众，连月逾年，心力困尽，凿山为井，煮弩为粮，出于万死，无一生之望。前后杀伤丑虏数百千计，卒全忠勇，不为大汉耻，君之节义，古今未有。"

耿恭等人力不能辞，悉由郑众安排余事。

大汉朝廷早已收到郑众给耿恭请功的奏章，年轻的皇帝刘炟威严地坐在崇德殿堂之上，大司农鲍昱向皇帝拜道："耿恭三代将门，实乃我大汉之军魂，气节尤过苏武，宜蒙显爵，以厉将帅。"

"善，传诏，拜耿恭为骑都尉，石修为洛阳市丞，张封为雍营司马，军吏范羌为共丞，余九人皆补羽林。"年轻的皇帝说道。

殿下众臣皆跪拜山呼万岁，大殿之上，回音绕梁，巍巍汉宫的琉璃瓦尖，在暖阳之下，闪出炫目多彩的光芒。

尾　言

耿恭十三将士归玉门，乃华夏抗击外敌之千古绝唱，百年之后，范晔给耿恭守疏勒城给予极高的评价。耿恭义薄云天，与前汉的苏武交相辉映，范晔评道：“余初读《苏武传》，感其茹毛穷海，不为大汉羞。后览耿恭疏勒之事，喟然不觉涕之无从。嗟哉，义重于生，以至是乎！”每读至此，不禁热泪盈眶，国之长城该当如此！千年之后，同样英雄的岳武穆纵笔写道：“壮志饥餐胡虏肉，笑谈渴饮匈奴血。”正是遥指大汉军魂耿恭，壮哉耿恭，壮哉我大汉英魂。

白袍神将　陈庆之

公元528年，北魏发生内乱，镇压叛乱的尔朱荣大肆屠杀北魏皇室，造成震惊华夏的历史惨剧“河阴之难”。北海王元颢因本朝大乱而降梁，并请梁朝出兵帮助他称帝。出于战略上的考虑，梁武帝以元颢为魏王，并以陈庆之为假节、飙勇将军，率兵七千人护送元颢北归。由此，天才神将施展了无与伦比的才华，为后人留下了一个军事神话。

奉旨出征

花团锦簇的建康（今江苏南京）披香殿中，殿外冬意浓浓，殿内温暖如春，朗目白面的陈庆之端坐在南梁皇帝萧衍对面。两人皆默不作声，全神贯注于眼前的棋盘，待陈庆之落下最后一子，萧衍推盘笑道：“子云（陈庆之字）棋力雄厚，朕不及也!”

“陛下过奖。陛下才思过人，举棋若定，臣不敢望。”陈庆之恭敬道。

“子云过誉了，”萧衍笑道，“宫中唯子云能与朕对弈，朕幸甚。你与朕相伴日久，朕素知尔志向高远，抱负不凡，今尔年届不惑，当建功立业之时，不知道子云可有备否?”

陈庆之心中暗喜，慌忙起身，绕过棋盘，跪拜在萧衍面前：“臣乃寒族，蒙陛下豢养，乃有今日侍奉陛下左右。建功立业之事，臣不敢奢望，但若陛下有所差使，臣定当肝脑涂地，以报陛下。”

“哦！哈哈，世人皆不知子云，朕岂不知子云之志?”菩萨皇帝萧衍起身笑道，“北朝（南北朝时代，南梁称呼北魏为“北朝”）徐州刺史元法僧（北魏宗室，字法僧）与朕有约，欲归顺我朝，朕欲派汝遣兵接应，并送豫章王入主徐州，汝意下如何?”

陈庆之大喜过望，跪拜道：“臣领命!”

目送皇帝萧衍离开后，陈庆之仰天长吁一口气，毕三十年之功，终于得以驰骋疆场、报效朝廷。他走出皇宫，虽空气中弥漫着寒意，但他心中却暖意洋洋。

初露锋芒

陈庆之的确不负圣恩，此番送豫章王萧综（梁朝宗室，萧衍养子，名义上的次子）入主徐州，以两千之兵，在陟口一带迎战北魏两万大军，一顿战鼓之后，杀得魏国安丰王元延明、临淮王元彧溃不成军。萧综顺利入主彭城，后他因非皇帝萧衍亲子，临阵北逃魏国。主帅易位，魏军趁势进攻彭城，梁军大败，唯陈庆之一部斩关退敌，全身而返至梁朝。

一战成名后，陈庆之又随安西将军元树出征寿春，攻城拔寨，连克魏军五十二城，俘虏七万余人，皇帝授爵关中侯，职东宫直阁。

皇帝又遣陈庆之随曹仲宗伐涡阳，两军还未接触，陈庆之率两百梁军长途奔袭四十里，奇袭魏军先头部队于驼涧，全歼魏军，魏军震恐，士气大跌。之后双方于涡阳，你来我往，经历百战，历时一载，双方陷入胶着之态。当魏军在梁军后方扎起营寨，形成夹击之时，主将曹仲宗想率军后撤，陈庆之拿着符节在大营门口堵住部队，义正词严道：“我军来此，已有一年，耗费的军粮兵器巨大，士兵们没有战意，都想着退兵，难道是为了功名？只是为了聚集在一起抢劫而已。我曾听说过置之死地而后生，需要等到敌人聚集到一起然后与之战斗。你们想要班师，但我另有密诏，你们如果想要违反密诏班师的话，我便依据密诏处罚。”主将曹仲宗无奈，将指挥权交给了他。陈庆之立刻率领精锐突袭北魏援军自以为坚不可摧的十三道营垒，大获全胜，魏军的尸首几乎淤塞了淮水的支流。

冰冻三尺非一日之寒，水滴石穿非一日之功。陈庆之以布衣之身，屡获大胜，也让梁朝众臣深感奇怪，体格文弱的陈庆之不善骑马拉弓，何以指挥千军万马，唯有皇帝萧衍心有度量：此乃我大梁天才之将也。

受命北伐

时值三月，北朝魏国风云再起，胡太后（野史名胡承华，北魏孝文帝的儿媳妇，宣武帝元恪的妃子，孝明帝元诩的生母，造成北魏内乱的始作俑者，在河阴之难中，被尔朱荣诛杀）秉政，人心不付，发生内乱，彪悍的契胡领袖尔朱荣（字天宝）借此机会入主洛阳，镇压内乱，立孝庄帝元子攸（字彦达，北魏王朝第十位皇帝，孝文帝元宏之侄），并大肆杀戮大臣，史称“河阴之难”。北魏朝堂皆对尔朱荣敢怒不敢言。福无双至，祸不单行。在尔朱荣的铁腕之下，北魏朝纲虽稳，恰又逢六镇之乱及河北起义。尔朱荣披挂上阵，以七千之兵对抗葛荣十万之众，再获全胜。经此两劫，魏国朝堂，彻底沦于尔朱荣之手，皇帝元子攸完全成为傀儡。

魏朝北海王元颢（字子明，北魏宗室，献文帝拓跋弘之孙，孝文帝元宏之侄）因本朝大乱而降梁，并请梁朝出兵帮助他称帝，恢复祖宗江山，后岁岁对梁称臣纳贡。甜言蜜语之下，梁朝老皇帝萧衍龙心大悦，遂封元颢为魏王，并以陈庆之为假节、飙勇将军，率兵七千人护送元颢北归，此为陈庆之首次独自挂帅出征。

点兵出征

朝阳之下的滚滚长江向东流去，江面之上还有一层薄雾，令人仿佛置于似幻似真之中，滚滚波涛泛起阵阵粼光，渡口岸边一排排旌旗迎风招展，呼呼作响。已被加封为飙勇将军的陈庆之，一袭白袍，风尘仆仆来到渡口，举目四望，一片片轻舟正载着大梁将士浩浩荡荡向北岸渡去。

陈庆之带着副将登上最大的宝船，端坐船头，本来心头沉重的陈庆之心胸为之一宽，顿有天高任鸟飞之感。蒙苍天眷顾，几次出征，战彭城，进寿春，攻涡阳，皆以寡敌众，大胜而归，陈庆之大名早已威震华夏，一洗三十年之耻。思己年少即以寒族之身追随皇帝，忍辱负重，以棋力示好皇帝，世人眼中，他以棋盘蛊惑皇帝，继而登堂入室，士族高门皆以为不齿，寒族亦不与之交。殊世人不知，弈棋似布阵，点子如点兵，河界三分阔，智谋万丈深。他自幼苦习兵法，胸有千军，苦于无用武之地，只得与皇帝做纸上谈兵之用，胸中万兵，化作黑白双子，在棋盘之上让皇帝窥出一斑。大将之才，忍人之不能忍，为人之不能为，终至苦尽甘来，拨得云雾见青天。此番再次出征，虽路途遥远，艰险异常，但陈庆之心中仍不免豪情万丈，此去北朝，当横扫寰宇，华夏一统，不负大梁，不负此生。

临靠江岸，陈庆之极目远眺，魏王元颢（梁朝封其为魏王，其魏朝封爵为北海王）已先于他到达对岸，待船一靠岸，陈庆之急奔而至元颢跟前，俯身拜道："有劳王爷远迎，末将来迟，还请王爷恕罪。"

"飙勇将军毋须多礼，将军威名，如雷贯耳，本王早有耳闻，今日得与将军共图大业，助吾北还故土，本王幸甚。"玉树临风的元颢并无纨绔之表，长身玉面，鬓发随风而舞，意气风发，然口是心非之态此时却溢于言表。

"王爷过奖，王爷乃天子圣眷，龙血凤髓。助王爷恢复大业，乃末将之幸，亦为末将义不容辞之责，末将定当赴汤蹈火，以助王爷！"陈庆之无视元颢惺惺作态，依旧恭敬道。

元颢头稍稍昂起，面颊微微泛红，陈庆之的恭维之语虽不失尊重，但也道出其心中之痛。他本魏国玉叶金柯，无奈故国沦于契胡之手，自己如丧家之犬，奔于南朝，以求敌国垂怜，当萧衍答应他，助其恢复故土之时，他兴奋之余，却得到萧衍只派七千之兵的消息，元颢大失所望；再加上得知萧衍派遣之将乃手无缚鸡之力的陈庆之时，元颢更是几欲昏倒，虽知陈庆之素有威名，但当于朝中见到陈庆之时，元颢见此将军弱不禁风，毫无武将之威，几乎丧失还归之心。然话即已出，圣旨已下，覆水难收，只得硬着头皮北上。

陈庆之的七千将士全是一袭白袍，渲染出白衣胜雪的意境，可那刺眼的白色此时在元颢眼里，更有点举行丧事的味道。

元颢有如此心态，陈庆之何尝不是，此去北朝，奔袭几千里，而且要打垮于己数十倍的敌军，最后还得攻下固若金汤的魏国都城洛阳，这本就是异想天开之事。然年事渐高的皇帝萧衍还是将这个任务交给了他，圣心难测，他不知萧衍心中到底有何所想，但此刻的他无可推辞，唯有一往无前，以报国恩。

“将军，此去洛阳，千里迢迢，重重险阻，将军可有计否?”元颢心有忐忑，小心问道。

陈庆之心知元颢小觑他，微微笑道：“末将知王爷顾虑，虽我军将少兵寡，然兵不在众而在精，此番随末将出征，皆善征惯战、百折不挠之士，王爷尽可宽心。虽此途险关重重，然末将行军打仗，从不拘于常理。战场之上，机会稍纵即逝，把握住时机即可!”

元颢皱起眉头问道：“余自闻古之名将，大仗之前，皆未雨绸缪，运筹帷幄，以便知己知彼，了然于胸，将军独不防患于未然否?”

陈庆之笑道：“为将之道，当于战场之上因势而定，顺天应地，纸上谈兵之事非末将所为。”陈庆之转身继续说道，“王爷，众军已至，末将前去视察，王爷于帐内稍事休息，待末将视军完毕，再与王爷一叙。”说完向元颢抬手抱拳，将元颢晾在原地，径直向大军集结之地走去。陈庆之心知元颢所思所虑，与其作无为口舌之争，不如避之。元颢一脸无趣，悻悻转身，带着随从装模作样地到处指指点点。

豫州归降

大军已开拨数日，前方即是魏国城池。

“报!”红缨白盔白袍白马的斥候飞马而来，临近陈庆之跟前，斥候下马报道：“将军，北朝豫州刺史邓献遣使纳降。”

“哈哈！我大军未至，敌军已经望风而降，此乃吉兆也！哈哈!”元颢在马上一拍大腿笑道。

元颢的“敌军”二字在陈庆之耳中听来，分外刺耳，北朝乃元颢故国，守将皆为其故国旧将，不自然间，竟成为其口中敌军，陈庆之觉得真是造化弄人，世事难料。

陈庆之默默地答了一句：“知道了，你退下吧！”便没再任何言语，左手猛一拉缰绳，股下用力一夹，双脚轻轻往马肚子上一踢，白马前腿高高翘起，马头向天长嘶，待马腿落下，陈庆之一声“驾”，向前缓缓走去，元颢在后面叫道：“将军，吉事已至，将军何以闷闷不乐？”

“福兮祸之所倚，祸兮福之所倚。战场之事，岂能以吉凶论之。”陈庆之冷冷回应。

元颢张大嘴巴，怔在原地，一时语塞，自与陈庆之共事，自己一直委曲求全地奉承他，可陈庆之却一直虚与委蛇，对他爱理不理，令其心中着实恼火。

元颢心知此时不得不有求于南朝，不得不有求于陈庆之，无奈硬着头皮跟上恭维道：“将军所言甚是，只是豫州（今河南驻马店）既降，如一把利刃插入北军之腹。以余之见，此番北进，北朝所将皆会仰将军威名，以豫州为榜样，降我大梁。”

陈庆之面若秋水道：“王爷原本即北朝贵胄，北朝故将非降大梁，而是降王爷也！”

元颢瞠目结舌，顿显窘迫，耸耸肩膀，无言以对。突然觉得对陈庆之以往的看法需要改变，素闻陈庆之不善骑马，怎么陈庆之马技提升如此之快。

陈庆之策马向前急奔，来到队伍最前列，马鞭遥指前方，大声命令道：“将士们，急速向豫州行军！”

“喏!”

一声令下，众将士快马加鞭，向豫州急驰而去，一张张白袍逆风向后平铺，在平坦的大地上勾勒出一幅壮阔的画面。

洛阳大军

不日，大军即至豫州，在豫州做好补给，没有停息，大军继续前进，向洛阳进发途中，又一个急报而至。正如陈庆之预言，福兮祸之所依，一个令梁军沮丧的战报传入陈庆之及元颢耳中，围困魏国荆州三年之久的曹义宗被魏国将领费穆击溃，并被生俘押往洛阳。

刚刚斗志昂扬的大梁北伐军队被这陡然而至的坏消息浇灭了士气，继而又一消息传至军前，更让本已低落的士气几乎丧失殆尽，元颢引梁朝大军反攻魏国的消息传至魏国朝廷，皇帝元子攸大怒，派遣大将丘大千及七万将士进屯梁国城（今河南商丘附近），挡住了北伐部队向洛阳挺进的道路，而且还有两万精锐的羽林军正由济阴王元晖业率领，浩浩荡荡地向梁国城一带增援，同时上党王元天穆也正率京师精锐向梁国城进发。虽元颢孤弱，但梁朝所派之将乃陈庆之，屡屡让魏国损兵折将，魏国朝廷上下皆以之为劲敌。

元颢听到这几则消息，手足无措，六神无主，几乎瘫倒在地。

陈庆之依旧面不改色，胸有惊雷而面如镜湖，沉声对传令兵说道：“本将已知悉，传令，继续向梁国城进军，不得有误。”

“将军，北朝已有大军进驻梁国城，此去梁国城，区区七千人，面对七万大军，就如飞蛾扑火，一去不回啊。”元颢恐慌道。

“王爷莫慌，军中之事，王爷尽可宽心，末将自有决断。王爷且于后军自处，末将先行进发。”陈庆之不再言语，与其不停地听元颢聒噪，不如与其分开。行军打仗，最忌讳有不懂军事之人在一旁指手画脚。

一路疾驰，陈庆之其实内心忐忑不安。由于近几次在与魏国的对战中，虽然自己屡有小胜，但梁朝军队在整体对局中基本都处于下风，彼时，彭城瞬时得而复失、荆州一夜解围等几场战事皆是两国实力的最好验证。

此刻魏国派出十倍于己的大军，以逸待劳，自己所率的七千白袍军当以何应对？陈庆之苦思不得其解。魏国军队虽在内乱中消耗巨大，精锐尽失，但毕竟其地处中原腹地，人口众多，实力远胜于梁朝，此战又在魏国本土，魏国士兵的补给完全不成问题，相较之下，魏国与陈庆之的梁军之间形成巨大优势。西线荆州惨败，前方又是敌军重兵压近，此时自己的七千白袍军已接近梁国城，毫无退路。陈庆之知道当前固守梁国城的七万大军乃临时拼凑之军，在其眼中，不足为惧，或可与之一搏。但久经沙场的元晖业率领的两万羽林军还在途中，一旦魏国主力部队增援而至，那就一定毫无胜算，此次使命也就基本结束了，陈庆之忐忑之余，却隐隐觉察出异样。

离魏军大营还有两天路程，陈庆之命令全军安营扎寨，大帐之中，陈庆之与众将围坐在地图旁边，研究双方军势。元颢自知无趣，早早地退回自己的营帐。

“将军，以末将愚见，魏国七万大军固守梁国城，我军实难破之！”虬髯杏目的偏将马佛说道。

一旁的白面偏将刘语之也说道：“我军长途跋涉，魏军以逸待劳，而且敌众我寡，我军实不能敌，末将认为，将军应急报朝廷，速派援军。”

“语之所言甚是，末将也认为我军此去北朝，寒冬将至，兵疲马乏，缺衣少食，况且我军此行乃为魏王复国，此本不为我等众人所愿，若助其登位大宝，以吾察魏王，必不能以诚待将军，以末将愚见，我军当固守待援，如魏军反攻我军，我军当速速退回大梁，以避险地。”一脸络腮胡的陈思保说道。

“诸将所言，某皆以为是，然陛下派吾等至此，吾等若一事无成而全军南归，诸君当何以见人?”陈庆之环视诸人说道：“以本将之见，魏军虽以逸待劳，然皆是乌合之众，趁其轻敌之时，吾等以奇兵袭之，定能一举溃敌。”

“将军，即若我军能偷袭成功，然后魏军援军便至，我军以何拒之?”陈思保说道。

“思保所忧正是本将之虑，吾近期观魏国之事，隐有风云突变之势，我军当固以待变，等待时机。”陈庆之微微笑道。

“将军何以见得?”诸将不解道。

陈庆之双手别到身后，略带迟疑，面向诸将笑道：“兵者，国之大事，死生之地，存亡之道，不可不察也。余用兵虽不拘于常法，然洞悉国之大势，亦是为将之需也。”

诸将迟疑，皆不知陈庆之葫芦里卖的什么药。

陈庆之胸有成竹地笑道：“多待几日，一切即见分晓。”

谋略深远

天空一如往常的蓝，军营内外，凉风习习，野花小草倔强地迎风摇曳，空气中仿佛透出数股不知名的清香之气。陈庆之行走在军营内，与军士们谈笑风生，尽量营造出轻松的气氛。他洞悉敌情，虽表面平静，内心却心急如焚，焦急地等待着他所期盼的情报，诸将皆不知所然，只得耐心地陪着陈庆之。

“报！将军，魏军援军主将元天穆率部东去!”斥候钻入大帐向陈庆之报道。

陈思保大腿一拍，豁然大悟，起身叫道：“妙也，将军，这就是您说的风云突变?”

陈庆之笑而不语，内心深处一颗石头终于落地。

“如此，当下之时，正是将军所言之大势，愚见当以奇兵袭击魏军，定能一举破敌。”跟随陈庆之多年的刘语之笑道。他知陈庆之一向以寡击众，无往不利，此次面对魏军乌合之众，陈庆之一定会奇袭魏军。

“语之所言，正合我意。”陈庆之笑道。

“将军，您何以知晓元天穆会撤军而去?”马佛不解道。其他几位将军也点头称奇，纷纷附和问道。

陈庆之笑道：“吾于豫州之时，与邓献闲谈。邓献偶有谈到六镇之兵与尔朱荣战于河北，河北邢杲趁山东空虚，转入山东。余以为梁军入侵，为魏国肌肤之患，而邢杲之患则不然，乃魏国肺腑之疾也，魏国定会派精兵强将剿灭之。魏国历经内乱，几无余兵，如若魏国派兵讨伐，非元天穆部不可，所以余猜测不出几日，元天穆部必会掉头东去也。”

“将军真是料事如神，属下佩服。”马佛佩服得五体投地。

陈思保、刘语之等人也都心悦诚服道：“将军决胜千里之外，堪比韩信，当世兵仙也!”

的确如陈庆之所料，相对于元颢的北归，魏国朝廷上下皆觉得邢杲举事的潜在危险远胜元颢，所以决定由元天穆先镇压邢杲后再回击元颢。从常识而言，魏国此次的军事部署完全正确，先由梁国的七万大军固守一段时间，等元天穆剿灭邢杲南下，包抄陈庆之梁军，里外合击，那时元颢、陈庆之所部完全就是瓮中之鳖了。

进军梁国城

常识在天才面前往往被颠覆成最愚蠢的想法，陈庆之便是这样颠覆常识的天才，他一直在等这个千载难逢的机会，早已谋定在胸，元天穆即便东征顺利，来回至少也要两个月时间。两个月的时间，足以让陈庆之从容应对固守在梁国城的乌合之众。当魏国主力部队调头东征之时，即梁军进攻之时，陈庆之早就制定了详细的战略及战术，此时娓娓叙来，诸军将凝神听之，无不为之倾倒。

陈庆之缓缓说道："固守梁国的魏军虽众，然分与各个营寨后，即如一盘散沙，我军当一鼓作气，急攻快打，各个击破，使其不能互援。魏军主将丘大千，曾乃吾手下败将，此战吾将一夺其气，再夺其势，令其胆寒，即使元晖业率两万羽林军而至，那也为时晚矣。魏王在我大营，当以其贵胄之身，对魏军恩威并施，双管齐下之时，魏军必败！以此之计，能最大程度降低我军伤亡，亦能为我军增加人员补给，唯有如此精心谋划，最终才能挺进洛阳，显我大梁之威也！"

"将军统揽全局，因势利导，末将心服口服，然我军区区七千人，能敌魏国七万大军否?"虽对陈庆之已佩服之至，但对于双方战力，陈思保仍不免疑问道。

跟随陈庆之多年的刘语之笑道："思保兄多虑了，余随飙勇将军多年，将军一向以少甚多，身经百战，无往不利，此战将军定已成竹在胸，胜券在握了。"

陈思保初次跟随陈庆之，虽然梁朝遍地皆是陈庆之的传说，他仍不敢相信陈庆之能以七千之军破七万之众，不解地怔在原地。

陈庆之没有说话，起身走出帐外，瘦削的身体在秋风中晃似摇摇欲坠，随风而扬的白袍却挥舞出陈庆之坚毅的神态，吞吐山河之气在陈庆之胸中如大帐外的炊烟扶摇而上。军士们正热火朝天忙碌着开伙充饥，根本不知陈庆之与众将军刚刚经历了何等心理斗争。

返回军帐，众将依旧在七嘴八舌地争论着，陈庆之沉着地走到主将案前，拿出点将牌，逐一分与众将，最后肃言道："传我将令，午时三刻，全军开拔，向梁国城进发!"

"喏!"军令如山，众将停止争议，拿着各自的令牌，走出营帐，点起各部军马，准备进军。

原本行军需两日的路程，七千健儿披星戴月，一日便至。陈庆之在城外蔑视地看着丘大千的阵营。丘大千于梁国城外连建九个小城寨，里三层外三层拱卫梁国城。在陈庆之眼里，丘大千的部署看似严密，实则儿戏般，梁军若攻其一个城寨，其余几城寨则倾巢而出，如此，魏军阵脚必乱，此阵势正是天助梁军。

大败丘大千

魏国大将丘大千本就是陈庆之手下败将，在彭城之战中被陈庆之一击而溃。但此次丘大千却底气十足，他手下足有七万之众，是梁军的十倍之多，况且以逸待劳，与之前彭城之战不可同日而语，更让他有恃无恐的是济阴王元晖业的两万羽林军正近在咫尺，日夜赶来。

当梁军如神兵天将般出现在梁国城外，丘大千依然在梁国城内享受着歌姬美酒，得知梁军已至，正在攻城，他慢条斯理地推开怀中美姬，从床榻上缓缓而下，神态自若地对传令兵说道："慌什么，且与我察看敌情，随时来报！"

酒足饭饱后，丘大千懒洋洋地步上城头，但城外的军情让他大吃一惊，几乎不敢相信自己的眼睛。陈庆之手下的白袍梁军个个如猛虎下山，那一袭袭白袍，不停地从丘大千眼前闪过，顷刻之间，一座小城即刻沦为梁军脚下废墟。眼前的一切顿时让丘大千从迷糊中惊醒，他此战的对手不是别人，乃是陈庆之，乃是昔日战胜过他的陈庆之，乃是战无不胜攻无不克的陈庆之。

丘大千惊慌道："传令，左右速速包抄梁军，不得有误。"

梁军在陈庆之的指挥下，撇开两边小城，直抵中路，马佛、刘语之、陈思保等将各领本部，如狼似虎地扑向下一个魏军城寨。眼见第一个城寨被攻破，魏军在丘大千的死命之下，全军向此寨集中，这正中了陈庆之的调虎离山之计。只见陈庆之于后军战马之上，面若清泉，指挥若定，右手杏旗向左右各挥舞三下，马佛与陈思保早就心领神会，各领本部兵马，绕开气势汹汹、一拥而上的魏军，以迅雷不及掩耳之势，像两根楔钉一样，一左一右，直插梁国城门外的最后一个城寨。此寨大部分人马早已离营，余下的军士眼见梁军凶神恶煞地冲杀了过来，皆丢盔弃甲，倒地跪迎梁军，求饶之声不绝于耳。在陈思保的命令下，一名白袍军士风驰电掣地登上一个城寨制高点，砍倒魏国旗帜，插上了梁军大旗。迎风招展的梁军大旗映入正在混战的魏军眼中，顷刻之间，魏军士气尽失，慌不择路。在中路断杀的刘语之摧枯拉朽，一鼓作气攻下中路最后一个魏军大营。

战场之机，皆一息之间也。陈庆之命全军马不停蹄，继续猛攻梁国城，一败涂地的魏军纷纷后撤，欲退回梁国城中。后撤梁军退至城门外，在护城河的桥上相互践踏，死伤无数。丘大千慌忙命令守城之兵速速紧闭城门，欲挡住陈庆之的梁军随败军入城。退势汹涌的魏国残兵败将后有追兵，前被挡在城门之外，纷纷指着城墙骂道："丘大千小儿，快开城门。"可丘大千早就心胆俱寒，哪敢再开城门。

陈庆之深知困兽不斗，面对困在城外的魏军，当以利诱之。陈庆之命全军缓攻，命全军列阵于败退魏军身后，七千健儿，高头大马，如一尊尊战神班立于魂飞魄散的魏军之前。陈庆之缓缓行至阵前，冷眼面对败军喝道："汝等还不早降?"

一名魏军将领转身对众人说道："丘大千小儿弃我等而去，我等进退两难，当下之际，唯有速降梁军，以全吾命也!"

众士卒听闻将军如此一说，纷纷跪拜，求饶请降，以求得一命。

陈庆之朗声说道："大军至此，乃助魏王讨逆，尔等皆受人指使，何罪之有，尔等速速整军，助吾攻下梁国城，届时论功行赏。"

"陈将军大仁，吾等必肝脑涂地，以报将军不杀之恩。"魏军将领转身叫道，"兄弟们，跟随陈将军，整军再战。"

"喏!"魂飞魄散的魏军将士们眼见捡回一条命，皆如释重负，再次打起精神，在陈庆之等梁将的号令下，拿起手中武器，加入白袍军阵营，转身面向了梁国城。

入主梁国城

城墙之上的丘大千看着眼前一幕，瞠目结舌。本以为自己精心打造的防御体系坚如磐石，哪知在陈庆之的进攻下，一日便行瓦解，而手下兵将，顷刻之间还成了陈庆之的麾下之兵，丘大千气急攻胸，指着城下陈庆之骂道："陈庆之，尔屡屡犯我大魏，侵我城池，吾与尔之仇，不共戴天。"

陈庆之仰面朝上，高声笑道："丘将军，吾等各为其主，皆为国奋战，何仇之有?"

丘大千一时语塞，他本就非死忠之人，乱世中，圆滑处事，"有奶就是娘"才是他的处世之道，国仇对于他而言，本就漠然置之之事。只是与陈庆之交战数次，屡屡败于他，这一口闷气实在不知往何处发泄。见此时陈庆之虚怀若谷，笑脸迎人，显然不会置他于死地。他略松一口气，转念泄气道："陈将军，汝言甚是，只是丘某数败于将军，委实无颜面对我大魏朝廷，无颜存于天地之间也。"

"沙场之事，胜败常有，将军何故如此沮丧。况且我军至此，即为大魏朝廷正位，尔朱荣倒行逆施，将皇帝置于股掌之中，尔何不弃暗投明，助魏王早登大宝，肃清朝纲，此亦为将军鼎立之功也，何如?"陈庆之徐徐诱之道。

"这?"立于城墙之上的丘大千满面涨红，脑海里无数个念头闪过。

"丘大千，尔何故还立于城墙之上，速速打开城门，本王恕你无罪!"元颢从后军中疾驰而至，手指丘大千声色俱厉道，"尔世受国恩，昔日本王亦不曾亏待与汝，尔缘何助纣为虐，逆天行事，今大军至此，所向披靡，梁国小城，指日可破，尔再不早降，更待何时?若尔执迷不悟，城破之时，生灵涂炭，此皆为汝一人之过也，汝有何面目面对此城数万黎民百姓?”

元颢义正词严，说得丘大千无言以对。过了半晌，丘大千忽然明白，不管是元子攸，还是元颢，都是元家人当皇帝，魏国是元家人的魏国，不是他丘大千的，自己这么卖命干嘛？认清形势后，丘大千慌忙腆着笑脸，向城下拱手拜道：“王爷安好，请恕大千慢待之罪，臣这就下去亲自给王爷打开城门，请王爷稍待!”

待城门大开，陈庆之让开一路，命士卒侦探完毕后，请元颢先行，自己引大军随后鱼贯而入梁国城。

七万大军在陈庆之七千人的围攻下一日解甲，昨日还惴惴不安的元颢骑在马上，耀武扬威地畅行在城内宽阔的大道上，两边军民均齐身拜倒，不敢仰面而视。元颢眼看匍匐在脚下的军士百姓，像是在做梦一样，不禁得意忘形，飘飘然之时，情不自禁地随口吟道：“醉梦谁生死，白袍定乾坤。”

元颢登基

丘大千亲自引路开道，将元颢及梁军将领一行引至丘大千的将军府邸，众将随元颢进入府中。陈庆之不敢懈怠，转身嘱咐刘语之速速离去，给梁军做好补给，妥善安排魏国降兵。

元颢端坐原本属于丘大千的位置上，俯视跪拜在堂下的众人笑道：“众将平身。”

刚刚投降的丘大千急于表现，匍匐在堂下，谄媚地说道：“王爷忍辱负重，重返故土，大军所至，望风披靡，此皆王爷天命所归也，依臣之见，值此吉日，王爷当早登大宝，以正军心。”

跟随丘大千守城的魏国旧将刚刚投降，正欲立功，眼见丘大千说出心声，众人齐声俯拜道：“臣等皆愿王爷早登大宝。”

陈庆之侧身站在一旁，冷冷地看着丘大千等人高高翘起的屁股，皆是一副趋炎附势的猥琐之相，他心中不由地泛起一股厌恶之情，嗤之以鼻。

元颢心中狂喜，这丘大千就像他肚里的蛔虫一样，此时说出他梦寐以求的心事。但他仍不动声色，面向陈庆之问道：“飚勇将军为何不发一言，卿以为何?”

自陈庆之护送他一路北归，两人虽开始话不投机，但之后他也知趣，知道自己不懂军事，凡征战之事，他不再插言，所以两人相处还算融洽。尤其当陈庆之以寡敌众，一日克服梁国城，他更是对表面弱不禁风的陈庆之刮目相看，希望陈庆之能鼎力支持他。

“此乃殿下家事，王爷便宜行事即可，末将的意见何足轻重?”陈庆之不苟颜色，轻飘飘地回答道。

元颢闻言，大失所望，如若陈庆之能主动谏言，更显其名正言顺。暗自恼恨陈庆之不识时务，当此之时，登基即位，一可师出有名，以振士气，二可招降纳叛，以便归降之人有望可图。想到此，元颢不再看陈庆之，双臂挥出巨大的衣袖，缓缓站起道：“既如此，依众卿家所言，明日郊外登坛祭天，拜大魏列祖列宗，行登基大典，届时对众卿家论功行赏。”

堂下顿时山呼万岁，皆弹冠相庆。新朝将立，必然又是一轮官位和权力的瓜分，丘大千等人皆心中狂喜，暗自侥幸，半日前还为叛臣降将，此时就成为股肱之臣、开国元勋，众人感觉就像做梦一样。

兵发考城

新朝初建，陈庆之居功至伟，当之无愧，被元颢封为新朝镇北将军、前军大都督，但他根本无心于新君登基的庆祝，也没有沉浸于加官晋爵的喜悦之中，不敢安享这片刻的喜庆。此时他心情异样沉重，他依然是北伐的大梁军队指挥官，他非常清楚自己此行的职责，不敢有半分懈怠。当满朝欢呼雀跃之时，他却在临时安排的府邸中，冷静地洞悉敌我之势的变化。梁军北上，随时会落入万劫不复的险地，他必须时刻保持清醒，此刻他已获知，原本要支援梁国城的魏国济阴王元晖业已率两万羽林军转往梁国城西北的考城（今河南民权东北）一带防守。他双手按案，双目凝视沙盘，与众将一起研究接下来的对策。

济阴王元晖业（字绍远，北魏宗室）千里迢迢奔赴而来，本准备于梁国城汇合丘大千部歼灭陈庆之，没想到丘大千的七万大军，高墙坚城，全立体防守，竟然连一日都支撑不住，实在超出了正常想象。自元晖业之下的两万羽林军，皆对陈庆之的白袍战士有了深深的惊恐之心，不敢与之正面冲突。元晖业思前想后，与部下细细商讨，决定先退往考城以待援军。考城守备非常严固，四面环水，易守难攻，元晖业想以此坚城作依托，再加上手下的两万精锐羽林军的防守，撑一段时间应该没有问题。届时加上山东元天穆的大军回击，对抗陈庆之麾下如狼似虎的梁军，方能确保万无一失。

考城与梁国城仅咫尺之遥，一日便可至。陈庆之深知，此番北伐，唯有见缝插针，以快制敌，才能求得生存的机会。机不可失，时不我待，战机稍纵即逝，此时如若不及时攻下考城，消极等待北魏众军合围，自己与七千兄弟必将死无葬身之地。

梁国城内，张灯结彩，歌舞升平，陈庆之对正宴请众臣的元颢直言道：“陛下，值此危急之时，陛下当励精图治，先忧后乐。济阴王元晖业正虎视眈眈，固守考城以待洛阳援军，元天穆大军顷刻可至，我军随时会陷入敌军的夹击之中，以臣愚见，臣请发兵，即刻攻打考城。”

此时的元颢头脑清晰，深有自知之明，知陈庆之所言非虚，此时他的新朝廷如空中楼阁，稍有不慎，便会倾覆得死无葬身之地，听陈庆之说完，他欣然笑道：“准奏，大都督谋定而动，用兵出神入化，我大魏众军悉听大都督调度。”

“谢陛下！”陈庆之说道：“臣只带南军本部即可，陛下初登大宝，大魏安危，系于陛下一身，臣留丘大千等魏军旧将保护陛下，以宽臣心。”

元颢没有推辞，巴不得陈庆之如此说，他心里当然不情愿陈庆之把所有兵将都带走，到时自己就成为光杆皇帝了：“就依爱卿所言，爱卿此去考城，当速去速回！”

陈庆之不作片刻停留，当即率领七千健儿于夕阳之下快马行军，疾驰向考城，秋日的疾风在白袍将士们耳边呼呼作响，一夜过后，两眼猩红的七千健儿，迎着朝日的曙光来到了考城之前。梁国城大捷给了白袍将士们无比雄壮的信心，魏国的军队在他们眼里变成了任人宰割的犬羊，那壁垒森严的城防在他们眼里像土丘一样平缓，一切的自信更源自他们的主将陈庆之。在他们眼里，陈庆之就是无往不胜的战神，他就是七千健儿的精神支柱、全军之魂。

纳降元晖业

睡眼惺忪的元晖业被急报吓得魂飞魄散，睡意顿消，匆匆行至城墙之上。

养尊处优的元晖业何曾见过如此阵势，清一色的白袍白马军阵铺于城外，像给考城外铺上一条巨大的白色地毯，梁军头顶上的红缨，又像这地毯上的点缀，煞是壮观。军阵最前方，一名文弱将军正旁若无人地给他自己的将士训话，那人正是陈庆之。这哪像两军阵前，分明就像沙场演练，这是梁军极度蔑视魏军的表现，这是梁军傲视魏军之大无畏的展现。陈庆之浑若无事地背对考城，马鞭指向身后大声叫道："将士们，魏国大军正在驰援考城，欲将我大梁将士围困，当此危亡之时，吾等唯有破釜沉舟，速克考城。"

"破釜沉舟，速克考城!"梁军齐声高呼，震天动地。

元晖业早就被梁军的阵势吓破了胆，急问左右如何是好。左边闪出一偏将宽慰道："王爷莫惊，南军刚克梁国城，士气高涨，此诚不可与之争锋。考城四面环水，易守难攻，我军若固守待援，闭城不出，坚持数日，待洛阳援军至，届时里外夹击，梁军必溃。"

"将军所言甚是!"元晖业略微宽心，向众军命道，"传我命令，众军不许出城，违令者斩!"

"喏!"魏军众将皆知梁军虽少，但全是百战死士，士气高昂，此时出城迎战，无异于飞蛾扑火，有去无回，不如龟缩在坚固的城墙内等待援军，是为最明智之举。

宽宽的护城河的确是横在梁军前面难以逾越的鸿沟，但这根本难不倒天才的陈庆之。在来考城之前，陈庆之早就安排刘语之准备了无数个沙袋，七千健儿将几万个沙袋一齐抛向护城河，整条河流瞬间断流，梁军与城门间形成一条宽阔的人工沙墩。在后军密集的箭雨防卫下，前军继续用沙袋堵住考城城门，于城门之上越垒越高，直至与城墙平齐。两万魏军于城墙之上手足无措，防守毫无章法，脚下城门已被沙袋堵住，无法出城阻止梁军，魏军只能眼睁睁地看着梁军热火朝天的垒砌沙袋，束手无策。日上三竿之时，考城城墙与城外连成一条宽阔的沙袋大道，两万魏军肝胆俱裂，本以为宽阔的护城河可以挡住陈庆之大军，哪曾想不过半日，河堑即变为通途。

梁军七千健儿一鼓作气势如虎，踏着沙袋，如履平地，咆哮着冲上城头。元晖业所部两万魏军在七千白袍铁骑之下，溃不成军。七千梁军的攻势如潮，切瓜砍菜般地屠宰着魏军。元晖业悔不当初，本以为此次以众击寡，是趟加官晋爵的美差，没想遇到的竟是陈庆之这样的天才之将。两万魏军将士也只能哀叹自己的运气太差，碰上了这么厉害的南朝将领。

考城中偌大的府邸里面，素有志节的元晖业此时万念俱灰，瑟瑟发抖地躲在房中，披头散发，手持长剑，欲饮剑自刎。待陈庆之引兵而至，元晖业浑若未闻，正欲血溅当场之时，陈庆之冲上前去，按下宝剑说道："王爷何故如此?"

元晖业苦笑道："汝何故拦我去路?"

"王爷何故而去?"陈庆之反问道。

"某兵败于汝，失我大魏江山，有何面目存于天地之间。"元晖业忿忿道。

"王爷此言差矣，胜败乃兵家常事，若以一败而自绝于天地，则天下即无可战之将也。况王爷并无弃城失地，考城仍为大魏之城，何来失败?"陈庆之笑道。

元晖业不解，面向陈庆之问道："汝何来此言?"

陈庆之继续笑道："王爷乃魏国贵胄，与大魏新皇帝同宗同祖，虽考城从王爷手中易手于我，但仍为大魏之地，然否?"

“新皇帝?”元晖业疑惑道。

“即元颢是也。”陈庆之解释道。

元晖业恍然大悟，思量半晌，弃剑长叹道：“余尝闻北海王素有大志，今有将军相助，天命所归。我大魏几经内乱，同室操戈，久久不息，余心有余而力不足。若将军能助新皇一扫四海，荡平宇内，实乃我大魏之幸也。余愿归降，还请将军奏与皇帝陛下。”说完，面对陈庆之躬身而拜。

“王爷快快请起，末将这就快马报于皇帝。”陈庆之赶忙扶起元晖业。

在元晖业的命令下，两万魏军倒戈卸甲，纳土归降。快马急报至新朝廷，正与丘大千饮酒作乐的元颢惊闻陈庆之考城大捷，并生擒元晖业，大喜过望，若不是身边有人，他恨不能从胡椅上跳起来。元晖业乃魏朝宗室，宗室投降，对以后的征伐将有极大的示范作用。对陈庆之的天才能力，元颢已是佩服得无以复加，此时他也的确不吝封赏，当即进封陈庆之为卫将军、徐州刺史、武都公。

元子攸的豪赌

元颢的加封并没有停住陈庆之征战的步伐，他依然带着七千健儿不分昼夜，向西深入，路过的小城皆闻风而降。陈庆之心知兵贵神速，一定要在元天穆回援之前扫除面前所有的障碍。

陈庆之闪电般地进军让洛阳的魏国朝廷上下措手不及，皇帝元子攸与朝堂众臣慌成一团，如坐针毡。陈庆之的梁军已经席卷魏国半壁江山，这七千人的入侵竟然比当年六镇数十万之众南下造成的震动还要大。可眼前他手头的精兵强将都在远方，恨之入骨但又不得不依靠的尔朱荣远在山西河北一带，南下已来不及，元天穆的大军刚刚在山东击败邢杲，正在星夜赶回。此时陈庆之凶神恶煞地杀奔而来，远水难解近渴，元子攸急得火烧眉毛，就是苦于眼前无兵无将。前线军情火急，元子攸只得硬着头皮开始了自己的豪赌。

元子攸下令前徐州刺史、抚军将军杨昱（字元晷）为将，率军镇守荥阳，派尚书仆射尔朱世隆（字荣宗，尔朱荣之弟）和侍中尔朱世承（尔朱世隆弟）分别镇守虎牢和轘辕，与荥阳互为犄角之势。此次防守，元子攸把洛阳所有军队甚至包括自己的卫队都交给了杨昱，东拼西凑，凑足了七万人，但惊恐之余的他依然觉得兵力不够，前番梁国城之战，七万之众，顷刻丧于梁军之手，此番他吃一堑长一智，尽散余财，于洛阳城中招募勇武之士，充斥军队，以增援荥阳，并下令荥阳全城戒严。荥阳与洛阳仅百里之遥，一旦陷落，洛阳必然不保，元子攸搭上全部家当，以确保洛阳免于战火。

此刻的元子攸就像一个赌徒，用自己的皇位和大魏江山来做最大的赌注。前番与胡太后的豪赌中，元子攸作为闲家，虽然赢了庄家，结果却比输了还惨，大魏江山几欲沦于作为荷官的契胡尔朱荣之手；而此次，他作为庄家，却有十足的把握，只要杨昱能够挺住二十天，元天穆的前锋部队便能赶回。

激励白袍军

绝顶高手在准备舍命一搏时，会让自己的身体陷入癫狂的一种状态，唯如此才能爆发出所有的力量和潜能，但他的脑子却始终极其冷静。陈庆之便是这样“身首分离”的高手，七千甲士是那癫狂的身体，陈庆之不断地通过险境来刺激它，用胜利鼓舞它，让它在一路狂飙的进军中始终燃烧着激情，永不停歇地挥舞、搏斗；而他自己并没有陷入疯狂之中，在一次次的胜利前反而变得更加冷静，他始终在不停地思考着敌我双方的情况。

这一路的胜利实在出乎陈庆之的意料，自己军队的攻势和北魏军队的无能完全超出了他的预期判断。北魏军队的战斗力为何滑坡得这么厉害？肯定是军心出了问题。元子攸虽名义上贵为天子，但却完全受制于尔朱氏。在北魏的将士眼里，自己死命守护的其实是尔朱氏的江山，而河阴之难的伤痛还没有在他们心中弥合，他们何苦要为这群契胡人流血卖命呢？所以一旦战况不佳，他们便会马上解甲投降。而元灏虽受梁军护送而至，但终究是北魏王室，毕竟会有东山再起的日子，所以又何必与其苦命相搏呢？陈庆之终于明白了，在元灏和元子攸之间，北魏的军队并没有特别坚定的选择，正是这种首鼠两端的态度才让他们在梁军凌厉的攻势下毫无恋战之心，显得如此怯懦。对于一支队伍而言，一旦军心散掉，即与平民无异，那么肯定是不堪一击的，而自己的军队，在自己的指挥下，则完全变成了毫无惧心的战兽。

陈庆之来到阵前呐喊道：“大梁的将士们，过了荥阳就是洛阳。荥阳乃洛阳门户，攻下荥阳，洛阳便唾手可得，可荥阳已经大军在防，我们怎么办？”

“誓死追随将军，攻克荥阳！”“誓死追随将军，攻克荥阳！”大军的呐喊声此起彼伏，天震地骇。

陈庆之激励道：“将士们，吾等这次深入北朝，荥阳就是魏军埋下的地狱，可任何时刻、任何一地，我们何尝都不是笼罩在死神的阴影下，一次次的胜利，都只是暂缓了死神的脚步而已。唯有攻下洛阳，我们才能走出死亡的威胁；唯有走进洛阳，我们才能走入生的天堂。魏国军队在我大梁铁骑之下便是那雨水，虽盖满整个天空，可风一吹，便四处飞扬，毫无杀伤力；而我大梁的战士却是那山中坠落的溪水，看似柔弱，但求生的意志和同仇敌忾的勇气，却让我们从山谷奔腾而出，最终摧毁一切。北魏军队虽众，但却良莠不齐、首鼠两端，我军人数虽少，却俱怀有必死之心，一旦遭遇，便是群羊遭遇数狼，魏军岂能不败？”

陈庆之深知士气乃一军之魂，数战数捷的梁军虽处于癫狂的状态之中，但一旦受挫，必然士气大丧，他必须时刻保持警惕，给予自己的兄弟高昂的士气。也正是这种强烈求生的欲望才让这七千人的攻势如此迅猛，爆发出惊人的能量。而除了这疯狂的意志外，同仇敌忾、舍生入死的兄弟之情也使这爆发的能量更加集中，在战斗中轻松地撕毁敌人的防线。

止步荥阳城

荥阳城已近在眼前了，这是当年刘邦大战项羽、世人皆知的古城，元子攸已经把所有的赌注都下在这里了，而元天穆的前锋部队也快赶至身后，数日便至。可惜上苍过于残酷，给陈庆之的时间太少了，至多只有五天。五天内若攻不下荥阳，元天穆便能立刻赶至。此刻时间是主宰一切的神，唯有超越时间，才能决定七千将士的命运。

一切可能遇到的不测，陈庆之都已盘算无数次，他暗自度量：此番若败，不仅要葬身异国，且会成为千古笑柄；若胜，便能直捣洛阳，扬名千古。但这五天内，能创造奇迹吗？这可是七万人把守的雄关，而大梁的战士却只有七千。

能，一定能的。陈庆之暗自咬牙道：我陈庆之拥有的是七千战无不胜的甲士，我陈庆之也要成为与韩信、李牧、白起等并肩而立的千古名将。

此刻荥阳城内的杨昱却踌躇不定，杨昱和陈庆之完全是两种状态和心理。正如陈庆之所料，杨昱不知为何而战，为皇帝陛下？为大魏？为尔朱荣？杨昱心里久久得不到答案。杨氏一门，世受魏恩，世代为国而战，然河阴之难后，自己却苟活于世，时常伤心欲绝。魏国累经内乱，杨昱早已万念俱灰，此番皇帝元子攸以全部身家托付于他，他更觉双肩沉重，一会儿豪情涌起，一会儿颓废不已，纠结的内心不断地在煎熬着他。直到锐不可当的陈庆之大军来到荥阳城前，他才恍若梦醒，此时的他是荥阳的守将，他肩负着皇帝令他守护荥阳的使命，大魏屏障的一切安危皆系于他手。敌军就在眼前，容不得他有半点闪失，就让那纠结暂时抛掷云外，先把眼前气势汹汹的梁朝军队对付了再说。荥阳必须撑上五天，等到元天穆援军，便能大功告成。

善于闪电战的白袍大军本以为能像以前一样，立即攻占荥阳，但出乎意料的是，这次闪电突袭失败了。被逼入绝境的魏国军队防守极其严密，百战百胜的白袍将士这次在荥阳城外出师不利，没有占得半分便宜，这次他们遇到了同样久经沙场并且坚韧不拔的杨昱，白袍将士们止步于荥阳城外。

元颢出计

在一团浊气的魏国朝堂之中，杨昱的确如一股清流，秉节持重，让皇帝深为倚重。否则，元子攸也不会将身家性命完全托付于杨昱。

此时梁军的耳边似乎已响起元天穆前锋部队急促的马蹄声，阴云密布下的梁军大帐内，陈庆之正与马佛、刘语之、陈思保等众军将一起围在沙盘前冥思苦想。众将皆为荥阳之事沮丧，他们心中的战神陈庆之此时竟然也一筹莫展，帐内寂然无声，众将仿佛能听到自己的心跳声。

陈思保打破寂静叹道：“将军，荥阳城池坚固，我军力不能克，为下之际，将军当早做打算。”

“思保兄莫扰将军，此言一出，若传出帐外，当扰乱军心矣。”刘语之谨慎劝诫道，“早年吾随将军战于涡阳，彼时境况恶于当前，众军皆想退，然将军神威，于危急之时，连拔敌军十三个营寨，威震华夏。将军时常告诫语之，两军相交，可夺其身，不可夺其气也。思保兄刚才之语，慎言之。”

陈思保面红耳赤，不再言语，可陈庆之恍若未闻二人交谈，继续死死地盯着沙盘。

帐外传来一阵嘈杂之声，显然是元颢的声音：“卫将军何在？朕之卫将军何在？”

马佛慌忙把全神贯注的陈庆之喊醒，陈庆之闻帐外之声，赶忙带领众将出帐迎道：“不知陛下至此，未能远迎，还请陛下恕罪。”

“卫将军辛劳备至，何罪之有。”元颢摆摆手笑道。

“陛下临幸军中，有何见教？”陈庆之躬身而拜，恭敬道。元颢毕竟已是皇帝，陈庆之一改出征之初的相处之态，以臣礼对待元颢。然平日里，还是尽量避之远之，以免落人口舌，至南朝梁帝见疑。

元颢甚是满意陈庆之的恭顺之态，笑道：“朕闻卫将军困于荥阳城下。朕此来，特有一计赐与将军，以助将军早克荥阳。”

陈庆之身后诸将皆面露喜色，独陈庆之不卑不亢道：“还请陛下不吝赐教。”

“朕与荥阳守将杨昱素有渊源，早年杨昱曾随朕征讨幽州，深得朕心，杨氏一门，皆受吾恩，此番杨昱守荥阳，正是天助吾军也。”元颢哈哈大笑，兴奋道：“朕已派刘业、王道安前去荥阳招安杨昱，以朕往昔待杨昱之情分，杨昱必降。”

陈庆之面不改色道：“那依陛下所言，权且试之。臣恭候陛下喜讯!”

“然，卫将军与诸将且于军中稍安勿躁，待刘业归来，朕与诸将共商洛阳之事。”元颢得意地钻进大帐，坐到陈庆之的帅位之上，神色自若地等候佳音。心想此番北归，一直是陈庆之攻城拔寨，自己身为皇帝，却寸功未进，心底也着实过意不去。总算有此机会，能不战而屈人之兵，那便是更胜陈庆之一筹，不由得暗自得意起来。

元颢计败

荥阳城内的杨昱将军府中，刘业引经据典，巧舌如簧，鼓动着杨昱献城归降元颢，可杨昱却无动于衷，冷眼察之，待刘业吐沫星子喷尽，杨昱冷冷说道：“休要再言此事，念曾与尔同朝为官，不与尔计较，尔速速退出城外，否则别念本将翻脸无情。”

刘业张大嘴巴怔在原地，半晌过后，仍不死心道：“将军!”

话音刚落，杨昱怒而推案道：“元颢小儿，虽与吾旧，然彼时害我丢官去职，皆元颢所致（两人相处旧事，彼时元颢贪功害杨昱丢官），今此贼倒行逆施，妄自称帝，引狼入室，尔焉有何面目劝吾降此数典忘祖之贼?”

怒气冲冲的杨昱走到刘业跟前，手指刘业叫道："素闻南朝陈庆之屡战屡胜，然以吾所见，不过如此尔，困兽犹斗，待我援军将至，擒此贼如探囊取物，届时，吾必手刃此贼，以报我大魏将士之仇。"

"将军独不怕城池破于南军否?"王道安不甘心道。

"哼哼，吾荥阳城池，牢不可推，南军岂能破之。且莫若说吾胜券在握，即便吾等陷于南军，那又如何？我杨氏一门百余口，皆在洛阳，吾降尔之日，即我杨氏满门人头落地之时，如此，吾岂能降尔？尔速速退出城外，告诉元颢，休要异想天开，要想从荥阳过，除非从我身上踏过去!"杨昱对左右吼道："来啊，给我杖击三十后推出城外!"

说完，丢下刘业、王道安两人，扬长而去。

大帐之内的元颢等人看到垂头丧气、一瘸一拐的刘业、王道安，得知劝降无望。元颢心想刚在陈庆之前面夸下海口，此时却丢尽颜面，气得他指着二人破口大骂："养兵千日，用于一时，朕豢养尔等多年，今去荥阳，尽坏吾事，养尔等何用？来啊，给我杖击三十。"

帐外顿时传来了两人凄惨的哀嚎声，可怜刘业、王道安两人，刚在荥阳城内被羞辱一番，现在竟又梅开二度，屁股再次开花。

荥阳大捷

强攻荥阳不下，又劝降不成，而这时要是往东方遥望，似乎都已能看到元天穆前锋骑兵扬起的尘埃了。从未遭受挫折的白袍战士一下子恢复了正常人的状态，那种征服的狂热从他们身上逐渐消失，死亡的恐惧渐渐占据了他们的心灵，陈庆之给他们注射的心灵兴奋剂一下子失去了所有的效用。陈庆之入洛前最担心的事终于发生了，敌军即将合围，而梁军已经深陷包围之中；最可怕的是将士们的军心已经有所动摇，这军心本是攻城最锐利的武器，此时该怎么办？撤退，往哪里撤，这是魏国的国土，一旦撤退，肯定会被全歼，无路可撤！回击，与元天穆的前锋部队决战，可这旷野之上，是胡骑的擅长，自己手中顶死也就七千骑兵，如何迎战？

撤退是懦夫的选择，能跑多远算多远，多活一点时间就行；回击是莽汉的冲动，能杀几个算几个，只要保本就行。而陈庆之是英雄，他不会做出懦夫和莽汉的选择。他明白唯一能活命的方法还是：攻城！攻下此城，再与来敌迎战，便有生望。然而此时的将士已经毫无斗志了，城久攻不下，大敌又即将来临，死亡的恐惧已经战胜了他们求生的欲望，他们已经准备放弃了。

一切皆在陈庆之预料之中，梁军不可能永远一帆风顺，总会碰到挫折，只有能将这挫折转化为动力，才是天才之将所应该做的，这也才是天才与庸才的本质差别之在。

“传我将令，全军集合！”陈庆之于大帐之中向诸将发出号令。

当七千白袍将士于帐外列队完毕，诸军士看到了惊奇的一幕。他们远远地看到陈庆之悠闲地牵着自己的爱马来到马槽旁，慢条斯理地将马鞍解了下来，然后又漫不经心地给爱马喂了喂草料。诸军士皆相似而笑，向来不苟言笑的将军今天怎么会如此地柔情。

待众人诧异之时，陈庆之缓缓来到众人面前，神色一凛，发出了激情四射的振聋发聩之声：“吾等至此以来，屠城略地，实为不少；君等杀人父兄，掠人子女，又为无数。天穆之众，并是仇雠。我等才有七千，虏众三十余万，今日之事，义不图存。吾以虏骑不可争力平原，及未尽至前，须平其城垒，诸君无假狐疑，自贻屠脍。”

此话说得非常明白，梁军在魏国之地烧杀掠夺，魏人已与我们结下不共戴天之仇，不要妄想他们对我们网开一面。元天穆大军数十倍于我们，又善于野战，我们要是与其硬拼，必败无疑。唯有攻下荥阳，以此城作为依托，才有生还之望，不然大家都是死路一条。此一番痛快淋漓的演讲震醒了七千健儿，白袍战士的激情又被燃烧起来，攻下荥阳便有生的希望，我们誓死也要跨过这座地狱之门啊。

眼看战士们求生的渴望又被重新点燃，陈庆之大声吼道：“传我将令，即刻攻城！我将亲自为诸君擂鼓助威！”

鼓角齐鸣，喊声大震，梁军的强攻在寒意浓浓的清晨中开始了，所有的白袍战士于漫天箭雨下，奋不顾身地向荥阳的城墙涌去，化成了一股无坚不摧的洪流，直从地面涌上城墙，在城墙上拍起一阵阵巨浪。一个个梁军视死如归，像蚂蚁一样攀上城墙，荥阳的城墙顷刻之间笼罩在茫茫的一片白色之中，鲜血溅在白袍上便显得分外夺目。

马佛、刘语之、陈思保等将皆奋不顾身，身先士卒，拼死沿城墙而上。城墙之上的魏军火箭滚石齐下，也阻挡不住梁军的滚滚斗志，梁军身后的战鼓声如声声惊雷，激励着每一个浴血奋战的白袍将士。刘语之部下的宋景休和马佛所部的鱼天愍率先冲上城头，两人相互掩护，珠联璧合，眼见一个魏军挺枪而至，鱼天愍压住长枪，宋景休高高跃起，战刀自上而下，如华山压顶般劈向来人，一声惨叫后，两人再次张牙舞爪地裹血冲向敌阵，一副肆无忌惮的拼命之举。陈思保等人也随后而至，大杀四方。登上城头的梁军仿佛全都是杀红眼的亡命之徒，原本防守严明的魏军节节败退，根本抵挡不住梁军的凌厉攻势，被杀得落花流水。

杨昱等人本以为能够坚持五天，等到元天穆援军，然后将陈庆之的梁军合围。但他根本没有料到梁军的这一波进攻竟会如此迅猛，固若金汤的荥阳城在梁军铁骑下如此地不堪一击。当陈思保等人冲下城楼，大开城门之时，杨昱才知道一切幻想都已化为泡影，他眼睁睁地看着梁军蜂拥而入而无力回天，在一阵白色巨流之中，他仿佛突然有点理解之前元晖业、丘大千等人的无奈之举，也恍悟之前痛骂那些不堪一击的将军是多么荒谬。不管杨昱在脑海里的思虑有多么的百转千回，铜墙铁壁的荥阳城终于沦陷在陈庆之的白袍铁骑之下。

元颢恕饶杨昱

荥阳大捷，白袍军虽损失惨重，折军五百，但余下将士无不沉浸在胜利的喜悦之中，繁花似锦的洛阳即在眼前，胜利正在向绝处逢生的将士们招手。元颢同样欣喜若狂，他收获的战报中，不但俘虏了都督元恭、西河王元悰，更是俘获了让元颢耿耿于怀的杨昱及其几个兄弟。

看着匍匐在地的杨昱，得意洋洋的元颢于大殿之上喝骂道：“杨昱，朕念曾与尔有旧，好生劝尔从朕，尔执迷不悟，反与朕为敌，早若从吾，何至于此？朕欲予尔生路，奈何尔负朕，险至朕于绝境也！哼哼，今尔为阶下之囚，还有何言?”

此时的杨昱知大势已去，心神俱丧，求生之念顿生，哀道：“陛下初登大宝，与洛阳相争，洛阳之子早已沦于契胡股掌。臣一时糊涂，未知事大魏即事元氏，元氏之兴当由陛下而兴，妄请陛下垂怜，念我杨氏一门三代忠心，念臣曾事于陛下，磕请陛下开恩，饶臣一命，臣必肝脑涂地，以报陛下。”

元颢左手摩挲着后脑勺，犹豫不决，回想起过往与杨昱相处的点滴，的确心有不忍。杨昱所言非虚，杨氏一门，一向忠诚，如若能降服他，未来攻入洛阳，则给洛阳百官一个示范，也未为不可。思前顾后，遂网开一面说道：“暂且饶尔不死，左右，先收押监中，日后再议。”

杨昱满身大汗，惊闻元颢竟然真能饶其不死，胸中一颗石头落地，如释重负，慌忙连番叩首，颤声拜喊道：“罪臣磕谢陛下不杀之恩!”

怒斩北魏降将

杨昱被拖走后，元颢忙着处理城中降官降将的安排之事，可陈庆之却无心于此，荥阳之困虽暂时得以解开，可梁军之危并未彻底消除。荥阳城破的第二天，元天穆前锋骑兵刚好赶至荥阳城下，梁军将士们皆唏嘘一片，暗自侥幸，此即为命悬一线也。

元天穆大军压境，陈庆之的白袍军军营内却发生了令其头痛不已的事情。

整个军营内，人声鼎沸，吵闹不已。马佛率先带人冲到陈庆之帐中，对陈庆之义愤填膺道：“将军，吾等随将军北上，所向披靡，将士几无损伤，唯荥阳城下，魏国折我五百兄弟，此皆杨昱之过也，若不斩此贼，何以面对九泉之下的兄弟，又何以让众将士们浴血奋战。”

“是啊，将军，不杀杨昱，不足以平众军之怒也!”刘语之也说道。

陈庆之皱起眉头，他怎能不理解将士们的心情，他又何尝不是等同身受。

七千将士一路北上，高奏凯歌，获得今日的辉煌，即是这种生死与共的手足之情而致，城破之时，若不是元颢所止，杨昱早就身首异处了。

陈庆之抬头缓缓说道：“众将莫急，待本将从长计议。”

大帐之外，吵闹声不时传进来，陈庆之知道必须给兄弟们一个交代。他缓缓走出帐外，面向群声鼎沸的众将士朗声说道：“大梁的将士们，我等北上中原，何以所图?”

众将士停止争吵，俱等待陈庆之发话。

陈庆之慷慨陈词道：“吾等众人披肝沥胆，风餐露宿，终有今日之胜，洛阳城指日可破，众君之心，余深有同感，然终不可因一时之愤而废国之大事。杨昱乃新君旧属，吾等切不可一意以图，待明日吾等奏请皇帝，留待皇帝裁决。将士们，前路漫漫，险境未绝，吾等唯有齐心协力，早破洛阳，彼时某率尔等还归故土，大梁朝廷必论功行赏，诸君亦可光宗耀祖，以厚乡亭。”

在众将士心中，陈庆之就如天神般值得尊重敬畏，听闻陈庆之所言在理，众人只得暂消争论，留待陈庆之来替他们做主。

陈庆之知道，元天穆大军在侧，白袍将士们的怒火一旦熄灭，则是大祸临头，必须趁势引导，以杨昱之事激起将士们的斗志。然而处置杨昱并不是他自己能够做主的，元颢是他名义上的皇帝，斩杀敌将的行动必须得到他的首肯。

第二天清晨，陈庆之便率领将士三百人伏于元颢殿下奏道：“陛下渡江三千里，无遗镞之费，昨日荥阳城下一朝杀伤五百余人，愿乞杀杨昱以快众意。”

眼见匍匐在堂下的陈庆之等人，元颢眉头紧蹙，左右为难，思虑片刻，说道：“我在江东闻梁主言，初举兵下都，袁昂（南齐将领，被南梁皇帝萧衍俘获）为吴郡不降，每称其忠节。杨昱忠臣，奈何杀之？此外唯卿等所取。”

圣言即出，陈庆之暗自心惊，惊元颢之心思敏捷，处事圆滑。元颢说得非常巧妙，梁朝皇帝对前齐旧将网开一面，我元颢怎么能不效仿？至于其他的将领，就随便陈庆之等人处理。

这招非常高明，即保全了杨昱，又安抚了陈庆之的军心。诚然，元颢的确有元颢的难处，弘农杨氏，乃豪门高族，杨氏一门皆在朝为官，势力很大，一旦杀死杨昱，便是与整个杨家为敌，且自己入洛，急需中原的门阀大族支持，如果开此先例，的确是让他们寒心。但手下的梁兵情绪又如此激昂，自己得以当上皇帝，还得靠他们一路送到洛阳，虽然只是死了区区五百人，但现在可不能得罪他们。既然这样，刚才那一番话便是两全之策。

陈庆之只得拜谢："谢陛下，臣告退！"

熊熊烈火的校场之上，大风卷起一条条火舌，仿佛要把除杨昱之外的三十七名部将全都卷进去一样，饶是久经沙场见惯血肉横飞，此时这些战将也无不胆战心惊。

白衣战士们磨刀霍霍，誓为牺牲的兄弟报仇雪恨，狰狞的面孔充斥着每一个白袍将士，当快刀剜向其中一个人胸口时，嘶嚎声洞彻荥阳的空气，传至杨昱的耳朵，让其瑟瑟发抖，脊背发凉。每一个白袍将士都是快意恩仇的伟丈夫，面向害死自己兄弟的凶手，皆咬牙切齿，痛心疾首，当三十七人皆灰飞烟灭之时，陈庆之走到高台之上大声说道："将士们，仇人既亡，然恶敌已至，让吾等热血填胸，拿起你们的武器，随我杀出城外，让我们的剑刃沾满敌人的鲜血，让洛阳在我大梁骑兵下颤抖！"

"喏！"众将士齐声应道。

一排排高头战马之上，英武的大梁将士们怒气冲天，遮断寰宇，长枪囇嚯，利剑出鞘，随着陈庆之一声令下，威武雄壮地出城而去。

城外正是魏国主力，从山东疾驰而来的元天穆部，数万胡骑千里迢迢，终于精疲力尽地来到了荥阳城外。令元天穆惊讶的是，荥阳雄关加七万精兵，竟然在五日之内沦于敌手，他不得不重新审视这有生以来最强的敌手陈庆之。之前接踵而来的战报已经让他不断心惊，区区七千人，如行云流水般趟过魏国山河，几乎没有任何阻隔，那一座座陷落的城池在陈庆之的铁骑之下，也只是一个个小小的土坡，一跨即过而已。曾以为魏国大军重重阻击，定能等到他大军归还，可一切全在意料之外，对手的可怕让他内心深处涌出阵阵寒意。

激战元天穆

地动山摇的大战一触即发，猛虎与雄狮的对决终将开始，此时的元天穆还是有极大的把握，毕竟野战是北兵的强项，陈庆之虽一路攻城拔寨，但捏的都是软柿子，这一次看他如何应付。如果他敢出城迎战，那肯定是自寻死路，自己的骑兵必能将其一击即溃；如果他只敢死守，由于自己已派荆州刺史王罴率精骑一万，增援虎牢的尔朱世隆，断了陈庆之的后路。如此一来，荥阳便是孤城一座，一旦自己大军全部回援，攻下此城便是举手之事。

任元天穆度己度人，把任何可能出现的情况都反复思虑，但他却仍低估了他的对手，他的对手不是他脑海中的任何名将，而是千古难得一遇的神将陈庆之，当陈庆之出城的那一刹那，结局已经见出分晓。

浩浩荡荡的白袍大军旌旗蔽日，领头的正是世人所认为的不善骑马的陈庆之，可此时的他却人马合一，长剑指向前方大喊道："将士们，勇猛向前，敌人就在前方，生死之刻，即为此时！”

即便元天穆算好梁军不敢贸然出城，可天才的陈庆之却早已深思熟虑。他明白元天穆是渡江三千里以来遇到的第一个强劲的对手，对于这样的敌人，如果一味龟缩在城内，一旦魏国大军云集，则梁军必然坐以待毙。但陈庆之岂能让此等庸将之为发生在他身上，敏锐的洞察力让其发现元天穆大军虽众，但从山东长途奔袭而来，人困马乏，精力不济，而且到荥阳城外，看到荥阳失陷易手，必然重挫其全军士气，元天穆的契胡骑兵虽一向无敌，此次大败邢杲，必然滋长骄傲之心，以为南军同样不堪一击。所以面对此外强中干的敌人，深谙兵法的陈庆之坚定地选择了出击。

陈庆之根本不会给元天穆再行思考的余地，他的白袍铁骑已经像风一样冲入他的阵营，狭路相逢勇者胜，上天总是垂青无所畏惧的勇者，陈庆之便是上天在这沙场上最爱的宠儿。长途奔袭后的契胡战士早已疲惫不堪，完全失去了往日的英勇，他们正在营帐内外起灶做饭，欲歇息而缓解这数日奔袭后的疲劳。他们根本料不到南军竟会如此之快地主动出击，毫无防备之心。

此时的元天穆正在大帐里和鲁安（夏州兵主将）、尔朱兆（字万仁，太原王尔朱荣堂侄）等众将商量着如何对付陈庆之，哪想到陈庆之已经杀到眼前。当杀喊声传至大帐，众将们迷迷糊糊，还不知发生何事，待传令兵气喘吁吁地冲进来报道：“将军，将军，大队白袍骑兵杀入我大营。”

听到这个战报，元天穆如五雷轰顶，这才发现大祸临头。他赶忙下令众将出帐，指挥各部，自己慌忙穿戴披挂，冲出帐外，眼看四处逃窜的契胡士兵，元天穆气急败坏，砍倒一个逃兵，怒吼道：“将士们，随我冲杀南贼，临阵脱逃者，斩！抓住陈庆之者，赏金一万！”

与元天穆单薄的怒吼声遥相呼应，陈庆之的白袍军却是异口同声：“抓住元天穆！活捉元天穆！”

经元天穆连杀三人之后，魏军这才稍稍稳住阵脚，重赏之下，必有勇夫，契胡众将在鲁安、尔朱兆等将的率领下，嗷嗷冲向陈庆之的骑阵。

弱不禁风的陈庆之身先士卒，有如神助，气贯长虹，长枪如龙信一般吐出，一个张牙舞爪的契胡骑兵顿时被扎个透心凉。

梁军众将士也不甘示弱，在陈思保、刘语之、马佛等将的率领下，皆勇不可当，一往直前。契胡铁骑的两波冲锋被击退后，仓皇应战的魏军士气尽失，作鸟兽散，任凭元天穆如何叫嚣，也无济于事，白袍将士马蹄踏过之处，皆是四处奔逃的契胡人。当天边的火烧云和梁军沾满鲜血的白袍交相辉映之时，喧嚣的战场终于恢复了平静。

夕阳西下，陈庆之战马的前蹄高高跃起，仰天长嘶，陈庆之双手紧拉马缰，随马身高高扬起，在夕阳下展现出一副精彩绝伦的天将壮景。待马蹄落下之时，士兵们牵着一个衣衫褴褛的将军来到他跟前。

陈庆之寒声问道：“尔乃何人？”

“将军乃陈庆之否？”来将不答反问。

陈庆之鼻子里“哼”出一声，不怒自威，身旁的刘语之怒道：“此即卫将军！将军有问，尔速速答之。”

来将慌忙跪下，抱拳答道：“败将鲁安，无意冒犯将军天威，此番败于将军，非吾等无能，实乃遇到将军也，将军乃天之神将，此生能与将军一战，亦为平生之幸也。”

梁军将士们听到此言，自豪感油然而生。陈庆之就是他们心中的天神，就是他们的精神支柱，鲁安的恭维之言此刻说出来，如银铃般悦耳。但刘语之依旧不依不饶地骂道：“尔等鼠辈，焉能与卫将军相提并论。”

鲁安叹道：“虚度半生矣，某岂敢与陈将军相提并论。此生如能事将军，余愿作周仓、廖化（周、廖二人均为关羽部将），为将军执鞭牵马。”

陈庆之恍若未闻鲁安之言，问道：“元天穆何往?”

“回将军，元天穆与尔朱兆逃亡，余不知去往何处，当是去往河北尔朱荣处。”鲁安答道。

陈庆之大失所望，叹息道：“可惜让此贼逃脱，后患无穷。”随即对刘语之说道：“汝好生相待鲁安将军，带回营中，择日交与陛下决断!”

鲁安乃夏州军主将，此等重要将领，若私自留下，恐为元颢生疑，陈庆之心知还是留与元颢裁决为好。

冲破虎牢关

遣师进军的陈庆之尚在路中，元颢的嘉奖诏令已传至阵前。第一时间得知大败元天穆消息的元颢仰天长啸：“洛阳已在吾股掌之中，哈哈!”他眯上眼睛，仿佛已经听到了风华绝代的都城之中的靡靡之音。

在陈庆之眼前的洛阳之路上仍有最后一道关卡，那就是右仆射尔朱世隆和西荆州刺史王罴镇守的虎牢关，虎牢关乃天下雄关，洛阳门户，素有一夫当关万夫莫开之险。当年，一代枭雄吕布即在此关前败于刘备、关羽、张飞三兄弟，留下了三英战吕布的传奇故事。

尔朱世隆虽是枭雄尔朱荣的从兄弟，却一直在北魏朝中担任文职，对军事一窍不通。但王罴却是号称比张飞更猛的勇士，当年他在荆州与梁军的曹义宗打仗，当时魏军一直处于劣势，王罴为了激励士气，在战场上什么盔甲都不穿，以示必死之心。每次临战前，他便先朝天大喊：“天不佑国家，使贼箭中王罴；不尔，王罴须破贼。”可能是这种不要命的精神把上天都感动了，王罴在梁军的枪林箭雨中穿梭了三年，竟然毫发未伤。然而在有如神助的陈庆之面前，勇猛无比的王罴此时却表现得如同懦夫，他在听闻元天穆的精锐骑兵被陈庆之击溃后，已毫无勇气为朝廷守住这最后的一个堡垒了。尔朱世隆更是胆小之人，毫无胆识，一看救援无望，老早也想溜了。两人一拍即合，最后竟然不战而逃，魏军将士眼见主帅如此，皆树倒猢狲散，虎牢如此雄关，竟拱手让于梁军。

最后的堡垒不攻而破，白袍战士日思夜想的洛阳城此时已是囊中之物。绿洲是支撑旅行者在沙漠中活下去的信念，可一旦其真正来临，便往往又变成了旅行者的富贵温柔乡，缠住了他继续前行的脚步。洛阳便像是白袍战士这三千里之行的绿洲，将士们会被这纸醉金迷消融掉雄心壮志吗？陈庆之居安思危，心里暗自揣度。

元子攸出逃

洛阳城内的皇帝元子攸在荥阳投注了所有的筹码，这次彻底赔光了。既然输了，洛阳便要拱手相让给元颢了。但离开洛阳后该去哪儿，年轻的元子攸六神无主了。

大殿之上，一个声音传来："陛下，去长安吧!"

"不可，关中残破，如何能去?"高道穆（原名恭之，字道穆）喝断道："元颢依仗陈庆之的南军，区区七千人，之所以能乘虚深入，皆是那些将军们首鼠两端，畏首畏尾。如若陛下能亲自率领宿卫，然后悬赏征募勇士，坚守洛阳，吾等老臣也拼出老命，这样必定能战胜元颢。"

此时的元子攸早已胆寒，此番虚情假意卖弄忠诚的豪言壮语怎么能说到他心里去，他苦笑道："御史莫要自欺欺人、掩耳盗铃了，非朕长他人志气，实乃不能持也。昔日，朕尽遣洛阳之兵，尚不能胜元颢，今洛阳几无防守，何以拒元颢之兵。"

高道穆是魏国朝堂之上那种贪浊风气里少见的正人君子，一向正派，一看皇上不愿听虚的，高道穆马上话锋一转："如陛下思不能持，不如渡河至河北，然后召集大将军元天穆、大丞相尔朱荣引兵来会，再回至洛阳进讨元颢，必能成功。"

高道穆的话很有道理，好汉不吃眼前亏，逃跑保命才是硬道理，这话说到元子攸的心里头去了。虽然元子攸有一万个理由不愿去找尔朱荣，但相较之下，性命比他皇帝的尊严更重要。当夜，元子攸再也顾不上洛阳城中高高在上的龙椅和众多甜言蜜语的后宫妃嫔，留下一众浑然未知的朝臣，带着若干随从悄悄从北城而出，一路向北，找寻尔朱荣去了。

入主洛阳

繁花似锦的洛阳迎来了新的主人，趾高气扬的元颢高乘銮驾，带着文武大臣数千人及数万军队浩浩荡荡地向洛阳进发，洛阳城内的临淮王元彧、安丰王元延明等王爷宗室见风使舵，哪管已出逃的元子攸，带领众臣俯拜于洛阳宽阔的去往宫城的铜驼大街上。元颢率领众臣自阊阖门而入，志得意满，直奔太极殿的龙椅而去。此时离去年元子攸的登基才一年零两个月，无论元彧、元延明，或是其他百官大臣，之所以也愿意迎接元颢入城，除了事已不可逆外，大家也都憎恶尔朱荣一党的暴纵，都想借着梁兵的力量消灭掉尔朱氏的势力，以此重振元氏江山，重温奢靡旧梦。不管是元子攸，还是元颢，对于众大臣来说，只要能保住自己的荣华富贵，坐在那宝座上的是条狗都行。

此时的元颢，做梦也想不到，从去年十月返国以来，一路所向披靡，仅仅半年多时间，自己竟然从如丧家之犬般的落魄王爷摇身一变，真正地当上了大魏皇帝。在他心里，这真的是上天的刻意安排。眼看上苍如此垂青自己，元颢顿时忘乎所以，身上那些压抑已久的、骄奢淫逸的毒素不出几日全都爆发出来了。他原来那批狐朋狗党也都一下子涌了出来，日夜围绕着元颢身边，一起花天酒地，声色犬马，这帮不务正业的纨绔子弟在酒醉饭饱之余竟然还对朝政指指点点，肆意妄为。本来那些百官投靠元颢，是盼着能脱离尔朱荣的魔爪，希望元颢能奋发图强，宵衣旰食，成为中兴之主，可大家发现这位新皇帝元颢，完全不是他们想象中的圣明之主。当年那慷慨激昂、风流倜傥、谈笑江山的北海王，一朝登天后，竟然也是如此这般不堪，不恤国事、日夜纵酒，众臣便知道这位爷的日子肯定也长不了。

未雨绸缪

陈庆之在洛阳城里也有了豪华的大将军府邸，他被元颢封为侍中、车骑大将军、左光禄大夫，增邑万户。灯红酒绿的大将军府里，跟随他一路厮杀的兄弟们正在饮酒高歌，此情此景已经连续三天了。

陈庆之不忍打消兄弟们的兴致，遂随之任之。但陈庆之内心却焦灼不已，他人可以浑浑噩噩，他却必须众醉独醒。

第四日，众将士又在马佛、刘语之、陈思保等人的带领下，再度相邀而至，陈庆之按捺不住，于大殿之上面如寒水道：“诸君于洛阳欢愉否?”

正在兴头上的诸将听闻此言，皆放下酒杯，面面相觑，不知陈庆之何出此言。

大堂之上一片沉寂，陈思保忍不住问道：“大将军何出此言?”

“吾等众人自大梁而至北朝，虽大功初成，南北号令，初归一统，此百年难得之机也，然元颢虽为魏国新君，却不思进取，不恤国事，为此，余数夜难眠，惶惶不安。魏国余孽仍虎视眈眈，元子攸本为魏国正主，若号令九州，不乏攀龙附凤之士从之，尔朱荣、元天穆等人于河北之地，随时可反戈一击，尔等不知晓否?”陈庆之忧心忡忡道。

陈庆之的一席肺腑之言如醍醐灌顶，浇醒众将。经历数月的生死考验，此刻的繁华的确是一时蒙蔽了他们的双眼，暂时让他们忘记了潜在的危险。众人皆是一路舍生忘死追随陈庆之，每克一城，诸人对陈庆之的佩服之情便增加一份，当洛阳城破，此敬仰尊崇之情已经无以复加，诸人皆对陈庆之顶礼膜拜，敬服得五体投地。

马佛等人慌忙跪道：“末将一时糊涂，不知天高地厚，还望大将军恕罪。往后之事，悉听大将军调度。”

陈庆之继续说道：“我等能破洛阳，固有战术得当及诸君出生入死之因，然我等未遇劲敌亦为主因也，若尔朱荣此时来攻，以洛阳现状，我等必死无葬身之地。”

诸人大骇，刘语之慌忙问道：“以大将军之计，当何如之?”

陈庆之道：“当下之时，我将力劝魏帝勤于国事，厉兵秣马，以待敌军反攻，另再奏请魏帝，速遣使南下，向我大梁请兵。此二者皆为，方能保此得来不易之实。”

诸将皆以为善，刘语之说道：“大将军未雨绸缪，居安思危，我辈不及也!”

陈庆之尴尬苦笑，摆了摆手，众将这才姗姗退下。

乾坤再颠

陈庆之不是杞人忧天，的确一切如他所料，元颢新朝的根基太浅了，元颢和陈庆之进军洛阳的速度太快了，以至都来不及消化投降的众多魏国军队。降军主要分为两部，一部分跟随元颢入洛，另一部分则由元颢的亲信收编，担任守城、后援这些辅助性的任务。可惜这些人本就是墙头草，战斗力又极差，根本起不了任何作用，对元颢朝廷来说，图个摆设而已。

此时陈庆之的白袍军之前战斗过并占领的一系列城池正在发生着翻天覆地的变化，而且变化的速度和彼时白袍军的进军速度一样快。正所谓来也及时，去也及时。白袍军一路所向无敌，破关斩将，而元颢的这些守军也紧跟着将他们的成果丢得干干净净。

镇守梁国城的是元颢任命的都督侯暄，忠诚于元子攸的崔孝芬从徐州赶来，将其团团围住。崔孝芬惧怕陈庆之的兵威，惧其来援，便昼夜不息地攻打梁国城，打了五天后，侯暄一看顶不住，慌忙弃城而走，不过还没走远，就被抓住砍了头，梁国城便这么得而复失。这时元天穆的后援部队又陆续赶来，凑了四万多人，此次底气十足的元天穆攻下了大梁城（今开封附近），由于上次荥阳之战的阴影依然笼罩在元天穆身上，这次他不敢再亲自深入进军，先派费穆（字朗兴）去攻打虎牢关，费穆倒是英勇，能征善战的他直打得虎牢关摇摇欲坠，顷刻欲破。若此关一破，陈庆之之前所有的战绩就要化为泡影，只剩下洛阳孤城一座了。

出兵虎牢

宏伟壮观的太极殿上，皇帝元颢高高在上，殿下大臣喋喋不休地奏请他们认为的各种国家大事，元颢恍若未闻，漫不经心地晃动着双腿，过往的雄心壮志在他坐上金銮座的那一刹那全都烟消云散，做皇帝的感觉实在太好了，一言九鼎，唯我独尊，此时他只想赶快退朝，回到后宫，享受嫔妃们的温柔。直到陈庆之的奏章陈上，他才如五雷轰顶般被震醒，他的帝国只是如象牙之塔般虚无缥缈，若有强力，一推即倒，他所建立的大魏天下还远远没到四海一统。

“陛下，梁国城都督侯暄战败被杀，梁国城失守。”陈庆之在殿下焦虑地陈奏道：“元天穆后援部队正在陆续向洛阳进军，大梁城也已被攻下，元天穆部将费穆正死攻虎牢，虎牢势如累卵，岌岌可危矣!”

元颢惊得差点从龙椅上跌下来，颤抖地问道：“什么？都失守了？虎牢也要失守了?”

“陛下勿惊，以微臣愚见，陛下当速速遣使南下，请南朝大梁出兵，合击元天穆。”陈庆之继续说道：“微臣即刻请兵出师虎牢，荡平元天穆。”

“准奏，准奏，卿速速率领大军前去虎牢。”元颢心慌意乱，但说完以后，头脑却格外清醒并咬牙切齿地补上一句，“捉到费穆那厮，擒到洛阳，朕要将此贼千刀万剐，以报我河阴之难死去的兄弟亲人。”费穆正是当年鼓动尔朱荣策划河阴之难的罪魁祸首。

“虎牢之危，刻不容缓，臣这就告退，奏请南兵之事，万望陛下速速遣使，于此，洛阳方可高枕无忧。”说完之后，陈庆之匆匆退出殿外，遣将点兵，片刻不停，奔赴虎牢。

痛杀费穆

一切都是那么熟悉，前番从梁国城进军洛阳，此番原路返回，命运在白袍战士心中开了个很大的玩笑，前番胜利进军之景历历在目。世界上中最痛苦的事情莫过于到嘴的肥肉被抢走，元颢心如刀割，白袍军心中亦是如此。虽是痛苦，但这次返途的任务，军士们心知肚明，高昂的斗志依然在将士们的头上萦绕，白袍将士们的凌厉攻势早就让北魏军队胆颤心惊。

离虎牢尚有几百里之遥的元天穆惊闻陈庆之出兵虎牢，于军帐之中慌不择声，拉住身旁的行台郎中温子昇（字鹏举）问道：“鹏举，尔欲归洛阳，或与吾还河北?”

曾被梁武帝喻为曹植、陆机复生的温子昇倒是豪情万丈，铁骨铮铮地说道：“元颢刚入洛阳，人情未安，正是大王平定京邑、逢迎大驾的时机，此乃恒、文之举也（齐桓公、晋文公），若大王北渡，失此天赐良机，实乃天下之憾。”元天穆虽想和齐桓公、晋文公一样去匡扶周室，建立不朽功勋，可陈庆之与他的荥阳之战，给他的伤害太深，他呆坐帐内，冥思苦想半天，心想实在不是陈庆之的对手，还是撤到黄河以北与尔朱荣汇合，再图洛阳。

惊闻本要驰援他的元天穆渡河归北，正在强攻虎牢的费穆虽内心怒骂不已，但仍旧强打精神，强令军队不分昼夜地攻打，希望能及时拿下唾手可得的虎牢雄关。但当陈庆之的白袍军如天兵似地出现在他面前，费穆大军顿时士气一泄到底，数万大军完全丧失了勇气，纷纷倒旗投降。费穆无奈，只得弃剑而降。

如同其他投降的臣子一样，费穆心想元颢新朝，缺兵少将，肯定用得上自己，不管元子攸，还是元颢，都是元家天下，投降就投降，投的都是他元家的魏朝。先缓于一时，留得性命再说，日后元子攸再来，他照样还是将军。

可这次费穆的如意算盘打错了，当他被押至洛阳朝堂大殿之时，血性未泯的元颢冲冠一怒，直接在大殿上，当着诸大臣的面，亲自操刀，根本不容费穆辩解，持匕首直捅费穆心窝，费穆大叫一声，血溅大殿，当场丧命。

当年尔朱荣入朝，费穆抛弃元氏，曲意逢迎，降于尔朱荣，叛主归荣后一向为尔朱荣所知遇，尔朱荣见了他也深以为重。

彼时，费穆暗中游说尔朱荣说：“大将军，您的兵马不过万人，如今长驱直向洛阳，前面没有军队敢于阻挡，乃是因为您推奉主上，顺应民心的缘故。没有战胜者之威严，群情一向都不佩服。现在京师凭着将士之众，百官之盛，听说您的兵力情况，必然对您有轻视侮慢之心。如果不大行诛罚，建树亲党，您回到北边的时候，恐怕不等到越过太行，内难就会兴起。”尔朱荣内心里非常同意费穆的说法，遂有了后来河阴大难诛戮北魏宗室的事发生。

元氏宗室闻费穆之名，无不咬牙切齿，皆恨不能挖其心肺，啖其血肉。元氏宗室与费穆之仇不共戴天，元颢手刃仇人，泪流满面，仰天长啸。为此停朝三日，祭拜宗庙，上告列祖列宗，得以报仇雪恨，同时命人将费穆尸体倒悬洛阳城门三日，再挫尸扬灰，直至灰飞烟灭，费穆终为他当年卑劣的行径而得到报应。

费穆已伏诛，白袍将士仍在征途，他们的神话还在继续，陈庆之的威名就是如此之盛。将士们不费吹灰之力，让元天穆这样的主将不战而逃，猛如张飞的费穆又不战而降，当陈庆之再率领白袍军继续一路东进，大梁（城池，非梁朝）、梁国等城再次纷纷易旗归降。到此时，魏国黄河以南之地皆平。

深藏危机

自北伐以来，陈庆之以区区七千将士，所向披靡，四十七战，所向无敌，三十二城，所向皆克，创造了惊世骇俗的奇迹。天之神将陈庆之大名震彻华夏，如若持之以往，将北魏唯一的军队尔朱荣部打败，陈庆之便能成为结束数百年分裂局面的不世名将，傲立于世。

人无远虑，必有近忧。任何花团锦簇的局面里，都会藏着深深的漩涡，而这漩涡让所向无敌的陈庆之也开始寸步难行。

这第一个难以摆脱的漩涡，便是白袍将士们求生意志的消失。他们经历过九死一生后，再次回到洛阳，这座温柔的城市里没有沙场上的刀光剑影、血流成河，只有比南朝更为宏伟的建筑和糜烂的生活。没有了死亡的威胁，白袍将士被那里的富丽堂皇轻松俘获，把洛阳当成了故乡。那里的奢靡生活像水草一样缠住了他们的身体，他们钢铁般的意志在洛阳温香软玉的空气中彻底消融了。面对将士的消沉，此时陈庆之也没有更好的良策，对于一个刚刚从激流里挣扎上岸的人，还想让他们同以前一样博命是不可能的，在大敌来临前只能让他们尽情地放纵。虽然暂时解除了死亡的危险，但白袍将士们毕竟身在异国，也不知自己何时会埋骨他乡，又加上屡战屡胜，于是变得更为骄纵不堪。他们在洛阳横行霸道，欺负官民，洛阳官民对其仅有的好感也荡然无存，曾经的那支童谣“名师大将莫自牢，千兵万马避白袍”此时再也无人唱响。一支军队一旦军心涣散，又做着与民心背离的事，便意味着离败亡已经不远了。

除此之外，在元颢和陈庆之中间，也已产生了更深的裂痕。在北伐的路上，元颢和陈庆之是患难与共的兄弟，谁都离不开谁，一路上虽各怀心思，但总体还算是同心同德。到了洛阳后，这死亡的威胁一旦解除，他们的分道扬镳便是早晚的事。元颢是回来当皇帝的，不是和陈庆之称兄道弟的。现在成为皇帝的这一切都轻松实现了，对于陈庆之，元颢虽然尚未算计到“鸟尽弓藏”的地步，但他早已不愿再对从陈庆之言听计从了。

对于当前的局势，陈庆之知道，元颢的部下虽多，却都战斗力低下，又首鼠两端，一旦有风吹草动便会随时叛离。唯一死战的只有自己的白袍战士，但人数太少，且长期征战早已疲惫不堪。现在最好的办法是让梁朝皇帝继续派精兵北上，如此一来既能保得住洛阳，还能开创更大的功业。为此，领兵在外的他再次给元颢上了一份请梁兵支援的奏折。

请奏元颢

朝廷之上的魏国皇帝元颢收到了陈庆之奏章，问计于朝臣，太极殿上再一次展开了激烈的辩论。

“众卿家，尔朱荣于河北虎视眈眈，以朝廷所属兵马，实难拒之，车骑将军所奏，速请南兵援助，众卿家有何建议?”元颢顾虑重重道。

“陛下，大将军所言非虚，以目前朝廷之兵力，实难抗衡尔朱荣十万契胡之兵，当速请南兵北上，乃万全之策!”一大臣说道。

“万万不可，陛下，陈庆之乃南人，终究非与吾大魏一心。”安丰王元延明(字延明，北魏宗室，文成帝拓跋濬之孙）慌忙说道：“陈庆之不过数千之人，已难控制；若其兵众增加，焉知其能为我大魏所用否？如此，大权尽去，朝堂之上，悉听他言，祖宗基业休矣。”

“安丰王所言甚是。”临淮王元彧（字文若，北魏宗室，太武帝拓跋焘玄孙）附和道：“若尔朱荣是大魏之虎，焉知陈庆之非大魏之狼？陛下，河阴之难晃似昨日，陛下切不可作驱虎迎狼之事也。昔日曹孟德之事（曹操挟天子令诸侯）仍历历在目，吾等焉知其无狼子野心？以臣之见，即便尔朱荣猛虎将至，以朝廷之兵加上当前陈庆之所部，足以抗衡矣。”

“然南朝的援兵已至边境，朕当如何回复梁帝?”元颢愁道。

“此事不难，南兵虽至，然梁帝昏聩老朽，诵经拜佛之人，善言劝之，梁帝必从陛下。”元延明说道。

“即如此，就依众卿家所言。”元颢下定决心道。

元颢不是不清楚当前的态势，他心中暗自揣度，虽然尔朱荣威胁在即，但以陈庆之的神勇，应该足以抗衡尔朱荣。众臣所言，也的确不无道理。正如元延明所说，如若梁朝派兵而至，陈庆之兵势更甚，那真是走了虎来了狼，举魏国朝堂，根本没有人是陈庆之对手。如若陈庆之有不轨之心，彼时他与元子攸就真的没有任何差别了，他可不愿意成为元彧言中之意下的汉献帝。

眼珠滴溜溜转的元颢还是硬着头皮给梁朝皇帝萧衍上表："陛下，河北河南之地都已安稳，只余尔朱荣一部待剿，吾与陈庆之联手，定能灭之。魏国正是安稳人心之时，若南朝大军北上，劳师动众，惊扰黎民，实非陛下所愿，亦非吾所愿。"

梁朝大军其实已至边境，收到元颢的消息，菩萨皇帝萧衍命大军屯至边境，见机行事。萧衍虽已老馈昏庸，但宇内一统的心思并没有消失，并不会因元颢的甜言蜜语而废国家大事，可环顾四周，发现朝廷上下竟无可用之才去接应陈庆之，以应对北朝这复杂的局面。陈庆之的这次北伐太神奇了，完全超出了他的预期，让他来不及应对这突然出现的大好局面。老皇帝思前顾后，还是先做个顺水推舟的人情，再观望观望；至于陈庆之，若有天意，他定能帮助梁国开疆扩土，若无天意，就拜托佛祖保佑他全身而退吧。

元颢强留陈庆之

盼星星望月亮的陈庆之等人惊闻梁朝援军受元颢蛊惑竟然止步于边境，几乎要崩溃了。返回洛阳的陈庆之第一时间令众将于大将军府中议事。

马佛气得跳将起来："大将军，当下元颢与吾等貌合神离，我大梁援军又龟缩不前，吾等于这洛阳城中举目无亲，左右不逢。元颢之兵，十倍于我，若此时背后给吾等致命一击，吾等将死无葬身之地也。依末将愚见，我军当快刀斩乱麻，索性先下手而强，杀入宫城，擒住元颢，占据洛阳，收编魏军。然再奏请陛下，援军北上，合力剿杀尔朱荣一部，彼时则定能四海一统，宇内归一，此天助大将军建万古不世之功也。”

陈庆之在大堂之上不停地来回走动，片刻之后，目光如炬，盯着马佛厉声说道：“汝欲置吾于万劫不复之地否？吾若作此冒进之事，与尔朱荣何异？即便事成，洛阳城内，魏室众臣，焉能从吾等南来之人，吾再欲效仿尔朱氏作河阴之事否？”

“那以大将军之见，当此为难之时，吾等众人将何以处之？”陈思保问道。

“大将军，末将有一计，或能解此危局。”刘语之道。

“语之且言！”陈庆之说道。

“元颢曾封大将军为徐州刺史，今南军护送元颢称帝使命已成，大将军可趁此时赴徐州就任，离开此是非之地，进可以继续北上援魏，退为我大梁留住徐州一地，此为进退有据之策也！”刘语之说道。

“善，此为万全之策，语之深得吾心！”陈庆之眉头舒展，笑答道：“既如此，就依语之之言，明日吾便陈奏魏帝！”

繁华的洛阳总归有乌云遮日之时，偌大的宫殿浸没在漫天雾气之中，死气沉沉。无精打采的元颢躺在章德殿里的胡椅上，懒洋洋地听着陈庆之的奏章，但当听到陈庆之要去徐州的消息，他顿时内心狂躁，陡然跳将起来，拉住陈庆之的双手惊愕失色叫道：“大将军，此时卿若离朕而去，卿于心何忍？”

“陛下，臣率部北上，护送陛下，大功已成。此时，臣还至徐州，非离陛下远去，亦是为陛下造一坚城也。”陈庆之笑道。

“大将军，此言谬也，徐州距洛阳千里之遥，若洛阳有忧，远水难解近渴。彼时若洛阳有失，徐州再坚，朕要此坚城又有何用?”元颢继续无赖道：“梁帝遣将军卫朕，然今大将军要弃朕而去，若朕有难，尔朱荣来攻，大将军能袖手旁观否？如若至此，将军苦战而得的大魏又失于大将军之手也，将军何以回复梁帝?”

眼见元颢搬出梁朝老皇帝，陈庆之哭笑不得，摇头叹息道：“既如此，臣不再复言此事，臣告退。”

退出章德殿后，陈庆之独自走在空旷的宫城之外，红砖青瓦在灰蒙蒙的空气中，渗出一层雾水，陈庆之用手探之，一层薄薄的砖沫在指头上铺开，看着指头，陈庆之苦叹一声，孤独地向前走去。

尔朱荣出兵

滔滔黄河，一浪翻过一浪，一路向东，像一条长长的巨龙横卧在尔朱荣和元颢之间。一路北逃如丧家之犬的元子攸已经和尔朱荣汇合，被吓跑的元天穆也赶到了，在元子攸的苦苦哀求下，迷信的尔朱荣算准吉时，号令三军，向南开拔进发。一时之间，原来忠诚于元子攸魏朝的各部兵马也相继而至，大军号称百万，鼓角齐鸣，气吞如虎。

尔朱荣乃北朝第一名将，曾以七千骑兵击垮葛荣十万之众，是北朝最为骁勇的枭雄。陈庆之也是以七千之众横行魏国大地，所向披靡，乃南朝百年难觅之将。他们两人之间的对决，将是一场彗星撞地球、针尖对麦芒的大戏。

面对尔朱荣大军的南下，魏国新皇帝元颢不得不打起精神，派都督宗正珍孙（宗正为复姓，宗正珍孙曾讨平光州人刘举的起义）和河内太守元袭（字子绪，拓跋晃之曾孙）防守河北的河内城。河内城在黄河北边算是孤城一座，兵士单弱，无险可守，面对尔朱荣的几十万大军，其实是纯粹的摆设。

此时的尔朱荣兵强马壮，良将云集，面对此弹丸小城，攻拔本应不费吹灰之力。说来也怪，天气炎热之下，尔朱荣竟然数攻不下，几欲退军，幸亏随军军师刘灵助两番掐指神算，给尔朱荣不断加油鼓气，尔朱荣亲自在城下击鼓，攻城的将士闻鼓声一时士气大振，这才一举攻破了河内城。破城的时间竟然与刘灵助所掐的时间吻合，尔朱荣大为惊奇，对刘灵助更加信赖。

惊闻河内失守，元颢慌忙率领百官和军队倾巢而出，赶往黄河南岸。此时对于元颢而言，黄河是防守尔朱荣的唯一屏障，是不能被逾越的生死线。只要守住了黄河，尔朱荣将无计可施，酷热之下必当退兵，自己以后还可再图进取。而一旦尔朱荣的军队南渡成功，洛阳城将不可保，自己必败无疑。当时元子攸是把所有的赌注下在了荥阳，结果只能逃窜北方。而元颢此时也孤注一掷，将所有的防守力量都派往了黄河边。元颢亲自坐镇河桥，并下令安丰王元延明和自己的儿子元冠受在黄河沿岸层层设防，严防尔朱荣的军队南渡。

坚守北中城

北岸河内城虽失，但北岸仍有一城，即为北中城（大致在今河南省孟州市南黄河北岸），至关险要，北中城和南岸之间驾着河桥，一旦此城失守，尔朱荣便可从河桥长驱直入，陈庆之被元颢派遣至此，担负起元颢的铜墙铁壁之责。

“收走所有渡船!”陈庆之命道。

“喏!”

“加强城防，遣全城军民连夜打造弓弩箭矢，予以重赏!”

“喏!”

“马佛率兵一千于城外一里挖壕，以据契胡骑兵。”

“喏!”

“刘语之率兵一千于城外五里处山坡处设伏，一击即退，不可恋战，引北军至壕沟处。”

“喏!”

“陈思保率兵一千，接应刘语之，待契胡将至壕沟，以马锁绊之。”

“喏!”

“其余众将，待北军陷入壕沟，众军万箭齐射，继而以火攻之!”

“喏!”

行云流水的部署后，陈庆之独自瘫坐在帅椅之上，心力交瘁。此时黄河北岸已全被尔朱荣占据，北中城只是黄河边孤零零的一座小城，几千将士面对几十万来势凶猛的精锐大军，身后却是滔滔不绝的黄河巨浪，于战无不胜的白袍战士而言，这次是否能置之死地而后生，是否还能一如既往的所向无敌?片刻的颓丧后，陈庆之猛然站起身，其孱弱的身体里仿佛蕴藏着无穷的力量，眼睛中射出两道精光，直透大帐，这是两道坚毅的不可屈服的精光，这是两道无坚不摧的利剑。

大战的序幕如此地出乎尔朱荣预料，虽然刚在河内首战告捷，但当发现无船可渡时，转战北中城，他就领教到了传闻中的陈庆之的厉害。

尔朱荣的前锋军队来到北中城城墙之前，不出半日，即被陈庆之的伏兵杀得士气尽消，几千士兵两个时辰之间，灰飞烟灭，尔朱荣雷霆般地震怒，剑指城墙怒喝道："陈庆之小儿，吾誓将尔生擒活剥!"

儒冠纶巾的陈庆之于城墙之上淡然笑之："尔朱将军，余敬慕汝已久，何以初见，即急口利齿乎?"

尔朱荣气急败坏，他总算亲自领教到了陈庆之的气魄。那岿然之气，几若天人，其以单兵独守孤城，背水一战，毫无畏惧之心。这简直是在羞辱全体北魏战士的意志，在这烈日高悬的酷热天气里，比烈日更盛的是尔朱荣的冲天怒气，他向全军嘶吼道："攻城！攻城!"

此时对北魏军人而言，是在洗刷屡战屡败的耻辱，重竖大魏武士萎靡不振的军魂；而对于白袍战士，既是在续写战无不胜的神话，更是为了保存自己的生命。如此一来，战斗打响后，便陷入极为惨烈的攻防战，在这酷暑难耐的天气下，尔朱荣的大军在短短的三日里连续发动了十一次进攻，但这样的狂攻，在白袍战士的抵挡下竟然毫无战果。

神算助攻

三日下来，陈庆之率领他的白袍将士，死死扼住魏军进攻的脖子，生死关头，北中城依旧岿然不动。而尔朱荣也"收获颇丰"，他给魏国军人的耻辱柱上又增添了浓墨重彩的一笔，数十万大军面对几千人的北中孤城竟然无计可施，还有那大堆大堆魏国军士的尸体需要他安葬。虽北中城近在咫尺，那河桥看似唾手可得，洛阳城也在南边频频招手，但陈庆之却成了尔朱荣不能跨越的障碍。此时的尔朱荣终于品尝到了白袍军的厉害，但这教训也让他明白了一点，白袍军是比黄河更难以逾越的天险，魏军唯一的选择便是绕开他们，绕开这群人间神兵，才能跨越那巨浪滔天的黄河。

正当尔朱荣于帐中一筹莫展之时，帐外传来一阵惊喜之声："大王，大王，南岸传来好消息，有夏州军士愿助我军过河。"

"真的，天助我也!"尔朱荣欣喜若狂，抓住来将之手叫道："速速派军前去接应!"

"喏!"

当魏军以最快时间浩浩荡荡赶到接应地，结果却让他们傻眼，他们晚来一步，夏州叛军已被元颢发觉，在他们到来之前，已被剿杀得干干净净。

尔朱荣焦躁了，于帐中暴跳如雷："陈庆之，吾非将尔碎尸万段不可。"眼见帐外毒阳高悬，军士士气尽失，不时地传来哀怨之声，他长叹一口气对众将说道："天气炎热，为下之际，先回晋阳，待天气转凉，再战不迟。"

"大王不可，"黄门郎杨侃（字士业，弘农杨氏）拦阻道，"眼下元颢立足未稳、援兵未至，正是消灭他的最佳时机。如果他一旦坐稳朝政，天下改望，将势不可挡，而大王的军队一旦退回晋阳，那便是将河北之地拱手相让。大王，即便此次血流成河、尸首遍野，也不能撤军，黄河这条生命线既属于元颢，也属于我们，谁放弃，谁便是选择灭亡。"

"哎，士业所言不差，然天气炎热，大军止步不前，军士叫苦不迭，孤怎忍军士受此煎熬。"尔朱荣沮丧道。

"大王爱惜将士，实乃我军之福，然朝堂之上，皆首鼠两端之辈，今彼等能凝为一体，唯大王之功也，彼等此行，皆望大王马首，若大王返至晋阳，彼等鼠辈皆临阵倒戈，大王当如之奈何？元氏两虎相争，彼等皆无可所图，即便江山易主，彼等众人仍可居庙堂之上，然大王则不可也！以在下之见，如今，唯有继续前进，渡过黄河，方为妥善。”杨侃继续劝谏道。

尔朱荣心中一惊，问道：“那以士业之见，当何处之？”

“不若征发民材，多为桴筏，间以舟楫，缘河布列，数百里中，皆为渡势，首尾既远，使元颢不知所防，一旦得渡，必立大功。”杨侃抽丝剥茧分析道。

“高！”尔朱荣竖起拇指称赞道，“士业深得吾心，此计善也！黄河虽是天险，然数百里的江面皆可以摆渡，出兵时可以虚实并举，以假乱真，南军防不胜防！哈哈！”尔朱荣狂笑道。

高道穆也进言道：“今乘舆飘荡，主忧臣辱。大王拥百万之众，辅天子而令诸侯，若分兵造筏，所在散渡，指掌可克。奈何舍之北归，使元颢复得完聚，征兵天下！此所谓养虺成蛇，悔无及矣。”

“道穆之言，与士业无异，吾意已决，即刻奏请皇帝，强渡黄河！”尔朱荣拔出利剑，奋力向案桌上砍去：“若有再言退者，同此案也！”

大军即将开拔，尔朱荣虽已下定决心，但仍心有不定，踌躇之际，神算子刘灵助又给他送出一颗定心丸：“不出十日，定破元颢！”

尔朱荣大喜，刘灵助乃是他心灵之中的定海神针，既然刘灵助也作出神算，尔朱荣不再犹豫，全心渡河。

元颢败溃

渡河之战，尔朱荣不敢马虎，命尔朱兆和贺拔岳两位虎将为先头部队，各率一千军士，遍造舟船，以多处疑兵迷惑元颢，然后在向导的指引下，趁月黑风高之时，终于跨越天堑，得以强渡成功。

两位将领非常幸运，可又非常不幸，一过黄河，就迎来了元颢的拼死抵挡，元颢派其子元冠受率领五千军士前来截杀，北中城内的陈庆之惊闻已有魏军先锋渡河，急派陈思保率军来援。可天不助元颢，尔朱兆和贺拔胜这两位当世虎将，已怀必死之心，前面是数倍的敌军，而背后是滔天的黄河，但前进还有生还的希望，后退必死无疑，两人欢腾鼓跃，率领将士们背水一战，奋起登岸杀敌。

这是生与死的考验，这是两军意志力的对抗。滔天的黄河，涛声不绝，也遮盖不住震耳欲聋的厮杀声，尔朱兆的北军将士有如神助，于绝地之中杀出一条血路，元冠受的五千人马竟然挡不住一千余人的猛击，膏粱子弟元冠受当场与陈思保一起被俘虏。此刻的尔朱兆兴奋异常，想当初荥阳城外一战，被白袍军杀得一败涂地，单骑逃出，此战竟然能血当年耻辱，生俘白袍军将领，令他得意备至。

负责南岸防守的元延明一听闻元冠受被抓，这位北魏的大才子马上弃兵逃走。元颢的军队本身就是墙头草，一看主帅逃亡，局势逆转，都纷纷作鸟兽散。

溃散和投降就像瘟疫一般，在元颢军中蔓延开，本就意志不坚定的众多部队又再次打起了尔朱荣的旗帜，协助尔朱荣给元颢倒打一耙。

如此，南军苦心经营的严密防守顿时土崩瓦解。见大局不可挽回，元颢不得已，当即率领手下数百人马从军营中慌忙逃出。

陈庆之以数千人马保黄河北岸不失，却料不到元颢的军队如此窝囊，本以为密不透风的南岸防线竟然被尔朱荣轻松撕破。北中城内的陈庆之与众将对南岸的激战心有余而力不足，只能眼睁睁地看着南岸的魏军欢呼雀跃地将大旗高高竖起。

眼看大势已去，元颢败局已定，形势危急，陈庆之缓缓站起身，面向南方，拱手长叹道："陛下，臣率军一路北上，战无不胜攻无不克，然元颢终非北朝正主，无收服魏室之德，亦无匡扶魏室之能，元颢之辈，非臣不能辅之，实乃天意如此也。"

"大将军，当此危急之时，快撤吧!"刘语之在一旁急道。

"传我将令，全军连夜过桥而渡，不得有误。"陈庆之无奈，向众将命令道。面对跟随自己一路北伐的兄弟们，此时陈庆之唯一的愿望就是将他们安全地带回南朝，便已无憾。

"喏!"众将抱拳而出，刻不容缓，白袍将士连夜整军，渡河撤退。

天破白袍军

正在南岸庆祝攻破元颢防线的尔朱荣，惊闻陈庆之竟然趁魏军欢庆间隙抢渡成功，狂怒道："漏网之鱼，孤亲自领兵追击，定杀此贼，一雪前耻!"

尔朱荣速点一万精骑，昼夜不停，追击陈庆之的白袍大军，但又不敢追得太急，生怕陈庆之再反戈一击。对无所不能的陈庆之，所有魏军将士的心头都蒙上了一层深深的阴影。陈庆之率部且战且退，白袍将士们归心似箭，眼看离南朝边境越来越近，将士们皆快马如飞，恨不能立刻踏上南朝故土。

天有不测风云，就在白袍军南退至颍水附近时，六月的嵩山大雨如注，结果引起下游的颍水暴涨，引发了洪流。浊浪滔天的洪潮席卷而来，漫天遍野汪洋一片，白袍军将士们猝不及防，于睡梦中被洪水突袭。此时无论他们身手如何矫健，无论他们意志力如何强大，无论他们有过多少傲人的战绩，在大自然的巨大威力前面，力量都是渺小的，一向战无不胜的他们面对这天灾终究毫无办法，被洪水冲垮，死散略尽。七千白袍军或生或死，终究未能全部还归南朝故土。或许是上苍太眷宠这些白袍骄子了，不愿意看到他们被敌人追杀得七零八落、溃不成军，便选择了这场天降洪水作为这段传奇的浪漫结尾。后人有诗云：“嵩水漫吞三千白，北辈吴钩终不在!”便是这一段历史的真实写照。

还归梁朝

天之神将陈庆之很幸运，因为上苍还想着让这位战将续写传奇，他在洪水中顽强地活了下来。劫后余生的陈庆之登上嵩山之巅，眺望一眼远方的洛阳，在那个地方，见证了他一生最光辉的时刻。如今他就要走了，他知道自己是自刘宋（南朝朝代，分别为宋、齐、梁、陈，陈庆之是梁朝将领，宋为刘裕所建，区别赵匡胤所建的宋朝，故称刘宋）之后，南北对抗以来，第一个领军攻克洛阳的将领，但他不会知道，在他之后，南朝的军队再也没有打进过洛阳，直到陈朝灭亡。

为了躲避尔朱荣的追捕，陈庆之不得已削掉了须发，扮成和尚的模样，躲过了魏军的重重围追堵截，趁机跑到了豫州。在那里，经豫州豪杰程道雍接应，悄悄地抵达了汝阴，最后带着那无法被复制的军事神话，平安回到了梁朝的首都建康。梁武帝亲自出迎，封他为右卫将军、永兴县侯，邑一千五百户。在以后的数年中，他不负苍天给他的眷顾，也不负梁武帝萧衍的厚望，依然延续着不败的传奇，最终成为悠悠千古唯一不败之神将。

皇帝元颢却没有这么好的运气，尔朱荣、元天穆、尔朱世隆簇拥着孝庄帝元子攸，号令天下，杀气腾腾地奔向洛阳，此时陈庆之已不在身边，逃回洛阳的元颢日暮穷途，哪里还有半分战斗的勇气，转眼间繁华的都城洛阳再次易手尔朱荣之军，他如过街老鼠般南逃到临颍县（今河南漯河）时，随从已散得干干净净。这位前几日还叱咤风云、拥众数万的堂堂帝王竟然被临颍县的一个小士卒江丰砍了头，作为邀功请赏的战利品，传首洛阳。

陈庆之的七千白袍军北伐入洛，正式战斗自梁国城之战开始，至被洪水所灭结束，不过百余之日，却创造了令人难以置信的神话，其势如奔流，深入绝境时义无反顾，挟带着一股摧毁一切的力量；其彩同流星，刹那间擦亮了南朝一直将星黯淡的天空，令将星云集的北朝也黯然失色；其美如闪电，在沙场更是书写了一连串令人目不暇接的胜利。然而奔流虽迅捷，流星虽灿烂，闪电虽夺目，但终是昙花一现，瞬间时得万人瞩目，消逝后却令人扼腕叹息。此灿烂壮景唯令我等后人于千载之后，依然叹其神奇，惜其速逝。

尾　言

儒将风采，千载一时。陈庆之本人当为南北朝第一奇将，其亦是南朝百年不出的猛将奇葩。陈庆之虽出身于义兴寒族，却以柔弱一身躯，在沙场上百炼成钢，冲破了士族的重重高压，创造了令豪门将族也惊叹不已的奇迹。在我们中国这个战事不绝的国度里，虽英雄辈出、将星云集，沙场上的奇迹也层出不穷，但能以七千之人攻破数十倍之敌，深入敌境几千里，占据敌国首都，千载之下，唯有陈庆之一人也！

乱世丈夫　张巡

唐朝天宝十四载十一月初九（755年12月16日），范阳、平卢、河东三地节度使安禄山发动属下15万人，号称“20万”，以“忧国之危”的名义，以“奉密诏讨伐杨国忠”为借口在范阳起兵，中国历史上著名的盛世之变“安史之乱”爆发。安史之乱持续八年，为唐王朝由盛而衰的转折点。安史之乱爆发后数月，安禄山攻陷东都洛阳，称帝，国号为“大燕”。由于大唐王朝承平日久，兵备废弛，而安禄山早有反意，声势浩大，于是一些州县的太守、县令早被燕军的气势吓得手足无措，望风而降。

第二年二月，燕军将领张通晤攻陷宋、曹等州，谯郡（今安徽亳州）太守杨万石投降燕军。杨万石降敌后，又逼真源县令张巡为长史，并令其向西接应燕军。乱世丈夫张巡即由此开始了令后人敬慕的攻守之战，完成了令人惊叹的扼一城而扼天下的千古壮举，以张巡为首的六忠烈也因此完美诠释了何为忠义报国之道。

真源誓师

真源玄元皇帝（即老子，唐朝奉李耳为始祖，唐高宗李治追号为“太上玄元皇帝”）庙前，寒风萧瑟，槐树在风中瑟瑟颤抖，房檐灰瓦上还沾有点点灰蒙蒙的残雪，更给萧条的空气中添加了沉闷的肃杀之气。

空旷的大地上旌旗遍野，旗帜在烈风中呼呼作响，黎民百姓与唐军士兵们混成一团，皆悲泣无声。身高七尺、棱角分明、全身素服的张巡缓缓从军营中走出，迈着沉重的步伐步入庙内，跪到了玄元皇帝塑像前。他先是默不作声，继而念念有词，最后痛哭流涕。撕心裂肺的声音传出殿外，众百姓和唐军再也控制不住情绪，皆嚎啕大哭，一时之间，哭声震天，寰宇同悲。

玄元皇帝的塑像慈眉善目，端坐台上，空无一言，仿佛等着张巡的哭诉。

张巡痛哭道："安氏胡人，以儿伺于大唐，然不思图报，反窥探神器，掠我华夏。致生灵涂炭，海内同悲，苍穹变色，宇宙倒悬。贼虺蜴为心，豺狼成性，践踏中原，狗羊吾大唐苍生，乃人神共诛、天地不容之贼。巡世受国恩，忠岂忘心，当热血溅天，驱胡勤王!"

余音绕梁，振聋发聩，久久不息。背后垂首站立的卫兵皆不能自已，为之痛哭。张巡缓缓起身，走出殿外，面对颓废不堪的军队，他突然大声喝道："大唐的将士们，安禄山陷我东都，逆贼张通晤认贼作父，为虎作伥，然谯郡太守杨万石不思报国，反助纣为虐，派我等前去迎接张贼，此去乃陷我等诸君于不仁不义不忠不孝也。今单父（今山东单县）县尉贾贲（唐朝将领，唐阆州刺史贾璿之子，六忠烈之一）率军攻克睢阳，斩杀叛将张通晤，并移师雍丘（今河南杞县），吾等当即刻前往雍丘，与贾贲会合，共襄义举!"

"国难当头，逆贼当讨，巡公高义，余愿舍身相随!"勇武豪迈的大将南霁云（排行第八，人称"南八"，六忠烈之一）一身正气，抱拳慷慨激昂道。

虎背熊腰的南宫平（字如海）也一步向前道："公忠义体国，在下誓死追随。"

"誓死追随，杀敌报国!"刹那间，百姓和军士们振臂高举，群情激奋，激昂的呐喊声代替了刚才的悲哭声，此起彼伏。

“国土沦陷，贼寇猖狂，时不以待，愿从我者即刻进军雍丘。”张巡振臂高呼道。

张巡任真源县令以来，深得人心。听闻张巡将出城讨贼，全县青壮竟皆愿跟随，张巡无可奈何，又不忍拒之。当大军开拔之时，张巡拉过南霁云：“此去抗贼，九死一生。余实不愿陷百姓于水火，君于丛中取精壮一千即可。”

“得令!”南霁云转身离去。

时值寒冬，真源城外，百姓与即将出发的一千唐军相拥而泣。

有长者抚住幼子说：“尔此去从军，当精忠报国!”

有妻拥夫君言：“夫若高洁，即为子之富贵也。”

亦有弟抱住兄道：“家中老幼，皆望兄奋勇杀敌，兄之子，即吾之子，切莫挂念!”

立于城墙之上的张巡热泪盈眶，与身旁的南霁云说道：“大唐不幸，萌生祸端，然我大唐有此百姓，亦是万幸也!”

大军开拔，锣鼓震天。张巡抖擞精神，走到大军之前朗声叫道：“大唐的将士们，贼寇正在肆掠我中原大地，百姓苍生正流离失所，诸君皆是我大唐忠烈。吾等此去，誓与贼不两立，誓与贼不共生!”

“誓与贼不两立，誓与贼不共生!”在震耳欲聋的呼喊声中，南霁云大手猛然向前挥去：“出发!”一声令下，全军浩浩荡荡地向雍丘急援。

进军雍丘

雍丘与真源相距不远，两日的行程。张巡已获悉，令狐潮正率兵准备攻向雍丘，贾贲的信件让他心急如焚，他恨不得插上翅膀，即刻与贾贲汇合。

天宝十四载十一月，安禄山起兵造反。大唐玄宗皇帝李隆基从声色迷梦中惊醒，仓促布置抵抗，其时，叛军的铁蹄已踏过河北诸郡，气势汹汹地直奔河南杀来，并准备快速南下，欲夺取江淮富庶之地，进而攻取洛阳，进逼长安。由于大唐承平日久，百姓累世未经兵戈，加之朝廷重文轻武，武备松弛，很多郡县无兵可用，毫无应变准备。地方官吏被叛军的嚣张气焰吓得手足无措，闻叛军将至，或弃城逃跑，或开门出迎。叛军长驱南下，几乎没有遇到任何像样的抵抗，轻而易举地占领了黄河以北大部分地区。十二月十二日，安禄山率众从灵昌渡过黄河，接连攻陷陈留、荥阳，大败封常清（唐朝名将）部于武牢（即虎牢关）、葵园，进占洛阳。东都沦陷，天下震动。

安禄山攻陷洛阳后，以叛将张通晤为睢阳太守，与陈留长史杨朝宗率精骑数千，向东进军，大唐郡县官吏大多望风而逃或者干脆投降，因而叛军气焰极为嚣张。但叛军进至山东时，遭到东平太守吴王李祗（唐太宗子吴王李恪孙）与济南太守李随的抵抗。有人带头后，山东其他各地官民纷纷举兵响应，起兵抗贼。

当张通晤往东南掠地之时，谯郡太守杨万石见叛军势大，打算献郡降敌。杨万石为张巡的顶头上司，他一向看重张巡的才干，便委派张巡为代表，往西边迎接叛军。当时，杨万石手下剑拔弩张、虎视眈眈，四周刀光剑影，所以张巡没有当场表示反对，而是痛快地答应了下来。

然而，事情却突然有了变化。天宝十五载二月，单父县尉贾贲率吏民攻克睢阳，斩杀了叛将张通晤。

当时，雍丘令令狐潮想以城投降叛军。为了增大自己的政治资本，令狐潮主动率军出击淮阳方面赶来的唐军援兵，并俘获百余人，令狐潮将俘虏押回雍丘，准备处死。趁令狐潮出城办事，唐淮阳士兵在校尉雷万春（本名雷震，官名万春，字鸣空，六忠烈之一）的带领下乘机挣脱绳索，杀死看守，闭城拒纳令狐潮。令狐潮无奈，只得丢下妻儿逃走。随后，雷万春迎贾贲入城。这才有了贾贲急信相邀张巡，以抗叛军。

会师贾贲

雍丘城墙上的旌旗正在忽隐忽现地向张巡招手，天依然灰蒙蒙，清晨的薄雾掩盖住雍丘城墙青灰色的砖瓦，一股压抑的气息向张巡的军队扑面而来。所有人都知道雍丘即将迎来艰险异常的战斗，但以张巡为首的唐军战士们无不群情激奋，斗志昂扬。

雍丘城门大开，身材高大的贾贲远远向张巡奔了过来叫道：“张大人，卑职候您久矣！”

“贾大人，巡日夜兼程，幸未迟也！”张巡笑道。

“未迟，未迟，大人快请入城，贲为大人接风洗尘！”贾贲笑道。

贾贲此时仍为单父县尉，低张巡真源县令半级，故而称己为卑职。

“贾大人客气了，巡此来雍丘，乃助大人抗贼，大人勿念官职高低，凡事俗套就免了。”张巡笑道。

“张大人雅量，那贲就不落俗套，请大人入城！”贾贲摊手指向城内笑道。

贾贲身后突然闪过一黑脸赤目的将军向张巡拱手道：“末将雷万春见过张大人。”

“雷万春！”张巡仔细打量，片刻过后笑道：“您是雷将军！将军所为，乃大丈夫之为，以两百败兵，急中生智，反客为主，拒令狐潮于雍丘，实乃智勇双全也!”

“张大人过奖，末将久闻张大人高风亮节，百姓爱戴，今日得遇大人，实乃末将之幸。”雷万春恭敬道。

“雷将军，过奖了。能与雷将军相识，也是余之幸事。”张巡抬手抱拳道。

“您就是雷万春?”南霁云从后面插上来笑道：“在下南霁云，幸会!”

“在下南宫平，雷将军，幸会!”南宫平也追上来问候道。

“久仰二位将军，能与二位将军并肩战斗，乃人生幸事!”雷万春笑道。

“几位将军，就别相互吹捧了，我们赶快进城吧。”贾贲笑道：“今晚我们痛饮千杯，共聚雍丘，以抗叛军!”

“好，就依贾大人!”张巡拉住贾贲的手，抬腿迈进雍丘城门。雍丘百姓听闻在真源县处决恶霸华南金的真源县令张巡到此，皆临街欢迎。

杀仇快亲

张巡为官，倾财好施，扶危济困。在任期间，公正廉明，体恤民情，政绩出众，深受百姓爱戴。真源地处中原，多豪强地主。他们与官府相互勾结，鱼肉百姓。其中以华南金最为横暴，当地人称“南金口，明府手”。张巡到任后，果断将华南金依法处决，威恩并施，从此真源县人人向善，不敢违法。张巡为政简约，以使百姓安居乐业。真源与雍丘相距不远，张巡官名远扬，雍丘百姓早已耳闻。

半日过后，贾贲陪张巡等人来到校场之上，早有小校押出几人，正是令狐潮妻妾儿女。

贾贲拉住张巡并肩而立，于高台之上面向全城百姓朗声说道：“安氏逆胡，窥我神器，神明华胄，暗无天日，庙堂皆豕鹿之奔，四野有豺狼之叹，祖宗之地，危如累卵，险至岌岌。吾与巡公歃血为盟，聚四方猛烈，义八方豪杰，以拒逆胡。然雍丘县令令狐潮，不思进取，反与虎谋皮，黩乱朝纲，开门揖让豺虎之贼，助纣为虐，十恶不赦，雍丘父老，此乃令狐余逆，昔日鱼肉百姓，祸乱雍丘，今吾替尔等杀之，以为清平。”

台下百姓高呼：“贾大人为百姓除害，乃雍丘之福！”

“若叛军来此，吾等将何处之？”贾贲继续说道。

“雍丘百姓，累受令狐狗贼鱼肉，早就想除之而后快。今两位大人代我等百姓出气，我等皆愿供两位大人驱使，以抗叛军。”披头散发的领头之人叫道。

张巡于贾贲身旁微微笑道：“壮士高姓大名？”

“小可赵连成！”赵连成拱手道，“吾愿替大人手刃令狐余逆，愿大人成全。”

“壮士快哉！”张巡答道，“巡成尔之愿！”

“取刀来！”贾贲向身边道。

待快刀到手，贾贲把刀递给张巡，张巡神色紧冷，将刀递给赵连成。

随着数声哀嚎，令狐潮妻妾儿女皆血溅校场，围观的雍丘百姓齐声高呼：“杀的好！杀的好！”

贾贲掌职

雍丘的天空因为张巡的到来，恍若也变得瓦蓝瓦蓝。春天还有些距离，但已有顽强的树木渐渐吐出嫩苗，风也似变得柔和起来。

贾贲虽为县尉，但平素喜好练武，有晨练的习惯。刚练出一身汗的贾贲擦拭好方正的国字脸，站到阳光明媚的县府大堂中，见张巡正从厢房走出，遂笑与张巡招呼。

张巡笑道："贾大人好手段。"

贾贲抬抬手笑道："张大人见笑，徒练手以备不测而已。"

两人正言语间，堂外传来一声锣鼓之声，一声长调："单父县尉贾贲、真源县令张巡听宣!"

张巡、贾贲两人赶忙把堂外之人迎进堂内，只听传宣使者道："吴王有令，令贾贲为监察御史，全权领雍丘军务，张巡为雍丘令，领雍丘民事，尔等之职，吴王已报朝廷。"

"谢吴王殿下!"

待使者离开，张巡笑道："恭喜贾大人高升!"

"张大人言笑，非常之时非常之职，贲本无心于此，唯念一心杀敌，以报朝廷!"贾贲说道。

"贾大人，真丈夫也!"张巡竖起大拇指。

"彼此彼此!"贾贲拱手作揖。

大堂之上一片祥和，大战来临之前，张巡、贾贲与众将士们并不敢懈怠，于早饭之后，便加紧守备，巩固雍丘城防。

初敌叛军

尘土蔽日的官道上，浩浩荡荡的伪燕大军疾驰奔向雍丘城。安禄山已于洛阳登基，国号大燕，领头之人正是已被安禄山封为四品归德中郎将的令狐潮，获悉妻儿皆丧于雍丘，令狐潮如五雷轰顶，气急攻心，暴怒之下，令狐潮当即从上司李庭望（叛军河南节度使）处点一万五千兵杀向雍丘。

令狐潮陈兵于雍丘南城外，张巡与贾贲并肩立于城头之上冷眼看之，只见令狐潮大军连营成片，旌旗遍野，声势浩大，喊声震天，全军兵士，皆披麻戴孝，一股幽闷的杀气从军营中向雍丘城扑面而来。

令狐潮骑高头大马行至阵前，以马鞭遥指雍丘城头喝骂道："贾贲、张巡，我与尔等无冤无仇，尔等杀我妻儿，此乃不共戴天之仇，今若不杀尔等，吾誓不为人！"

张巡蔑视令狐潮厉声喝道："尔依附逆胡，逆天行事，助纣为虐，实乃不忠不孝之徒，尔焉能为人，尔有何面目立于天地，今尔龇牙咧嘴，狂吠于阵前，吾若擒尔，定将尔头悬于城门，以敬天地！"

令狐潮气急败坏，向身后狂喊道："攻城，攻城，踏遍此城！"

随着令狐潮一声令下，叛军如潮水般地攻向雍丘，箭雨自叛军阵中遮天蔽日射向城头，继而战车、云梯、冲阵车轮番而上。唐军在贾贲与张巡的带领下，众志成城，打退了几次进攻。整个雍丘城只有三千兵马，守护城池，难免捉襟见肘，在叛军的急攻之下，岌岌可危。

叛军一次进攻被击退后，看着伤残的兵士，贾贲急得哇哇直跳，按捺不住，即刻要点兵出城作战。

"贾大人，万万不可！"张巡急忙按住贾贲道，"逆贼令狐潮报仇心切，此时若出城，正中叛军下怀，叛军攻势正盛，待其锐气尽消，再出城迎战不迟。"

身为一城主将的贾贲不以为然道："张大人，领兵之事，贲自幼习之，雍丘兵寡，若固守城内，难以持久，与其坐以待毙，不如以奇兵猛袭，贼必退。”

“贾大人，令狐潮有一万五千兵马，况全军素服，哀兵至此，此诚不可争锋也!”张巡急道。

贾贲对张巡的劝告置若罔闻，哈哈大笑道：“吾曾率领两千余众击败叛将张通晤，何况小小的令狐潮？张通晤乃是叛军大将，而令狐潮呢，曾是区区一个不知兵的县令，与叛军大将相比如何？他有再多的兵又有何用?”

言者无心，听者有意。张巡被贾贲说得脸色顿红，因为他也曾是一个县令。此时不容他计较这些细枝末梢的事情，张巡仍想拦住贾贲，但越是劝阻，贾贲越想出战。

南霁云和雷万春也看不下去了，南霁云拱手对贾贲施礼说道：“贾大人，霁云觉得张大人说的有道理，我军先在城头挫叛军锐气，再伺机出击不迟。”

雷万春也规劝道：“是啊，大人，逞一时之勇，非主将之为！请大人三思后行!”

“诸君莫要再劝，本官乃全军主将，传我将令，单父所部，随吾出城杀敌!”贾贲瞪红双眼叫道。说完，抛下目瞪口呆的张巡、南霁云、雷万春等人，几步奔下城头，点齐从单父带来的一千唐军。接着，贾贲跨上战马，举着大刀，带领义兵来到瓮城，下令打开城门。

站在城头的张巡突然感到一阵心慌，他冲贾贲高喊了一句：“贾大人稍等片刻，张巡有话要说!”说完，张巡立即赶下城头。

当张巡疾步如飞地来到瓮城，贾贲已率众冲出了城门，张巡无奈，转身回到城头。

贾贲出城

此时，令狐潮仍双眼血红地望着雍丘城头，丧妻亡子的悲痛在他心头点燃起一股让他恨不得一下就跳上城头的怒火。他咬牙出血地催促兵士和工匠们速速打造云梯，做好攻城准备。将令传下去后，令狐潮又在招魂幡下，发下毒誓：一定要将雍丘杀得寸草不留，统统给他妻儿陪葬，不然自己就自刎于雍丘城外。

就在这时，雍丘南城吊桥放下，城门大开，一名黑塔般的唐将率领千余名唐军，义无反顾地杀出城外。

令狐潮正恨得咬牙切齿，没想到唐军竟然敢亲自送上门来，令狐潮白胖胖的脸上当即露出吃人般的模样。

他骑上战马，挥舞着手中的利剑，对手下士兵大喊："儿郎们，给我听着，每杀死一个唐兵，本将赏银一两，杀死唐军一个头目，赏银十两！"

重赏之下勇夫至。话音未落，令狐潮手下的叛军如饥饿了几天的虎狼，举起兵器，嗷嗷乱叫，迎着唐军冲了过去。

贾贲也一声断喝："将士们，杀敌报国的时候到了，随我冲啊！"

随着两军主将的怒吼声响起，兵士们健步如飞。两军在狭窄的空间内狠狠撞在一起，如两股急流相遇，瞬间就纠缠融合在一起，并激起片片浪花。刹那间，雍丘城外顿时刀光剑影，人仰马翻，血肉横飞。喊杀声，刀枪相互碰撞声，被刀砍中、被长枪刺中、被剑戟削中而发出的惨烈叫声不绝于耳。城下手握大刀的贾贲如一座移动的嗜血铁塔，所到之处，叛军人仰马翻，哭爹喊娘。随着大刀的飞舞，砍中的叛军兵士身上喷流出来的鲜血形成了一片红色的雨，让在城头观战的张巡等人顿觉天崩地裂，日月无光，雷万春、南霁云等人也不得不佩服贾贲的勇猛。可雷万春看了出来，贾贲只知道进攻而没有防护，不由微微摇了摇头，他拱手对张巡说道：“大人，我们要做好随时收兵的准备。”

张巡也看了出来，他急忙命南霁云带着兵士准备好三面退兵的铜锣。而贾贲已经将生死置之度外，主将不惜命，那一千兵士也慷慨赴义，在他们脑子里只有拼杀，拼杀，再拼杀，他们的鲜血和叛军的鲜血混在一起，泥泞了脚下的土地。

站在城头上的张巡不禁潸然泪下。身为文官的他是第一次亲眼看到战场的惨烈，他为贾贲和一千兵士的勇猛所感动，也为城下发生在眼前的血腥杀戮而长叹。雍丘城外已成了惨烈的人间地狱。

很快，张巡略微放心地看到，那一千唐军在贾贲的率领下，个个奋勇，人人当先，在他们的冲杀之下，叛军竟然纷纷后退，有了溃败的迹象。

张巡赶忙下令道：“诸位将领准备好出城接应的准备!”

贾贲殉国

就当张巡准备乘胜出城的时候，城下的形势又急转而下。在叛军身后督战的令狐潮见情势不妙，登时满脸杀气，死死地督促叛军围攻唐军，他也亲自挥剑杀了两个向后跑的兵士，高呼道：“有胆敢再后退者，这就是下场!”接着，令狐潮命令都尉们亲自往前冲。

在威逼之下，叛军兵士又像大海里狂风挟裹的巨浪一样掩杀过来，而在东西城外扎营的叛军也手执兵器赶了过来，将贾贲等人团团围在中间。双拳难敌四手，不多时，贾贲带领的那一千兵士被叛军挤成了一道细流，而叛军却如决堤的洪水滔滔不绝，欲要淹没贾贲率领的兵士。

城上的张巡眼看情势不好，赶紧命南霁云敲响退兵的锣声，但贾贲似乎没有听到。主将不退，唐军也只顾杀敌，陷入重围的他们几乎以一敌十。一名唐军被砍掉了右胳膊，他刚要捂住伤口，四五支长枪便刺入了他的胸膛和腹部，那名兵士瞪着双眼，脸上身上遍是鲜血地倒地而去。一名唐兵挥刀砍中叛军后，还没来得及将刀抽回，后背便被叛军的大刀砍中，倒在了地上，接着，两只长枪深深扎进了他的胸膛，一把鬼头刀斩断了他的脖颈。

反复拼杀中，贾贲也听到了城上的退兵锣声，可他不愿回去，看着身边的兵士陆续倒下，此刻已杀红眼的贾贲高声大喊："不怕死的跟我杀啊!"

浑厚悲壮的声音直传到城头，让张巡也不免为之一振，张巡又急令南霁云猛敲锣鼓，南霁云着急万分，猛一用力，将铜锣竟然击穿，锣棰敲断。

可贾贲仍率领兵士在城下死战，站在城头的张巡已令南霁云击响了第三次退兵的鼓声。贾贲不肯回来，张巡站不住了，他急令南霁云、雷万春、南宫平等将准备出城救援贾贲。

就在这时，张巡看到贾贲的战马后腿被叛军兵士砍到，贾贲一下子跌落马下。张巡的心不由一沉，他闭上了眼睛长叹道："完了!"

当他再睁开眼，看到贾贲竟又站到地上，在叛军丛中左突右撞。张巡再也顾不了那么多了，即便丢掉雍丘，他也要将勇猛无比的贾贲救回。打仗靠的是人，不能在乎一时一地的得失，张巡立即大喝一声："众将士，随本官出城!"

就在张巡下城之际，弃马而战的贾贲被叛军冷箭射中左肩，贾贲开始觉得像是被蚊子叮了一下，可没过一会儿，他就觉得左胳膊不听使唤了。他继续用右手挥舞着大刀砍杀，但又连被叛军长枪刺中后背，鲜血染红了他的铠甲。见此情形，更多的叛军如一群饿狼般地围住了贾贲。张巡与众将眼睁睁地看着贾贲完全消失于乱阵之中而不能救。

疾风吹过战场，卷起厮杀喧嚣过后的尘烟，遮天蔽日。天空飘着一片片灰暗而又阴冷的云，透过阴云，东方黑红色的朝霞映照着昨日南城外那片被鲜血染过、现在已经发黑的泥土，也映照着城上兵士们有些木讷的脸庞。

张巡为贾贲以及殉国的兵士搭建起两丈多高的灵棚。在灵棚内，张巡对南霁云、雷万春、南宫平等将士们沉痛说道：“令狐潮已经丧心病狂，恨不得吃我们的肉喝我们的血，贾大人的殉国告诉我们，当此之时，敌众我寡，形势紧迫，吾等奋勇杀敌之时，务须精练守城之法。”

众将齐拱手而道：“贾大人已殉国，吾等皆以大人为首，唯以大人之言而治城应敌。”

执掌雍丘

贾贲的牺牲激起了守城将士们的无穷斗志，面对气势汹汹的叛军，众将士皆义愤填膺，无奈张巡明令禁止出城作战，全军皆由南霁云和雷万春等将带队演练守城之术。

叛军营寨内又擂响了战鼓，吹起了号角，那“咚咚”和“呜呜”的响声传到了城头，鬼哭狼嚎一般。在令狐潮的死命令下，叛军再一次冲向雍丘城。

张巡站在城头，一动不动，脸上沉着严肃，身上的盔甲鲜明而又威武，俨然已从一个手执毛笔的县令成为了领兵打仗的将军。叛军举着盾牌，抬着云梯来到城下，城楼上的张巡依然不动，像是在欣赏风景一般。

按照张巡与众将军的演练，叛军进攻之时，唐军大玩心理战术，守株待兔，不作进攻，皆隐于垛口之下，待叛军爬过半程，再探身万箭齐射。

没有受到任何阻挠的叛军兵士沿着云梯，将刀叼在嘴上，昂起头望着城头的动静，双手攀升，双脚踩着，一步一步地往上爬。爬到中间时，城上仍是一片安静，寂静地令叛军士兵汗毛倒竖，不知所措，胆战心惊地看着城头，有一丝的风吹草动便吓得浑身哆嗦，他们既紧张又激动，脸上冒出了豆大的汗珠，恨不得一步跨上城头，又恨不得立即沿着云梯滑下去。

南城墙头垛墙下的三百唐军兵士手握着弓箭和长矛，深深喘了一口气，接着按照与南霁云和雷万春演练的方式，将箭搭弦上，拉开了弓，静静地等待着。当兵士们看到张巡发出的信号时，知道云梯上的叛军已离他们不远了，他们心咚咚跳得厉害，但他们无所畏惧，因为他们看到了主将张巡和他们在一起。

领头的叛军兵士举着盾牌接近了垛口，在角楼以及垛墙瞭望口处负责监视的兵士赶紧向下挥出可以攻击的信号，张巡立即挥动进攻的令旗。就在令旗挥下之际，张巡身后身体强壮的南霁云拿起比胳膊还粗的鼓槌，擂响了那面比人还高的战鼓。

战鼓声即传令，南霁云与雷万春诸将带领唐军相互配合，一人盾牌挡住叛军来箭，一人探出半身，向下攻击爬墙叛军。由于距离很近，每击必中，叛军纷纷滚至城下。令狐潮看着如饺子般滚落而下的叛军，气急败坏，急挥令旗，催逼叛军继续进攻，当叛军再次逼近，唐军依葫芦画瓢，再一次杀退叛军，如此这般拉锯战，从清晨到下午，成百上千的叛军倒在雍丘城下，连一只胳膊都没攀上雍丘城头。

夕阳带着血一般的通红，疲惫地落下山。战斗了一天的唐军士兵也都横七竖八歪倒在城墙之上，火头军轮番上阵，给众军士传递干粮，可众多唐军士兵们根本无力进食，干粮还没到嘴，就依靠墙脚而睡。

张巡带领南霁云和雷万春等将查验伤亡情况后，不忍打扰士兵们的熟睡，沿城墙而行，来到议事大厅。

张巡面色凝重道："巡从未涉军，今有几位将军相助，雍丘之安危俱拜托诸位了。"

雷万春恭敬道："大人言重，大人虽为文官，但临阵之变，胜于吾等粗人，今大人领军，乃末将未经之胜仗，着实痛快，战至一天，杀敌千余，我军仅三十余人伤亡。"

"是啊，自吾从军以来，皆图冲锋陷阵，然大人知以退为进，深谙用兵之道，吾等不及也!"南霁云抱拳道。

"几位将军就别抬举本官了。"张巡稍稍皱眉道，"虽我军阵亡甚小，然雍丘守军本就兵少，长此以往，定然难以维持，诸将务须于城中纳选青壮，以充我军。"

"得令!"诸将俱弯腰得令。

谋略初现

斩杀贾贲的令狐潮正处于亢奋之中，今日之战虽伤亡惨重，但依然向安禄山的伪燕朝廷作出斩杀雍丘守将贾贲的捷报。令狐潮以贾贲之头慰藉了自己丧妻失子的痛苦，并从俘获的唐兵处得知，雍丘守军仅余两千人，当即下令明日继续攻城，誓要拿张巡的人头祭奠已亡的妻儿。

当红日爬上雍丘城头，令狐潮的兵马如约而至。坚守城头的唐军打起精神，再一次投入战斗，张巡与众将军身先士卒，冒着叛军的箭雨，坚守在战斗的第一线。对于叛军屡次的进攻，唐军早已操练出熟练的守城之法，依样行之，叛军总是无可奈何，丢下一堆尸体后，再次退去。几天过去了，令狐潮无计可施，面对雍丘城头，仰天长叹："天意如此，令吾无功而返乎?"

身后闪过一谋士道："将军莫急，雍丘城坚，然守兵有限，难以顾全周密，在下细察，吾军于城北没有营寨，故雍丘城北守备空虚，将军可派兵夜袭北城，定能一举成功!"

"善，就依此计!"令狐潮喜道。

寒冬的深夜，月亮躲进了厚厚的云层，仿佛也要助令狐潮一臂之力，令狐潮亲自率领三千兵士，赶往北城，路上一片漆黑，空气中弥漫着浓雾那特有的带着土腥味的气息。直至走到护城河边，令狐潮才看到城上隐约的亮光。他有些激动，心想这次偷袭绝对神不知鬼不觉，能一举拿下雍丘。可谁知叛军刚搭上云梯，上面就扔下两串鞭炮，而且随后扔下来的那一串鞭炮还差点砸到令狐潮头上，掉在了他的跟前，噼里啪啦，震得令狐潮两耳嗡嗡直响，使令狐潮顿时火冒三丈。令他更恼火的是，自己偷袭的伎俩竟然被张巡识破了。

南霁云高高耸立在城头之上，张弓搭箭，对准令狐潮哈哈笑道："令狐小儿，吾乃南霁云，我家大人早就知道尔要偷袭北城，故派吾在此候尔，吃我一箭!"

黑暗之中，南霁云难以瞄准，一箭擦肩而过，惊得令狐潮一身冷汗，他狂喊道："南霁云，吾誓杀汝！"

"哈哈！且等汝来杀！"南霁云笑道。

眼看唐军严阵以待，令狐潮无奈，只得带领三千兵士退回大营，咬牙切齿道："待明日，全军攻城，誓平雍丘！"

令狐潮在雍丘城下已发誓了多次，无奈一次比一次心凉，眼见自己所带之兵伤亡近半，令狐潮苦不堪言，正踌躇不前间，伪燕朝廷来报，令其速速返军，共商大事。无奈之下，令狐潮只得引残兵败将恨恨而去。

雍丘大捷的消息已经快马传至东平太守吴王李祗处，吴王即刻向朝廷表奏，举荐张巡为巡院经略，兖州以东的战事皆委托给张巡，张巡领命，与南霁云、雷万春、南宫平等将登坛祭天，遥拜长安，雍丘城内，百姓皆张灯结彩，欢庆贼兵退却。

虽令狐潮败退而归，但张巡并不敢掉以轻心，召集众将于议事堂愁道："贼兵虽退去，然雍丘之危并未缓解，叛军已攻陷东都，即将西进长安，朝廷已派重兵把守各个交通要隘，安贼后方也有常山太守颜杲卿、平原太守颜真卿等扰之，然若贼兵自洛阳南下，进攻江淮，雍丘乃必经之城，余恐贼兵不日即返，诸将当加强守备，有备无患。"

"大人所言甚是，长安危困，恐无余兵南援雍丘。经此一役，雍丘之兵不足两千，大人当早做打算。"南霁云愁虑道。

"子寅所虑正是吾忧也！"张巡叹息道。

"大人莫忧！虽雍丘兵寡，但众志成城，定能抗击贼兵。"雷万春道。

"鸣空兄言之有理，"南宫平说道，"余稍有余财，当此之时，余散尽家财，将于城中招募勇士，以补我军兵员粮草!”

“如海真乃吾之陶朱公也!”张巡握住南宫平的手道，“即为此，可解我一时燃眉之急，尔速派人去城外采集物资，粮草、桐油、硝石、弓箭兵刃，切不可误!”

“谨遵公命!”南宫平说道。

“诸君早早休息吧，几天大战，诸君辛苦了!”张巡道。

待诸人退出，张巡独自来到堂外。月明星朗，微风中，院子里的槐树偶有枯叶飘下，滑落到张巡的脸上。张巡捡起一片，借着月光细细打量，再微微叹息。他叹息大唐百年的繁华盛世在贼兵肆掠下灰飞烟灭，他叹自己命运多舛，寒窗苦读十余载，进士及第，本想济世安民，安邦定国，竟逢此乱世，投笔从戎，雍丘之安危，系于己身，大唐江淮之安危，亦系于己身，他能以己文弱之身，再塑乾坤否?想到此，冷风入颈，心中一抖擞，突然豪情顿生:“自古忠臣死社稷，如今张巡守乾坤。”

激励守军

一切如张巡所料。距第一次攻城不过十日，令狐潮便与叛将李怀仙、杨朝宗、谢元同等率兵四万余人再奔雍丘而至。相较于第一次，此次叛军更是声势浩大，而城中守军却还是不足两千人。

面对强敌，雍丘城中百姓大为恐惧，皆言贼兵厉害，若不降之，会有屠城之危。军士中亦有百姓家小，人心惶惶，皆没有守城必胜之心。

待南霁云集合众军于校场，张巡带领众将来到点将台，环视众军，众军士皆露恐惧之态。他看到军中已升为校尉的赵连城，缓笑道："连成，此番贼兵攻城，汝惧否?"

赵连城走出军中昂头挺胸道："回禀大人，在下不惧燕贼，然家中父母深恐吾有恙，常念吾归，吾已与家中言，国之有恙，吾等草民能全否？吾有兄弟可孝于高堂，如吾效死疆场，则亦吾家门之幸也!"

"连成壮哉!"张巡转身命道，"拿酒来，巡须敬我壮士赵连城。"

张巡走下高台，与赵连城两人一饮而尽。张巡高举手臂，摔碗于地，昂首阔步回至高台，面向众军士高声说道："大唐的将士们，敌军将至，汝等惧否?"

台下窃窃私语，俱无响声。刚喝完酒的赵连城见状，转过身面向身后众人大声喝道："大人问话，汝等惧否?"

细若蚊蝇的"不惧"之言从军中传来，南霁云和雷万春、南宫平等将皆皱起眉头，南霁云正待发作，张巡按住南霁云轻声说道："子寅莫急。"

他平声对诸军士说道："巡自真源起兵，已将生死置之度外。真源之兵，舍生忘死随吾至此，家中父老，皆望尔等立功报国，以彰家荣，怎能言惧？睢阳之兵，与令狐狗贼有生死之仇，皆被狗贼囚拘于此，怎能言惧？雍丘之兵，屡受令狐狗贼的欺凌，况尔等杀其妻儿，怎能言俱？众将士，吾等皆精忠报国之士，生当无愧于天地，死亦留精神于人间。巡问众君惧否，众君不言，巡代尔等回答，巡惧，但惧有何用？惧能求生不至死？惧能退燕贼而雍丘无恙乎？将士们，让吾等打起精神，让雍丘的父老看看，吾等乃无惧之兵，吾等是必胜之师!"

"必胜！必胜!"张巡的慷慨之言，终于激起了将士们的斗志，呐喊声此起彼伏，响彻震天。

张巡趁热打铁道："贼兵虽众，然有轻我之心，若吾出其不意攻其不备，贼必惊溃，则贼士气必失，然后城可守也！"

"巡公所言甚是，贼兵前番攻城，我军以守待攻，大败其军，此番贼必以为吾故技重施，然吾反其道而行，必能打其措手不及。"南霁云慷慨道。

"悉听巡公吩咐！"赵连城跳将出来，"弟兄们，吾等追随张大人，高举义旗，报效朝廷。兄弟我粗人，但也知仁义忠义，大忠报国，若能杀身成仁，亦为光宗耀祖之事，从今往后，若他贼来，吾定杀他人仰马翻！"

"好样的，赵连城！"张巡长声赞道，"若我大唐皆丈夫，何愁反贼尽不灭！"

"张大人，吾等皆愿舍身报国，无怨无悔！"唐军士兵齐身跪下喊道。

看众将士终于被激起血性，张巡命令道："众君高义！传本官命令。贼兵已陈兵城外，众军随我杀将出去！"

"南宫平，带一千兵士守城。"

"得令！"

"南霁云、雷万春，各带三百兵士分从左右出城！"

"得令！"

"赵连城，带四百兵士随我中路出城！"

"得令！"

大败叛军

日上三竿，叛军刚临雍丘，正搭营开灶。令狐潮正与李怀仙、杨朝宗、谢元同等将于帐中议事，帐外传来喧嚣之声。令狐潮正疑问何事，忽闻军士气喘吁吁地冲进大帐：“将军，将军，大事不妙，唐军，唐军杀过来了!”

令狐潮一哆嗦，慌得手中毛笔掉到地上，张大嘴巴：“什么?哪里的唐军杀过来了?”

“是，是雍丘唐军杀过来了!”

“雍丘唐军?”令狐潮哈哈大笑起来：“区区两千守军，竟敢分兵出城?哈哈，张巡是吃了熊心豹子胆，哈哈，众将随我迎战!”

“来，来不及了，将军，已经杀进大营了!”

“什么?!”

说时迟那时快，张巡已带着四百兵士，旋风般地冲进叛军大营，南霁云和雷万春也分从两边包抄，围剿四处奔逃的叛军，令狐潮这才大惊失色，众将慌忙穿戴披挂，冲出帐外，令狐潮只觉眼前一闪，一高头大马全身披挂的唐军士兵挺枪而来，令狐潮慌忙扭头一偏，惊出一身冷汗，身旁卫士赶忙夹住唐兵长枪，几人一齐把唐兵挑下马，唐兵顿时血溅当场。

张巡率领着赵连城等兵士左冲右突，文官出身的张巡此刻也奋勇异常，连番砍杀两名叛军，杀得兴起，狂追四处奔逃的叛军。赵连城寸步不敢离开张巡，生怕有所闪失。南霁云与雷万春皆有万夫不当之勇，率领所部，于叛军左右大营之中几进几出，因为令狐潮就在中军大帐，所以叛军纷纷向中军靠拢。贼军虽号称四万人，但实际分属各部，号令不均，根本抵挡不住唐军尖刀般的穿插，在唐军凌厉的攻势下，叛军大营七零八落。

令狐潮砍杀几名逃兵高喊道：“唐军兵少，随本将冲杀!”

叛军刚刚军心稍定，南霁云与雷万春又从左右杀将过来，如虎狼一样扑向四处逃散的羔羊，顿时叛军士气尽丧。

敌军虽阵脚已乱，但仍禁不住人多，待令狐潮稍稍缓神，对着张巡出没处高喊道："那正是张巡，众将给我擒住张巡，重重有赏。"

主将喊话，叛军谢元同振臂高呼道："众军随我来，生擒张巡!"随即带领几百人围向张巡。眼见叛军越聚越多，张巡虽与乱军之中，杀红了眼睛，但心知不能恋战，吩咐赵连城道："全军撤退，莫要恋战!"

叛军哪里肯让张巡撤军，谢元同张弓搭箭，瞄准张巡，响箭突破空气，在空中掠过一道弧线，直逼张巡面门而来，赵连城一看，大叫一声："大人!"瞬时推开张巡，只听得"啊"一声，赵连城应声倒地。

"连城!"张巡瞪着血红的眼睛大叫道。

可赵连城已然没有了声音，倒在血泊之中。

眼见张巡与四百兵士陷入重围，南霁云心急如焚，左冲右突又冲不进去，突然急中生智，张弓搭箭，对准令狐潮大营那高高树立的燕军大旗，食指与中指扣紧箭尾，拉出满圆，利箭发出尖锐的嘶鸣声，那燕军大旗旗杆顿时被利箭射断。

"燕军败了！燕军败了!"南霁云让唐军齐喊，围困张巡的叛军听到震天动地的"燕军败了"的声音，顿时惊魂失魄，张巡所部也不清楚发生何事，只闻燕军已败的声音，顿时士气大振，双方士气此消彼长，叛军再次一泻千里，无论令狐潮如何嘶喊，也无济于事。

眼见叛军纷纷溃逃，张巡深知穷寇莫追，况自己刚从虎口脱险，遂向全军命令道："鸣金收兵，退回城内!"

大获全胜回城，唐军虽伤亡甚少，但因折了猛士赵连城，张巡悲痛欲绝，坐在帅椅上，几无半点言语，众将士只得默默地坐在堂下等待张巡发话。

“今贼兵虽败，乃我军出其不意所至。此计可一而不可再，贼兵定有防范。我军防守，贼兵明日必会攻城，诸君需连夜加强城防!”半晌后，张巡终于发话。

“遵命!”众将依令出门。

计谋百出

叛军虽经昨日的失败，但并没伤到根本。令狐潮稳住阵脚，收拢大军，滴水不漏地将雍丘团团围住。对于令狐潮，残酷的围城攻坚战开始了；对于张巡，那只会是更残酷。城中缺兵少粮，面对四万大军的轮番攻城，士兵们没几日后，皆人困马乏，精疲力尽。

令狐潮吃一堑长一智，命叛军离城几百步远，以抛石机轰击城墙，待把雍丘城墙轰塌后，准备再行攻城。张巡以牙还牙，派人在城上设立木栅，高高的木栅将叛军抛石机的进攻化解于无形。

令狐潮气得哇哇大叫，拔剑指向雍丘城：“吾不信我四万大军踏不破这雍丘小城，给我强攻!”

号令之下，叛军如蝗虫一样纷纷扑向雍丘城墙。幸亏张巡有先见之明，之前备好的各种守城器具派上用场，蒿草束被灌上油脂，士兵们将其点燃后从城墙上投下，叛军被烧得焦头烂额，鬼哭狼嚎，浑身是火的贼兵反冲己军，叛军阵势被打乱，根本无法再攻城。

死气沉沉的叛军大营淹没在黑暗之中，士兵们无精打采地散落于营帐之外，怨声载道。众人皆满脑疑问，燕军自反叛以来，所向披靡，怎么一个小小的雍丘城，就是屡攻不下?

“雍丘小城，如鲠在喉，众将可有计施?”一筹莫展的令狐潮对着众将愁道。

“将军，雍丘虽兵微将寡，但张巡与其部下深得人心，依仗城池坚固，善守能防，着实令我军头疼。以吾之愚见，若吾军一味强攻，必伤亡惨重，不如团团围困，雍丘城小而百姓众多，持久为之，必缺水少粮，待张巡弹尽粮绝之时，我军再攻之，必胜!”杨朝宗说道。

“此计甚妙！将军，若依此计，张巡即为瓮中之鳖，不出两月，唐军必败!”谢元同附和道。

“然，就依此计！全军给我团团围住雍丘，本将要让一只鸟也飞不进雍丘!”令狐潮咬牙切齿道，“若不杀张巡，吾等有何颜面对大燕皇帝陛下。”

令狐潮依计而行，将雍丘城围困得滴水不漏，与外界断绝音信的张巡等人很快陷入了左右为难的地步。

“大人，贼兵围困不去，雍丘水泄不通。吾等计无所出，依吾之见，当早作打算，退往他处，以避贼锋!”南宫平劝谏道。

“如海莫急，且听大人分析!”雷万春看到张巡一直沉思不语。

“如海之言，巡已思之，然此时却不可为。贼兵早已布下天罗地网，就等我军上当突围，吾等插翅难逃也！为下之时，当缩衣减食，以备长持。吾等虽困于城中，然诸君可知麻雀否?若尔丢米于地，麻雀会趁尔不注意，偷吃几粒，若尔发现追逐，它又会飞走，如此反复，尔仍难以捉住麻雀!”张巡笑道。

“大人高见，此乃麻雀战，然否?”南霁云笑道。

“子寅所言正是吾意，即为麻雀战!”张巡道。

“大人，今夜星夜无光，正可偷袭!”雷万春笑道。

“就依鸣空，尔率一百兵士今夜袭之，切莫恋战，扰完即退!”张巡嘱托道。

“得令!”雷万春恭敬道。

大地沉寂，叛军已然酣然入睡，睡梦中的令狐潮哪里能想到，已是笼中囚鸟的张巡竟敢派兵偷袭。黑夜包裹雷万春的一百士兵夹带着阵阵暗风席卷而至，叛军将士从被窝里被杀声惊起，钻出大帐，迎着凉风，刚摆开阵势准备战斗，雷万春一声令下，唐军将士又像一阵旋风一样转瞬即逝，毫发无损地迅速退回城内。

清晨叛军起灶开火之时，南霁云又率一百兵士冲城而出，张巡亲自在城墙之上擂鼓助威，叛军慌忙放下手中碗钵，可还没来得及拿出兵器，南霁云已经冲到眼前，一番急攻乱砍之后，再次匆匆退回。

麻雀战的确奏效，不管白天黑夜，雍丘之军不停骚扰叛军，张巡带领全军兵士带甲而食，裹伤再战，坚守六十余天，大小三百余战，叛军进攻不成，又五次三番被唐军袭扰，锐气尽无。

机遇留给有准备的人，历经战事洗礼的张巡已经善于捕捉稍纵即逝的机会。适逢天赐良机，雍丘上空，暴雨铺天而至，此时正是叛军颓丧松懈之时，张巡尽遣城中之兵于校场之上，冒雨喊道：“将士们，吾等坚守雍丘两月有余，今天降暴雨，叛军松懈，吾等此时出城，定能破敌!”

“谨遵将令!”将士们全身披挂，整军待发，两个月的战斗早就给了唐军无穷的信心，三百余战，几无伤亡。此番出城，定是再为唐军的雍丘保卫战添加辉煌。

瓢泼大雨下地人根本睁不开眼，唐军人手一个斗笠，戴在头上，在铺天盖地的雨水中，如一面巨大黑墙盖向令狐潮的叛军大营，经历几百场麻雀战，叛军已习以为常，俱认为唐军还是会如以往一样，匆匆而来，匆匆而还。可当如狼似虎的唐军把刀架上他们魂不守舍的脖子之时，一切为时晚矣，几万大军于暴雨之中根本来不及号令，如一盘散沙四处奔逃。唐军一鼓作气势如虎，乘势奋勇追击，叛军兵败如山倒，溃不成军。雨声夹杂风声和着唐军的呐喊声，天震地骇，令狐潮魂飞魄散，赤着双脚冲出帐外，跨上高马，如丧家之犬似地夹在叛军的退潮之中仓皇而逃。眼尖的唐军早就看到衣衫不整的他，神射手南霁云哪里肯放，箭由弓弦之上应声而出，可惜大雨瓢泼，压住箭头，直钻进令狐潮坐骑屁股，战马疼得仰天长嘶，将令狐潮撂倒在地，唐军正欲一拥而上擒住令狐潮，幸亏令狐潮亲卫队忠诚勇猛，皆死命保护令狐潮冲出重围。

雨水冲刷着厮杀过后的战场，血水四处流淌，一片凄凉。令狐潮失神地站在横七竖八的尸体中间，望着不远处茫茫黑夜中的雍丘，恨恨说道：“我若不取下此城，尽屠城中之众，誓不为人!”

对话令狐

雍丘城像中原与江淮大地中间的一颗钉子，牢牢扼住南下叛军的脖子，死死地控制在张巡手中，控制在唐军手中。那城墙上的血红色军旗迎风招展，经过数百次征战，城里已经找不到一面完整的军旗，可那军旗上透出的一个个空洞，正是对张巡等将忠烈之心的见证。忠诚与叛逆的对决在雍丘城下做出了完美的诠释，张巡、南霁云、雷万春、贾贲等人的忠义激励着雍丘城中的所有人，雍丘城的坚守，同样更是打击着叛军的信心。虽然令狐潮于雍丘有切肤之恨，但心中也开始由衷地佩服张巡等人的坚强意志。

虽然敬佩张巡，但令狐潮对于雍丘的攻伐并没有停止，雍丘就如同手心的一根肉刺，不拔出来就痛苦异常，寝食难安。对于雍丘的刻骨痛恨早已超越了妻儿被杀的痛苦。没过多久，当年的五月，他又再次领兵压向雍丘，继续轮番猛攻。

张巡立于雍丘城头，看着潮水般涌上来的叛军，面不改色，从容地挥舞着手中的令旗，经历了过往接二连三的攻守战，张巡早已练就泰山崩于前而面不改色的心态，任叛军如何进攻，他都能驾轻就熟地指挥军队。

令狐潮又穷凶极恶地对雍丘进行了四十多天的猛攻，雍丘的唐军大旗依然高高耸立。孤守雍丘的张巡并不知道整个大唐王朝此时已经发生了天翻地覆的变化，他所忠于的大唐，迎来了最为黑暗的时刻，他所忠于的大唐皇帝李隆基已从长安逃亡蜀地，繁花似锦的都城长安完全陷入叛军之手，盛世大唐自去年急转而下，一去不再复返，整个中华大地都陷于黑暗之中。

雍丘城早已与外界失去联系，支撑张巡的就是一股精忠报国的岿然正气，以他为首，南霁云、雷万春、南宫平等将无不大义凛然，视死如归。

一轮攻城潮水退却后，令狐潮计上心头，来到城前，朝城上喊去，请张大人出来对话。

张巡行至城墙之上，冷冷地看着令狐潮，不知他有何话可说。

“张大人安好!”令狐潮抱拳说道。

“托令狐大人洪福，巡岂能不好?”张巡蔑笑道。

“张大人，君与吾昔日同朝为官，今又各为其主，乃造化弄人尔，两军厮杀，已四月有余，某今日至此，欲干戈罢停，乃有一言相劝大人，不知大人肯听否?”令狐潮说道。

“令狐大人请讲，巡洗耳恭听!”

“雍丘被困两月，消息断绝，大人可知天下大势否?”

“还请令狐大人相告!”

“长安已失，唐室岌岌可危，皇帝已去西蜀避难，十分天下，我大燕已得六七，今大势已定，大燕皇帝即将一统天下，足下以羸兵守危堞，欲为谁乎?”令狐潮道。

“哈哈，哈哈!”张巡捋须昂然笑道：“令狐大人，昔日与尔同朝为官，张某素知足下平生以忠义自许，今日之举，忠义何在?尔依附于逆胡，苟全于天地，岂知吾之忠?吾不为谁，吾尽为吾之天地正气也!”

浩然之声，如阵阵惊雷般传入令狐潮的耳中，令狐潮顿时面红耳赤，羞愧难当，不知所言，半晌之后，令狐潮竟然下马行礼拜向张巡，便不再多言，翻身上马，转头面对几万叛军，大声命令：“退军三十里!”

斩杀劝降之将

叛军如潮水般来，又如潮水般退去，但令狐潮刚才的消息在雍丘城中不胫而走，“长安陷落了，皇帝跑了，要改朝换代了”，所有人都在相互讨论着下一步如何打算，正如令狐潮所问，现在到底是为了谁而战。

议事堂中，张巡冷冷地看着众将官议论纷纷。

仁勇校尉石勇说道："大人，敌强我弱，众寡过于悬殊，实在难以取胜，再说天子存亡不知，依吾愚见，不如早降。大人，吾于令狐大人有旧，或可从中牵线搭桥！"

"石将军，此言差矣，虽天子存亡不知，然社稷未亡，若有一息之争，吾等也须尽忠。"南霁云愤然道。

雷万春也愤愤道："自古忠义，岂以一人而断？"

怀化执戟长陆明道："余认为石校尉所言甚是，大人，大唐国土，燕军占有其七分，以雍丘弹丸之地抗之，如蚍蜉撼大树也，以在下之言，若早降大燕，亦有鼎力之功也。"

堂下又有四名将官纷纷进言，劝张巡不如投降。

张巡环视诸人，不苟言笑道："诸将还有建言否？"

看诸人不再复言，张巡掷地有声道："此事本官自有打算，待明日再议！"

红日从城头一跃而出，将雍丘城披出一层红光。

"咚咚，咚咚！"议事堂前的鼓声传入军中，众军将依鼓声而至，出乎众人意外，映入众人眼帘的赫然是一副画像，正是已逃亡四川的大唐皇帝李隆基的画像，张巡跪拜于画像之前，凄然有声："陛下，陛下西狩，臣未能相随，臣之罪也！"

众军将见此情景，皆一齐跪拜，大堂之上顿时传出了此起彼伏的痛哭之声。

众人忽闻张巡咬牙切齿道："大唐正逢倒悬之苦，然却有人扰我军心，吾为陛下除之。"

众将愕然，抬头互望，不知张巡何意。

堂前的鼓声再一次急奏起来，六名将官从堂外被押了进来，众人一看，正是昨日主张投降的陆明、石勇等六人，张巡猛然起身，虎目圆睁，指着六人骂道："汝等六人，值此国难之时，不与我言同生共死，反劝我等降于逆胡燕贼，实乃见风使舵的负心负义之辈，今若不杀汝等，本官将何以治军？何以抗敌？来啊，给我拖出去斩了！"

"大人，大人，饶命啊，我等知错了，大人饶命啊！"石勇绝望地哭喊道。

张巡不为所动，转身背过，只是看着李隆基的画像泪流满面。

当六个人血淋淋的人头被甩于堂前，张巡对众人厉声喝道："若有再言降者，皆以此同！"

"誓与大人共存亡！誓与大唐共存亡！"堂外，南霁云和雷万春振臂高呼，大唐的将士们均被张巡杀身成仁的决心感染，悲壮的呐喊声平地而起，洞彻苍穹。

大唐幸哉，百年的盛世，孕育了张巡这样坚贞不屈的文人志士，张巡正在坚守雍丘的同时，大唐各地还有更多的英雄也在坚守着自己的阵地。正是有如此众多的英雄豪杰，大唐王朝才能在不久的将来渡过这安史之劫，再延续国祚百余年。张巡古铜色的面孔给五月温和的空气中平添出一股肃寒之气，这肃寒之气，化作一股震烁古今的长虹之光，穿透前行于历史长空之中。

截粮成功

无论守城将士的意志有多么坚定，但雍丘的粮食与日俱减，所剩无几，城中很快开始缺粮，尽管张巡已经实行了严格的配给制度，但也经不住如此长期的消耗。没有任何外界的补给，孤城雍丘如一叶扁舟，于燕军攻伐的浩瀚大海中四处漂浮，时刻有倾覆的危险。

“报！大人，叛军近日有数百艘运粮船经过城外!”探子急报道。

“真乃天助我也!”张巡喜形于色，一拍大腿，手持令牌道：“传本官令，着令南霁云点兵一千，与本官一道，于南城以疑兵作夜袭叛军状!”

“得令!”

“雷万春!”

“在!”

“待吾与子寅出城，尔领五百军士自东城墙而下，前去河边截粮，成功即返，不可恋战!”

“得令!”

“南宫平!”

“在!”

“率两百兵士于南城墙之上，待鸣空返城，即以击鼓庆之，以消叛军士气，助吾与子寅退军!”

“得令!”

待一切安排妥当，众军依计行事，雍丘南城于夜色之中人声鼎沸，喧嚣异常，城墙之上，不停有军士穿梭。

吃过多次被偷袭亏的令狐潮断定今夜张巡又要偷袭，当即下令，大军集合，严阵以待。

夜半三更，银月从薄薄的云层钻出，给雍丘城洒上一层银光，城南之处传来几声猫叫，随之城门轻轻打开，借着月光，令狐潮远远地看见张巡和南霁云率军偷偷钻出城外，心中一阵窃喜，心想这次必能将张巡生擒。

随着令狐潮一声令下，燕军反其道而行，率先向张巡发起进攻，张巡与南霁云佯装措手不及，恰到好处地且战且退，约莫半晌，雍丘城中的鼓声忽然从黑暗中敲响，几百个火把陈列于城墙之上，照得黑夜都亮了半边，众军士齐喊："谢令狐大人的粮草！哈哈哈！"

眼见竟然中了张巡的调虎离山之计，粮草被劫，令狐潮七窍生烟，恼羞成怒，喝骂道："张巡鼠辈，偷袭我粮草！众将士，给我生擒张巡！"

虽然叛军在令狐潮的命令下急攻张巡，但根本抵挡不住城墙之上的"谢令狐大人的粮草"之言的杀伤力，士气尽失。反之，唐军却越战越勇，频频将叛军杀得后退，临近城门，南霁云一声虎吼，拿起手中银龙长枪一轮横扫，连续扫倒几名燕兵，叛军皆被南霁云的雷霆之威吓住了，不敢向前，南霁云哈哈大笑，从容掩护张巡进城，随后再骄傲地高喊一句："谢令狐大人粮草支援！哈哈！"

眼睁睁地看着张巡进入城内，令狐潮虽气急败坏，但也无计可施，只得在帐中大骂众将："汝等皆久经沙场之将，怎不预言张巡声东击西之计？吾要尔等何用？"

诸将皆默不敢声，令狐潮来回在帐中疾走，厉声喝道："养兵千日用兵一时，汝等速思良策。"

谋略绽放

雍丘城中暂缓了粮荒，但箭荒又来了。连日来的消耗战，雍丘城内早就器械不整，时有出城作战之时，军士便冒着巨大的风险，裹挟着敌人的兵器进城。张巡不愧为学贯古今的进士，虽为文人，但通晓历史，面对箭矢用完的情况，张巡又计上心头。

当夜三更时分，雍丘城墙脚下，不时传来蟋蟀的叫声，不远处，叛军阵营中呼噜声也此起彼伏，数股声音交叉，像是万籁俱寂的大地上被弹奏起一首自然交响曲。

“将军，有数千唐兵沿城墙而下，唐军又要偷袭我们了!”令狐潮从睡梦中被惊醒。

“什么?”令狐潮慌忙裹衣钻出帐外，朝雍丘城望去，透过薄雾，那不正是几千唐兵顺墙而下，令狐潮大叫道：“速速乱箭射之!”

叛军赶忙组织数千弓箭手，朝城墙上的唐军乱箭齐射，顿时箭如飞雨，只见唐军不断发出“啊，啊”的凄惨之声，但仍不断有人从城墙之上源源不断地爬下，如此循环，几乎天快要亮了，唐军还是兵员不断地在城墙壁上下移动。

“谢谢令狐大人赐箭!”

“谢谢令狐大人赐箭!”

城墙之上再一次传来嘲弄的大笑声，令狐潮定睛一看，顿时气急攻心，吹胡子瞪眼也不济事。

原来张巡命军士做了几千多个草人，并给草人穿上黑衣，于黑夜之中，将草人吊在绳子上放下城去，作偷袭状，这就引得令狐潮又一次上当，被张巡羞辱得体无完肤。一个晚上，唐军获得数十万支箭。

诸葛亮“草船借箭”的故事，在张巡手中，却真正上演了一场“草人借箭”的精彩好戏。好戏才刚刚开始，张巡就像天生的战争魔术师，兵法所讲的计谋在他身上就像艺术一样，实施得得心应手。

又过了几天，张巡命南霁云带领五百军士，在夜色中悄悄遁下城去，叛军发现后，以为张巡故技重施，这次仍是草人，都大笑不止，没有任何防备，五百勇士乘机冲杀令狐潮大营，燕军措手不及，顿时大乱，自相冲撞践踏，不辨敌我，令狐潮下令集合人马，但仓皇之中，已来不及组织抵抗，被唐军杀得四散走避。南霁云一不做二不休，连追了十几里，这才凯旋而归。

三番五次被张巡戏弄，接连中计，令狐潮已经心肝俱裂，除了再次发誓，除了继续增加兵力围城，他已经黔驴技穷。

雷万春显神

天气渐渐炎热，张巡与雷万春于城墙上给守城军士慰问送水，雷万春忙完之后替换瞭望之兵，让其休息片刻，自己立在城头眺望不远处的叛军大营，正逢令狐潮出帐察军。

令狐潮也远远地看到雷万春，遂骑马迎上前，远远地喊道："雷将军，别来无恙。前番将军截睢阳之兵于雍丘，方有将军今日战我，实乃天意弄人啊!"

雷万春怒目圆视，不予理睬。

令狐潮身后的弓弩手看雷万春目中无人，对令狐潮大叫："将军，此贼太猖狂，待吾与将军射之!"

几名弓弩手举起手中弩机，暗暗向雷万春瞄准，按下拇指，几十根弩箭厉声而出，雷万春不急躲闪，脸上瞬时被击中，面颊、额头上足有六个箭头，可雷万春依然屹立不动。

令狐潮惊讶万分，大喊道："雷将军，雷将军，汝无恙否?"见雷万春依然不动，暗自度量，不会又是草人借箭之术吧？立一木头假人于城墙之上，但左看右看不像木头人。

眼见雷万春摇摇欲坠，登城而至的张巡从他身后轻轻拍道："鸣空，快下城医伤。"

雷万春这才不顾脸上的箭伤向城下喝道："令狐狗贼，非吾不答尔，实乃巡公治军甚严，吾暂摄瞭望之责，故不言耳。"

"令狐大人，汝亦要射我否?"张巡从雷万春身后探出，对令狐潮冷笑道。

令狐潮耳红面赤道："方才见雷将军如此，才知张大人治军有方，然治军如此严酷，实在不符天道也!"

张巡厉声道："汝叛君附贼，不识君臣人伦，安能言天论道?"

令狐潮羞愧满面，面对张巡的大义之言，他实在无言以对，索性不再自讨没趣，潸然而退。

雍丘城中抗敌物资，一向捉襟见肘，但张巡总能妙手回春，化险为夷。

眼见城中的木材又要用尽，张巡故意装出弃城的样子，飞信射于令狐潮帐中说道："唐军守雍丘已疲矣，愿弃城而去，让雍丘与大人，请大人退军六十里，以便吾撤。"

令狐潮大喜，久攻雍丘不下，今张巡愿意让城，日后奏与安禄山，也是大功一件。随即回复张巡，愿引兵后撤。张巡见令狐潮大军一退，便赶忙率领城中所有军队一起把城外三十里范围内的燕军营房完全拆掉，将木材带回城，以作为护城的工具。令狐潮见又被戏弄，勃然大怒，立刻下令重新包围雍丘。

不久，张巡又向令狐潮传话：“汝若要得此城，请送马三十匹，吾得马之后，即可出城，到时尔就可不血刃而得雍丘。”

令狐潮取城心切，照数送了三十匹马给张巡，张巡得到马后，立刻让雷万春挑选出三十位骁勇将士，将马分给他们，嘱托道：“待我激将令狐潮，燕军若来，每人杀一敌将。”

第二天，令狐潮率兵来到城下，扬鞭指向张巡喝道：“张巡，汝又何故失约！”。

张巡答道：“哈哈，令狐大人，汝尝不知兵不厌诈乎？吾想逃，然将士不让，如之奈何？”

城下令狐潮大怒，大叫攻城，可未等军阵排好，雷万春率领三十骁骑及百余名军士突然从雍丘城内杀出，燕军因为军阵未成，一时大乱。雷万春带着这三十虎贲加几百步兵，左挑右杀，擒获十四名叛将，斩百余首级，还缴获不少兵械牛马，燕军再一次大败而归。

屡败于雍丘城下的令狐潮眼看着雍丘小城，近在眼前，却远在天边，终于灰心丧气，甘拜下风，仰天长叹：“张巡真乃孙武再生，韩信再世，吾不能及也！”最终带着无限的恨意，带领残兵败将退至陈留，一时再也不敢进攻雍丘。

经历了数月大战，张巡总能临机应敌，出奇制胜，在敌众我寡的形势下，始终能够以忠义激励将士，率千人之众，抗击数万叛军的进攻，坚守孤城雍丘长达四个多月，取得了每战皆捷的惊人战绩。自此，张巡名扬天下，四周军民争相前来投奔，脱离燕军而前来归附的军民竟达一万多户，雍丘的实力得以补充，大大增强。

识别伪使

伪燕朝廷在雍丘城下的正面交锋屡次受挫，令狐潮心灰意冷，但经不起朝廷不停催逼，令狐潮无奈，打起精神率领叛将瞿伯玉再次攻向雍丘，如同以往，再次折兵损将，劳而无功。

瞿伯玉心生一计：“将军，张巡冥顽不灵，如茅坑中的石头一样又臭又硬，他一向以忠义自居，莫如派人假扮朝廷使者，诱其出城，然后一举擒住。”

“此计甚妙，就依尔言!”每有计策建言，令狐潮都如同救命稻草般欣喜。

雍丘城头的唐军大旗在微风中微微摇曳，城内迎来了来自朝廷的使者，一行四人。

“巡院经略使张巡听宣!”一阵沙哑又带着尖细的声音穿堂而至。

张巡慌忙带领众将跪拜到使者面前。

“张巡所部坚守雍丘，劳苦功高，朕于蜀地闻此壮举，深感其忠，特赐御酒，以资犒劳。”使者宣道。

“臣张巡谢陛下洪恩，万岁万岁万万岁!”张巡拜道。

“张大人，陛下所赐御酒皆在城外，还请大人出城迎酒!”使者道。

“贵使请堂中休息，卑职这就让兵士前去请御酒!”张巡道。

“不了，在下使命已成，就不劳烦张大人了，还急着回朝廷向陛下复命，在下这就告辞了!”使者转身急着离去。

“贵使稍候，卑职派车马送贵使出城。”张巡急道。

“不劳烦大人，在下这就告辞了!”

“贵使，您自西川而来，千里迢迢，卑职不行礼数，心里不安!”

“不劳烦大人，在下这就告辞了!”

张巡心里陡然生疑：“请问贵使，贵使自西川至此几日?”

“三两日即可，张大人何有此问?”使者道。

“哦，三两日?”张巡顿住，又继续问道：“请问贵使，陛下于西川怎知张巡雍丘抗敌之事?”

“哦，张大人之事早就天下皆知，陛下怎能不闻!”

突然，张巡大声喝道：“来人啊，给我绑了!”

南霁云和雷万春皆不知所然，齐叫道：“大人!”

张巡喝道：“尔等逆贼，竟然假扮朝廷使者，来人啊，给我绑了!”

待绑住来人，众人皆不知张巡何以看出使者乃假扮，纷纷请问，只听张巡说道：“西川至雍丘，路程千里，自古入川之路，艰险异常，两三月竟不能至，今两三日岂能达? 况新帝已于灵武即位，陛下西狩，岂能越俎代庖，赐我等御酒?”

众将这才恍然大悟，对张巡佩服得五体投地，皆称张巡火眼金睛。只是可怜令狐潮安排的使者，未死在沙场之上，却无端死于张巡刀下。

令狐潮眼见假扮的使者脑袋悬于雍丘城头，此刻的他已经怒不能言，只能将怒火生生咽到肚子里，含垢忍耻地说道：“退军!”

大败李庭望

雍丘军民在张巡的带领之下，斗志昂扬，越挫越勇，越战越强。伪燕朝不断派叛军前来，张巡兵来将挡水来土掩，屡屡挫败伪燕的来犯之敌。

酷暑八月，燕军将领李庭望率领蕃汉兵二万余人向东袭击宁陵与襄邑，夜里在雍丘城外三十里处宿营。张巡笑着与众将道："逆贼这是又要让我等建一功也!"

"末将请击贼军!"英武的南霁云起身道。

"某也愿往!"雷万春不甘示弱道。

"子寅、鸣空，二位将军就别抢着立功，子寅主攻，鸣空截退，我在雍丘等着喝二位将军的庆功酒。"

"得令!"

一切都在张巡的意料之中，半日后，南霁云与雷万春满载粮草辎重，得胜而归。叛军被斩杀大半，李庭望收军后连夜逃走。

没过两月，令狐潮与叛将王福德又率领步、骑兵万余人进攻雍丘。张巡见机行事，领兵出击，再次大败叛军，斩杀数千人，令狐潮再一次败逃而去。

伪燕朝廷将失败进行到底，继续派令狐潮、李廷望先后率叛军数万围攻雍丘，不仅数月未能攻下，反而又连续吃了败仗，于是不敢再直接进攻雍丘，但却在雍丘四周开始了一系列坚壁清野的行动，以断绝雍丘的粮草援助，使雍丘不攻自破。

十二月，叛军在雍丘以北筑城，设置杞州（今河南杞县）。又遣兵攻陷鲁郡、东平、济阴。叛将杨朝宗率兵二万，准备袭取宁陵，以切断张巡后路。

转战睢阳

雍丘小城，在张巡的带领下，已经傲立于中原大地十月有余，眼看雍丘四周全是叛军，张巡召集众将于议事厅商议何去何往。

“睢阳太守许远、城父县令姚訚来信与我，邀我合兵，彼等于其治下宁陵接应我等，以共同对抗杨朝宗所部，诸君以为如何?”张巡道。

“大人，末将以为可行，雍丘四面，俱被叛军所陷，唯宁陵还未被截断，若宁陵陷于敌手，长此下去，敌人必然合围，届时雍丘将难以坚守。”南霁云思忖道。

雷万春跟着道：“大人足智多谋，末将粗人，跟着大人即可!”

“吾也唯大人之命，与睢阳合兵，的确为脱当下困境之无奈之举。”南宫平说道。

“好，既然诸君皆以为可，那事不宜迟，即刻启程。”张巡当即道：“速速整装待发，带领各部人马，进发睢阳。”

初冬的雍丘，经历了将近一年的拉锯战，城墙早已破败不堪，一场初雪飘落而下，给灰蒙蒙的城墙点缀出一丝可人的斑白，一股残缺而又庄重的美呈现于大地之上。

三千唐军持枪鹄立，军容齐整，雍丘的百姓们也出城相送，一名老者哭道：“张大人，您走了，我们可怎么办啊?”

一身戎装的张巡来到百姓前面含泪大声说道：“雍丘的父老们，巡即将远去，巡本愿与雍丘同生共死，然我大唐的将士皆为国尽忠之士，吾不能因一城之地而小国家之事，父老乡亲们，请恕巡不能再为雍丘戍守，待日后宇内昌平，巡定再至雍丘，为雍丘父老尽保境安民之责。”

分离的场景总是感人至深，唐军士兵中不乏有雍丘的儿郎，张巡不忍见此情此景，对南霁云说道：“某先行一步，半个时辰后，尔率部出发!”

“遵命!”南霁云恭敬道。

会师许远

东去睢阳的官道上，唐军踏着薄雪疾行，不过半日功夫，将士们皆汗流浃背，正午过后一个时辰，即至睢阳治下宁陵（即今河南宁陵）县城，睢阳太守许远（六忠烈之一，字令威）立于城门外，看到张巡大军，远远地急奔几百步冲将过来："张大人，久违了，张大人!"

"许大人!"张巡同样急速而前道，"劳烦许大人出城相迎下官，令下官汗颜!"

"张大人，何出此言？你我皆天子门生，当此大敌当前，以才识论高低，不以官职见大小。远年稍长于巡公，平辈相处即可，不以上论下也。"许远谦逊道。

"许大人谦恭下士，巡愧不敢望也!"张巡弯腰行礼道。

"哈哈！巡公就不要再客气了，巡公坚守雍丘一年，大名威震中原，许远早就佩服得很啊，"许远拉住张巡的手笑道，"闲话不多言，走，进城，远敬巡公一杯暖酒!"

张巡也随之改口道："那就依令威兄之言。"

城父县令姚訚（字文恭，六忠烈之一）从许远身旁弯腰也向张巡行礼道："吾乃城父县令姚訚，今日得遇巡公，英姿绝伦，姚訚觉相见恨晚也。"

"姚大人抬举张巡了，巡幸得子寅、鸣空、如海等人相助，这才苟活至今日，得以与令威兄和姚大人相聚啊!"张巡笑道："来来，我给几位介绍。"

张巡将爱将们一一介绍给许远和姚訚，众人相互认识，其乐融融，在飘飘冬雪之下，携手进入宁陵县城。

“咚咚咚!”正当许远给张巡等人接风洗尘之时，击鼓奏报而至:“报，大人，贼将杨朝宗率军来犯，此刻正于城外西北三里处扎营。”

“贼兵来得真快!”许远怒拍案桌，站起身来对姚訚说道，“文恭，速速点兵，随我出城杀敌。”

“哎，令威兄，巡初到宁陵，正是求功示好之时，兄何不将此功让与小弟?”张巡笑道。

“巡公之言差矣，你初来乍到，人困马乏之时，兄怎能让你以身涉险?”许远道。

“令威兄，切莫多虑，巡谢兄之体谅，然弟此来睢阳，即与兄并肩战斗，何来以身涉险，此为弟来睢阳首战，弟当仁不让，且看弟之虎贲之师如何杀敌!”张巡坚持道。

许远无奈，看了看姚訚，欣赏地微微笑道:“就依巡公。”

“南霁云、雷万春，听令!”当着许远和姚訚的面，张巡开始向自己的爱将发号施令。

“末将在!”

“速点本部人马，趁贼军立足未稳，出城奔袭。”

“得令!”

“吾将于城头亲自给尔等擂鼓助威!”张巡威喝道，“睢阳首战，我与许大人、姚大人期待尔等得胜而归!”

“请大人放心，我等定不辱大人之威名。”两员虎将拱手拜完，即慷慨转身，领兵而去。

初胜宁陵

宁陵县城头的战鼓擂起，响声震天，风雪中的张巡，俨然忘记酷寒，捋起衣袖，奋力地敲打着战鼓，激起唐军健儿们无穷的斗志。许远也不甘示弱，来到另外一台大鼓面前，大喝一声："壮哉，我大唐虎贲!"随之迎合着张巡的鼓声，一起敲打。两面战鼓，合而为一，应和着不远处的厮杀声，在小小的宁陵城上空，掀起了滔滔声浪，四处飞舞的雪花仿佛也要给即将到来的胜利奏响凯歌。

不亏为千锤百炼的大唐虎贲之师，保卫雍丘的百余战事锤炼了南霁云与雷万春，更锤炼出一往无前的三千唐军健儿。叛军的鲜血溅红了洁白的大地，也浸染了唐军将士的盔甲。唐军将士们如饿虎下山一样，追咬着措手不及的叛军羔羊。两军相逢，勇者胜，在士气上，唐军与叛军立分高下，杨朝宗的叛军何曾见过如此求死之师，纷纷后退，可唐军哪里肯饶，到处追砍着四处奔逃的叛军。

飘飘而下的白雪给已经到来的黑暗添加了胜利的光芒。经过一个昼夜的厮杀，叛军大败而退，南霁云和雷万春以区区三千人，斩杀叛将二十余名及叛军一万余人，叛军的尸体塞满了沿城而过的汴水，几乎堵住整条河流，在雍丘城下吃过苦头的杨朝宗再一次见识到了张巡的厉害。

南霁云与雷万春凯旋而归，许远早就命人在城门处煮出几鼎热酒，热气腾腾地欢迎着骄傲而归的胜利之师，许远和张巡分别端着一杯酒来到两员虎将面前。

许远说道："子寅、鸣空真乃虎将，乃我大唐当世养由基（春秋时期楚国神射手）、许仲康（许褚，字仲康，曹操部将）也!"

接过热酒，南霁云一饮而尽道："大人谬赞。"

"谢大人!"雷万春仰头而尽，胡须上还沾有酒滴，雷万春一捋而尽。

"哈哈!"许远越看越喜欢，转头对张巡说道："巡公，两位将军皆英姿焕发，恍若天神再生，定为后人敬仰也!"

"哈哈！令威兄就少夸奖他们了，免得彼等狂妄自大。令威兄，且容将士们先回城休息!"张巡笑道。

"好，好，巡公所言甚是，是我疏忽了，将士们奋战一夜，待全军休整好，宁陵全城为尔等庆功!"许远笑道。

"那就谢令威兄成全了!"张巡拱手拜笑道。

雪越下越大，银装素裹的宁陵小城欢腾一片，即为张巡等人的到来，也为南霁云、雷万春两人的大胜而归。

执掌睢阳

身在灵武的新皇帝李亨（唐肃宗，唐玄宗子）也听闻了张巡的威名以及辉煌战绩。正当许远为张巡等人庆功之时，皇帝的敕书来到宁陵，任命张巡为河南节度副使，全权指挥江淮方面的作战。

接到任命，张巡深知，自己所取得的功劳，皆南霁云与雷万春等部下将士浴血沙场而得，遂派遣使者向虢王李巨请求给予其他众将委任状以及赏赐物品。出乎张巡的意外，虢王李巨只给了折冲都尉与果毅都尉的委任状三十通，但没有给予其他任何物品的赏赐，着实令张巡及众将寒心。

收到委任状的张巡大怒，奋笔疾书，写信给李巨说："国家社稷尚危，忠臣将士守护孤城宁陵，怎么能吝啬赏赐呢?”可不知道李巨是理亏还是不屑一顾，对张巡的劝谏无动于衷，不肯再与守城将士有半分赏赐。

张巡当着许远的面义愤填膺道：“皆因此纨绔子弟之惑，而致我大唐于水火之中也!”

许远也唏嘘不已，说道：“巡公，事已至此，徒叹无益，唯有守住睢阳，以尽吾等人臣之道也!”

“是啊!”张巡无奈，掩面长叹道。

“巡公，朝廷赏赐之事先委屈一下，待日后再作争取。兄近日返回睢阳，宁陵在睢阳之西，两城互为犄角之势，宁陵就拜托巡公了。”许远说道。

“令威兄放心，弟必赴汤蹈火，鞠躬尽瘁。”张巡弯身恭敬道。

此时，大唐整个平叛的形势经过几起几落，始终不够明朗。至德二载(757)正月初六，安禄山被杀，形势似乎向有利于唐的方向发展。可笑的是，杀死安禄山的人，不是唐朝派去的武功高强的刺客，也不是战场上的某位英雄，却是安禄山的亲生儿子安庆绪。安庆绪杀父后，自己在洛阳称帝。但唐军未能抓住这次叛军内讧的良机一举消除叛乱，反而让叛军史思明部重新夺回河北诸郡。史思明随后进围孤城太原，预备夺取河东，进而长驱直取朔方、河西、陇右等地。安庆绪以尹子奇为汴州刺史、河南节度使，率兵进攻睢阳，然后进一步向江淮方向发展，夺取财赋重地。这样一来，双方争夺的焦点遂转移到太原和睢阳。唐军据守的这两个战略要地如有一处被攻克，其后果都不堪设想。

睢阳是江淮流域的重镇，在战国时为宋国，两汉时为梁之封国，汉文帝时增强梁和淮阳二国实力，广其封地，使“梁足以捍齐、赵，淮阳足以禁吴楚”

（《汉书·贾谊传》）。七国之乱爆发后，梁王坚守睢阳，牵制叛军西行，使得名将周亚夫得以有机会袭击叛军的后路，从而一举击破叛军。由此可见，睢阳在南北对峙格局中具有相当重要的地位。而安禄山叛乱后，叛军势力极盛，北方残破，河北河南均为叛军所据，唐军的补给完全依赖于长江、淮河流域，守住睢阳，便能阻遏叛军向江淮方向深入，保证江南的完整。睢阳如若失守，运河便被堵塞，后果不堪设想。可谓一城危，天下危也。

在安庆绪的催逼之下，大唐至德二载正月二十五日，尹子奇（伪燕将领，官封河南节度使）率领妫、檀二州及同罗、突厥、奚等兵，并杨朝宗所部，合计十三万大军铺天盖地，浩浩荡荡地杀向了睢阳，虽然宁陵与睢阳互为犄角，但两城分隔防守，兵力分散，面对十三万叛军，以不到四千睢阳之兵难以抗衡，况且许远了解张巡坚守雍丘一年，防守经验丰富，思来想去，还是去信张巡，请其速入睢阳城，合兵以抗尹子奇。

大敌当前，张巡认识到坚守睢阳即可屏障江淮的重要战略意义，立即亲自率令所部三千唐兵驰援睢阳，与许远合兵后，共有六千八百人。

大败尹子奇

正月的睢阳城外，黑压压的叛军陈营三十里，连营成片，旌旗遍野，血腥的气势压向睢阳城头，尹子奇得意地对杨朝宗笑道："睢阳在本将眼里，即如捏死一只蚂蚁般容易，明日吾便与尔等于睢阳城头喝酒！"

"将军神威勇武，英雄盖世，睢阳区区数千人与我十万大军相比，即如蚂蚁撼大象也，承将军吉言，我大军今日必能大破睢阳，生擒许远、张巡，哈哈!”杨朝宗阿谀奉承道。

看着声势浩大的叛军，许远对张巡忧心忡忡道:“贼军来势汹汹，巡公有何计拒之?”

“令威兄勿慌，贼兵虽盛，然我军亦为百战之师，兵强将勇，钢筋铁骨，巡无惧贼兵，狭路相逢勇者胜，且看吾杀其锐气!”张巡气定神闲道。

天气出奇的晴朗，冬日的暖阳为睢阳城铺上一层金色的光芒，让人都不忍心破坏这冬日的美妙。一阵嘹亮劲急的号角后，天地之间的空气顿时弥漫着一股杀气，让这岁月静好的美景刹那间烟消云散。

叛军营垒的大军随着号角声出动了，漫漫黑色如同遍野松林，大地开始抖动，叛军就像平地上卷起的一股飓风，肆虐而至，又像山洪暴发一样，排山倒海，汹涌澎湃，铺天盖地地杀了过来。一张张杀气腾腾的脸，一匹匹狂野凶悍的战马，战士的吼声、战马的喘息声，兵器碰撞的清脆声，已经清晰可闻。

任凭叛军杀声震天，睢阳守军在张巡的命令下，皆匍匐在城墙之上纹丝不动，严阵以待。当叛军沿着搭上城墙的云梯爬到半途之时，唐军便跃身而起，城头之上，那一排排桐油、硝石、滚木就是准备好献给叛军的礼物，屡次发生在雍丘的情形再次出现在睢阳城头之上。城下叛军兵士佝偻的身影如波浪般起伏，他们口中，发出了撕心裂肺的哀嚎，这种哀嚎，互相传染，使叛军心中增添了更多莫名的恐惧。

虽然空中箭矢狂飞，拖着长声的箭羽，如蝗虫过境般纷纷划破晴空，压制着睢阳城防，但睢阳唐军却越战越勇，将士们协防有度，珠联璧合，一人扛盾，一人砍杀，几若浑然一体，整个雍丘城都像上了一个盾牌护体，防守滴水不漏。偶有疏漏的叛军士兵刚登上城墙，即刻被数名唐兵持刃蜂拥迎上，叛军寡难敌众，纷纷倒地，城楼甬道之上，死尸遍地，血流不止，浓浓的血腥味与汗气味相互夹杂，充斥在空气中，刺鼻难闻。

潮水有涨有落，叛军退出之势亦如潮水一般，来势汹汹，退时匆匆。可睢阳唐军哪里肯饶，稳坐城头将台的张巡令旗挥舞，唐军鼓角号再次响起，在南霁云、雷万春、南宫平、石承平、李伺、陆元锽等将的率领下，唐军士兵如猛虎出山般倾城而出，终于，两股潮流排山倒海般相撞了，撞击出隆隆惊雷，响彻中原大地。唐军之势，又如万顷怒涛扑击群山，利剑与弯刀铿锵飞舞，长矛与长枪呼啸飞掠，密集箭雨，遮天蔽日，激昂的喊杀声与短促的嘶吼直使山河颤抖!

“杀!”叛军凄厉的嘶喊，鲜血飞溅，让唐军士兵仿佛嗜血魔兽般更加兴奋，疯狂的杀戮，炽热的烽火，使得唐军士兵越加愤怒，战事越来越激烈。南霁云和雷万春各率领五百人，如同两根利剑插入叛军的心脏。

万夫不当之勇的南霁云如蛟龙出海，挺出手中银龙长枪，枪头上霎时鲜血淋漓，叛军士兵不断地倒于南霁云枪下，一叛军将领眼见南霁云冲来，抡起狼牙棒压向南霁云头顶，南霁云侧身闪过袭击，以迅雷不及掩耳之势，策马向前冲到叛将身旁，战马前腿临空腾起，仰天长嘶，南霁云左臂使力，一声虎吼“挡我者死”，硬生生将叛将临空抓起，神力可至拔山举鼎的南霁云再将叛将硕大的身体抛向半空，长枪再猛然戳向叛将小腹，随着一声惨叫，一股血水顺枪而下。众叛军士兵，何曾见过如此神勇之人，俱心惊胆颤，纷纷向后退缩，可南霁云麾下的虎贲之军哪里肯饶，正好借势砍瓜切菜般地扑向叛军。

雷万春也不甘示弱，锐不可当，如雷公下凡，雷乌寒月刀扫过，叛军如秋风落叶般纷纷落地，转眼之间，雷万春的马蹄下就溅满了鲜红鲜红还在冒着热气的血液，血肉模糊的躯体在战马的践踏下翻来滚去。在尹子奇和杨朝宗的逼迫下，叛军还是畏畏缩缩地围了上来，只见雷万春怒目圆睁，一声怒吼“谁敢再来送死”，瞬时一名叛军被吓得口喷鲜血，倒地而亡。雷万春哈哈狂笑，继续策马狂奔，如入无人之境。

南宫平、石承平、李伺、陆元锽等将同样不甘人后，一会儿如老鹰扑食，一会儿又如狮入羊群，唐军士兵们俱像血人般在人海里跳跃翻腾着。

叛军在唐军潮水般的攻势下，节节败退。

波澜不惊的张巡站在城头，面色如水。许远见张巡如此淡定，不禁钦佩有加地笑道：“泰山崩于前，而面不改色，巡公真乃大将之才也!”

“令威兄过奖了，巡不才，固守雍丘之所得经验耳。”张巡谦虚道。

尹子奇与杨朝宗眼看兵败如山倒，急令督战队稳住阵脚，连砍几十名逃兵，这才缓住退潮，稍稍稳定军队。待收拢残兵，尹子奇于帐中痛斥诸将：“自吾起兵以来，所向披靡，中原城池无不开门投降，今日尔等于睢阳城外折损吾大燕军威，实乃奇耻大辱。明日再战，定要将睢阳城踏为平地!”

一校尉嘟囔着说道：“将军，张巡自雍丘至睢阳，百战百胜，锐气正胜，吾军唯有避其锋芒，绕睢阳而行，是为上策!”

尹子奇大怒：“尔缩头缩尾之辈，扰我军心，我军焉能不败! 来啊，给我推出去斩了!”

诸将慌忙集体跪下：“请将军刀下留情，临阵斩将，不祥之举也，还望将军恕其妄言不为之罪，其必赴汤蹈火，以谢将军不斩之恩。”

尹子奇顺势而下，他也不忍自断臂膀，但仍咬牙切齿道：“念诸将为尔求情，留尔项上头，今日之罪，暂且记下，待明日，汝若退缩，休怪某无情!”

刚保住一命的校尉唯唯诺诺，点头称是，退与一旁，不敢再言。

雪还没有停，纷纷扬扬下了一夜，昨夜还溅满鲜血的大地被一夜的白雪覆盖，又是白茫茫一片的白雪盛景。尹子奇的叛军就如暴殄天物的刽子手，非要把这如画江山搅和得天翻地覆，白雪皑皑的盛景在叛军的脚下顷刻间荡然无存。

经历了昨日的失败，叛军打起精神，再一次嗷嗷扑向睢阳城，张巡运筹帷幄，调度有方，镇定自若地挥舞令旗，如祥云细风，无言的淡定激励着唐军，有这样的主将，唐军胜利之情已然于胸。面对穷凶极恶的叛军，唐军士兵们仿佛有使不完的力气，不断地击退敌军的进攻，一天之内，叛军的二十余次进攻被张巡的太极之手化解于无形。

十六个昼夜，尹子奇在睢阳城下整整耗费了十六个昼夜，留下了几万具尸体，睢阳城岿然不动，傲立于天地之间，看着远处行云流水般挥舞着令旗的张巡，尹子奇一度发出疑问:“他是人吗?我是与人间的军队作战吗?”

雪停了，天晴了，可尹子奇的心却还是阴沉沉的。将士们心力俱疲，几无再战的勇气。是时候撤军了，否则十三万大军都要折于睢阳城，那自己也是死无葬身之地了。

许远让贤

尹子奇灰溜溜地撤军了，唐军将士再一次不辱使命，睢阳大捷。此刻睢阳城的天空万里无云，碧空如洗，晴朗得让人不敢相信眼睛。全睢阳城都陷入空前的庆祝狂欢中，张巡、许远等人也不能免俗，号令三军大宴庆功。

许远与张巡率领众将也摆出庆功酒，于太守府中把酒言欢。正当众人其乐融融、觥筹交错间，许远突然来到大堂中间，弯腰向张巡恭敬地鞠上一躬，张巡措手不及，忙上前扶住许远道："令威兄，此为何意？折杀小弟也！"

许远执拗，不肯起身，推崇道："余不习军事，攻伐无力，巡公智勇兼济，文武全才，许远请巡公为睢阳之首，某甘为巡公助手，以助巡公。"

"令威兄，万万不可！此乃大事，折杀小弟也，况公为睢阳太守，朝廷任命，小弟安能居兄之上？"张巡慌忙绕至许远身后，跪地而拜。

许远转身，伸手托住张巡道："公之才智远胜许远，我已表奏朝廷，任命即刻便至，公切莫推辞。"

两人正推搡间，堂外传来一阵长长的公鸭声："圣旨下，张巡、许远、姚訚接旨！"

张巡与许远慌忙迎至堂外，跪倒拜听太监宣旨，正如许远所言，他已表奏朝廷，新皇帝李亨准奏，下诏拜张巡为御史中丞、许远为侍御史，姚訚为吏部郎中，其余众将皆有封赏。

待旨意传完，太监笑道："恭喜张大人、许大人、姚大人及众将军晋升。"

"谢公公，还请进堂，公公上座，巡与令威兄敬公公一杯热酒！"张巡笑道。

"张大人，咱家还要回宫复旨，皇上命咱家传旨即回，不得耽搁，待日后大人高升，咱家定来讨一杯酒，哈哈！"太监笑道。

待宣旨太监远去，以姚訚为首，引唐军众将齐拜于堂前，向分坐左右的张巡、许远祝贺道："末将恭喜两位大人高升。"

许远缓缓站起笑道："众将快快请起，自今日起，自远以下，皆受巡公节制号令，唯巡公马首是瞻，诸君皆不得议。"

"谨听远公之言，谨遵巡公之命！"诸将异口同声道。

"令威兄！"张巡眼圈泛红，自左向许远俯身拜道："兄长高义，巡不能及也！"

"巡公，圣旨已下，睢阳之安危，系于公之一身，远唯依于公之左右，为尔做一粮草官足矣！"许远还拜道。

听许远如此说，张巡不再矫揉造作，恭敬道："即如此，承兄之抬举，巡恭敬不如从命！"

许远及众将这才松下一口气，纷纷举起杯中酒敬向张巡。

许远朗声道："虽大敌暂时退却，然睢阳前途未卜，大唐仍处于水火之中，有张大人为睢阳主将，去吾忧也，睢阳军民须万众一心，全力抗贼，让吾等以此酒敬为大唐浴血奋战的弟兄们，干了！"

星空如洗，圆月像一轮银盘悬于夜空中，慈祥地给睢阳城披上银辉，白雪在银月的辉映下，也熠熠生辉。太守府内张灯结彩，将士们难得地彻底放松，彻夜狂欢，城中百姓也与军同乐，昼夜不眠，祥和一片。

也许是老天也在同情睢阳城，让即将陷入人间地狱的睢阳城享受难得安宁。此时的张巡和许远并不知，他们即将带着睢阳城的全体军民迎来空前残酷的守城之战，他们与守卫睢阳的将士们将和睢阳之战名垂青史，他们的名字也将与睢阳城永远地被记载于中华浩瀚的史书之中，他们的英雄事迹即将给中华五千年的抗敌历史添上浓墨重彩的一笔。

再败尹子奇

当年三月，如于雍丘屡败屡战的令狐潮一样，大败而归的尹子奇再一次率大军攻至睢阳，要想南下江淮，叛军必须拔掉睢阳这个钉子。

面对潮水般汹涌而至的叛军，张巡对众将黯然伤心道：“吾受国恩，死所不辞，但念尔等与吾一起为国捐躯，而所赏不足以酬功，巡何其痛心！

南霁云起身激扬道：“为国捐躯，唯大丈夫所愿，若图赏赐，皆与臣身入黄土耳！”

雷万春亦道：“子寅所言甚是，巡公为军图赏，然吾等皆以巡公、远公为楷模，安能因赏而废吾等忠君报国之心？”

姚訚也慷慨道：“巡公，吾等即入睢阳抗贼，生死已据身外，金钱赏赐，皆粪土耳，若能青史有名，即为子孙之楷模也！”

许远最后说道：“诸君皆怀杀身成仁之心，大唐之幸也，睢阳之幸也，吾与诸君同生共死，绝不偷生，巡公，君若有所差，远绝无所负！”

张巡慌忙托住许远：“令威兄，弟安敢驱兄，兄助吾收集粮草，全城后援皆托于兄手，兄乃城中之魂也！”

叛军脚下的尘土已漫入睢阳城中，震天的呐喊声已经传入太守府中，张巡即刻下令，杀牛设宴。犒劳三军将士后，张巡举利剑朝天，大声喊道：“杀敌报国，吾将率尔等与敌军决一雌雄。”

许远披挂上身，正待持剑出战，张巡慌忙拉住许远：“令威兄于城中擂鼓助威，巡当精神倍增！”

许远正欲争辩，无奈张巡一再力压，许远只得叹息道：“就依巡公之言，余于城上目送君，君之存身之地，即吾目及之地也!”

睢阳城门洞开，的确出乎尹子奇意外，大军驱军百里，还没有来得及休息，张巡已亲手执旗率领唐军，倾城而出，直冲叛军大营。叛军虽然兵多将广，但抵不住唐军来势凶猛。唐军将士们个个奋勇向前，一副不怕死的样子，叛军惊骇之下竟然再次大溃，尹子奇根本来不及反应，慌忙纵马急奔，张巡率领众军紧追不舍，一直追出数十里之外。这一战，张巡竟又杀叛将三十余人，杀士卒三千余人，大胜而归。

城墙之上，许远亲自擂鼓，张巡杀敌不止，许远鼓声不息。待张巡凯旋而归，许远命城头上所余军士齐举起手中之枪，一起向奋勇杀敌的张巡等人致以最崇高的军礼。阳光之下的枪头嚯嚯，晶光闪闪，仿若一道道钢铁坚魂的化身，直透叛军大营。

历史的巨手这才刚刚拉开大戏的序幕，惨绝人寰的睢阳保卫战才刚刚开始。虽张巡屡战屡胜，但历史留给他的战斗智慧还远远没有结束，历史赋予他悲壮的使命还没有完成，精彩绝伦的战争艺术在张巡手里即将再次大放异彩。

计射尹子奇

距离上次围城不过一月，至德二载五月，尹子奇又增加了围城兵力，气焰嚣张地杀奔而至，此番攻城更加猛烈。

张巡见叛军人多势众，便采取了疲敌之计。他命人经常半夜在城中鸣鼓，好像要整队出击的样子。城外叛军听到城内动静后，大为紧张，严加戒备，结果，一直等到天亮，也没有看到城中唐军杀出一人。叛军惊扰了一夜，已经疲惫之极，于是解甲休息，张巡立即命勇将南霁云、雷万春等十余将领，各率五十骑兵，突然从城中杀出，直冲敌营，一直冲到尹子奇帐下。叛军乱而无章，战又不利，但唐军毫不恋战，见好就收，劫掠一番就得胜而归。就这样，张巡采取虚虚实实的办法，指挥兵士每每伺机出击。时而化假为真，时而化虚为实，时而又代无为有，神出鬼没，叛军经常一夕数惊，惶惶不安。

叛军中有一胡人酋长，身披重甲，引拓羯千余兵马，数次来到睢阳城外招降张巡。张巡计上心头，暗中派数十名勇士从城上沿绳索而下，躲在城外的护城壕中，每名勇士都配有钩、陌刀、强弩等兵器，并事先约好："闻鼓声而奋。"是日，胡人酋长带着人马，又到城墙下来耀武扬威，劝说张巡投降。此时，城上鼓声忽然响起，数十名勇士听到鼓声，立即跃出沟壕杀出。胡人酋长及其随从猝不及防，全部被擒获。后面的叛军还不知道前面的胡人酋长怎么就莫名其妙的出事了，还想赶来救人，但又被城墙上的强弩射退。过了一会儿，等藏在护城壕中的唐军勇士顺城墙绳索爬回女墙，叛军这才知道其中的原由，大为惊愕，从此再也不敢轻易靠近城墙。

睢阳久被围困，长期以往，势必难以维持，张巡与许远带领诸将于太守府中苦思良策，突然灵光一闪，张巡喜道："自古言，射人先射马，擒贼先擒王，为下之计，吾当以计射杀尹子奇。"

"妙哉，巡公此计甚妙，然军中无人识得尹子奇，为之奈何?"许远眼睛放光道。

"令威兄且看弟以计诱之。"张巡胸有成竹道。

张巡拉南霁云耳付几句，南霁云越听越兴奋，连连点头称是，待吩咐完，张巡笑着对许远道："且让弟暂守秘密，待吾大功告成，令威兄且看好戏。"

许远笑着虚点张巡，转身对诸将笑道："哈哈，且看巡公为诸君演一出好戏。"

睢阳城头之上的战鼓再次敲响，数百名唐军弓箭手，弯弓搭箭，一齐射向正在耀武扬威准备攻城的叛军，一时之间，叛军纷纷中箭，但竟然没有一人倒下。叛军诧异，拿出所中之箭一看，发现箭头竟然是蒿草，叛军顿时欢呼雀跃，以为城中的箭已经用完了，其中几人立即拿着草箭去向尹子奇报告。尹子奇也兴奋异常，冲出大帐，对着睢阳城哈哈大笑。一身银甲的尹子奇站在众人之间，如鹤立鸡群，一枝独秀。他狂妄地对众人笑道："吾破此城，即在今日！"

得意忘形的尹子奇殊不知即将大祸临头。城头之上的张巡远远地望着叛军之中，判定那高冠银甲之将正是尹子奇，转身对南霁云笑道："子寅，看你一箭定乾坤也！"

南霁云胸有成竹道："大人，且看吾神箭射之！"

只见南霁云挺直身体，取出自己的龙云弓，自背后迅速抽出一根雕翎箭，端直燕尾，右手搭上虎颈弦，贴住如刀削般的坚毅面颊，拉出满月，斜阳之下，笔直挺立的南霁云恍若罩上一层金光，全身上下仿佛有若干金龙在上下飞舞。只听他猛喝一声，箭身如电，划破空气，崩出一阵龙吟，全身飞舞的金龙也随箭而出，卷裹着利箭，在空中划出一段美妙的弧线，直奔尹子奇面门而去。正志得意满的尹子奇哪料到利箭已至，根本来不及躲闪，风驰电掣之间，只听见"啊"的一声，利箭正中左眼，尹子奇顿时仰面而倒。

张巡见状，急挥令旗，睢阳城门大开，南霁云与雷万春等将急率唐军，以迅雷不及掩耳之势倾巢出动，姚訚也不甘示弱，与南宫平等将流星赶月般地紧随而出。

主将尹子奇受伤，叛军顿时阵脚大乱，卫队拼死保护尹子奇，拥卫着尹子奇出帐而去。只苦了那些无人指挥的叛军，顿时成了一盘散沙的乌合之众，在骁勇的唐军朴刀下，叛军非死即伤。

雷万春眼见尹子奇就要逃跑，一马当先，单枪匹马直冲向尹子奇的卫队吼道："尹子奇，哪里跑!"

叛军兵士早已见识过雷万春的威猛，急遁而跑，睢阳城外，雷万春单人单骑，紧追几十名护卫尹子奇的卫队，如饿虎驱群羊，煞是壮观。雷万春胯下乌龙驹仿佛也知主人立功心切，如闪电般追逐着叛军，黑面黑衣黑袍黑马的雷万春如雷公再生，雷乌寒月刀挥舞之处，空气中都像被划过一道道闪电，劈啪直响，叛军卫队军士纷纷落马。尹子奇命悬一线，他大吼道："吾竟命丧于此乎?"

关键时刻，已奔得精疲力尽的乌龙驹抬腿仰天长嘶，顿了片刻，电光火石间，后续的叛军又蜂拥而至，簇拥至尹子奇周围。雷万春无奈，心知战机稍纵即逝于刹那之间，怒睁血红的眼睛喝道："狗贼，今日饶尔狗命，若再碰到你雷爷爷，定要让尔人头落地。"

雷万春的吼声在苍林中回荡，不绝于耳，左眼崩血的尹子奇心肝俱裂，气急败坏地吼道："撤，快撤!"

计谋天地

睢阳再一次转危为安，此时的许远对张巡已经佩服得无以复加，对南霁云和雷万春二将也不吝赞美之词，笑着对张巡说道："子寅、鸣空二将神勇，真如天将下凡也！"

张巡笑道："令威兄所言甚是，吾有此良将，乃吾之幸也！"浅酌一口淡茶，张巡继续说道："令威兄，睢阳是通往江淮的咽喉，对贼、对我大唐而言，均意义非凡，依弟所见，今虽退敌一时，贼兵势必再次卷土重来，城中粮草要拜托兄长筹集啊！"

"巡公所言甚是，此正是为兄数夜难眠之事啊！"许远愁道，继而咬牙切齿道："可恨濮阳、济阴二郡，得我军粮，却不战而降，实乃无耻之贼也！"

原来在此之前，许远在睢阳囤积了六万石粮食，可供城内军民一年之用，但虢王李巨却坚持将其中的一半分给濮阳、济阴二郡。许远据理力争，却无济于事。可叹的是，濮阳、济阴二郡在得到粮食后，并没有继续坚守，当叛军来临，二郡倒戈投降了叛军。这件事着实令许远痛心疾首。

如张巡所担心的事情还是发生了，睢阳城中很快开始粮食短缺。唐军将士每人每天发给米一盒，杂以茶纸、树皮而食。士卒没有足够的口粮，战斗力因而大减，不少军士虚弱得连弓弩都拉不开。幸亏张巡深得军心，每每在危急时刻，总能鼓舞士气，唐军仍然能顽强地坚守阵地。但外无救援，饥病不堪的士兵得不到补给，非战斗伤亡越来越大，守城兵力锐减至一千六百余人，百战百胜的张巡面临着比以往任何时候都要严重的粮草危机。

七月初六，眼伤初愈的尹子奇绑着绷带再次集中数万兵力围攻睢阳，据探子回报，独眼龙尹子奇得知睢阳城中已经缺粮严重，他顿时信心倍增，再次发誓，定要踏平睢阳。

叛军重新开始攻城，因为已经吃过张巡无数次亏，尹子奇不敢掉以轻心，视张巡为平生以来最大的劲敌，尹子奇事先做了各种充分准备，制作了各种攻城器械。

有一种专门用来攻城的飞云梯，高大如半个彩虹，上面可以容纳二百精兵，推到城下后，云梯上的精兵便可以跳入城中。

计谋百出的张巡如鲁班再世，让军士事先在城墙上凿了三个洞，等叛军将飞云梯推到城下，从一个洞中伸出一根大木头，上面设置铁钩，钩住云梯，使其无法后退；又从一个洞中伸出一根木头，顶住云梯，使其无法前进；第三洞中伸出一根木头，在头上安置一个铁笼，笼中装着火油，推出木头，焚烧云梯。熊熊大火顿时将云梯从中间开始向上蹿起火苗，梯上的叛军或被烧死，或被摔死，数十个精心打造的云梯化为灰烬。

一计不成，叛军又制作木驴来攻城。张巡以牙还牙，用熔化的铁水浇灌木驴，木驴当即被销毁。

叛军气急败坏，在谋士的建议下，尹子奇又在城西北用土袋子、柴木做成磴道，想借此登城。张巡白天坚守不出，到了夜晚，暗中派人把松明、干藁等易燃物投进蹬道中，叛军对此毫无察觉，十多天后，张巡突然率军出城大战，并派人顺风放火烧蹬道。火借风势，烈焰熊熊，叛军甚至无力相救，大火一直烧了二十多天才熄灭。

一介书生的张巡无师自通，用兵智谋已臻化境，将战争的艺术升华至登峰造极，无逊于中外古今任何名将。他先后导演出了火烧叛军、草人取箭、出城取木、诈降借马、鸣鼓扰敌、削蒿为箭、火烧蹬道等一幕幕精彩好戏，计谋已经达到《孙子兵法》中所说的“无穷如天地，不竭如江河”的境界。

张巡用兵不循规蹈矩，不纸上谈兵，不拘泥于古战之法，而是因势利导，令部将各自以己战法教士卒。许远不解，问其原因，张巡说："现在是与胡兵交战，云合鸟散，变化无常；数步之间，势有不同。随机应变，在于仓促之间，而使部下动皆请示大将，事或不及，这是不知战争形势的变化。所以我使兵识将意，将识士情，投入战场，如手之使指。兵与将相习，人自为战，这不是很好的战法吗!"

自张巡守睢阳城以来，器械和甲仗都是缴获敌人的。每当战时，如果有将士退散，张巡总是立于阵前，对将士说："我绝不离开此地，请尔等回去为我与敌决一死战。"将士听后，不敢退却，皆向前死战。他以诚待人，号令严明，赏罚有信，与部下同甘共苦，所以部下皆愿为其效死力。不仅唐军将士为其所折服，连叛军也对其智谋敬佩不已。

尹子奇无计可施，不敢再轻易进攻，只好在城外挖了三道深壕，并置立木栅，打算就此长期围困睢阳。张巡也在城内挖了壕沟，以应对可能出现的任何敌情。

至八月酷暑，睢阳被围攻已经达七个月之久，虽张巡战事皆胜，但因粮草问题，城内守军仍在不断损耗伤亡，数月下来，已经锐减到六百人，主动出击已经不再可能，张巡与许远便转入全面防守，将全城士兵分为两部分，张巡率一部守东北，许远率一部守西南。二人与士卒同甘共苦，昼夜守备不懈。

计降敌将

两军攻守之间，张巡再一次发挥令人叫绝的战争智慧。此时的唐军伤亡惨重，如若能与叛军化敌为友，亦可以从内部瓦解叛军斗志，这样的机会很快就到来了。

残阳似血的傍晚，拖着疲惫身体的张巡于晚霞之下立于城头，看到叛将李怀忠正在城下巡逻，张巡灵机一动，微笑着问道：“吾乃张巡，君为何人?”

“吾乃大燕河南节度使尹子奇麾下定远将军李怀忠是也!”李怀忠道。

“哦?尔乃李姓，国之宗室否?”

“非也，同姓而已。君欲何为?”李怀忠不解道。

“天气炎热，与君闲聊耳!”张巡故作轻松状，继续笑问道，“君效力燕胡多久?”

“两年。”

“君之祖父和父亲是做官的吗?”

“然!”

“君之家族，世代为官，食大唐之禄，奈何从贼，与吾剑拔弩张?”张巡继续问道。

“不然，我昔日为将，数次死战，屡次败于大燕，最终为大燕俘获，今大燕恕我死罪，故而从燕，此乃天意也。”李怀忠说道。

张巡笑笑道：“自古叛逆，终究被灭，若一旦叛乱即平，尔父母妻子皆受尔连累伏诛，彼时尔于心何忍?”

听到此言，李怀忠顿时泪流满面，下马向张巡跪拜道：“余尝闻巡公高义，今幸闻君之良言，如醍醐灌顶，余即刻迷途知返，望巡公不弃，余愿为巡公牵马执鞭!”当即率领着跟随他守城的数十人于睢阳城下投降张巡。

受李怀忠影响，也受张巡忠肝义胆的感染，尹子奇叛军中，竟有两百人携粮带草相继进入睢阳城，城内一时信心大增，皆为张巡浩瀚如海的胸怀所折服。尹子奇亦为此大动肝火，严令三军，若有擅自出营者，杀无赦。

归降之人带来的粮草虽解一时燃眉之急，但只是杯水车薪，终非长久之计。没出几日，城内粮草又再一次枯竭。

星光黯淡的夜半时分，太守府中烛光闪闪，忽明忽暗，张巡、许远、姚訚与众将仍然在为粮草救援之事作着商议。睢阳已经断粮快近一月，城中能吃的几乎都被军民吃光了，军民也因饥饿死伤无数。张巡深知若不能彻底解决粮草问题，睢阳城的倾覆也只是翻手之间而已。

“令威兄，据悉，虢王李巨已去他处，现御史大夫贺兰进明继任河南节度使，驻军临淮，许叔冀在谯郡、尚衡在彭城，此几城离我睢阳皆不远，吾欲派子寅前去求援，兄以为何?”张巡颓色道。

许远唉声答道：“为下之际，也只能依巡公之言了。”许远深知张巡谋定后动，不到万不得已，不会兵出险招，放爱将前去他处求援。

“既如此，事不宜迟，子寅今夜突围，前去谯郡请许叔冀援兵!”张巡下定决心道。

待南霁云披挂完毕，张巡来到他面前，紧紧凝视南霁云，疼惜有加，握住他的手，千叮万嘱道：“子寅此去，当保重自身，睢阳之援，系于将军也！若不能为，当早去早归，兄会朝思暮想子寅也!”

一身英气的南霁云双膝跪地，眼中含泪，向张巡及许远伏地拜倒：“巡公、远公，请放心，子寅此去，定不辱使命，请回援兵和粮草!”

说完，头也不回，大义凛然地出南门而去，留下张巡在身后急奔，留下幽远长长的呼声：“子寅，保重，早归!”

霁云求援(一)

伸手不见五指的黑夜里，睢阳城外的南霁云终于回头，再看一眼城头那忽隐忽灭的火把，那是张巡正举着火把，满含热泪地朝他这个方向探寻着。两人虽为上下级，可历经沙场洗礼后，两人早已成为肝胆相照的生死兄弟，张巡哪里舍得南霁云出城离他而去，可全城的将士百姓皆嗷嗷张嘴等着救命的粮草，南霁云的出城是肩负着全城的重托，张巡的确是不得已，这才狠下心使爱将以身涉险，前往他处求取粮草。

热血丈夫南霁云眼睛湿润，抬手向城头再次作揖后便转身再也没有回头，策马驰向不远处的灯火通明处，那是叛军的大营，那是刀山火海之阵，正等着南霁云的到来。在南霁云心中，即便前方是地狱，他也必须一往无前。

要冲出防卫森严的叛军大营何其艰难。出发之前，自叛军营中归降的李怀忠等人已把叛军的部署详细告诉南霁云。临近叛军大营，根据李怀忠的建议，南霁云选好薄弱之处，便义不容辞地策马狂奔，冲向那不可预测的深渊。

傲气凌云的南霁云一袭锦衣，战马亦裹上铠甲，人马浑然一体，如箭一般冲入浩瀚似海的叛军大营之中。由于吃过张巡无数次偷袭的苦，叛军每夜的防守尤其严密，时刻准备应对唐军的偷袭，眼见南霁云冲来，叛军立刻组织起反击，叛军大营中的火把顿起，亮如白昼，团团围住南霁云，他顿时陷入重重包围之中。

睢阳城墙之上的张巡、许远、姚訚、雷万春、南宫平等人看到叛军大营杀声四起，皆心急如焚，那是他们生死与共的战友南霁云正在为他们浴血奋战。火光中，那矫健如龙的、左冲右突的黑影无疑就是南霁云，那黑影移到哪里，就有无数个火把移到那里。

好一个南霁云，如常山赵子龙再生，银枪如长蛇，上下挥舞，全身仿似罩出一个银色光盾，叛军士兵一触即亡，纷纷倒于枪下。畏于南霁云的神勇，叛军不再轻易出击，于他身前身后若即若离，跟随着他的移动，死死缠住南霁云，欲耗尽他的力气。

在尹子奇的催促下，一员敌将挥舞着长刀迎面向南霁云面门砍来，南霁云头稍稍左偏，举起长枪架住，腰马合一，向前奔出，长枪当胸向敌将扫去，敌将当场口喷鲜血，倒地不起。又一杆长枪直戳南霁云心窝，浑身溅满鲜血的南霁云俯向马背，躲过来枪，抬起左手，向身后猛拉，一声“着”，敌将顿时连人带马向前俯冲，南霁云抡起手中银龙枪，直击敌将后心，又一名敌将陨于非命。两名敌将毙命后，又有新的战将冲上来，敌将的攻击此起彼伏，顷刻之间，南霁云连杀敌军十员大将。

前番几次交锋，叛军早就见识过南霁云的威猛，但眼前的南霁云，勇猛更胜于前。叛军于自己的大营中竟然对天神般的南霁云无可奈何，眼睁睁地看着身边将军士兵纷纷倒在南霁云枪下而不能救。肩负全城重托的威武丈夫继续艰难地向前挪动，离大营末端越来越近，南霁云心中一阵激动，就要扬马跃出重围，前方就是茫茫一片黑暗，离逃出生天只剩下最后关口。

尹子奇已经亲临阵前，看到南霁云就要脱营而去，急着大吼道：“擒住南霁云者，赏金一千，生死不论！”

重赏之下必有勇夫，叛军再一次如潮水般冲来，欲堵住南霁云冲出重围的缺口。南霁云左格右挡，胯下战马也有如神助，不停地践踏着伤残之兵，那前方的黑暗在南霁云眼中就是光明，他双腿紧夹，猛拉马缰，战马仰天长鸣，临空跃起，空中有如一条上下翻腾着的九爪金龙，在黑暗之中闪闪发出耀眼的金光，南霁云人马合一，跨过数人头顶，一下子跳出重重包围。南霁云“哈哈”仰天长啸，回首向身后还欲冲上前的叛军将士狂笑道：“吾乃魏州南霁云，谁人敢与吾再战？哈哈！谁人敢？”

南霁云狂傲之声于黑暗中如天外炸雷之音，传入眼前数千叛军耳里，震耳欲聋。众叛军将士皆不敢相信自己的眼睛，左顾右盼，面面相觑，不知南霁云到底是如何冲出这几千大军包围圈的。

马鞭在战马屁股拍出，战马再一次嘶鸣，“哈哈！尔等反贼焉能拦住吾南霁云，吾南霁云去也！哈哈！”南霁云那傲至天宵的狂呼也传至睢阳城中，张巡等人这才如释重负，松出一口气，与许远等人击掌相庆，许远再一次由衷地赞道：“子寅真乃天将也！”

霁云求援（二）

谯郡（今安徽亳州境内）与睢阳相距不过百余里，南霁云心急如焚，快马似飞，几个时辰便至谯郡城门外。此刻天刚蒙蒙亮，浑身鲜血的南霁云单人单骑于城门外叫城：“吾乃睢阳御史中丞张巡制下南霁云，求见许叔冀许将军！”

城头哨兵呼道：“南将军，请稍后，余这就去请许将军。”

许叔冀听是睢阳张巡处来将，慌忙来到城头，探头问道：“来将可是张巡所部？”

“许将军，吾正是张大人麾下南霁云也，睢阳危急，特来向将军请兵以援睢阳。”南霁云抬头抱拳向城头恭敬道。

“哦！时局艰难，南将军且于城外稍候，吾与诸将商议后回复将军！”许叔冀狡黠地答道。天下大乱，正逢各藩镇节度使抢夺地盘之时，许叔冀驻守谯郡，乃奉房琯（时任丞相兼招讨西京兼防御蒲潼两关兵马节度使）之命。房琯与贺兰进明有矛盾，因为许叔冀狡诈多端，也就被充当着房琯的爪牙，以防临淮的贺兰进明。

此刻许叔冀见南霁云前来请援，他心想还是谨慎为好，其实见到南霁云的那一刹那，他心中已有打算。

回到城中，他装模作样召集幕僚于府中议起此事，有人言要救，有人说不能救，最后许叔冀捋了捋下巴的胡须冷笑道：“诸君勿须争论，吾自有思量。吾奉节度使大人之命，驻守谯郡，北据贼兵，东防贺兰进明，若吾等分兵救睢阳，贼兵攻吾谯郡，吾将何以处？”

不待众人反驳，许叔冀便返至城头，见南霁云还孤零零地于城下焦急地等待着，他横下心，厚着脸皮向城下笑喊道：“慢待南将军了，在下与诸将商议，诸将皆言我谯郡兵微将寡，乃四面无险之地，眼见贼兵欲犯，余所部之兵也捉襟见肘，实难分兵与将军，还望将军见谅！”说完，他补上一句：“谯郡城中物资也颇为困难，实无余资，吾特奉上两千端布，还望将军笑纳，回到睢阳，代吾向张大人问好！”

一番厚颜无耻之言，说得南霁云瞠目结舌。

南霁云怒不可遏，长枪指向许叔冀，破口大骂道：“狗贼，汝拥兵自重，见死不救，汝焉能身为一城之主？吾大唐生灵涂炭，皆尔等鼠辈所至，汝敢出城否？吾要与汝决一死战！”

“南将军，南将军息怒，实乃在下为难也！”许叔冀一脸谄笑，继续卑鄙无耻道。

在城外无奈，南霁云心知此来已然是徒劳无功，而张巡正急着等他回音，多说无益，盛怒之下，继续骂道："鼠辈，待吾睢阳解围，吾誓杀汝!"

南霁云骂完，一骑绝尘向睢阳而去，谯郡城头之上的许叔冀脸红耳赤，自知理亏，嘴里却嘟囔道："非吾不救，实乃吾不能也!"

霁云求援(三)

归心似箭的南霁云半日间又回到了睢阳城外尹子奇叛军大营外围，一天一夜没有任何休息的南霁云硬着头皮，再一次冲进大营。夜里刚被搅得天翻地覆的叛军眼见南霁云竟然又冲了回来，俱心肝俱裂，生怕再有半点损伤，皆纷纷让开一条道。

没有请到救兵而导致的悲愤，充斥于南霁云心头，现又看到叛军如此害怕，悲痛与骄傲相互交织，使其唏嘘万分。前方就是睢阳城，张巡以及他的兄弟们正在焦急地等着他。他不作多想，策马向前，如入无人之境，顷刻之间就来到城下。

张巡慌忙命人打开城门，迎上南霁云，张巡先是紧握住南霁云双手，上下打量着鲜血淋淋的南霁云，紧接着，他用双手在南霁云的盔甲上摸索，颤抖地问道："子寅，子寅，汝受伤否?"

忠肝义胆的南霁云痛彻心扉道："巡公，子寅无碍，子寅无能，没能请到救兵，许叔冀那厮可恨，见死不救。"

"子寅没事就好，子寅没事就好!"张巡心疼爱将，声音颤抖。眼见南霁云孤身一人回城，张巡已知没有请到谯郡援兵，心里虽万分着急，但也不能露于神色，柔声道："无妨，子寅且随我回府稍事休息，吾邀许大人和姚大人及诸将再一起商议。"

等到了张巡府中，张巡第一时间安排仆人给南霁云沐浴，令其休息，然后遣人速去请回许远等人。

待众人到齐，从张巡口中得知情况，众人皆颓丧之极。

姚訚恨恨道："许叔冀狗贼，狼心狗肺，诛心之贼，尸位素餐，实乃我大唐败类！"

许远叹道："文恭且莫恨之，徒增烦恼，卑鄙之人，不值吾等挂念，然为下之际，睢阳之危当何以解之啊？"

张巡无奈道："令威兄说的对，为下之际，只能舍近求远，向河南节度使贺兰进明求救了！"

"是啊，远公，巡公说的是，只是舍近求远，难道又要子寅前往？此事非子寅不能为也！"姚訚叹道。

许远尝试着向张巡问道："鸣空可行否？"

"不可，鸣空虽勇武不下子寅，但心细不如子寅，为下只能再劳烦子寅了！"张巡道，"且等子寅睡饱，再请其前去临淮一趟。唉，只是苦了我的子寅啊！"

偏房的南霁云鼾声震天，他太累了，一天一夜的来回冲锋陷阵，已是心力交瘁。张巡根本不忍叫醒他，然而睢阳城却在水火之中，城中军民死伤之数与日俱增，他心急如焚，坐在南霁云床边，不知所措。

南霁云忽然从梦中惊醒，猛然坐起身，看到张巡正坐在床边，慌忙下床跪拜道："让大人受累，守在子寅床前！"

“哪里，哪里，子寅受苦了!”

“为大人赴汤蹈火，是子寅之责，大人此来，是让子寅前去临淮请兵否?”南霁云问道。

张巡欣喜道：“子寅真乃吾知己，尔怎知我欲使汝前去临淮?”

“哦，吾于梦中所想，遂惊醒也!”南霁云道。

“子寅不辞辛劳，真乃吾之股肱也，念吾之念，想吾之想。”张巡汗颜道。

“大人，子寅这就出发!”南霁云说道。

“子寅不再休息休息?”张巡关切道。

“大人，吾知大人恐子寅辛苦，然睢阳事危，刻不容缓，子寅自当即刻前往临淮，解大人之忧。”南霁云坚毅地说道。

张巡爱怜地看着南霁云道：“既如此，那就劳烦子寅再辛苦一趟。”

“子寅得令!”南霁云恭敬道：“子寅即刻启程出发!”

“此次前往临淮，路途遥远，子寅领三十兵士一同前往，也好有个照应。”张巡心中不放心南霁云一人，转念吩咐道。

“得令!”南霁云起身道。

张巡起身，背对南霁云而立，热泪夺眶而出，凄入肝脾地说道：“子寅，再歇息片刻，我在外等候子寅!”说完，夺门而出，留下南霁云看着他情深意切的背影。

霁云求援(四)

忠肝义胆的南霁云再一次披挂上阵，与昨日不一样的是，他身后多了三十个全身披挂的唐军健儿，与昨日一样的是，他又要再一次闯关。有了昨日之事，今日的闯关亦非昨日可比矣。

堂堂几万大军的军营，南霁云单枪匹马一进一退，尹子奇颜面扫地，在帐中暴跳如雷，严令诸将若再有冲营之人逃脱，定要问罪诸将，诸将皆唯唯诺诺，立下军令状，必严防死守。

睢阳城门再次打开，张巡与许远等人再一次忧心忡忡地站在城头上，看着南霁云和三十个唐军健儿向叛军大营冲去，三十一人均知重任在肩，背负着全城军民的希望，义无反顾地杀进了刀枪火海之中，南霁云一马当先，三十个唐军战士紧随不舍，合力张开成一个锥字形，犹如一根艰难向前推动的锥形钢楔。

在南霁云出城门的那一刹那，叛军已有哨兵发现他们，并吹响号角，全大营数万军士冲着南霁云及三十虎贲之士围了上来，南霁云等人顿时陷入了兵器的汪洋大海之中。这股小部队就像大海里乘风破浪的小船，南霁云就是舵手，他冲向哪里，船就移向哪里，怒吼声与兵器碰撞交织的声音在夜空中传至睢阳城，让张巡和许远及城内所有人心惊肉跳，生怕南霁云不能突围成功。

南霁云的神威再一次在数万敌军阵营中大放异彩，他身后的三十健儿也像绿叶般为这朵怒放的鲜花增添色彩，手中的银龙枪如长了眼睛一般，枪无虚点，每出必中，凄厉的惨叫声不绝于耳，不断地为叛军增加恐惧的气氛。万夫不当之勇用在此刻的南霁云身上恰如其分，枪、人、马合为一体，如蛟龙入海，如猛虎下山，如雄鹰展翅，身后的三十健儿也似银龙冲天的龙尾，不断地甩开追杀上来的叛军，饶是尹子奇已经下了格杀勿论的死命令，也挡不住这群战士一往无前的冲力。

前方再一次出现幽邃的黑暗，再一次出现比光明还要透亮的黑暗，当最后一个叛军士兵被南霁云挑至半空中，南霁云再次哈哈狂笑道：“尹子奇，吾入尔营如踏平路耳！哈哈！”

的确如南霁云所言，他再一次创造了奇迹，于万军丛中再一次给尹子奇的数万叛军一个响亮的耳光，一个羞辱备至的耳光。任凭尹子奇暴跳如雷，也阻挡不住南霁云求援的去路。

所有唐军士兵冲出敌阵，南霁云清点人数，仅失两人。众人来不及悲痛，闪电般地钻进无边无际的黑暗之中，身后留下叛军火光照耀之下一条长长的血路。

临淮与睢阳相距甚远，二十九人马不停蹄，即使累了，也是趴在马背上打盹，歇人不歇马，马依然继续向前急奔，直至人困马疲，胯下战马嘴里几乎都跑出白沫，南霁云心疼战士们和战马，只得偶尔稍作停顿。

霁云求援（五）

盛夏的中原大地，草长莺飞，莺歌燕语，途径淮河，两岸芦苇迎风飘曳，不停地有不知名的鸟从中飞起，掠过水面，再一飞冲天，不远处的河水波光粼粼，风景煞是壮美，可身心俱惫、衣衫褴褛的南霁云却无心欣赏这美景，远方的战友们正备受煎熬，正等着他们送回生存的希望。

南霁云登高仰望蓝天，悲愤地向天恨道：“壮士不饮胡虏血，焉为乱世大丈夫。”

他转身看着饥肠辘辘的战士们，那一双双疲惫而又坚毅的眼神，正等着他发出继续前进的指令，这是一群不屈的男儿，这是一群不知天地厚、唯有忠义魂的大唐虎贲。

经历了两个昼夜，历经险阻的南霁云一行终于到达临淮。

贺兰进明见到浑身鲜血的南霁云和他手下二十八名衣衫不整的唐兵，惊诧万分："将军于睢阳突围而来?"

"然！还请贺兰大人速派援兵，睢阳城现已绝粮快一月有余了!"南霁云焦急道。

"将军一路风尘而至，且于府中休息，吾与城中将士商讨如何使援，还请将军稍候!"白面书生状的贺兰进明道。

"然，且候大人佳音!"南霁云道。

临淮将军府中的南霁云哪有心思休息，稍坐片刻，便走出偏房，行至议事大堂外，正逢贺兰进明召集众人商议睢阳救援之事。

一名红脸将军道："睢阳孤城，张巡以区区几千兵抗数十万叛军接近两年，实乃忠义之士，依末将之见，大人当速速派兵救援。"

一白面将军道："不然，睢阳区区小城，倾覆即片刻之间，余以为南霁云此来途中，睢阳亦有可能已陷落，若临淮驰援，亦可能徒劳无益。"

又有一方面大耳之将道："大人，临淮与睢阳相距甚远，如分兵以援，谯郡许叔冀偷袭临淮，大人当如何处之？许叔冀可一直对临淮虎视眈眈啊!"

"诸将还有建言否?"斜靠在胡床之上的贺兰进明含笑问道。

南霁云冲进大堂向贺兰进明抱拳跪拜道："大人!"

"哦？南将军!"贺兰进明稍显唐突，脸色一愣，随即恢复自然，叫道："来人啊，给南将军赐座!"

待南霁云落座，贺兰进明笑道："南将军不于房中休息，与堂中一起商议睢阳之事，亦为可也!”

众将因南霁云入场，也稍显尴尬，不作多言。唯那最开始说话的红脸将军站起身向南霁云抱拳拜道：“南将军，吾乃贺兰大人麾下宁远将军祝忠，久仰南将军威名，神往已久，今日得遇南将军真人，真乃盖世无双之才，将军于万军丛中冲出重围，实令祝忠佩服。”

南霁云心中焦急万分，无心应对祝忠的恭维赞美之词，但还是礼貌地回复道：“谢祝将军谬赞，令吾汗颜备至。”稍稍停顿，又转身向贺兰进明进言道：“大人，援兵之事可有果乎?”

“哦嚯嚯，正与诸君商议，南将军听听无妨!”贺兰进明笑道。

那白面将军起身问道：“南将军，睢阳危如累卵，待临淮遣军前去，加上尔来临淮之日，依吾所判，已陷入贼手也未无可能也。”

“此言差矣，睢阳张大人智谋百出，定能坚守至吾救兵还，吾敢以死来担保睢阳未陷于贼军，再者，睢阳与临淮近在咫尺，两城相依为存，若睢阳失守，临淮危在旦日，请大人三思。”南霁云起身急道。

“哦嚯嚯，南将军莫急，且听他言。”贺兰进明依旧不紧不慢。

那方面大耳将军也言道：“大人，正如吾所虑，若许叔冀偷袭临淮，临淮危矣，此乃大人之患也!”

南霁云勃然大怒，陡然涨红脸怒道：“尔为何人？竟敢言此大逆不道之言？自古祸乱起于萧墙，我大唐乱于贼胡，生灵涂炭，即庙堂妖言惑众所至。若人有疾，外伤易除，内疾难消；汝不思抗击外侮，反内患掣肘，畏首畏尾，汝安能立于此大堂之上，汝等此言，欲陷大人于不仁不义之地否?”

南霁云说得那将面红耳赤，不再敢言，讪讪而坐。

贺兰进明的笑声再次从堂中传出："南将军莫怒，诸君皆是吾大唐良将，唯立场相异而已，南将军且坐，本官自有打算。"

堂上突然变得沉闷起来，南霁云刚才的一番义正词严之语让众人不再敢有退缩之言，半晌过后，唯有祝忠站起身耿直地说道："大人，诸将之言，余皆不以为然，末将愿领兵随南将军西去睢阳！"

贺兰进明突然神色一凝，对祝忠喝道："本官自有计议，汝休要再言。"继而又换成一副笑脸："南将军远道而来，鞍马劳顿，待本官设宴款待将军。"

"来人啊，准备晚宴，本官要敬南将军一杯薄酒，诸将陪同。"贺兰进明对左右命道。

"大人！"南霁云急喝道。

贺兰进明伸手于半空中缓缓压了数下，打断南霁云，笑道："南将军，且用过晚宴，再言不迟。"

南霁云无奈，生死兄弟都在睢阳望眼欲穿他的好消息，此刻他人在屋檐下，不得不放低姿态，强压住怒火，只能眼睁睁看着一道道丰盛的菜品被端到大堂之上。

待酒菜备齐，十几个美艳的舞姬鱼贯而入，钟瑟齐鸣，舞姬们开始翩翩起舞。

歌舞声中，贺兰进明举杯向南霁云敬道："南将军，本官见您勇武绝伦，睢阳城小，可有意他途？"

眉头紧蹙的南霁云愕然道："大人何有此问？"

"哦嚯嚯，南将军，睢阳围困，诸将所言，皆有道理，救援之事，本官须谨慎再议，然吾敬将军乃当世英雄，欲纳将军于临淮，将军可有意否？"贺兰进明笑道。

南霁云猛然站起身，慷慨涕泣说："霁云突围出来之时，睢阳守城将士已断粮一个多月。然此刻吾一个人在此琼浆玉食，霁云实在难以下咽。大人坐拥强兵，对吾劝进之言推三阻四，眼看睢阳陷落，而无出兵救难之意，这岂是忠臣义士所为？睢阳张大人托付于霁云的任务没完成，吾请求留下一个指头已示信用，回去向中丞大人报告！"

说罢铮铮铁骨的南霁云拔刀断然切下自己的左手小指，将鲜血淋漓的小指丢在桌子上恶狠狠道："大人，吾这就离去，不扰大人与诸位用宴！"说完，扭头愤怒地自门外而出。

一时间，在座众人皆大惊失色，然而，贺兰进明看着南霁云夺门而去，冷面如霜，一言不发，态度一目了然。

霁云求援（六）

南霁云与一起求援的剩余二十八个弟兄行至临淮城中一寺院前，悲愤欲绝的南霁云抽出一根雕翎箭，搭上龙云弓，反身射向佛寺宝塔，一声闷响，利箭钻进砖中，箭尾不停地上下摆动，嗡嗡作响，南霁云发誓道："叛军平定后，必杀贺兰进明，此箭乃我志也！"

临淮城中的将军府里，依然歌舞升平，南霁云走后，贺兰进明若无其事道："诸君继续喝酒！"

终于，红脸祝忠再也坐不住了，站出来对贺兰进明说："大人，吾等随您多年，今想来，竟是惭愧万分，告辞！"说完，不再犹豫，步履坚定地走出堂外，几员将领紧随其后，出堂而去。

“祝将军，祝……!”贺兰进明刚叫出声，祝忠回首怒目逼视，贺兰进明被祝忠的目光逼射得跌坐在床，冷汗止不住地往下淌。祝忠冷笑几声，带着众人决然离开，随后率领自己的部属，从后追赶南霁云而去。

毒阳高悬，汇合了祝忠的南霁云一行不敢懈怠，狭窄的路上不停地闪过他们疾驰而过的身影，口干舌燥的众人不敢有片刻停留，向真源方向疾驰。

自睢阳出城之时，张巡似乎早有预感，对南霁云私下问道：“若子寅未能于临淮请到援兵，尔当如何?”

南霁云说道：“巡公请明示!”

张巡唉声叹息道：“如若讨不到兵，汝西去真源，真源县令李贲与吾有旧，应能助我。”

南霁云记于心中，临淮之行，果如张巡所料，毫无收获，无奈之下的南霁云只能按照张巡所示，前往真源向县令李贲求援。

见到星夜而至的南霁云，李贲二话没说，立刻在真源全城张罗，给南霁云百余匹战马，同时尽遣真源能征惯战之士数百人随南霁云而去。

南霁云临行之前，李贲热泪紧握南霁云双手道：“将军此去睢阳，九死一生，将军珍重!”

“李大人保重!”

“代李某向张大人问候，睢阳如若不守，当早早突围，真源可容睢阳之军，贲当尽力策应!”李贲道。

“子寅记下了，大人，睢阳危在旦夕，子寅归心似箭，就不多留了!”南霁云抱拳告辞道。

霁云求援(七)

半日过后，南霁云一行又来到了必经之地宁陵，离睢阳也就半日行程了，南霁云眼看众人已经疲惫不堪，遂于宁陵暂时休息，顺便与众人商议一下如何再突破叛军大营的重重围困，以便能安全将众人带进睢阳城。

时过境迁，宁陵县城早已破败不堪，看着残檐破瓦，使他回想起那激动人心的时刻，宁陵是他和他的唐军兄弟们曾经战斗过的地方，在这里，他与雷万春并肩战斗，斩杀数万叛军。唏嘘之间，他的思绪又被拉回到眼前，曾经一起的弟兄们很多已经效死疆场，剩下的皆身陷囹圄，正在水深火热的睢阳城等待着他的回归，本以为能够满载而归，可此时却与空手而回相差无几，想到此，他便一拳砸向墙壁，断指处的生疼钻入骨髓，不能自已。

“南将军，南将军，是您吗?”欣喜的声音从不远处传来。

南霁云转头望去，原来是宁陵城使廉坦，昔日于宁陵曾有一面之缘。

“廉大人，别来无恙!”南霁云咧着干瘪的嘴唇笑道。

廉坦见南霁云一行皆衣衫褴褛，谨慎地问道：“南将军，这是?”

“哦，呵，让廉大人见笑了!”南霁云欲言又止。

“南将军，”廉坦忽然正色道，“南将军英姿神武，单人单骑冲出叛军重围，以求援军，解睢阳之危，宁陵与睢阳咫尺之遥，廉坦早有耳闻，昔日许远许大人于廉坦有恩，余闻睢阳陷入水火，便坐立不安，余早已下定决心，欲领兵前去睢阳，今遇南将军，正好一同前往。”

南霁云闻言大喜道：“廉大人真忠义之士也！请受霁云一拜!”

廉坦慌忙拦住弯腰而下的南霁云道：“南将军，吾有宁陵步骑三千余人，早就整装待发，即刻可以启程。”

“如此甚好！吾代睢阳全城谢大人!”南霁云恭敬道。

“时不以待，吾军悉听将军调度!”廉坦弯腰拜道。

三千大军很快集结完毕，汇合先前的百余人，南霁云一声令下，浩浩荡荡地在烈日之下向睢阳疾驰而去。时隔几日，南霁云虽未能请到贺兰进明的援兵，但好歹带回了几千兵马。

霁云求援(八)

是年闰八月十五傍晚，南霁云一行终于又回到了睢阳城外，前方又是叛军大营了，黄昏之下的叛军大营壁垒森严，枕戈待旦。南霁云两出一进，尹子奇已经在伪燕朝廷被笑掉大牙，颜面扫地。为此，他于军中三令五申，若南霁云再回，务必要将南霁云擒住，生死不论。几日前因南霁云再次冲关，尹子奇已为此斩杀几名战将。这次南霁云再次去而复返，叛军全军更不敢掉以轻心。

可叛军的严阵以待并不能阻挡南霁云的似箭归心，骁勇的南霁云与廉坦、祝忠几将一起，率领三千余钢铁战士，皆毫不犹豫地冲入重重围困的叛军大营，又一场惊天动地的生死战发生在睢阳城外，那是一群无愧于天地的中华男儿的忠义之战。

翘首以待的张巡、许远等人以为南霁云已经请到援兵，皆兴奋备至，一齐于城墙之上擂鼓助威。

听到鼓声的南霁云看着不断倒下的唐军士兵，更是心如刀绞，奋力地拼死向前，他大声向全军鼓舞道：“弟兄们，睢阳就在眼前，张大人就在城头，吾等莫要恋战，速速入城!”

大战从黄昏战至深夜，南霁云所部终于来到了睢阳城门外，可身后依然簇拥着数万叛军，紧追不舍。看到城内吊桥放下，他对正在奋战不止的唐军大喝道：“众军入城，吾为诸君截后!”

余下的千余唐军以最快的速度穿过吊桥进入城门，剩下南霁云和廉坦、祝忠等几名将领在桥的另一头阻挡叛军，张巡在城头急红了眼，大叫道：“放箭，快放箭，救吾子寅!”可城中哪还有箭，徒留张巡急吼，嗓子都快脱声。

城内雷万春早就按捺不住，单枪匹马冲出城外叫道：“子寅速速入城，兄来救你也!”

待南霁云与廉坦、祝忠退进城内，黑塔般的雷万春如天神而至，单刀横在桥头，向数万叛军怒喝道：“吾乃雷万春，谁敢来战!”

怒吼之声冲入天际，恍若晴朗夜空中传来一阵惊雷，雷乌寒月刀在空中划出半弧，如一道闪电钻入叛军的眼睛，雷万春再次哈哈狂笑道：“谁敢与吾一战？谁敢?”

见众叛军将士被镇住，踌躇不前，雷万春傲然道：“尔等鼠辈，战又不战，退又不退，意欲何为?”话音未落，猛然策马向前奔出两步，刀锋劈向眼前叛军阵营，一声惨叫，一名叛将躲闪不及，顿时死于非命，其他众兵士眼见雷万春如此神勇，俱心肝胆裂，慌忙后退数步。

城头之上，张巡急切地用尽最后力气喊道：“鸣空，鸣空，速速回城!”

雷万春这才哈哈狂笑道：“留尔等性命，吾回城也!”话音落完，他傲气凌人地调转马头，缓缓沿着吊桥步入城内，叛军数万人眼睁睁地看着雷万春单人匹马进城而不敢追。

英豪聚义

“子寅，子寅!”回城后的雷万春到处搜寻着南霁云的身影，正和张巡、许远、姚訚问候的南霁云看到急冲而至的雷万春，没有任何犹豫，猛抱住雷万春热泪盈眶道：“鸣空兄!”

“子寅!”两名热血勇将相拥而泣。

稍许过后，南霁云拉出身边的廉坦和祝忠向张巡、许远介绍道：“两位大人，此乃廉坦、祝忠!”

“巡公，许大人!”廉坦抱拳敬道，祝忠也依样向两位大人问候。

“廉坦别来无恙!”许远向廉坦问候道。

廉坦向许远跪拜泣声道：“大人受苦了，廉坦来迟也!”

“不迟，不迟!”许远热泪纵横，拉住张巡道：“此乃我经常与你提起的忠义之士宁陵城使廉坦!”

“见过，见过，昔日于宁陵城，巡与廉大人有过一面之缘。”张巡激动道。

眼见祝忠在一旁肃立，张巡说道：“将军乃贺兰大人帐下?”

“巡公勿要再提此人!”祝忠恨恨而道：“昔日吾瞎了眼睛，追随此人多年，不曾想竟是如此不仁不义的小人!”

“子寅，这是?”张巡转向南霁云不解道。

“可恨贺兰进明，坐拥大军，见死不救，实可恨也，今所带之军，乃廉坦之兵，还有真源李贲百余兵马，亦有祝忠将军所带百余人。”南霁云恨恨道，“可经方才一战，仅余千人矣!”

南霁云此言一出，张巡身后突然传来“呜呜”的哭声，那是睢阳城留守唐军的哭声，这哭声如传染病一样，瞬时传遍所有人，这哭声令人心酸，更是令人心寒，守城将士翘首以待，等来的竟是背心离德的痛楚，身为大唐的守边重臣，贺兰进明、许叔冀竟都见死不救，实在让守城将士心寒。

眼见此境，张巡拖着疲惫的身躯，嘶哑地说道："将士们，吾等为国守城，一心无二，诸君之忠义，必将留名青史。睢阳孤城，当前虽无救援，然吾等众人众志成城，坚守睢阳，朝廷必闻睢阳之困，定会大军援助吾等。"

衣不蔽体的众人停止哭泣，悲愤之余，皆跪拜而言："悉听巡公教诲，唯巡公马首是瞻!"

星夜之下的睢阳城内，连燃起火把的木材也已经短缺。借着星光，张巡和许远看着早已状如乞丐的众将士，皆掩面而泣。

弹尽粮绝

尹子奇知道城中粮尽弹绝、且无救兵后，便更是肆无忌惮地加紧攻城。睢阳全城官民已经是在生与死的边缘游走数日，张巡即使有无穷的智谋，面对无粮的困境也是回天无力。至十月时，睢阳已经没有一粒米。城中军民们只好吃树皮，树皮吃光后，又开始吃老鼠麻雀，最后已至食无可食的地步。

夜半三分，军马在马厩里饿得嘶鸣不已，张巡看着自己的爱马，轻抚怜惜地说道："青螭，汝随我已两季，吾真不忍杀汝，然城中军民已食不果腹，留汝争军民之食，吾实不愿也!"

青螭战马仿佛也知睢阳所困，马眼里已然流出两行泪水，张巡强忍悲痛，转身离去。

第二天的睢阳城内，将士们终于可以有一顿难得的饱腹之餐，全军宰马，看着昔日与自己并肩战斗的爱驹倒于血泊之中，南霁云、雷万春等大丈夫也不禁热泪滚滚，皆不忍食，可张巡却强迫着众人必须吃完。杀马只能解一时燃眉之急，改变不了缺粮的现状，随着时间的推移，不断有城中军民因饥饿相继而死。

叛军轮番进攻下，将士们几无捡起兵器的力气，城中居民也知城破必死，纷纷拖着饥饿的身体奔赴城头，随唐军并肩战斗，可哪里还敌得住凶神恶煞般的叛军，睢阳城中愈发死伤惨重。至此时，全城都找不出一个衣体健全之人。

十万火急的危境之下，众将在太守府中围着张巡及许远进行苦苦劝谏，建议张巡弃城撤退。

“大人，睢阳城破，翻手之间，依子寅之见，吾等撤至真源，吾与李贲有约，其必接应!”南霁云苦劝道，“若两位大人愿往，霁云必力保两位大人安全。”

“子寅所言甚是，大人，快撤吧!”雷万春也急道。

看着两位爱将心急火燎的样子，张巡与许远之前有过一番商讨，对援兵之事仍抱有最后一丝希望，他与许远对视一眼，缓缓道:“睢阳是通向江淮的咽喉，如果弃城而去，叛军必然长驱南下，侵占江淮地区，况且城中将士因饥饿羸弱，难以突围，古时战国诸侯，还互相救援，何况睢阳周围不远还有许多官军，不如坚守以待援兵。”

“大人!”众将士齐跪拜苦劝。

“子寅、鸣空、诸位将士，尔等退下吧，吾与许大人意已决，誓于睢阳共存亡，汝等若弃睢阳而去，吾不怨也!”张巡道。

“大人，吾等怎能弃两位大人而去？子寅此生唯愿追随两位大人同生共死！”南霁云含泪道。

雷万春也痛声道：“吾与二位大人同心，不敢再言退也！”

姚訚跪在一旁道：“昔日余只知毛笔书写忠义，但姚訚自跟随两位大人，方知忠义二字，乃立于心中之正气也，两位大人与睢阳共存亡，姚訚亦不愿独生也！”

身后众将士也不再提突围之事，异口同声道：“吾等皆随两位大人，与睢阳共存亡！城在人在，城破人亡！”

众人虽已身无半分力气，但此刻坚定的声音却如洪钟般在空旷的太守府中回荡着，那一声声“誓与睢阳共存亡”的呐喊，经久不息，它仿佛能穿透时空，震烁古今。

最后决战

这一夜，张巡登上城楼，极目远眺，夜色苍茫，心情无比复杂。就在这个时候，耳边隐约传来一阵笛音，这是儿时的声音，这是寒窗挑灯夜读的声音，这是进士及第后立志报国的声音，真性情的血性张巡心中的琴弦也被感伤拨动，他忍不住热泪盈眶，挥笔写下了《闻笛》一诗：“岧峣试一临，虏骑附城阴。不辨风尘色，安知天地心。营开边月近，战苦阵云深。旦夕更楼上，遥闻横笛音。”

此时的张巡心知睢阳城破即在近日，朝廷不可能有一兵一卒来救援。但他并没有放弃，没有流露出沮丧，万丈豪气中带着几分柔情，雾月下的张巡悲壮得几近凄凉。

是夜，张巡与许远相互搀扶，遥望长安，张巡再次情凄意切，作《守睢阳作》一诗："接战春来苦，孤城日渐危。合围侔月晕，分守若鱼丽。屡厌黄尘起，时将白羽挥。裹疮犹出阵，饮血更登陴。忠信应难敌，坚贞谅不移。无人报天子，心计欲何施。"

身旁助其研磨的许远凄笑道："为兄能与巡公共守此城，吾之幸也!"

张巡亦握住许远双手泪眼道："弟能与令威兄共生死，亦弟之幸也!"

至德二载十月初九，最后的决战开始了。对于睢阳之唐军而言，与其说是决战，不如说是坐以待毙之战。所有的将士都已身心俱疲，皆瘫坐于城头。叛军如潮水般涌上城头之时，仅余的数百将士连抬头张望的力气都没有了。不远处的张巡心知回天无力，面向长安，向西遥拜道："陛下，臣已力竭，不能保全睢阳城，生时既不能报陛下之恩，死后当为厉鬼以杀叛贼。"

坚守十一个月的睢阳终于陷落了，至城破之时，全城仅余四百多人。自张巡率部与许远合兵转战于此，睢阳城逢大小四百余战，斩敌将数百名，杀叛军十二万余人，硬生生让叛军止步于江淮前线，保障了大唐东南部的安全。

阵前就义

形似枯槁的张巡和姚訚、南霁云、雷万春及另外几十名将领被叛军押着，从被俘虏的唐军前经过时，众军士无不恸哭，张巡却安慰众人笑道："大家镇静，不要怕，死是命中注定的事。"

鼓号齐鸣的叛军大营中，以张巡为首的三十六名唐军将领皆被五花大绑于校场中间，秋日的风自西刮来，那是长安吹来的风，张巡闻风而嗅，哈哈大笑道："吾闻陛下将遣军而至也，诸君大仇，陛下将代吾所报，哈哈！"

姚訚在一旁也笑道："巡公，兄亦闻陛下之言也，陛下令吾随巡公共同赴死，吾对陛下言，随公共赴黄泉乃幸事尔，哈哈！"

伪燕大旗在风中呼呼作响，志得意满的尹子奇在众将士簇拥之下，来到校场，他终于见到了恨之入骨的张巡，睁着独眼，咬牙切齿地问道："听闻张大人督战之时，大声呼喊，常眼眶破裂，血流满面，牙也咬碎，何至于此也？"

张巡蔑视地看着尹子奇，答道："我欲以正气消灭逆贼，只是力不从心而已！"

尹子奇大怒，向左右喝道："来啊，给我敲开此人的嘴巴，让我看看到底有几颗牙齿！"

叛军士兵恶狠狠地持刀而上，欲撬开张巡的嘴巴，可张巡紧咬牙关，根本撬不开。尹子奇大怒，遂命人持利刃，猛然从张巡腮帮插入，划开张巡的嘴巴，顿时鲜血淋漓。令尹子奇大惊失色的事情发生了，张巡的嘴巴里的确只剩下了三四颗牙齿，的确如张巡所说，牙齿都被咬碎崩裂。饶是凶残异常、杀人无数的尹子奇也心有胆颤，慌忙扭头转身，不忍细看。

思虑片刻，尹子奇复而转身道："巡公，余与公历经百战，未尝胜绩。今睢阳粮绝之时，方能令公陷于吾军，公实乃忠贞善略之士也，若公能助我大燕，你我联手，何愁大业不成？"

张着鲜血淋漓的嘴，张巡面目狰狞，破口大骂道："我为君父而死，死得其所。尔投靠叛贼，乃是猪狗，焉能长久？"

左右谋士眼见尹子奇心软，轻声劝道："彼乃谨守节义的人，怎肯为我所用？且彼深得军心，不杀必为后患。”

听谋士之言，尹子奇终于动了杀心，不再规劝张巡。

尹子奇又来到南霁云身边，皮笑肉不笑道：“南将军，南将军可是英勇得很啊，武艺超群，盖世无双，我大燕军中怎无南将军如此勇武绝伦之士耶?”

南霁云冷哼一声，扭头不言。

满嘴鲜血的张巡以为南霁云有所动摇，慌忙大喊道：“南八，男儿死则死尔，不可为不义屈!”

早就准备慷慨就义的南霁云对张巡笑道：“宁掉头颅垂青史，不留骂名在人间。霁云欲有所作为，巡公知我者，霁云安敢不死!”一口唾沫啐向尹子奇喝骂道，“狗贼，吾恨不能生吞活剥尔，哈哈!”

“好样的！子寅吾弟，兄来陪你也!”雷万春哈哈大笑道。

“张大人，南将军，雷将军，吾等皆愿随尔去也!”余下三十多人皆高喊道。

将士们的临终豪言几乎让尹子奇变得癫狂无比，他凶相毕露，气急败坏，声音几乎变形，狂呼怒吼道：“杀！给我杀!”

随着尹子奇的一声令下，刀斧手的鬼头刀纷纷落下，张巡等人的痛骂声戛然而止。本是艳阳高照的正午，随着刀锋下落，一阵西风掠过，乌云遮挡住了刚还艳丽无比的秋日。

尾　言

许远被俘后，因为伪燕朝廷敬重许远为人，命尹子奇将许远押至洛阳，安庆绪派人劝降，许远在狱中嬉笑怒骂，痛斥安庆绪忠孝不全，数典忘祖，实为狼心狗肺之贼。安庆绪七窍生烟，勃然大怒，遂在兵败后退至河北时，将许远无情杀害。

后世为了纪念睢阳保卫战的英雄们，将张巡、许远二人各称为“武安尊王”和“文安尊王”，并称为“文武尊王”，并建双忠庙于睢阳，庙中并有“国士无双双国士，忠臣不二二忠臣”名联传诵于世。同时，张巡、许远、贾贲、南霁云、雷万春、姚訚六人也被后人尊称为六忠烈。

安史之乱造成了大唐王朝不可逆转的颓势，众多乱臣贼子的恶名也因此而留在了历史的耻辱柱上。以张巡为首的六忠烈因抗击安史之乱叛军而名扬青史，万古不朽。风华绝代的六忠烈及惨烈牺牲的三十六名将领再加上最多不满七千人的大唐虎贲，众志成城，坚贞不贰，威武不屈，最后一齐壮烈赴死，奏响了大唐王朝由盛至衰的乱世交响曲，其胜至荣，其败至哀。后人议论，唐朝天下得以保全并再延续百余年，全仗乱世大丈夫张巡及围绕其身边的英烈于睢阳城坚守十月之久，真正地做到了扼一城而扼天下，为大唐王朝的国祚绵延做出了无与伦比的贡献。

国之长城　孟　珙

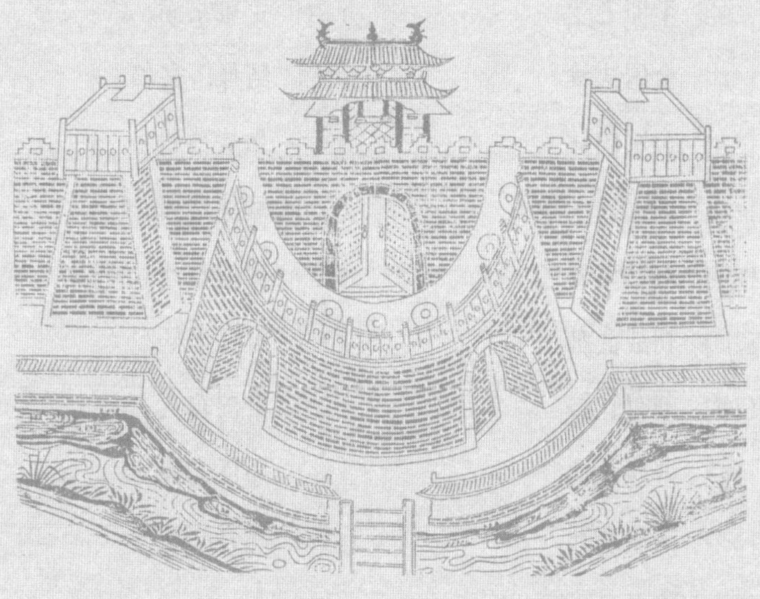

北宋靖康二年（1127），金兵南下攻取北宋都城汴梁（今河南开封），掳掠徽、钦二帝，北宋灭亡，史称“靖康之耻”或者“靖康之变”。徽宗第九子赵构于南京应天府（今河南商丘）即位称帝，史称“南宋”。

自靖康之耻后，南宋涌出了数不胜举的抗金名将，最为世人熟知的便是岳武穆岳飞，岳飞在《满江红》中提道：“靖康耻，犹未雪，臣子恨，何时灭！”便是对南宋爱国将士们对北宋灭亡后心理的最好写照。

宋金百年世仇如同一根利刃悬于南宋君臣头上，挥之不去，自绍兴和议（绍兴十一年，1141年宋金双方签订的和议，为达成和议，宋高宗以莫须有的罪名杀害岳飞）后，宋金双方明面上停止干戈，实际上却暗潮涌动，争斗不休，北方的蒙古势力也在这时横空出世，加上占据河西走廊一带的西夏王国，中国北方陷入了前所未有的复杂局面，如何面对这一局面，谁能为南宋朝廷力挽危局？南宋百年来不世出的名将孟珙终于走上了历史前台，为南宋最后存续五十余年作出了不朽的贡献。

良将仙逝

春天的枣阳城（即今湖北枣阳），本该万物复苏，草长莺飞，勃勃生机遍于荆襄大地，然嘉定癸未（1223）之际，这里却没有春意盎然之象，招魂幡高高悬于城头，被风强劲地四处拉扯飘荡，仿佛向天痛诉，不忍英雄远逝而去。

枣阳全城商业罢市，素车白马不停穿梭于城内街巷。高墙青瓦的孟府中，悲痛欲绝的哭声此起彼伏，传遍全城，城内百姓闻此哭声，皆拽布披麻，悲愁垂涕。孟府大门洞开，宾客不断，来往之人俱肃穆庄重，厅堂正中，棺椁竖陈，尽头竖立一黑色灵牌，牌位上写着“左武卫将军右武大夫和州防御使荆鄂都统制使孟公宗政之灵柩”。棺椁之前左右，跪拜数名白帽白衣戴孝之子，皆悲不自胜，哀哀欲绝。

日上三竿，面如冠玉、头戴纶巾的京湖制置使陈赅一身素服，心情沉痛地进入孟府，躬身而拜，悲戚道：“德夫（孟宗政字）兄，人间少一将军，地下多一英魂，故赵忠肃公（原京湖制置使赵方）所言，吾与汝珠联璧合，文韬武略，当能屏障荆襄、鼎力山河。自吾至荆襄，与君相交两岁，肝胆相照，丹心相许，古之俞伯牙、钟子期之交莫过于此，今汝怎忍弃吾而去，实让吾独力难支此困危之局也!”说完，陈赅痛心疾首，动情处，扑伏在棺椁嚎啕大哭道：“德夫兄，大宋多难之邦，汝泉下有知，教吾解此倒悬之危。汝去，吾实不能持也!”

跪于堂前的孝子中起身一人，扶住陈赅说道：“大人，家父已逝，临终前有一言托卑职转告大人。”

“贤侄请讲!”陈赅道。

陈赅眼前这魁梧壮汉是孟宗政第四子孟珙（字璞玉，号无庵居士，左武卫将军孟宗政第四子）。孟珙红面重眉，高鼻虎目，颊如刀削，天生行伍之人。

此时的孟珙哀容满面，沉声说道：“家父临终前嘱咐，宋金虽为世仇，然金夹缝于宋蒙，可为大宋屏障，联金抗蒙实为大宋权宜良妥之策。金于蒙古屡战屡败，却不思与我大宋修补关系，反图北失南取，此亦助我朝中联蒙灭金之声也。家父之言，天意难违，金已为强弩之末，此或可为报百年世仇之良机。然家父之意，此亦乃驱狼迎虎之事，复宋金辽之态，靖康之局再现，蒙古凶残，必为后患，家父忧我大宋对北防线，此亦为家父劝大人渐进而后图之事也。”

陈赅若有所思，轻叹一口气道：“令尊所虑，亦吾所虑也。”陈赅神色惨然道：“汝父仙逝之前，有言忠顺军之事否?”

孟珙不解道：“大人何出此言?”

陈赅摇了摇手道：“罢，罢，今乃汝父大祭之时，汝碎心府中之事即可，军中之事，待汝家中安定，再言不迟!”

“既如此，大人且后堂稍坐，今日宾客众多，恐照顾不周，大人多多包涵。”孟珙抱拳道。

“贤侄莫要顾我，吾坐坐就走，公务缠身，不得不顾!”陈赅道。

“好，那大人您稍事歇息，恕珙不能多陪。”孟珙遣下人引陈赅进入后堂，自己复跪于棺椁之前，给来往奔丧宾客顿首道谢。

孟珙出征

命途多舛的大宋朝廷痛失良将，举国悲痛，时任左武卫将军且被金兵呼为孟爷爷的孟宗政病逝于任上，枣阳城内，罢市三日，以祭奠孟宗政。

正如孟珙所言，孟宗政在世之时，正逢宋、蒙、金、夏四国纷争，对于南宋朝廷，西夏偏居一隅，不足为虑。然金朝与宋乃世仇，蒙古又势力强大，南宋在联金抗蒙与以蒙制金两项国策中左右不定，奉行谨边自守政策的南宋朝廷还是非常务实，在两国之间纵横捭阖，左右逢源。南宋朝廷上下清醒地意识到一弱对两强，唯有维持微妙平衡，才能立于不败之地，虽宋金长期对立，但百年前的靖康之耻犹在眼前，于南宋朝廷上下历历在目，对于金国，又爱又恨，既恨不能直捣黄龙，又恐唇亡齿寒，所以对蒙古屡次抛出的橄榄枝若即若离。然而宋朝虽然谨慎行事，金朝皇帝金宣宗却不作不死，与蒙古作战中屡战屡败，遂起邪念，既然不能外抗于蒙古，那就希望从宋朝身上获得失去的土地人口，奉行北失南掠政策，频繁南侵。金朝的南掠政策，使金、宋和解及联合抗蒙的可能成为泡影，打破了宋廷中企图借金为屏障者对金朝所存的幻想。关于对金政策在南宋朝廷的争论也渐渐消停，原本持不同意见者也放下分歧。此后南宋为了自身的存亡，逐渐抛弃了蒙古大举攻金以后闭守观望的对北政策，不仅坚决抗击金军南下，而且公开招纳有相当实力的山东忠义军，同时与西夏会师于秦、巩夹击金军，并与蒙古交往以减轻金军对自己的压力。

这正是孟宗政逝世前后的天下大势，荆襄前线的京湖制置使陈赅面对此局势，投鼠忌器，即恐蒙灭金后图谋宋室，又怕金国再次入侵。而且孟宗政死后，其留下的忠顺军也令其十分头痛，现在的忠顺军由都指挥史江海统御，忠顺军成分复杂，桀骜不驯，唯有孟宗政才能驾驭。

将星擦出夜空闪亮之时，也给大宋朝廷留下了一个栋梁之材。因为父亲的过世，大宋的擎天战将孟珙将脱颖而出，继往开来，承前启后，日后力挽狂澜，在乱世沙场之上闪耀出万丈光芒，成为大宋朝廷最后的国之长城。孱弱的南宋朝廷也因孟珙而能凭据江南一隅之地，抗衡席卷欧亚、所向无敌的蒙古大军。

江山危如累卵，国家之势岌岌可危，忠孝难以两全，陈赅频频急信催促孟珙，信中所言，若其父在天有灵，亦会令其舍孝求忠，尽早回归军营，孟珙无奈，只得辞别母亲，提前结束守孝之期，奔赴前线。

初至京湖

微风拂面，杨柳妖娆。一身青衣，发髻扎着蓝色头巾的孟珙无心于初夏美景，带着六弟孟璋、十弟孟瑛及三五随从，星夜疾驰，回到京湖制置司行在襄阳。

陈赅获悉孟珙的到来，早早候于府外，迎接道："贤侄，你来了，未及守孝期满便请贤侄出山，让贤侄为难了。"

孟珙慌忙下马，躬身深拜道："国事为先，珙当为国分忧。大人礼贤下士，府外迎接孟珙，折杀小人。"

陈赅摇摇手笑道："无妨，无妨，璞玉无须自谦。千军易得，一将难求。璞玉乃国之良将，吾之耳目股肱，况尔父乃吾至交好友，相交甚宜，吾多行两步，迎旧人之子，理所应当。"

孟珙汗颜道："大人莫要再抬举小人，令孟珙无地自容。对了，大人信中所言忠顺军之事，此乃珙义不容辞之责，珙来此之前，已和昔日同僚沟通数次，大人现在就可领我前去军中。"

"嗯，忠顺军乃汝父所建，今父业子承，吾作顺水推舟之事也，现任都统制使江海也屡次建言，愿让位于贤。"陈赅笑道："璞玉刚到，先歇息两日，再去不迟。"

"大人，无妨，国事为先，珙无需歇息，可即刻前往，只是要劳烦大人前往带路，于军中代珙宣示此事。"孟珙恭敬道。

“既如此，我这就带你前往。”陈赅笑道。

待陈赅收拾妥当，孟珙一行人便前往忠顺军营。一路衙役锣鼓开道，陈赅坐着四抬大轿尾随其后，孟珙缓缓行在陈赅旁侧，路人见骑高头骏马的孟珙昂首挺胸、英姿勃发，纷纷交头接耳，指指点点，皆呼叹道：“此乃孟爷爷之子孟珙，虎父无犬子，真乃龙翔虎跃之将也!”

“是啊，当年吾闻其年少之时，于万军丛中救其父，如入无人之境，古时关公也不过于此啊。”一路人道。

“是啊!”身边人竖起大拇指道，“我大宋有此良将，何愁金人不灭啊!”

白马之上孟珙正襟危坐，听到路边的碎言片语，面部波澜不惊，不苟言笑。

嘉定十年（1217），宋、金于罗家湖济河畔展开激战，孟珙与其父于战阵中失散，当他看到孟宗政白马白袍于敌阵中奋力厮杀时，高声喊道“此乃吾父，吾当救之”，遂奋不顾身，单枪匹马冲入敌阵中，救出孟宗政。孟珙万军中勇救其父的壮举，战后传遍大江南北，满朝皆称道之时，其父反而令其勿要骄傲。孟宗政深知孟珙年少得志，屡有傲态，然刚之易折，物极必反，唯有不断挫其锐气，方能使其日后坚韧不拔，百折不挠。孟珙于父亲的悉心教诲之下，日渐成熟稳重，练达老成。

校场立威

午后的忠顺军校场之上，四周旌旗环绕，刀枪棍棒一一俱全，数千忠顺军士于高悬烈日之下昂首挺立，统制使王坚、宋春于校台之上分立都统制使江海左右，准备校场例行比武，待陈赅领孟珙临近校场，传令之人与江海耳语几句，江海赶忙令诸军暂停，带王坚、宋春满面春风迎了出来。

见到陈赅、孟珙一行，江海对陈赅和孟珙抱拳道：“大人与璞玉贤弟不宣而至，末将未能远迎，望大人和璞玉多多包涵。”

陈赅笑道：“无妨无妨，璞玉辛劳，刚至襄阳，还未歇息，就被我带到此地。”

孟珙抱拳道：“江海兄、王坚兄、宋春兄，别来无恙!”

江海道：“令尊仙逝，吾等军中事务繁忙，未能登门祭拜，只能于军中遥祭，还请贤弟勿要责怪。”

“江海兄多虑了，璞玉心领江海兄厚意，家父在世之时，常与吾言江海兄老成持重，足智多谋，令吾向兄多请教军中之事。”孟珙道。

江海摆摆手，侧头笑道：“令尊过奖，忠顺军乃令尊所建，江海不才，鸠占鹊巢，领忠顺军数旬，力不从心，幸有王坚、宋春二将鼎力相助，方不至于积重难返，遂建言陈大人请璞玉出山，忠顺军中皆令尊旧属，唯璞玉方能统领此军。”

王坚走上前肃穆道：“兄长，令尊过世，全军上下皆哀思如潮，无心练兵。江大人屡次规劝，无奈军中众人皆言，非孟家之子不能持也。”

孟珙皱起眉头，暗自啐了一句，对众人苦声说道：“家父已亡，众军欲陷家父于九泉不宁否?”

陈赅则在一旁摇摇头，叹息苦笑。

宋春跟着苦笑道：“众军皆不文之人，不知我大宋故事也。”

孟珙道：“忠顺军乃御前忠顺军，理应效忠朝廷，非效忠我孟氏一门，若朝廷因此问责，我孟氏一门有口难辩，复当年朝廷患岳武穆之事，此实非家父所愿也。”

陈赅不无忧虑地说道：“璞玉言之有理，此亦吾之虑也。吾大宋历来重文抑武，即便是重臣武将，朝廷也屡有节制。当年岳武穆何等英武，皆因其部下自呼岳家军，朝廷不得不疑其拥兵自重。日后璞玉执掌忠顺军，此事需慎重行之。”

“珙谨记大人之言。”孟珙俯身道，继而转身对江海说道：“有劳江海兄费心，领吾于军中察视。”

“理应如此，”江海对孟珙及陈赅道，“劳烦陈大人于校场之上一起检阅忠顺军。”

陈赅笑道：“恭敬不如从命，本官于军中乃为客，客随主便，哈哈！”

众人行至校场之内，数千忠顺军士依然迎风挺立，于烈日之下，众人皆汗如雨下，但也不动分毫，地上数千个人影，如泼在大地上的一团团黑墨，笔墨英姿，竖横有序。

几人行至阅兵台，已有小校将座椅放好。众人请陈赅坐到主位，其余众人按官职顺序依次排开。待江海与众军训话后，孟珙走下高台，来到阵前，沿军阵缓步穿行，虎目绕视诸军，威严不语。众将官军士皆被其盯得局促不安，但又不敢声言半句。

约莫一炷香工夫，孟珙回到检阅台朗声说道：“吾乃孟珙，汝等皆识否？”

“汝乃我忠顺军少将军，谁人不识？少将军好！”台下统制使樊文彬高声喊道，身后数人亦随樊文彬齐声喊道：“少将军好！”

孟珙神色一凛，逼视樊文彬厉声喝道：“吾乃大宋御前忠顺军荆鄂都统制使麾下孟珙，权令忠顺军事，尔须呼我孟将军，汝记下否?”

樊文彬愣了一下道：“末将记下了，少将军!”樊文彬与孟珙昔日交好，一时难以改口。

孟珙猛然大喝一声：“来啊，给我将这厮杖责一百，让这厮长点记性!”

王坚与宋春一愣，没想到孟珙会因此事杖责昔日故友樊文彬，王坚慌忙跪下道：“璞玉兄，万万不可，汝初来乍到，杖责大将，于军心不稳。”

孟珙眉头紧蹙，面向王坚道：“王将军，汝也未记我言否?”

宋春心思活络，也跪下求道：“孟将军，王坚与樊文彬两位将军皆一时习惯，难以更改，吾等皆记下了，还望将军恕罪，饶樊将军不知之罪也。”

陈赅与江海皆知孟珙此乃借题发挥，树立威信之举。

江海走上前抱拳道：“孟将军，此皆江海治军不严之果，将军若要治罚，还请将军将吾一并罚之。”

陈赅见状笑道：“孟将军，依汝之意，吾也难辞其咎，御下不严，吾也甘愿受罚!”

孟珙何尝愿意杖责昔日好友樊文彬，见好就收，怒视樊文彬道：“既然陈大人和江将军皆代汝求情，权且记下此罪，日后沙场将功补过，吾一并合计。”

樊文彬总算缓过神，垂头丧气跪拜道：“谢孟将军饶恕。”

“樊文彬，汝不服?”孟珙威喝道。

“将军治军有方，末将不敢不服。”樊文彬大声喊道。

孟珙环视诸军威喝道：“自今日始，不再有少将军，只有权领御前忠顺军都统制使孟将军，都听明白没有!”

“听明白了!”

“大声点！都没吃饭吗?”

“听明白了，谨遵将军令!”数千忠顺军将士齐声喊道，呼声震天。

兄弟交心

日薄西山，残阳似火，京湖制置使陈赅府上灯火通明，陈赅将忠顺军主要将领都叫上，给孟珙接风洗尘。忠顺军主要将领江海、孟珙、王坚、宋春、樊文彬、刘全、雷去危、孟璋、孟瑛、成明、杨青、王建、马义、张子良等将皆列席依次而坐，济济一堂。

酒过三巡，江海中途有事先行告辞，陈赅也见机离开酒席回后堂就寝，余下所有将军再无顾忌。众人皆为曾经征战沙场的生死兄弟，谈笑风生，举杯畅饮，唯独樊文彬愁眉不展，孟珙举杯来到樊文彬面前笑道：“文彬，还在记挂下午之事?”

“孟将军，末将不敢!”樊文彬闷闷不乐道。

“哈哈，咯，还在生闷气!”宋春在一旁笑道：“文彬，新官上任三把火，你看不出来璞玉兄是在杀鸡给猴看啊?”

“切！谁是鸡？你是鸡!”樊文彬没好气道。

“文彬，事出有因，为兄给你赔不是，可否?”孟珙笑道：“来，干了!”

樊文彬不苟言笑举杯道：“谢孟将军!”

“唉！军营之外，酒局之中，你我兄弟相称，珙年长于汝，呼我兄长即可，莫要见外了!”孟珙笑道。

“这?”樊文彬挠挠头，不知所措。

所有人都哈哈大笑起来，唯独樊文彬丈二和尚摸不着头脑。待众人笑岔气，樊文彬懊恼道："兄长，文彬乃粗人，实不知兄长为何小题大做。"

孟珙伸手压住众人笑声，正色说道："文彬不知今日吾何故发怒，恐其余众将也不知为何，然否?"

除王坚、宋春、孟璋、孟瑛外，其余众将皆点头称是。

孟珙环视诸将道："家父创忠顺军，忠字当头，即以国家之事为忠。家父仙逝后，江海兄执掌忠顺军，然汝等众人皆狂傲不羁，不服江海兄管制，直言非我孟氏不能掌此军，江海兄乃豁达之人，制置使陈大人也是先父挚友，故不作多言。但如若有好事之人因此事向朝廷参奏，奏忠顺军乃我孟氏自豢家军，诸君以为朝廷会如何?"

见诸人摇头，孟珙恨铁不成钢道："汝等皆是胸无点墨之辈，传我将令，诸君自今日起，每日必留半个时辰研习经、史、子、集，不通晓古今，焉能为大将之才。"

见孟珙口燥，宋春与众人说出岳飞的典故，解释孟珙为何发怒以及担心之事，众人这才恍然大悟，惊出一身冷汗，皆举杯赔礼道："吾等粗人，不知此典故，还请孟将军恕罪。"

孟珙压了压手笑笑道："正如吾于文彬所言，军务以外，吾等皆兄弟相称，无上下尊卑之分。"停顿片刻，他继续说道："近日吾思忠顺军制，自创建以来，数州之兵，合为一体，几无调整，若有一人起头，全军皆从，遂有江海兄不能驾驭之苦，吾思之虑之，欲将军制调整，诸君以为如何?"

"悉听璞玉兄调配!"王坚恭敬道。

"忠顺军乃金国境内唐、邓、蔡三州壮士所组而成，吾欲将全军编为三军，三州壮士各成一军，宋春统制唐州军，王坚统制邓州军，樊文彬统制蔡州军，其余各将各有任命，如此这般，三军各有攻防守备之区，以相互协调，诸君以为如何?”孟珙心中早有构谋，此时侃侃道来，诸将皆心悦诚服。

“璞玉兄早就谋划在胸，吾等焉能不服?”宋春笑道：“大将之才，深谋远虑，决胜千里之外，璞玉兄在来襄阳路上已想好此事了吧?”

“哼哼，宋春兄弟知我，哈哈!”孟珙笑道：“家父仙逝，珙本该守孝，然家父与吾皆沙场粗豪之人，不拘此小节，家父于九泉之下，亦不会怪我。吾与诸位兄弟数旬未见，来，今夜不醉不归!”

众将皆响应孟珙，举杯一饮而尽。对于孟珙的安排，众将无不服从。军中之事既已解决妥当，樊文彬也已释怀，孟珙便与众将推心置腹，开怀畅饮。

星汉灿烂，银河如一条银链悬于半空。深夜已至，偌大的京湖制置使府中依然欢声不断，满堂烛光摇曳，墙壁上头影攒动。

众将即由此刻追随孟珙踏上了烽火弥漫的灭金抗元之漫漫征途，以孟珙为首，几乎所有人在未来也都担负起南宋半壁江山的擎天之责，如颗颗光耀夺目的明星，闪亮曾经将星黯淡的大宋夜空。

天下再变

孟珙统御忠顺军的手段，的确不得不令人称道，让陈赅、江海等人刮目相看。孟珙养军为民，自食其力，令忠顺军士携妻带子，与民户分屯居住，并于枣阳城外修建平虏堰，灌溉农田十万亩。同时忠顺军家家户户饲养良马，由朝廷供应饲料和粮草，解决了大宋朝廷一直头疼的军马问题，从此以往，忠顺军兵精粮足，军马充沛。因此，孟珙大获朝廷嘉赏，经由陈赅上表，孟珙屡次获得升迁，南宋绍定二年（1229）升为京西路兵马都监。

此时的中原大地风云再起。金国朝廷为当年的北失南进政策尝下苦果后，新君（金哀宗）着手改善宋金关系，屡次向南宋朝廷进表修好，几次遣使与宋朝讲和，公开宣布不再南征。宋、金关系的缓和，使南宋以蒙制金的政策价值大跌，而与此同时，蒙古却在毫不迟疑地招诱南宋叛逃人员，打击南宋控制下的中原忠义武装。宋蒙关系的恶化，也使得以金屏宋的意义再次倍增。这样，南宋最终中断了与蒙古的使聘交往。

因为宋蒙关系的恶化，随后发生了震惊南宋朝野的“丁亥之变”。是年为丁亥年（南宋宝庆三年，1227），蒙古借着攻灭金国、西夏的名义，欲假道南宋境内，从背后攻打金国，遭到南宋朝廷严词拒绝，蒙古遂决定武力攻打南宋边关阶州、西和州，由于四川制置使蜀帅郑损临阵脱逃，轻易做出放弃拱卫四川的关外五州（成州、凤州、天水军、阶州、西和州）、退保三关（仙人关、七方关、武休关）的决定，四川屏障皆失，蒙古大军掳掠而至，践踏五州，境况惨烈，尸横遍野，这是宋、蒙两国的第一次正面交手。“丁亥之变”为日后的“辛卯之变”埋下伏笔。是年七月，因成吉思汗铁木真病逝，蒙军这才撤出宋境。

蒙古灭金之心不死，但由于“丁亥之变”的缘故，宋蒙交恶，蒙古只得正面强攻潼关至黄河的金国防线，但在金国完颜陈和尚等名将的阻击之下，蒙古陷入了进退两难的境地。由于宋金关系缓和，宋金双方甚至有了联合攻击蒙古之约。

事情的发展总是出乎南宋朝廷的意外，也更深刻阐释了一个道理：弱肉强食的纷争之世，弱小者只能等着强大者的欺凌，蒙古再一次提出了从南宋借道攻金的要求。虽然南宋朝廷出于避免蒙古再次借机寻衅，恢复两国使者往来，但对于其提出的借道之请，南宋朝廷再次拒绝。但雪上加霜的事情总是不合时机的发生，新任蜀帅桂如渊志大才疏，傲慢无礼，竟然指使御下统制官张宣杀害蒙古使者速不罕。以野蛮著称于世的蒙古监国拖雷闻使者被杀，勃然大怒，正愁没有借口借道。正是困了有人送上枕头，拖雷可没这么好的耐心陪着南宋讲道理，你不让，那我就硬来。拖雷于绍定四年（1231）三月，向桂如渊发出“大军压境，不会无功而返，宋朝必须借道给蒙古”的强硬檄文后，蒙古军在攻克金朝陕西重镇凤翔后，便大举进攻南宋四川地区，试图以武力迫使南宋屈服。

桂如渊以为蒙古仍会如“丁亥之变”一样，西走吐蕃境内，自西向东进入宋朝境内，便于西部七方关布置重兵，东部马岭仅派一千四百人屯守。哪知蒙古声西击东，自东线长驱直入四川境内，蒙古大军转战于四川腹地，如入无人之境，后数军合并北返，欲东击金州（今陕西安康），再次借道南郑（陕西汉中）进军河南灭金。桂如渊一面火速向朝廷求援，一面却消极怠战，不组织有效抵抗，而是和利州漕臣安癸仲等人轻车逃往川东合州，导致川北残存宋军处于各自为战的状态，直至宋廷于当年任命的新任四川制置使、原知遂宁府李真到任，情况才稍稍有所转变。

得知边关军情紧急，朝廷急令京湖制置使陈赅派兵前往金州救援，襄阳城京湖制置司府中，展开了激烈的争论。

“蜀口防线固若金汤，本官以为入四川而战的乃自小道渗入的数千蒙古轻骑，不足为惧。”陈赅不以为然道。

“大人，末将愿领兵前往金州驰援。”宋春走出列席抱拳道。

“宋将军英武！呵哈，传我帅令，宋春即刻领兵三千前往金州。”陈赅笑道，“宋将军定能拔得此头功，吾为将军请功。”

“大人，末将以为不可大意，军情所言，蒙古大军驰骋四川数月，迫蜀帅桂如渊不战而退，区区数千轻骑岂能有此作为，以末将之见，此定为蒙军主力倾巢出动。为此，大人当遣大军前往，方可保万无一失。”孟珙急道。

“京湖防线兵力有限，一旦抽调，金人乘虚而入，吾等为之奈何？”陈赅不无忧虑道。

“金人自顾不暇，岂能攻我荆襄，一旦金州、南郑有失，蒙古自汉水而下，入我京湖地界，反攻金国，坏联金抗蒙之举，彼时大人当何如之？此为顾此失彼之事也！”孟珙起身急道。

“璞玉危言耸听也！”陈赅摆了摆手笑道，“蒙军入川劫掠，乃桂如渊消极怠战之举而至，今李真到任，积极应战，蒙军即返，所以吾断定其必是小股蒙军而已。”

“大人！”孟珙还欲再言。

陈赅打断笑道：“璞玉勿要多虑了，吾意已决，即遣宋春率三千军前去金州驰援。璞玉坐镇襄阳，汝乃忠顺军之核，荆襄防务慎重，非汝不可啊！”

孟珙无奈，轻声叹气道：“既如此，珙谨遵大人命。”

辛卯之变

秋风瑟瑟，细雨飘零。宋春领三千忠顺军迎着浓浓寒意，自襄阳浩浩荡荡星夜奔赴金州协防。三千将士到达金州时，已临深夜，众将士于城外扎营和衣而睡。

乃至天明，城内宋军打开城门，将三千忠顺军引入城内，刚入一半军士，城头之上，已有军士看着远方急喊道："蒙古人，蒙古人杀过来了！"

城外两三里处，凶神恶煞的蒙军将士迎着细雨卷土而来，黑压压的，如一片片乌云，压得金州城内守军喘不过气，数万蒙军高头大马，挥舞着银月弯刀，呀呀嚎叫地冲将过来，震天撼地的呼吼声沿着地面喷薄而至。

蒙军在摆脱了四川宋军残部的纠缠后，星夜疾驰，经饶凤关扑向金州。由于川陕宋军防线早已乱成一团，金州守军根本无法第一时间获悉蒙军的信息。

城外忠顺军将士眼看危急将至，急着要进城，可城内宋军看着蒙古人就要杀进，急着关城门，忠顺军哪里肯让，蜂拥前行。城内城外宋军顿时挤成一团，竟然围着城门，在大军逼近的蒙古人面前开始了窝里斗。已经进入城内的忠顺军眼见自家兄弟要被关到城外，在城内与金州防军厮打成片。

宋春看此况危急，迫不得已，连砍两名忠顺军军士及一名金州军士，这才压住阵脚，宋春悲愤道："吾受京湖制置使陈大人之命，前来金州协防，不曾想，此刻杀敌不成，反自相残杀，欲让蒙古人耻笑否？"

金州守将陈昱对部下同样悲戚道："诸人所为，实令吾耻不堪言，蒙军兵锋刚至，吾等不能同心协力，合力杀敌，反拒友军于城门外，汝等有何颜面？"

城内防军这才稳住阵脚，在宋春与陈昱的指挥下，忠顺军将士有序入城。可经过刚才的纷乱后，已错过宝贵的忠顺军入城时机，蒙军已挥舞着战刀，迅速兵临城前，如若再等忠顺军全军入城，蒙军必尾随而入，届时宋军将更无可乘之机。千钧一发之际，宋春与陈昱合计好，决定两军合并，全军倾城而出，与蒙军决战于城外，或可博得一线生机。但于两人心中，皆知此实属无奈之举，以数千步军战数万蒙军铁骑，无异于以卵击石，金州已不可守，军人使命所致，徒尽忠报国而已。

惨烈的金州阻击战一触即发，深秋细雨之中，数千宋军将士在两部主将一声令下，皆奋不顾身地冲向蒙古军阵，如飞蛾扑火般冲向蒙军，野战并非宋军所长，况且以步战骑，更是落于下风，刀光剑影下，宋军将士霎时间血肉横飞，尸横遍野，如狼似虎的蒙军如砍瓜切菜般追逐着宋军将士，弯刀所过之处，鲜血飞溅，哀嚎不断。

眼见战友纷纷陨于蒙军铁骑之下，宋春心如刀割，心知再如此继续下去，已然是徒增伤亡，如若再不突围，与己前来的三千忠顺军必将全军覆没，遂与陈昱商量后，两人各率己部，分两个方向突围而去。

宋春撤离之后，金州在蒙古铁骑之下，如同蜀口防线其余几州一样，数日间沦为废墟。蒙军马不停蹄，沿汉水东下，正式进入京湖地界。陈赅大惊失色，慌忙派孟珙率兵前往堵截，可为时已晚，一切如孟珙所料，蒙古监国拖雷全军于光化军（今湖北丹江口市、老河口市）地界渡过汉水，成功进入金国境内。

是年（1231）干支纪年为辛卯年，蒙古武力假道南宋事件即为震醒南宋朝廷的“辛卯之变”。辛卯之变后，自南宋初年吴阶于蜀口建立的三关五州防线土崩瓦解，蜀口诸关，被荡为平地，不可修复，四川自此门户大开，而更为严重的还在于蒙古军队对嘉陵江沿岸的破坏。蜀口宋军后勤补给完全依靠嘉陵江水运，因为剑门关外沿江的兴州（沔州）、大安军、利州是川陕最重要的三个军事重地，川陕可以没有汉中兴元府，但绝不能失去嘉陵江沿线的这三个州。由于这三个州在“辛卯之变”中均遭蒙古军占领和破坏，使得此后嘉陵江水运无以为继，只能重开陆路。蜀道艰险，陆运民夫往往十死三四，运输效率远较水运为低。尽管新任蜀帅李真上任后集结各地溃军，招募忠义，迅速收复了失地，并和副帅赵彦呐一道，尽其所能恢复蜀口防线。但由于上述原因，直到蒙古大汗窝阔台于端平二年（1235）秋再次大举攻蜀前，蜀口防线的元气仍远未恢复。

自此之后，南宋朝廷越发警觉蒙古人才是日后大敌，朝廷上下，联金抗蒙的声音再次成为主导，可事与愿违，悔之已晚。当蒙古军在钧州三峰山大败金军主力的消息传至南宋朝廷，满堂惊恐，天下大惊。三峰山之战中，金军数十万精锐尽丧，主要将领大部分战死。遭此沉重打击，金朝从此陷入万劫不复之地，已不能国矣。

金国决策

三峰山之战，完全打破了三国均势，对于蒙古而言，金国皇帝金哀宗完颜守绪已成囊中之物，灭金已易如反掌。但由于蒙古内讧，蒙古大汗窝阔台为防拖雷功高盖主，在与拖雷会师后即引大部分军队北归，并在归途中毒死拖雷。蒙古大军北归，使金国得以继续苟延残喘两年。

对于宋朝而言，金国精锐尽失，已经完全丧失作为屏障蒙古的价值，朝廷上刚燃起的联金抗蒙的声音戛然而止，联蒙灭金终于成为朝堂之上的主流，过往国策之争，最多只是以蒙制金，甚少有人提出灭金之议，但此时灭金已成宋朝势在必行之国策。因为无论宋朝是否出兵，金朝灭亡即将成为事实，坐看蒙古灭亡金国实为下下之策，不如趁早与蒙古缔结和约，既可以分得灭金的成果，也可以向蒙古展示自己的实力，使其不敢轻视自己。

奄奄一息的金国已陷入绝境，除了向宋朝求援外没有第二条路，但金国朝廷上下仍然昏招连连，将最后仅停留在可能性缓和的宋金关系也推入了坟墓，再也没有一丝一毫缓和余地。

金国朝廷不思与宋室缓和关系，反图仿当年西辽耶律大石西遁之举，再次做起了“取偿于宋”的春秋大梦，欲“进取兴元，径略巴蜀”，西入四川建立小朝廷，以避蒙古之祸，从三峰山逃脱的金国恒山公武仙亦在河南西南部屯集兵马，准备攻取巴蜀，迎接金国皇帝完颜守绪入川。

岁月轮回，世事变幻，昔日践踏中原、不可一世的金国朝廷已沦为蒙古铁骑之下的砧板之肉，随时可被蒙古取而啖之。

十多年前，金国朝廷在蒙古的进逼下，从中都大兴府（今北京）迁至汴京开封府（今开封），现如今，汴京再次如百年前金国入侵北宋一样，被洗劫一空。历史竟是如此相似，只是主角和配角换了一下。金国皇帝完颜守绪认为汴京残破不堪，遂于南宋绍定六年（1233）将金廷搬到归德府（即北宋南京应天府，今河南商丘），没多久又迁到蔡州（今河南汝南）。

金人在中原数百年的经营并没有白费，对于百姓而言，时间越久，认同感越强。武仙自三峰山之役逃生后，于南阳的大山里收拢溃兵和征召新兵，竟然数月之间就得众十多万，声势大振。武仙已打定主意，他深知蔡州非长久之地，唯有夺取四川，才是金国百年长久之计，即使取不了四川，那也可以夺取进军路上的宋军粮饷。为此，他先派遣手下武天赐作为先锋进攻光化（今湖北丹江口市、老河口市），以便打开入蜀的通道。

宋蒙联合灭金、金国救亡图存的历史自此拉开大幕，对于急着重震军威的南宋朝廷而言，他们根本不会给金国任何可乘之机，昔日匍匐在金国脚下的宋朝这次如铁板一样硬气，不等金人挑衅，宋朝已经急不可耐地派出孟珙前往光化主动迎击武天赐。

武天赐本是一邓州农民，平日里于乡间颇有威信，趁宋金交战、时局动荡之际，纠集党羽，摇惑乡民，一时间竟又聚集民众达二十多万，虽人数众多，但在孟珙眼里，尽皆乌合之众，不成气候。

金军内讧

正值春夏交替，和风絮絮，吹在脸上软绵绵的，令人昏昏欲睡，汉水之滨的武天赐军帐连绵数十里，声势浩大，写着大大“武”字的旌旗迎风招展。满脸麻子的武天赐刚被金国朝廷封为振威将军，一朝得势，正是飘飘然之际。他于帐中向手下吹嘘道：“明日大军随本将西渡汉水，挺进川陕，宋军疲弱，我大金必能所向披靡，取川如探囊取物尔。”

“将军威武，必能立下此头功，彼时将军高升，莫要忘记我等。”帐下众将抱拳谄媚恭维道。

“使得，使得，彼时众将皆能封妻荫子，光宗耀祖，哈哈!”武天赐仰天笑道。

“将军，将军，不好了，不好了!”门外传来一阵急叫声，一名一身农服的军士急匆匆地钻了进来，脸上青一块紫一块，狼狈不堪。

“何事大惊小怪的?”武天赐眉头紧蹙喝骂道：“慌慌张张，边幅不整，成何体统?”

“将军，打起来了，打起来了。”那军士上气不接下气道。

武天赐心里一惊，以为宋军攻营，慌忙站起身，对众将一声断喝：“众将随我来，杀敌立功，即在今日!”

当武天赐带领众人冲出帐外，四处张望，哪里有宋军半点影子，但不远处的叫骂厮打声传入耳中，顿时让他哭笑不得，直到走近跟前，他才明白那军士汇报的“打起来了”到底为何事。

武天赐的所属部众皆是数州农民汇聚而成，对于平日里务农为生的乡间小民，谁主江山沉浮并不是他们关心的事情，尤其这宋金交界之地，数百年来，纷争不断，他们早无国家之感，生存乃是他们的第一要务，彼时被武天赐蛊惑从军，跟随金人打仗无非是图一口饭而已。武天赐召集而聚，时间仓促，根本没有时间训练，所以整个部队几乎都是滥竽充数而已，毫无军纪可言，这一点，早已被对手孟珙洞悉透明。

不远处，邓州兵与蔡州兵厮打成片，武天赐问个究竟，原来是两州兵士为武器之事吵闹起来。双方都说对方兵器精良，分配不公，从对方营帐里抢出兵器甲胄。刚开始是两三人拌嘴，越发激烈后，蔓延至两州兵士群殴，整个大营里嘈杂声、打斗声、嬉笑声交叉传入武天赐耳中，顿让其火冒三丈。此事也着实令其头疼，此时的金国日薄西山，国库捉襟见肘，军营粮草辎重兵器等都是朝廷从牙缝挤出来的，要想将二十余万人全部武装起来，对于当前的金国根本是不可能的事情，无论武天赐如何要求，能全副武装者充其量也就十之一二，其余众人皆是锄头、鱼叉等农具、渔具。

武天赐带领众将冲上前，抡起马鞭分别抽向两州带头吵闹之人，喝骂道：“汝等匹夫，乡间械斗否?”

可事与愿违，两州带头人都心想主将不帮衬自己，在同乡前面不愿失了面子，更是要争个明白，两州兵士仿似浑然未见主将前来，继续厮打成片。

武天赐暴跳如雷，怒吼道：“来人啊，将这两厮及参与械斗者押下去，领头者重打一百军棍，余从者五十军棍。”

两州兵士见各要被责罚，居然不约而同地停下手，合为一路，纷纷围拢而至，向武天赐讨要说法道：“将军，为何责罚我等，我等何罪之有?”见此情况，武天赐身后亲兵也不敢向前将众人押下去责罚，生怕引起兵变。

眼见事情如此急变，令武天赐瞠目结舌，一时竟不知如何是好，只能暗自叫骂，思考片刻，正要再次发怒，身旁副将提醒道：“将军，大敌当前，需稳住众人，如若激起兵变，那就大事不妙了。”

武天赐慌忙眼珠打圈，压住脾气沉声道：“汝等昔日务农乡间，不习军中之事，今日此过，暂且记下，不予责罚，如若再犯，休怪本将无情!”顿了顿继续喝道：“今日之事，本将已不予计较，休要得寸进尺，都给本将散了。”

两州兵士眼见可以免于责罚，还欲为刚才兵器分配之事争要说法，武天赐眼睛圆瞪道：“都散了，日后自有说法。”想了想又补上一句：“待宋兵来了，有本事从宋兵手上抢下兵器，重重有赏!”

“哦哦哦！抢宋军的兵器粮草咯!”众人眼见武天赐这样说，皆哄闹而笑，在其余兵士的规劝下，作鸟兽散。

剿灭武天赐

俗话说，千军易得一将难求，孟珙即为这南宋百年不世出的难得良将，他是忠顺军的灵魂，他是全军的精神支柱，天分及后天的努力再加上顺天应时的机会，才能锻造出耀眼的将星，国士无双的孟珙即是这峥嵘初现的大宋良将，在烽火连天中脱颖而出，厚积薄发。良将与庸将的差别不是一星半点，若拿武天赐与孟珙相比，即为侏儒比巨人，根本不是一个等量级。武天赐的二十万大军，在孟珙眼里就如一盘散沙一样，只要一股洪流席卷而过，就荡然无存。

金军的军情早已放在孟珙案头，孟珙气定神闲，怡然自若，将令牌一一发给众将。

亥时已过，月明星朗，不时有鸟儿从汉水掠过，掀起微波，在月光下翻起片片粼光。数万宋军将士高举火把，如黑夜中的一条火龙，疾行游走于大地之上。临近武天赐大营十余里远，孟珙令全军熄灭火把，留数千军士粮草殿后，其余军士轻装上阵，骑兵上马为先头部队，步兵弃辎重尾随其后，水兵轻舟前行，分为数军，从三个方向向武天赐所部包抄而去。宋军轻骑如离弦之箭般绝尘而去，在大地深处卷起阵阵暗雷传至武天赐大营。

金军经过白日里的内讧，早已筋疲力尽，沉睡于梦乡里。武天赐自诩二十万大军，防卫森严，里三层，外三层，绝没有想到在他眼里如蝼蚁般的宋军竟敢夜间偷袭，此刻他正在做着拔得进军四川头功的春秋美梦。

亲兵惊慌失措地钻进营帐，将武天赐从睡梦中叫醒，满身酒气的武天赐以为又是那些鸡毛蒜皮的烂事，火冒三丈骂道：“汝惊扰本将美梦，该当何罪！”

亲兵跪倒在地急道：“将，将军，宋，宋军偷袭！”

“什，什么？”武天赐陡然从醉梦中清醒过来，帐外已经火光四起，震天杀声不断传入帐内，武天赐大惊失色道：“快，快，随我杀将出去！”

亲兵面如土色：“将军，来，来不及了，快逃吧！”

武天赐嘴里一哆嗦，但仍故作镇定道：“慌什么？我二十万大军，防卫森严，宋军焉能偷袭成功!”

亲兵跪在地上，还要言语，武天赐已经披挂完毕，佯装镇定自若，拉起亲兵喝骂道：“废物!”

武天赐刚刚把头探出帐外，一根火箭擦脸而过，吓得武天赐慌忙缩头，心里暗自叫声不妙，缩回帐内。

帐外孟珙带领宋军轻骑，已经在金军大营里四处追逐逃命的金军士兵。孟珙一马当先，身先士卒，长枪所到之处，血肉横飞，金军大营陷入一片火海，如蛟龙入海般的宋军将士眼见主将如此神威，俱奋不顾身，置生死于度外。宋春、王坚、樊文彬、张子良等人，皆是万夫不当之勇，平日里务农而临时拼凑的金军何曾见过如此真刀真枪的阵势，俱都被吓得魂飞魄散，不等宋兵刀枪至，就都丢盔弃甲，四处奔逃。

大火四处蔓延，将夜空映得透亮，数万宋军斗志昂扬，在烈火中迸发出一道道音符，哭天喊地的嘶吼声与兵器碰撞的金革之声交织在一起，像是给宋军奏响了胜利的交响曲，将大宋数百年屈辱于金朝的悲愤一扫而空。

主将武天赐龟缩帐内，不敢冒头，此刻帐外的金军群龙无首，各州各营军士各自为战，毫无章法，军心涣散。大营之外数十里的所有陆上出路皆被孟珙封住，金军只得纷纷涌向渡口，欲渡过汉水，求得一条生路。

溃不成军的金军将士面对为数不多的渡船，数万人于渡口展开了械斗。农民们与宋军交战外行，但与身为同类的农民窝里斗则是行家里手。金军内部数派人马，相互扭打到一起，岸边、水里到处都滚落着交织缠绕在一起的士兵，宋军可不会等着这些残兵败将争完输赢，宋春、王坚各带所部人马，挥舞着长矛杀将过来，金兵纷纷滚落下水，一时间，江面到处漂浮着金兵尸体。总算抢到了渡船的残余金兵，使出浑身力气拼命向对岸划去，这一切都在孟珙的计划之中，埋伏好的水兵早已在江中等候，只等金兵半渡，即张弓搭箭，可怜金兵本以为逃出生天，不料再次陷入宋军埋伏中，俱魂飞魄散，纷纷跪在船中求饶。

眼看着自己的二十万大军一夜之间土崩瓦解，武天赐不甘心傻傻地待在帐内束手就擒，趁着乱军纷争之际，硬着头皮冲出营帐，砍倒一名宋军骑兵，抢过一匹战马，跨将上去，就要夺路而逃。

宋将张子良眼尖，看到全副披挂的武天赐，俨然就是一名大将，拉过一名俘虏问道："那是何人?"

俘虏答道："此乃先锋振威将军武天赐!"

张子良大喜，冲着武天赐逃窜的方向断喝道："武天赐，尔哪里逃?"

听到身后喝叫声，武天赐顿时魂亡胆落，胯下从宋军处获得的战马扬蹄纵身立起，仰天长嘶。武天赐猝不及防，马缰应声脱手而落，偌大的身躯从马上滚落下来，正欲站起身奔向他处，张子良眼疾手快，冲上前去，使出全力，手起刀落，只听得"啊"的一声惨叫，武天赐的脖颈喷血，头颅应声而落，在地上滚了两圈后方才停下。

虽然金军已经兵败如山倒，但仍有少量追随武天赐转战沙场多年的军士负隅顽抗，与宋军斗得你死我活。张子良见状，举起武天赐首级高喊道："武天赐已亡，投降者既往不咎，顽抗者定斩不饶。"

士气尽消的金军残部，完全在凭着最后一腔忠诚热血在拼死搏斗，此时亲见武天赐首级，心理防线彻底崩溃，纷纷跪拜在地喊道："吾等愿降!"

投降的声音如瘟疫般传遍金营，数十万大军尽数解甲，孟珙见状大喜，于夜色火光中高喊道："金人无道，掠我中原百年，汝等皆我大宋故土百姓，受金人蛊惑从军，遂有今日之战。武天赐已亡，愿从我军者，造册登记，不愿从军者，天明后尽可还归乡间，吾不加阻拦。"

"吾等愿从将军！""吾等愿从将军！"嘈杂声此起彼伏，武天赐军中，虽有大量农民成军，但仍有为数不多的正规军，当兵对于他们来说是唯一的出路，宋军此时更需要填充军力，这些金国生力军的加入，孟珙求之不得。

宋军一雪前耻，扬眉吐气，压抑百年的郁闷之气终于得以发泄，此战孟珙歼敌五千，俘虏数千，释放充军民众十余万，获得粮草辎重军马无数，捷报传至朝廷，朝廷上下大为赞赏，褒奖无数，并授孟珙为江陵府京西路兵马都监，赐御用金带。

对话史嵩之

孟珙旗开得胜，但并没有志骄意满。与武天赐的交战只是开端，更残酷的战斗还在等着他及他的兄弟们。武天赐的乌合之众一触即溃，真正的金国主力军武仙所部还在光化地界上四处劫掠。武仙身为金国恒山公，征战沙场多年，临阵经验丰富。孟珙不敢大意，他深谙兵家之事，对金军情报掌握得一清二楚，所以对作战之策已了然于胸。

孟珙父亲孟宗政挚友、昔日京湖制置使陈赅已调往他处，新任制置使史嵩之乃当朝宰相史弥远的侄子。事关国家存亡，史嵩之谨慎有持，向孟珙征询退敌之策，孟珙胸有成竹道："吾思金军必自吕堰（襄阳东北）方向出发，请大人将统军之权授予末将，末将率八千人即可退敌。"

史嵩之大喜，但仍不放心问道："璞玉大将之才，举棋若定，然武仙所部十余万，璞玉八千之兵，或为少矣?"

孟珙笑道："大人莫疑，兵贵精不在多。兵法云，知己知彼，百战不殆，吾早已对武仙金军了如指掌，兵法又云，善动敌者，形之，敌必从之；予之，敌必取之。吾估武仙必从吕堰出军，我军若先占取木查、腾云、吕堰等要塞，必能一举溃敌。"

史嵩之一拍大腿道："善，即依璞玉之言，京湖全军供尔驱使，汝随意调遣。"

孟珙起身抱拳道："谢大人！请大人于府中静候佳音，末将定破武仙，以不负大人厚待!"

史嵩之也起身举杯笑道："璞玉真乃我大宋良将，文韬武略，堪为一流。荆湖前线，有璞玉为将，吾无后顾之忧也！哈哈！来，本官敬璞玉一杯，祝璞玉马到功成!"

"谢大人厚爱!"说完，孟珙一饮而尽，躬身拜退。

初战武仙

天气逐渐炎热，卯时刚过，大地即将进入被炙烤的前奏，知了开始不停地聒噪，军营里大帐气氛异常，孟珙与众将全副武装，为即将来临的战斗展开部署。

"将军，探子获悉金兵正于夏家桥方向进军。"刘全道，"末将请兵前往。"

孟珙托着下巴盯着沙盘，仔细端详，没有急着回应，其余诸将皆看着孟珙，不知道其葫芦里卖什么药。

只听孟珙问道："木查、腾云、吕堰三寨俱安排妥当否？"

樊文彬道："禀将军，三寨俱已拿下，正在修筑工事。"

"嗯！"孟珙沉思半晌，抬头严肃道："众将听令！"

"在！"

"宋春！"

"在！"

"领一千军士前往木查驻守协防！"

"遵命！"

"王坚领一千军士前往腾云！"

"遵命！"

"樊文彬领一千人前往吕堰！"

"遵命！"

"刘全、雷去危！"

"末将在！"

"你二人各领所部两千兵马前往夏家桥，左右夹击，务必拿下夏家桥，堵住武仙来路！此事不得有误！"

"末将领命！"

孟珙顿了一下，虎目紧盯二将道："此战事关全局，汝二人只许胜不许败！"

刘全、雷去危二人神色凝重，双双抱拳道："末将遵命！如若不胜，愿提头来见！"

孟珙随即转身道："孟璋、孟瑛！"

"末将在！"

"你二人率一千人策应刘全、雷去危，待刘、雷二将胜，汝二人于夏家桥至吕堰方向以疑兵诱武仙追击，许败不许胜！"

"遵命！"

一切安排妥当，孟珙大声说道："大败武仙，即在此举，待大功告成，吾为诸君请功！"

"谢将军！"诸将抱拳退出大营。

烈日当空，但空气还透出一丝凉意，刘全、雷去危两部人马迎着微风，向夏家桥进军。经过上一次的大胜，宋军皆信心倍增，雄赳赳气昂昂，奔赴战场。

一片乌云掠过宋军头顶，豆大的雨点不期而落，越下越大，幸而孟珙早观星象，宋军人手一个斗笠，顶着倾盆大雨赶至夏家桥。

刘全于雨中大声命令道："弟兄们，抓紧修筑工事，待金兵到来，骑兵先行突袭，而后弓弩手居中军射击，待金军乱，步兵分居左右掩杀。"

"遵命！"众人答道。

雷去危不敢怠慢，拉过哨骑命道："带人前去打探，若有军情，速速来报！"

"遵命！"哨骑立刻于雨中绝尘而去。

不出一刻钟，哨骑匆匆而还，报道："回禀将军，金兵先头部队离此三里远，即刻便至！"

雷去危赶忙站到刘全旁，大声喝道："全军听令，金军将至，骑兵随我突袭，弓弩手和步兵听从刘将军调遣，不得有误。成败在此一举，众军勇往直前，若有违令退缩者，斩!”

“遵命!”宋军上下皆知此战事关全局，不敢掉以轻心。

“咚，咚，咚”，金兵行军声透过瓢泼大雨贴着地面蔓延而至，前方就是一个小山坡，宋军轻骑于谷顶列成数排，在大雨中严阵以待，只待主将一声令下。

大雨渐渐减小，当武仙的金军大旗于地平线中露出旗锋，不远处宋军令旗挥舞急下，雷去危一声断喝：“弟兄们，精忠报国，即在今日，随我冲下去!”

宋军将士掀起一阵疾风，夹带着一阵阵泥流，排山倒海般冲下山坡，嘹亮的嘶吼声断天截地，像是要把天也卸开一角。对于金军而言，仿佛整个山坡都随着宋军迎面盖了过来，黑压压的一片，压得金军喘不过气，金军连骚动的机会都没有，挺举着长枪的宋军骑兵已经冲入军阵内，顿时哭爹喊娘的哀嚎声盖过宋军的怒吼声，数千骑兵，如入无人之境，马蹄之下，血水横流，与刚刚下过的雨水混在一起，就像整个大地被血水染成墨红色。

金军的噩梦才刚刚开始，当宋军骑兵如一阵旋风掠过后，完全被打乱了建制的金军刚刚缓过神，在武仙的指挥下正欲整军向宋军冲锋，山坡之上，数千弓弩手已经对准他们，令旗挥下，弓弩利箭如蝗蜂般遮天蔽日射向金军，刚刚躲过一劫的金兵再次迎来滔天箭阵，箭杆上还残留着新鲜的雨水，以迅雷不及掩耳之势射进了金兵的身体，瞬间再次倒下一片。

两轮攻击后，金军陷入一片恐慌，溃不成军，武仙急令督战队压阵，自己也亲手砍翻两名临阵怯弱者，总算才稳住阵形，可刘全根本不会给武仙任何喘气的机会，令金军胆战心惊的号角萦绕在武仙耳边，两边山坡上数千名宋军挥舞着长刀自上而下冲杀过来，杀声四起，已被连番折磨两次的金军将士顿时士气尽消，四处奔逃，督战队此时也起不了任何作用，被败退之兵冲散得七零八落。

当宋军于山坡之上高呼胜利之时，武仙所率大军已然一败涂地，溃不成军。十万人竟然不敌宋军区区四千人，武仙只得率领残兵败将匆匆折身而退。

昔日在宋军前面耀武扬威的金军已成过去时，武仙的重整军威对于奄奄一息的金国来说，只能算回光返照的影子，貌似强大，实则不堪一击。

刘仪让路

忠于金王朝的武仙还在做着迎帝于川的春秋大梦，夏家桥虽然重挫锐气，但在武仙的心里并非不可救药，收拢溃散之兵之后，他竟然还有十万之众。

金军大营中军主帐内，武仙展开羊皮地图，果断地指向吕堰方向，欲自此方向渡过汉水，进入京湖之地。

部将刘仪眼看武仙如此决策，慌忙说道："将军，万万不可!"

"有何不可?"武仙不满刘仪打断，愠怒道。

"吕堰地势险要，前有汉水，后有高山，宋军有木查、腾云、吕堰三寨围绕，乃绝境也。若进此地，我军必困！况宋军主将孟珙乃深谙兵法之人，岂能不知在此围困我等?"刘仪分析道。

"我军数十万之众，有备而来，反被宋军偷袭，吾估孟珙早已得意忘形，彼怎会想到吾会自此入境？彼神算否?"武仙道。

"将军，万万不可大意，孟珙乃宋之骁将，父子经营荆襄数十年，谋略过人，将军进兵路线，吾断定其早有所防。"刘仪执着道。

武仙不耐烦地打断道：“休长他人志气，灭我威风，吾军自吕堰进发，半日即刻渡过汉水，此乃最近路线，孟珙所部刚在夏家桥击败我军，此定为孟珙主力，吾留数万人马殿后，大军前往吕堰，孟珙纵有翅膀，也难追我军。”

“将军，谋定而后动，三思而后行啊!”刘仪苦苦哀求道。

武仙怒目圆睁，喝骂道：“刘仪，汝欲抗命否?”

刘仪欲哭无泪，哀声抱拳道：“刘仪不敢，末将这就领兵前往吕堰。”

“汝殿后，先锋我自有安排!”武仙怒道。

“末将遵命!”刘仪不再争辩，心中暗自叹气，退出帐外。

眼看武仙率军前去，刘仪带领数万残兵败将于半道扎营，欲阻击孟珙追兵。根据孟珙命令，刘全、雷去危二部成功阻击金兵于夏家桥后，稍缓半日，再行追击。

待算好时辰，两部人马前往吕堰，眼见刘仪半道而截，两人正欲整军待战，谁知刘仪缓步向前，抬手抱拳道：“二位将军安好，吾乃大金恒山公、枢密副使武仙帐下部将刘仪，不知道二位将军高姓大名。”

二将觉得奇怪，不知道刘仪所为何意，刘全警觉道：“吾乃大宋江宁府副都统制使孟珙将军麾下刘全，此乃雷去危。刘将军屯兵半道，意欲阻我去路否?”

刘仪沉思半晌，猛然转身回头命令道：“让路!”

“将军!”刘仪部下不解疑惑道。

“没听清楚我的命令吗? 让路!”刘仪再次喝道。

主将命令清晰入耳，部下这才恍然大悟，慌忙传令，数万金兵分列两边，中间让开一条曲折的通路，供宋军前行。

刘全与雷去危相视一眼，不知道刘仪葫芦里卖什么药，驱马缓步前行至刘仪身边立住，让身后宋军急速前行。

待全军通行大半，刘全向刘仪抱拳道："谢将军成全。"

刘仪还以抱拳，道："大路朝天，各走半边，后会有期！"

眼看宋军绝尘而去，雨后初晴，刘仪仰望长空，长声叹息道："大势去矣！"

再挫武仙

大部金军在武仙的率领下，气势汹汹地杀向了吕堰。在他眼里，虽首战挫失锐气，但此乃宋军偷袭所至，非实力使然。所部人马虽不乏老弱乡民纠集而聚，但仍有数万精锐，足以与孟珙抗衡，前往吕堰，他心想，渡过汉水指日可待。

金兵大军滚滚前行，孟璋、孟瑛二人率一千军士埋伏在路旁，待看见金兵大旗，赶忙下令号角齐鸣，率军立于金兵眼前，二将横刀立马，遥指武仙喝骂道："武仙老儿，金国气数已尽，徒留尔等苟延残喘，逆天行事，还不快快下马束手就擒。"

眼见两小将年纪轻轻，口出狂言，况宋兵区区千人，竟然如此猖狂，武仙马鞭前指喝骂道："黄口小儿，竟大言不惭，传我将令，全军冲锋，踏平宋军。"

在武仙一声令下后，金兵蜂拥向前，扑向孟璋、孟瑛所部宋军，眼见金兵黑压压一片压过来之时，孟璋慌忙大声喊道："金兵势大，快撤！"

听孟璋如是说，宋军皆依计呼啦一片，偃旗息鼓，丢盔弃甲，随两个主将向吕堰方向逃去。

武仙大喜，宋军如此不堪一击，委实出乎他的意外。他得意地用马鞭蹭了蹭额头，笑道："宋军外强中干，孱弱不堪，待吾将史嵩之、孟珙擒于军前，再与诸将请功！哈哈！"

"谢将军成全！"部下众将奉承恭维道。

主将武仙如此，全军上下皆忘记了刚过不久的惨败，这才初获小胜，即刻弥漫起一股骄敌情绪，他们还沉浸在辉煌的历史中，过往数百年，金朝与宋朝数次交锋，金朝无不是压着宋朝的气势而全胜。

夏日的天气瞬息转变，刚刚还阴云密布，转眼间就毒日高悬，营帐之中闷热异常，孟珙也熬不住如此炎热天气，走出帐外，登高远眺。

樊文彬在一旁笑道："将军神算，武仙正率大军向此处奔袭，据探子回报，孟璋、孟瑛二将已退回安全之地。"

"嗯！"孟珙捋了捋胡须道："传令二将回营，再前去打探刘全、雷去危二将现于何处，待武仙领军而至，众军合围，此战务必重挫武仙。"

"得令！"

"传令下去，全寨火炮、硝油、弓弩、推车一一检验，木查、腾云两寨伏兵暂时隐蔽，放金兵前行，待金兵再后退逃窜至两寨处，再行攻击，不得先行出击，固守本寨为先，不得有误。"

"得令！"

战场之事，了然于胸，年届不惑的孟珙，谋策百出，计定江山。此刻的他踌躇满志，胸中风云激荡，回首过往，宋金双方交战无数，在其父羽翼之下，他身经百战，百炼成钢，今独掌一方，直面金军主力，如若能大破武仙所部，金国将再无还手之力，覆亡在际，血大宋百年耻辱，只差咫尺之遥。可南宋朝廷也就将独自面对蒙古虎狼之师，届时将如何处之，孟珙心里暗自盘算着。

即刻便至的战事不容孟珙感慨，武仙大军已卷土而至。

樊文彬急呼道："将军，金军已至！"

"文彬莫慌，令全军埋伏好，待金军临近寨前，先以火炮攻之，后以弓弩强射，"孟珙不慌不忙道，"金军已是瓮中之鳖，待金军阵型尽溃，吾军再行攻击，方可一举溃敌。"

"末将遵命！"樊文彬跟随孟珙数十年，打心底佩服孟珙领军有方，指挥若定，自叹不如。

吕堰即将成为金军的地狱，可武仙还似浑若未知，驱使金军不断向前。过了木查、腾云两寨，未见宋军半点踪迹，心里对孟珙更是轻视，深以为孟珙根本不会想到他会自此过汉水，即使想到，也无兵力防守。心中暗自得意，若过吕堰，明日便可纵马驰骋横行于宋朝境内了。

"轰！"一声巨响于前行的金军丛中炸开，惊魂未定的金军还没缓过神，又一声巨响，数十名金兵再被炸飞入空中，断臂断腿到处乱飞，血肉四溅。

源源不断的炮弹如雨点般落至金军阵中，数十万大军顿时哀嚎遍野，骚乱的金军四处逃窜，竟无躲藏之处。年老体弱者躲闪不及，被同伴推搡踩踏，金兵未见宋军，已死伤无数。战场之上容不得半点仁慈怜悯，不是你死，便是我亡，随着孟珙再次下令，一排排强弩如潮水般洞穿金军身体。善谋者与莽夫的差别在吕堰给出了最好的诠释，一切正如刘仪所预料，惨烈的一幕再现武仙眼前，数万金兵尸横遍野，惨不忍睹。

孟珙于吕堰最高点，看着谷底处，硬着心肠下令道：“全军出击。”

数千宋军如狼似虎地冲出寨外，居高临下，刀枪所至，每击必中，刀刀见血，枪枪见肉，无数个冤魂从这吕堰谷底处冉冉升起，回望下面烽烟四起，只恨不该进入这兵锋之地。

武仙再也坐不住了，悔不听刘仪之劝，睁着血红的双眼大吼道：“退兵，退兵！”

早已失魂落魄的金兵哪里听得见主将的声音，见哪里空就往哪里跑。武仙无奈，自率亲兵向后退却，崩溃的金兵陆续发现主帅撤退，慌不择路，蜂拥而随。对于武仙大军来说，噩梦才开始了一半，地狱之门敞开了，就没有合上的道理。

宋春、王坚已根据孟珙的部署，分别率木查、腾云守军在金军退路上打好埋伏，只等武仙率军而至。残兵败将刚以为进入安全之地，不曾想再次鼓号齐响，两部宋军生龙活虎地出现在金军眼前，金军早已斗志全无，纷纷丢兵弃甲，跪地投降。

武仙气急败坏，连砍数十人，这才稍稍缓住阵势。跟随武仙的金军余部皆是百战老兵，生死存亡之刻，全军皆知此时不战便亡，只得硬着头皮奋力向前冲杀，双方终于陷入焦灼。沙场之上，呐喊声惊天动地，卷起阵阵烟土，在燥热的空气中，令人窒息。

宋军毕竟人少，渐渐落于下风，武仙大喜，命后军擂鼓助威，喝喊道：“弟兄们，宋军兵少，勇者求生，冲破此道防线，即可撤退，如若不力，吾等皆葬身此地也！”

眼见宋军渐渐不支，金军在武仙的鼓舞下，正欲发出最后一击，但战场远处露出一面宋军军旗，再次让武仙及所有金军刚被点燃的情绪跌入谷底。

“宋将军，王将军，刘全、雷去危来也!”刘全和雷去危两部兵马如天降神兵般出现在宋春、王坚身后，登时让宋军声威大震。

“孟璋、孟瑛来也!”刚刚佯装败退的孟瑛、孟璋也率部前来助战。

两支生力军的加入，彻底击破了武仙的心理防线，心知此路线已退兵无望，眼见部下死伤惨重，武仙绝望地叫道：“众军随我来!”

无奈的武仙只得折返，再次回转向吕堰，数万大军如无头苍蝇般向前落荒而逃。此刻的武仙再也顾不得身后之人，在数千亲兵卫队的环护下，埋头向前狼狈逃窜。

说来也怪，吕堰宋军仿佛没有再行进攻的意思，见武仙折返，只是摇旗呐喊，不时射出弓箭伤敌，却不再与金兵短兵相接。

此时的武仙哪里还管得了这些，只管带着队伍逃窜前行，吕堰前有大河阻挡，后是高山横断，中有宋军埋伏，武仙仰面长叹道：“天要亡我于此地否?”

“将军，前方似有小路!”一亲兵欣喜地叫道。

这声音如天籁之音般萦绕在武仙耳边，顺着亲兵手指的方向看去，山谷之间正有一根小道蜿蜒曲折通向远方，他急命道：“速速前去打探，看是否有宋军埋伏。”

吃一堑，长一智，不只是武仙，全体金军皆如惊弓之鸟般，恐惧宋军的再次埋伏。待打探的人回来禀报前方无埋伏的时候，众人欢呼雀跃，武仙也顾不得颜面，率先进入小道，残兵败将纷纷随后跟上，穿出小道，总算逃出。武仙沿线一路收拢，数十万大军折损过半，余下金军大部或头缠绷带、或拄着拐杖，形神俱毁，与曾经不可一世、横行中原的金国铁骑对比，武仙残部如落日余晖，黯淡无光。正如金国朝廷自身，昔日荣光也如江水东去，一泻千里。大厦将倾，江河日下，非人力可支也。

武仙败退，宋军众将皆疑惑不解，问孟珙何不于吕堰阻击。

孟珙笑道："诸君皆知背水一战否?"

见众人点头，孟珙继续道："金军已置死地，如若吾军再行强攻，以吾军数千之众，战金军数万哀兵，胜败犹未知也。"

众人仍有不解，孟珙笑笑，解释道："困兽之斗，不可争锋，张弛有度，方为良法。若困金军于这狭隘之地，我军如同与困狮相斗，即便我军有胜，那也必然死伤惨重，况且我军兵少，以蛇吞象之事不可为也。"

众人这才恍然大悟，王坚又问道："将军故留缺口，然为何不继续追击之。"

孟珙虚点王坚两下笑道："穷寇莫追，吾放金军逃脱，既避我军无妄损失，也为欲擒故纵之计也，金军虚实，尽在吾胸，欲一举歼灭武仙，还需待些时日。"

众人心知孟珙运筹帷幄，决胜千里，非常人之才，均对其佩服得五体投地，对于孟珙所言，虽不甚其解，但还是停下追问。

见众人一副懵懂的神情，孟珙对诸将笑笑道："汝等众人，日后皆需常读兵书，文武兼具，方能为栋梁之将!"

众人皆面红耳赤，纷纷称是。

此战宋军所获颇丰，斩首五千，俘获民夫三万余人，辎重无数。逢此大胜，孟珙将此战报快马报于京湖制置司，着令三军，论功行赏，三寨将士皆弹冠相庆。自宋金开战以来，从未有此大胜，各营各寨，张灯结彩，担酒牵羊，鼓乐喧天。

营外人声鼎沸，营内孟珙却不敢放松，死死地盯着沙盘研究地形，孟瑛、孟璋两兄弟钻进营帐笑道："四哥，你还在这里干嘛？大伙儿都在等你一起庆祝呢！"

孟珙抬头肃声道："汝二人来得正好，先伴吾稍坐，吾有要事与尔等商议。"

两兄弟对孟珙一向敬重，不敢怠慢，缓缓走到孟珙跟前，等待孟珙明示。

"武仙虽败，但仍有数万之众，不可小觑，今邓州守将伊喇瑷与武仙遥相呼应，互为犄角，况武仙一旦再败，必往邓州逃窜以便返回金国腹地，届时吾等将心有余而力不足，吾欲切断武仙爪牙，北上攻打邓州伊喇瑷，如此即断武仙退路，汝等意下如何？"孟珙道。

"四哥高见，谋定在胸，小弟佩服！"孟瑛称赞道。

"既如此，汝二人明日率军为先锋前往邓州，吾自领大军随后跟上！"孟珙道。

"得令！"孟璋恭声道。

"四哥，军事部署完毕，那就出门与军同庆吧，弟兄们都在等着主将敬酒呢！"最小的弟弟孟瑛笑道。

孟珙虚点两下，笑道："好吧，今三军庆贺，某也不能薄了弟兄们的面子。哈哈！"

营内的宋军将士见孟珙出帐，以王坚为首，皆举杯相邀。夜空中，众星拱月，月光铺洒而下，将人声鼎沸的营寨披上一层层透亮的银辉。

降服邓州

军令如山，孟璋、孟瑛两兄弟迎着东升旭日率兵驰往邓州，孟珙率众随后而至，宋军健儿们经过数次大胜，皆意气风发，信心百倍，孟珙就是全军的定海神针，眼见孟珙气定神闲，全军将士们无不像吃了定心丸样踏实。

邓州城青褐色的砖墙在城头火把闪耀下，透出森森幽光，城头金军严阵以待，不敢有丝毫懈怠。城墙上的旗帜于皎洁的明月下在宋军眼里好像正在招手，告别白日的酷暑，迎来夏夜的清凉，经过一天的急行军，宋军顶着一身热汗来到了邓州城外两里处扎营。

金国邓州守将伊喇瑗（字庭玉，小字聶赫，河间路世袭千户）已从探子口中获悉宋军即欲攻打邓州，大惊失色，于城中与众将商议。城中亦有当初逃出的武天赐部将，惊魂未定地建议道："邓州孤城，实难抗衡孟珙大军，孟珙乃宋朝猛将，勇冠三军，依末将之见，莫若早降之，或可免于重蹈武天赐覆辙。"

伊喇瑗迟疑不决，不知如何是好，身为金国重将，不战而降，恐为世人耻笑，但全城军民安危，系于他手，一念之间，又怕邓州城即刻毁于战火。

"将军，莫要再犹豫了，宋军势胜，吾等如若抗之，实为蚍蜉撼树、螳臂当车之举也！良禽择木而栖，良臣择主而事，况金人虽入主中原，仍以金人居要害之位。吾等本非金人，今将军为吾等寻一更好前途，有何不可？"部将马天章的劝降之声再度传入伊喇瑗耳中。

"罢了，罢了，"伊喇瑗咬咬牙道，"识时务者为俊杰，今夜便飞箭传书，明日使人去宋营奉表请降！"

听闻伊喇瑗愿意投降，堂下众将如释重负，皆心想能保全一命，悬着的一颗心总算落定。

次日清晨，伊喇瑗派马天章向孟珙献完降表，随即邓州城门大开，伊喇瑗率领全城官员将领迎至城外，待孟珙骑马行至跟前，伊喇瑗一身降服，向孟珙恭顺跪拜道："邓州守将伊喇瑗向孟将军请降。"

孟珙低头看了看伊喇瑗，面如止水，只是沉声吐出二字："入城！"

眼见孟珙如此冷淡，伊喇瑗心凉透半截，诚惶诚恐，起身闪开一边，再次拜倒在地，不敢有分毫动弹。

孟珙心里暗笑，但仍面无表情道："将军请起，前方带路。"

伊喇瑗这才起身，带领邓州官员陪同孟珙缓缓前行。

经过百年风云，邓州城一朝易主，终于得以还归宋廷，百姓皆沿街观望，皆大呼道："此乃我大宋健儿也！"

众人行至将军府，孟珙昂首阔步，步入中堂，端坐帅椅之上，俯视堂下，堂下伊喇瑗仍旧战战兢兢，伏地而拜，颤声道："罪将屡次兴兵南侵，冒犯将军，还请将军赐死！"

孟珙心知戏已演足，起身抚住伊喇瑗宽声道："各为其主，何罪之有，今汝弃暗投明，免邓州生灵涂炭，实乃明智之举，全城百姓亦会感恩将军！"

伊喇瑗抬头疑惑地看着孟珙，孟珙有此转变，令他不知如何是好。

孟珙继续笑道："邓州本我中原故土，今将军完璧归赵，本将今日欲与全城同庆，将军作陪可否？"

伊喇瑗慌忙抱拳拜道："谢将军不杀之恩，末将求之不得！"

"来人啊，取我披挂！"孟珙向护卫命道。

待护卫取过披挂，孟珙拉过伊喇瑗笑道："自今日后，汝为宋将，当着我大宋将服，吾为汝更换。”

伊喇瑗诚惶诚恐，退后数步摆手道：“将军，此披挂乃将军之防身之物，末将不敢穿，更不敢劳将军亲自动手!”

“哎，你我自今日起，即为兄弟，吾赠兄弟衣冠，为兄弟更衣，有何不可?”孟珙不由分说，为伊喇瑗穿上，待收拾妥当，笑道：“你我身材相当，此披挂即若帮尔打造一般。”

伊喇瑗两眼抹泪，跪拜道：“自今日起，吾愿为将军执鞭牵马，赴汤蹈火，在所不辞!”

“言重，言重，哈哈!”孟珙仰身笑道：“今日吾得一城，又得一将，幸也，哈哈！来，来，今日不醉不归!”

“好，不醉不归，哈哈哈!”宋军众将皆一齐大笑，邓州降将皆面色不定，跟着伊喇瑗“嘿嘿”干笑。

邓州城改换门庭，回归故国，飘扬的大宋军旗，在艳日之下，熠熠生辉，劲风呼啸而过，军旗迎风招展，嚯嚯作响，仿似要将百年来的耻辱一扫而空。大宋朝廷百年来的愿望，正在孟珙手中一步步地实现，越来越近。

武仙近在咫尺，等待武仙的将是最后的雷霆一击，但如何给出这致命一击，孟珙眉头紧蹙，于邓州城中与众将作周密的计划。

正讨论间，伊喇瑗自堂外冲了进来，大喜道：“孟将军，孟将军，好事将至!”

“伊将军，何等好事，让将军如此欣喜?”孟珙笑道。

伊喇瑗手举一封牛皮信函，笑道：“武仙部将刘仪，与吾相交甚怡，近日吾与其书信往来，说明情况，刘将军也愿弃暗投明，归于将军麾下，明日刘将军即至邓州!”

孟珙一拍大腿大喜道:“哈哈,此乃雪中送炭也!”

雷去危赶忙问道:“可是于夏家桥放行我军的刘仪刘将军?”

伊喇瑗道:“正是刘仪,彼信中所言,提到刘全、雷去危两位将军,与二位有过一面之缘。”

“太好了!”孟珙道,“刘将军到此,必能助吾一臂之力!”

“然也,刘仪信中已说,有要事需向将军面谈,待至邓州,即刻见分晓!”伊喇瑗晃着手中信件道,随后毕恭毕敬地递给孟珙。

“如此甚好!待明日会过刘将军,再议破敌之策!”孟珙道。

“遵命!”众将退出堂外。

刘仪归降

次日清晨,当露水从城墙上滑落之时,刘仪带着两百精干壮士如期而至。孟珙率领所有将领于城门外迎接,待看见孟珙,刘仪飞步而前至孟珙身前,双拳抱过头顶,跪拜道:“久闻孟将军大名,敬仰备至,末将归降来迟,还望将军恕罪!”

“哦嚯嚯,何罪之有,何罪之有!”孟珙搀扶住刘仪笑道:“今日得将军相助,实乃孟珙之幸也!”

“刘仪本为汉人,误入歧途,于金营荒废数年,仪早有归降之意,然总未逢时机,今日天赐良机,让吾有幸归于孟将军麾下,仪愿为将军效犬马之劳。”刘仪恭敬道。

“好，好，吾得将军，如虎添翼也，何愁不破武仙，哈哈!”孟珙豪笑道。

刘仪指向身后道：“此二百壮士皆是跟随我多年的忠义之士，听闻吾归随将军，皆倾力相随。”说完并一一介绍：“此乃壮士庐秀，此乃晋德。”

不待刘仪说完，两百壮士齐刷刷跪地拜道：“孟将军，我等愿为将军赴汤蹈火!”

“好，好!”孟珙激动地将庐秀、晋德等壮士一一扶起，高兴道：“大宋之幸，孟珙之幸，众壮士快快请起，快快请起。”

待众人起身，孟珙将刘仪与众将一一引荐，待看到刘全、雷去危二将时，二将一起抱拳笑道：“谢将军昔日让路!”

刘仪慌忙还礼道：“今日再遇两位将军，仪心安矣!”

三人哈哈大笑，雷去危道：“即如此，来日吾等能与将军并肩作战，效命疆场，诚为快事!”

孟珙拉住刘仪的手笑道：“一路风尘，走，先进城歇息，吾亲自为将军接风洗尘!”

“谢将军厚爱，仪谨遵将军命，先进城，”刘仪道，“进城后，末将即刻向将军禀告武仙军况。”

“先歇息片刻再言不迟!”孟珙笑道。

刘仪摆摆手道：“无妨，无妨，禀完再歇不迟!”

“然也，刘将军高义，就依将军，走，进城，哈哈!”孟珙带头，刘仪随后，众将簇拥两人，一路谈笑风生进入城内。

好事接踵而至，继刘仪率众而归，尽述武仙所部及金军部署虚实，孟珙宋军根据刘仪建议，相继进攻顺阳（今河南淅川）、申州（今河南信阳）、唐州

(今河南唐河）三州，皆不费吹灰之力，拿下三州之地，尤其在进攻申州之，孟珙部将刘整（字武仲，南宋名将，受吕文德迫害，日后降元，提出“欲灭南宋，先取襄阳”的战略，元朝得以灭亡南宋）更是大放异彩，夜纵骁勇十二人，登城而破申州，直让孟珙惊呼其为李存孝再世。

形势一片大好，孟珙高奏凯歌，相较之下，武仙却危机四伏，惶惶不可终日。自吕堰败后，武仙又与孟珙对决于顺阳，再次落败。数战之后，金军锐气被一挫再挫，全军已至崩溃的边缘，起兵之时的数十万大军已去一半，只留下六七万人，幸而余下所部皆是跟随武仙多年征战之兵，金军死战传统得以传承，武仙收拢残部，退兵至马蹬山（河南省淅川县马蹬镇西北），扎营九寨。

马蹬山地势险峻，周边还有石穴山、岵山、王子山，连绵百余里。刘仪根据马蹬山地形，建议孟珙步步为营，以蚕食之法将武仙防线打破。

刘仪建言道：“武仙所据九寨，分为石穴山、马蹬山、沙窝、岵山、板桥寨、王子山寨、离金寨、默侯里寨、小总帅寨，武仙常于各寨行走，行踪难定。大寨以石穴山为主，以马蹬山、沙窝、岵山三寨拱卫于前，若此三寨不破，石穴未可图也！沙窝、岵山两寨与离金寨、王子山寨互为犄角，然离金寨与王子寨互通，若先破离金寨，则王子山寨必破。如此，沙窝、岵山两寨则成孤立之地也！”

“善也！就依刘将军之言，即刻兵发马蹬山！”孟珙向全军命道。

进军九寨

不远处的马蹬山脉呈现在宋军眼前，夏日的丘陵错落有致，起伏连绵，在缥缈云烟中忽远忽近、若即若离。只见群山嵯峨黛绿，郁郁葱葱的树木与湛蓝辽阔的天空、缥缈的几缕云朵恰好构成了一幅淡墨山水画。若大地有知，它亦不愿此风景如画的马蹬山陷入烽火之中，可宋军箭在弦上不得不发，孟珙早已打定主意，武仙金军四面楚歌，这马蹬山即将成为武仙金军的最后归宿。

离金寨约五里远处，孟珙率军扎营。眼见离金寨易守难攻，若强攻之，必损伤惨重，孟珙问计于众将。

刘仪笑道："将军，吾有一计，定可破寨!"

"哦? 快快请讲!"孟珙喜道。

"随吾归顺将军之士，皆熟知武仙军接头暗号，吾等归顺之事，寨内定不知详情，吾可派数人乔装入寨，深夜纵火扰营，此时将军再遣军攻之，必能一举破寨!"刘仪道。

孟珙啧啧称赞道："此举甚妙，刘仪将军真乃吾及时雨也!"

在孟珙授意下，刘仪唤过亲随壮士庐秀，耳语几句，嘱托其一切依计行事，庐秀不断点头称是。待刘仪话尽，庐秀遂出帐，带上数十名同伴，穿回归降之前的金军服饰，趁着黑夜，摸到离金寨前。

守寨之兵看数十人夜行至此，对其暗号，俱一一无差，不再生疑，放庐秀等人进寨。

月黑风高，趁金军熟睡，庐秀等人不敢片刻耽搁，于寨中各处要道点火，一边点火一边高喊："宋军攻营咯，宋军攻营咯!"

已成惊弓之鸟的金军从熟睡之中被惊起，只听得营外"宋军攻营"的呼声此起彼伏，俱心惊胆落，甚至来不及披挂穿戴及取出兵器，便纷纷挤出营帐之外，光着身子到处乱窜，狼狈不堪。夜黑之中，庐秀等人见金军就砍，其与金军服饰相通，金军根本无从防范。

待寨内乱成一团，庐秀快速行至寨门之前，砍杀看守，大开寨门，埋伏在寨外的宋军瞬时拥至寨内，大杀四方，猝不及防的金军哪里还是宋军的敌手，众多手无寸铁的金军如砧板之肉，在火光中被如狼似虎的宋军斩杀于刀下。不出半个时辰，离金寨金军死伤殆尽，全寨尽归宋军之手。

宋军马不停蹄，壮士杨青、王建等再领数百人趁离金寨骚乱之际，以迅雷不及掩耳之势摸黑转战王子寨。王子寨防卫更为松懈，武仙曾下令军中不许饮酒，全寨以主将为首，却对武仙将令置若罔闻。宋军杀入时，全寨上下仍于帐内酣睡，鼾声震天。让杨青、王建等人深感惊奇，众人于寨中浑若无人，仿若行走在自家大营，四处进帐缴械砍杀。王建率先抢入寨中主帐，对床上之人手起刀落，那人即刻身首异处，王建将首级装入布袋，天明丢至孟珙及众将军前，众人定睛一看，所杀之人竟然为金军小元帅。偌大的王子山寨，便是在金军的睡梦中拱手相让于宋军。

两寨顷刻即破，全军上下欢腾一片，如今与金军打仗如此畅快，众人皆是唏嘘不已，只感觉到局势变幻如此之快，宋金双方实力此消彼长，乾坤已颠。

雷霆再击

次日清晨，孟珙登高望远，不远处的马蹬山各寨旌旗林立，刀光闪闪。金军连失两寨，武仙大发雷霆，本以为固若金汤的防线竟然被孟珙轻易蚕食瓦解，武仙严令各寨务必严防死守，再有懈怠，定斩不饶。各寨守将知此危急关头，再也容不得半点马虎，皆唯唯诺诺，立下军令状，必紧守寨门，力拒宋军。

孟珙也不敢大意，心知宋军连破两寨，全军上下，骄态横生，以为金人不堪一击，实则不然，他于帐下沉声说："昨夜破金军两寨，诸君以为如何?"

孟瑛笑道："金军已是落日余晖，危如累卵，吾大军兵锋即至，岂有不破之理?"

"此言差矣，诸君万不可小觑金军。昨日小胜，乃吾军讨巧偷袭而致，我即是担心全军骄狂，为此提醒诸君。"孟珙顿了顿道："殊不知病虎犹行，虎胆尚存，金军经此两败，定严阵以待，今番如再次攻寨，不同以往，金人居高临下，以逸待劳，若吾军一味强攻，必然两败俱伤，唯虚实并行，方是致胜之道。"

"悉听将军号令，吾等谨记将军告诫!"众将齐抱拳而立。

孟珙眼盯沙盘，手持令牌，思虑片刻，抬头虎视众人道："传我将令！樊文彬。"

"末将在!"

"领五千兵马自马蹬山寨前攻寨!"

"末将领命!"

"孟璋!"

"在!"

"领一千兵马策应文彬，攻小总帅寨。"

"末将领命!"

"孟瑛!"

"在!"

“领一千兵马攻讫石烈，策应文彬攻势。”

“末将领命!”

“成明!”

“末将在!”

“汝领三千兵马于马蹬山寨西埋伏，寨西有一小道，此乃金军退兵之道，若金军退兵至此，掩兵伏杀!”

“末将领命!”

待一切安排妥当，孟珙沉声道：“大破武仙，即在此日。”

待红日偏西，层层叠起的红云炫耀多彩，折射出万道金光，将整个马蹬山寨也染成一片金色，与金军的旌旗、刀枪，交相辉映，煞是壮观。

宋军的号角自山脚下呜呜响起，随着山中惊鸟四处飞出，“轰”，一声巨响，一枚硝石炮弹落入马蹬山寨，紧接着，无数炮弹火箭接踵而至，待金军陷入一片慌乱，樊文彬率领五千军士自下而上，强行攻寨。

在武仙的严厉督促之下，守寨将领知道此战关乎生死存亡，若马蹬山寨有失，则全线不保，遂督令全寨守军奋勇向前，坚守在寨前第一线。待樊文彬率兵临近，两军短兵相接，如两股洪流相撞，顿时震起阵阵声浪，金革碰撞之声，鬼哭狼嚎之声，回荡于山谷，令闻者胆战心惊，毛骨悚然。炙热的空气随着声波夹着四处飞溅的鲜血，漫过每个人的脸颊，双方将士更显面目狰狞，熊熊烈火将四处干柴烧得劈啪作响，整个九登山寨就如同红色炼狱，遍地残破肢体、手脚、头颅，阵阵腥风闻之令人欲呕。

双方将士皆杀红眼睛，无不求死而战。金军数败之下，虽不断刺激士气，然已是强弩之末，一而再，再而三，三而竭，在樊文彬宋军死战之下，金军渐渐陷入恐慌，渐显败退之相。金军守将知如若继续强行守寨，定然全军覆没，徒增伤亡，不如暂避他寨，以图后议。无奈之下，金军且战且退，行至寨西小道。樊文彬心知成明已于该道埋伏，遂不再追赶，所部将士高举军旗，摇旗呐喊，欢呼胜利，此举更是震溃马蹬山金军。金军纷纷退至小道，只想赶快逃离这炼狱之地。

孟珙用兵之道，无外乎周细缜密，洞悉全局，无一疏忽。

成明的埋伏即将给予马蹬山金军致命一击。待金军逃入狭长的小道，宛如长蛇游走向前，成明一声令下，乱箭齐飞。金军刚离狼群，再入虎窝，虎狼轮番攻击，金军只恨身上没有长出翅膀，飞不出这生死之地。眼见逃命无望，金军心神俱崩，纷纷倒地求饶，投降是他们唯一的生路，对于佝偻小兵而言，此刻，家国荣耀皆抛之九霄云外，活命是他们眼前唯一的愿望。仍有负隅顽抗者，成明等宋军敬佩之余，也无奈狠心杀之。

宋军一战定乾坤，武仙大军已陷万劫不复之地，此战孟珙宋军大展神威，除攻灭马蹬山寨，还俘获金军一万三千余人。待樊文彬、成明等人率军而返，孟珙令二将歇息，又遣刘全、刘整二将领兵攻打沙窝寨，金军已无士气，见宋军来攻，皆落荒而逃，宋军再次不费吹灰之力拿下沙窝寨，当日宋军三战三捷，士气高涨。次日，丁顺再攻默候里寨，金军更是一败涂地，宋军如趟平地，轻而易举地将默候里寨收入囊中。

纳降九寨

眼见金军防线尽破，孟珙召刘仪征询道："刘将军，我军已拿下数寨，如今石穴山寨、板桥寨必被震动，为避免伤亡，将军能代吾招降否?”

刘仪笑道:“随吾归顺将士中，晋德与板桥寨守将王显、镇抚使安威皆是好友，安威与吾有旧，待吾修书与安威，请晋德前往安威处说服之，安威降，则王显必降。”

“如此甚好！速速请晋德前来，吾要敬壮士热酒，以为饯行!”孟珙喜道。

刘仪抱拳笑道:“将军，无妨，待大功告成，再敬酒不迟!”

“然也，就依将军!”孟珙笑道。

银月高悬，黑漆漆的群山被披洒出一层银辉，晋德心怀使命，锦衣夜行至板桥山寨前，守卫听闻乃镇抚使安威好友而至，赶紧通报。安威急奔而出，请晋德进寨，二人于夜色下把酒言欢，畅叙沙场之情。

待晋德和盘托出此行之意时，安威随即起身笑道:“晋兄此来，即便不讲，吾早知兄之来意，不瞒晋兄，吾早有此意，只恨无人引荐，今晋兄前来，此事成矣，哈哈!”

晋德轻拍桌子也起身笑道:“如此甚好，贤弟若有此意，吾来引荐孟将军，哈哈!”

“然也，那就拜托晋兄了!”安威笑道。

“还有一事烦请贤弟相助!”晋德道。

“晋兄请讲，安某定然竭力而为。”安威道。

晋德欲言又止，喝一口酒，面露愁状，再轻叹一口气:“不说也罢，免得贤弟为难。”

安威急道:“晋兄有何事为难，速速请讲，莫要故弄玄虚。”

晋德这才开口试探道:“贤弟能劝王显否?”

“哈哈，哈哈，原来晋兄乃为此事发愁!”安威大笑，胸有成竹道：“王显与吾皆有归顺之意，汝不与吾言，吾也要劝王显早日归顺，今兄既然提出此事，正好与其详谈。”

“然也，若王显也有此意，则大事定矣！我即刻前往王显处，兄与我一同前往?”晋德笑道。

“无须一道前去，小弟修手书一封，汝自行前往便可，寨内事务繁杂，某不便走开，以免他人生疑。”安威谨慎道。

“也可，事不宜迟，吾这就前去!”晋德起身道：“如此，便不再叨扰贤弟，待大事所成，你我朝夕相处，再叙不迟!”

“依兄所言，汝速速前去，王显所处，离此不远，片刻便至，若王显不从，再告之与我，从长计议!”安威道。

不等安威送行，晋德顺着安威的提示，没过一会儿，晋德就摸到王显处，看到晋德前来，王显欣喜异常，两人席地而叙。

待相聊片刻，晋德说出来意，果如安威所料，王显当即起身表态早有此意，笑道：“吾即刻修书与你，代吾呈给孟将军，明日吾便献寨。”

晋德大喜道：“大事已定，吾今夜即去回禀孟将军，待明日功成，吾等一同庆功饮酒!”

“然也，吾也不便久留晋兄，明日午时，吾将大开寨门，亲率全寨归顺孟将军!”王显斩钉截铁道。

晋德星夜返至宋营，听闻晋德大功告成，孟珙顿时眼开眉展，拉住晋德道：“兵不血刃，获得大寨，晋德首功，吾将上书朝廷，为汝等庆功。”

晋德退身抱拳恭敬道：“分内之事，责无旁贷!”

“好，好，真乃壮节之士也!”孟珙笑道。

晋德看着立在一旁的刘仪，转向孟珙建议道：“将军，刘仪将军与吾皆是王显、安威故旧，明日二将归顺，望刘将军迎接，再由刘将军引荐二将，方为妥善。”

孟珙思虑片刻，笑道：“晋德心思缜密，此举甚妙，就依而言!”

翌日的板桥寨张灯结彩，寨门洞开，防卫尽撤，王显、安威率板桥五千守军倾巢而出，于宋营一里之外，刘仪已早早立于此处，翘首以待，迎接二将。

待看见二将前来，刘仪拉住晋德，疾步而前，王显、安威二人也三步并作两步，四人再度聚首，豪声大笑。

刘仪左右拉住二将爽声道：“走，带你二位去见孟将军。”

“勿劳二位将军，珙已来也!”话音未落，孟珙已至眼前。

王显、安威二将惊恐，赶忙跪拜道：“罪将曾冒犯将军天威，归降来迟，望将军恕罪。”

“哈哈，快快请起，亡羊补牢，未为迟也!”孟珙笑道：“今日得汝等助我，何愁大业不成?”

“谢将军!”王显起身，手指身后道：“孟将军，此皆我守寨将士，共五千人，请将军视察!”

数千甲胄之士迎风而立，烈日之下，皆汗如雨下而不动分毫，孟珙赞许道：“王将军考虑周全!”

行至阵前，孟珙道：“诸军排出栲栳阵（用竹篾或柳条编制的筐。此阵为筐型，如敌人入阵就把其装似筐中），待吾视之。”

降军领头之人面露疑色，侧眼瞟向王显，王显顿显尴尬，愠怒道：“孟将军之命，尔等听到否？孟将军乃吾之上司，孟将军之命即吾之命，速速排出梼杌阵，请将军视察。”

五千人这才恍然大悟，迅速排出梼杌阵，片刻之间，阵型列出，孟珙入阵默视良久，笑道：“二位将军领军有方！”

王显抱拳道：“谢将军夸奖，将军似皓月，末将如萤火，与将军相比，末将自惭形秽。”

孟珙隔空虚点两下，笑道：“王将军过奖，吾等皆于实战获真知也！”顿了顿，对左右命道：“来人啊！”

“在！”

“传我命令，宰牛杀羊，犒赏全军，三军同庆二位将军归来。”孟珙命道。

“得令！”

孟珙拉住二将笑道：“来日必有恶战，今日全军托二君之福，得以休整一日，哈哈！”

“谢将军成全！”安威恭敬道。

正如孟珙所言，全军营帐内，觥筹交错，推杯换盏，欢迎王显、安威二将的到来，全军酒足饭饱后，摩拳擦掌，准备即将到来的终极一战。

岵山决战

岵山乃沿线山脉最高点，次日清晨，孟珙登高察看地形，预料到已濒临绝境的武仙必然登岵山察看全局形势。金军兵力捉襟见肘，岵山守备空虚，若拿下岵山，定然能给武仙致命一击，孟珙于是果断下令樊文彬前往岵山设伏。樊文彬不敢怠慢，即刻领兵前往。果如孟珙所言，岵山只有老弱病残数千人，樊文彬所部毫不费力，几无对抗，即拿下岵山。根据孟珙建议，岵山寨点尽换宋兵乔装防守，以免武仙生疑，其余各部偃旗息鼓，分部埋伏于山前，并于后山设重兵截断退路。

傍晚时分，凉风习习，树木摇曳，泉水自山顶哗哗而下，伴随着莺歌燕语，恍若动人的山野交响曲，直教人心旷神怡，樊文彬所部宋军却无心聆听，皆匍匐于丛中，丝毫不敢动弹。果不其然，樊文彬终于等到了率部前来的武仙。

武仙九寨防线大部失守，几无半点可据之地，武仙惶惶不可终日，面对平生劲敌孟珙，几乎完全丧失与之一战的勇气。但身为金国恒山公的他还是硬着头皮，欲与孟珙决一死战。此时他全身披挂，骑骏马至岵山山脚，翻身下马，率众自山底向山顶缓缓步行上山，宋军将士屏住呼吸，生怕引起敌人察觉。

待武仙行至半山腰，樊文彬令旗挥动，顿时伏兵四起，数万宋军顶开掩体，探出身体，挥舞刀枪，嗷叫着冲向武仙，所有士卒皆大喊道："抓住武仙，抓住武仙有赏!"

呐喊声响彻群山，金军顿时陷入骚动，武仙佯装镇定，大喝道："将士们，我军屡遭偷袭，已让宋军小觑，今岵山绝境，吾等唯有背水一战，置于死地而后生，随我杀将上去，让宋军见识我大金军威!"

眼见宋军将近，武仙顾不得部下阻拦，身先士卒，率众迎向宋军，武仙知此是生死存亡之刻，唯有给全军表率，才能求得一丝生机，主将如此，金军猛然士气高涨，皆怀杀身成仁之心，与宋军拼死相搏。

宋军怎肯给金军拼死一击的机会，孟珙早就谋划在胸，待岵山战斗打响后，就将大部军队调至山脚四周，将岵山团团围住，水泄不通。樊文彬高喝道：“吾军数败金军，毕其功于一役，即在今日，抓住武仙，重重有赏!”

重赏之下，勇夫当前，宋军皆杀红眼睛，整个山体都像被两军鲜血染红一般。眼见武仙陷入重围，金将兀沙惹心急，奋力拼杀，冲进包围圈大喊道：“将军快快突围!”话音刚落，兀沙惹转眼间就陷入了宋军的刀枪火海之中，顷刻间身首异处。

宋军前仆后继，蜂拥而至，金军纷纷被宋军砍落，武仙心急如火，深知命悬一线，再不突围，就要横死岵山，无奈之下，武仙奋力砍杀一人后吼道：“诸军随我突围!”

四面埋伏之下，武仙带领金军边杀边退，杀至山后，武仙组织三百死士，身披重甲，合为一体，持长矛向前横冲直撞，宋军眼见其势不可挡，闪开两边，露出缺口，武仙见此缝隙，对众人大喝道：“众军快快随我冲出去。”武仙一马当先，率领众人狼狈跳出包围圈，退入石穴。

樊文彬无奈，只得眼睁睁看着武仙逃出生天，追悔莫及，恨不能将武仙献于帐前，错失此良机，樊文彬自责不已，跪到孟珙跟前道：“末将无能，未能将武仙擒于帐下，请将军治罪!”

孟珙将樊文彬扶起笑道：“文彬快快请起，武仙死里逃生，与汝无关，此战虽逃脱武仙，然我军亦大有收获，尔劳苦功高，斩杀金军大将兀沙惹，亦是大功一件!”

樊文彬不肯起身，呃自伤神：“吾愧对将军，功亏一篑，若不治罚，末将心中有愧也!”

“哦嚯嚯，文彬耿直之士也!”孟珙笑道：“此战有失，武仙未灭，实属其命不该绝。后若破武仙，非文彬不可也！"

樊文彬这才起身道："谢将军不治之恩，末将必肝脑涂地，誓破金贼，以报将军。"

"然也，当年岳武穆恨不能直捣黄龙，今吾等继武穆遗志，吾与诸君同心协力，共破金贼，建不世之功！"孟珙肃声道。

"共破金贼，建不世之功！"众将抱拳齐声道。大帐之内，气氛凝重，肃穆异常。

武仙覆灭

武仙所部已成秋后蚂蚱，不能长久，打败武仙已成定局，孟珙心思长远，已于心中筹划灭亡金国之事，思能一雪百年国耻，不免热血沸腾，血脉偾张。

刘仪从众将行列中走出抱拳道："将军，吾虽为金国旧将，然亦汉人，闻将军有此抱负，亦深感激励，能与将军同心，共创大业，实为三生有幸之事！"

孟珙默许之，知刘仪有话要说，默默地看着他，等他把话讲完。

刘仪继续道："武仙所部，苟延残喘，全歼其军，指日可待，吾思武仙仍有大军数万，如若能劝其归降，则可避无妄伤亡，末将不才，若作此一试。"

孟珙笑道："武仙乃怙顽不悛之人，吾虑彼必不能从，然将军执意此念，全昔日尔追随之情，某准尔一试。"

"谢将军成全！"刘仪面色凝重道："昔日吾跟随武仙，其待吾不薄，如若能劝其迷途知返，吾心亦安也！"

"然也，汝速去速回，免吾挂念！"敬刘仪忠义，孟珙轻拍其肩肃声道。

看着刘仪远去，孟珙唏嘘不已，叹刘仪情意深重，也叹此事定不可为，遂命全军进军至小水河，等待刘仪消息，同时防止武仙窜逃。

刘仪星夜返回，面带愁容沮丧道："如将军所言，武仙冥顽不灵，不愿降!"

"哦嚯嚯，将军已尽力矣!"孟珙笑道："吾早知武仙定不愿降，汝心意已达，终不悔也!"

"武仙欲前往商州依险死守，然军中老幼皆不愿前往，武仙严令其亲兵，威逼利诱，欲挟众而去。"刘仪道。

"将军辛苦，吾已有所防，将军先行歇息，明日恶战，将军随吾坐镇中军，观战即可!"孟珙笑道。

"末将遵命!"刘仪黯然魂销，退到一旁。

孟珙抬头凝视众将，沉声说道："明日大军随吾进军石穴山。"

"得令!"众将答道。

唤过樊文彬，孟珙道："文彬明日打头阵，吾亲自为汝擂鼓助威。"

"谢将军成全!"樊文彬抱拳道。

次日清晨，天空泛出一层青色，樊文彬先头部队于寝帐内垫完肚子，酒足饭饱后，随着樊文彬一声令下，全军快速于帐外集合，樊文彬骑高头骏马，威风凛凛，长枪遥指石穴山，向全军喝道："进军石穴山!"

行军步伐声地动山摇，坚定如铁。宋军将士皆知今日一战非比寻常，与武仙所部旷日持久的对抗在今日定然会见出分晓，皆抖擞精神，气贯长虹。

石穴山近在咫尺，灰蒙蒙的天空下，石穴山寨笼罩着一股压抑之气，不远处的金军旌旗在青色天空下无力地挥舞，行走于寨前的守兵也无精打采，风暴来临之前，金营全军晃似全无预兆，浑浑噩噩。

建功立业的时机即在眼前，樊文彬及麾下官兵热血沸腾，正欲攻寨，然天公不作美，一声惊雷自天际处由远至近滚滚而来，漫天细雨不期而至，遮断宋军眼帘，樊文彬心中一丝慌乱，不知此际是福是祸。

亲卫问计樊文彬，樊文彬左右为难，心想还是请示孟珙为妥，孟珙见状，大笑道："文彬立功心切，然临阵决断，还需百锻千炼，哈哈！"

听了孟珙之言，樊文彬不知所措，尴尬道："还请将军不吝赐教破敌之策，文彬洗耳恭听！"

"汝不闻唐朝李愬雪夜擒吴元济之典故（唐朝名战李愬雪夜袭蔡州，平定叛乱）？"孟珙笑道，"出其不意攻其不备，用兵之道也！"

樊文彬茅塞顿开，大喜道："将军一言，拨去文彬心中云雾！末将这就去也！"

"好，待汝功成，吾为汝向朝廷请功！哈哈！"孟珙看着爱将笑道。心知天赐良机，大局已定。

宋营战鼓擂起，顿时全军杀声四起，几欲喊断细雨，孟珙亲自撸起袖子，为全军擂鼓助威。樊文彬身先士卒，率领部众沿台阶而上，宋军将士挥舞着长枪短刀，同心协力，拥至石穴寨门。一切如孟珙所料，金军根本没有料到宋军会在雨天攻寨，猝不及防，纷纷败退，金军此刻已是全无斗志，为败退之势雪上加霜，宋军兵锋所至，金军无不惶恐躲闪，抱头鼠窜，相互踩踏，死伤不计其数。武仙焦头烂额，面对乱成一团的败军，已号令不传，众军士只顾逃命，哪里还顾得看他的号令，督战队此刻也顾不得他的命令了，都以先保住自己小命为先。兵败如山倒，金营如一盘散沙，全军覆灭只是时间问题而已。

从清晨至中午，石穴山寨内刀光剑影，尸体横陈，几无立足之地。鲜血随着雨水到处流淌，整个山寨似浸于红色汪洋之中。

至此时，武仙精心布置的石穴九寨全线失守，眼见麾下将士死伤惨重，武仙只得率领残部再次败退而去。

樊文彬哪里肯放武仙逃离，一路尾随，率部追击至鲇鱼寨，金军残部犹如惊弓之鸟，与宋军一触即溃。武仙继续撤退至银葫芦山，樊文彬紧追不舍，咬住金军不放松，此刻的武仙回天无望，在连绵阴雨的天空下，武仙仰面长叹："天亡我也!"说完即欲引剑自刎。幸亏部下死死拉住，苦劝其留得青山在，不愁无材烧。武仙这才悻悻作罢，去甲弃胄，换成百姓服装，率五六个贴身亲随往蔡州方向而去。余下七万多金军皆伏地而降。

数月来，与武仙的对抗，以孟珙宋军全胜而终，孟珙谋定后动，招降纳叛，完全挫败了金国朝廷打开入蜀通道的计划，彻底切断了金国的西逃之路，金国朝廷自此完全陷入绝境，已无半点回旋之地。

孟珙大军班师襄阳，满朝震动，此乃数百年来未有之大捷。荆襄全军扬眉吐气，皆获朝廷封赏。孟珙以功获封修武郎、鄂州江陵府副都统制。

定策京湖

武仙全军覆灭的消息传至蔡州的金国朝廷，朝廷上下完全乱了阵脚，西退无望，蔡州又只是尺锥之地，难以自保。为此，群臣于大殿之上唾沫横飞，但磨破嘴皮也改变不了金国大厦将倾的局面。无奈之下，金哀宗完颜守绪只得再次派出阿虎带出使南宋朝廷，欲以"唇亡齿寒"的道理说服南宋，请宋朝不出兵。可惜为时已晚，此时的金国已经不具备作为“唇”的实力了。

不过，虽然南宋朝廷皆知此事实，无论是和还是战，金国必亡，但权相史弥远还是深恐靖康之变再现，的确很犹豫是否要跟金国“连和”，以致廷议未决。

秋日的午后，京湖制置使史嵩之愁眉不展，叔父史弥远的在朝之举牵动全局，与金国是和是战，他也无法决断，况蒙古因为攻打蔡州受挫，也派王檝（降蒙金将，字巨川，元朝名臣）为使入宋，连番邀请宋朝一起攻金，更令其首鼠两端，不知所措。

史嵩之刚至荆襄不久，心想孟珙深谋远虑，心中定然已有对应之策，遂令家丁备好车轿，亲自前往孟珙府上征询意见。

秋蝉嘶鸣，秋老虎在半空中掀起阵阵热浪，令人昏昏欲睡，刚刚凯旋而归的孟珙在府中和衣小憩片刻，惊闻制置使大人驾到，赶忙起身行至府外恭敬道：“不知大人驾到，末将未能远迎，还望大人恕罪。”

史嵩之摆摆手笑道：“吾未宣而至，惊扰璞玉休息，吾尚未自责，汝又何罪之有，哈哈！”

孟珙知史嵩之定为联蒙灭金而来，仍寒暄客套笑道：“大人可礼贤下士，然珙却不可妄自尊大。大人快快请进！”

史嵩之哈哈大笑，虚点两下，迈步而进入府中，边走边笑道：“璞玉乃军中悍将，也学会官场客套之言了！”

“大人见笑，大人快请入座！”孟珙令下人奉上上好绿茶，将史嵩之请上客厅主位，正襟危坐于下方右侧，不再言语，静等史嵩之发话。

史嵩之知孟珙深谙人事，无须拐弯抹角，轻抿一口茶水后，便直奔主题问道："联蒙灭金之事，璞玉有何赐教?"

"珙不敢言教，然心中已有对策，大人若不嫌弃，珙言与大人，供大人参量。"孟珙谦虚道。

"璞玉速速道来，直言不妨!"史嵩之倾身向前笑道。

孟珙起身肃声道："宋金百年世仇，已非一日之寒，昔日金人贪得无厌，捉弄吾大宋于股掌，或岁币，或土地，或人财，吾大宋不能与之相较，苦不堪言，痛不敢声。蒙古掠金，金人岂不知辽人之事?当修好于宋，共拒蒙古。然金人冥顽不灵，北失南取，反复图我大宋，此乃恶狼困虎之为，实不可理喻。今金人数败于我，竟又使我大宋垂怜，吾大宋如若再心存侥幸，实为农夫救蛇之举也!"

看着史嵩之目不转睛仔细聆听，孟珙顿了顿，继续说道："昔日岳武穆望直捣黄龙之事，尽在大人之心也。当此之时，金人已至绝境，吾若不与蒙古共图，实为憾事。蔡州小城，金人苟延残喘，城破乃迟早之事，虽蒙古初尝小挫，此乃金人回光之照而已。金人强弩之末，其势衰竭，此番若吾大宋能助蒙古一臂之力，则可收两全其美之事。一可图恢复中原，全大宋朝廷百年之愿。二可修宋蒙之隙，宋蒙两国，来日必有大战，此番联手，亦为吾大宋作缓兵之计也!"

"妙哉，璞玉洞悉全局，一言中的!"史嵩之拍案称赞，继续问道："当此之时，以璞玉之见，吾当何如之?"

"依珙之见，助蒙攻金乃上上之策。金国必亡，蒙古贪得无厌，必然再图吾大宋。"孟珙毅然起身，恭身抱拳，言辞凿凿道，"大人，末将请兵，前往蔡州，灭金!"

振聋发聩之言，萦绕于史嵩之耳边，史嵩之默然半晌，陡然站起，看着门外，咬牙下定决心道：“既如此，吾即刻上书朝廷，依璞玉之言，联蒙灭金!”

“大人英明!”孟珙弯身拜道。

绍定六年（1233）十月，根据孟珙的建议，史嵩之的上书呈给朝廷后，朝廷很快就形成联蒙灭金的共识，旨意下达到京湖制置司，命孟珙、江海及江万载叔侄率两万兵马、三十万石粮食，北上蔡州，踏上了灭金的征途。

结拜塔察尔

大宋朝廷虽然开始仍陷于“联蒙灭金”和“联金抗蒙”之争，但朝廷上下已然清晰地认识到金国灭亡是迟早之事，大宋朝廷虽然不敢忘记当年联金灭辽而致靖康耻之败举，然时局变幻，已非当年，时势更易，蒙古不是金朝，金朝也非辽国，此时的大宋朝廷完全不具备坐观成败的实力，坐观成败只会让南宋更加被动，不如趁机“和蒙”，尽量拖延必将到来的宋蒙大决战，使南宋获得足够的准备时间。另外，这样也可以趁机抢得一些地盘以增加战略纵深，并向蒙古人展示自己的实力，使之不敢轻视自己。而且，无论南宋出不出兵，金国都灭亡在即，因此此次出兵助粮，固然有“执仇耻”的目的，但最根本的目的，不再灭金，而在于“和蒙”，这是符合南宋利益的正确之举，是南宋唯一正确的抉择。

历史总是在特定的时候成就特定的人，孟珙就是这滚滚历史洪流之中的弄潮儿，历史赋予孟珙的使命就是在风云际会之时，以锐不可当的勇气，成就南宋百年来数代人直捣黄龙之梦。大宋朝廷恢复故土的梦想将在孟珙的手上真正地实现，虽然不久之后，还归故都之事对南宋仍为南柯一梦（灭金后宋朝“端平入洛”失败），但孟珙依然因即将到来的灭金之战而名垂千史，万古流芳。波浪壮阔的灭金大戏拉开序幕，大宋擎天一柱孟珙即将呼之欲出。

孟珙麾下两万大军，经过对决武仙的数次大战，全军上下对于主将孟珙无不心悦诚服，有孟珙在，将士们就如吃了定心丸。面对千古一遇的历史机遇，将士们全都斗志昂扬，心胸激荡，跃跃欲试。

在孟珙出军之前，蒙古都元帅塔察尔已先于宋军开始围攻蔡州，但金国小朝廷虽然已病入膏肓，但仍迸发出惊人的战斗意志力，当年九月，塔察尔被金军击败于蔡州城下，蒙军士气低落，只得于蔡州城外修筑工事，以防金军突围，一面等待孟珙宋军的支援。

金国朝廷惊闻宋朝派出孟珙出兵蔡州，慌忙集结了两万骑兵自真阳横山南下，前来阻击宋军。孟珙亲自擂鼓助威，宋军一鼓作气势如虎，一举击溃前来阻击的金军，孟珙乘胜追击至高黄坡，再次大胜，斩首一千二百余人。

是年十一月初五，宋军终于抵达蔡州城南，塔察尔获悉大喜，即派兔花忒、没荷过、出阿悉三人前来迎接，邀请孟珙入蒙古大帐相会，孟珙一口应承前往。

临近深秋，中原大地已有丝丝寒意，清晨，蒙古大帐上罩着一层寒霜。孟珙率亲卫数人欣然而至，塔察尔于营外张开双臂欢迎道：“孟将军，久闻大名，如雷贯耳，今日将军率军前来助我灭金，实乃本帅之幸也!”

孟珙谦言道：“元帅抬举，令孟珙深感惭愧也!”

“哪里，哪里，孟将军乃宋朝勇士，以八千之兵，攻灭武仙二十万之众，实在令我佩服，我蒙古勇士也未曾有此骄人战绩也!”塔察尔的赞美之情溢于言表。

面对塔察尔的赞美，孟珙波澜不惊，不免再谦虚几句，随塔察尔前行至主帐的路上，孟珙细细打量蒙古营帐。大营内外，蒙军将士皆裘衣弯刀，穿行于营帐内外，精干异常，骏马无数，于马厩内呼哧有声。数万军士的营帐看似杂乱无章，但细细品察，顿觉蒙古军队实则井然有序。自元帅而下，千户所、百户所排列有章，号令自上而下蔓延传开，上意通达，无所不从。蒙古骑兵皆披扎甲，坚硬异常，不经意看到蒙古弓箭，全然异于大宋弓弩，孟珙世代兵家，一眼就瞧出此弓发射快，射程远，远非宋朝常规弓箭可比。孟珙内心异常震惊，心知蒙古来日必是大宋劲敌，如若以当前宋朝军力与之抗衡，定然不是对手。短短数百步距离，孟珙内心澎湃，唏嘘不已。

进入塔察尔营帐，一股刺鼻的牛羊肉香混杂着牛粪之气弥漫于帐内，孟珙随行之人不习草原习俗，不自然地欲掩口鼻，孟珙轻声叱道：“入乡随俗，切勿让蒙古人小觑。”众人这才佯装镇定，不敢露出半点嫌弃之色。

孟珙深知蒙古人性格直率，遂毫不客气，于帐内席地而坐，持利刃切割肉食，啖之如饴。

塔察尔深喜孟珙之豪气，有心试一试孟珙武力，同时也彰显蒙古人的战力，笑道：“吾观此地，天有飞禽，地有走兽，正值秋高气爽之时，鸟兽肥美，我欲与将军一同狩猎，将军意下如何?”

“妙哉，引弓射雕，围猎沙场，豪士所为，况有元帅陪同，平生快事也!”孟珙岂能不知塔察尔所意为何，欣然应允，心中更想试一试这蒙古弯弓，与宋弓有何差异。

两人骑马结伴而行，齐头并进于北国平原之上，因为临近金国城池，两人身后亲卫紧紧跟随相护，不敢有半点闪失。

行至一片水草丰美之地，芦苇成片，不时有野鸭于芦苇丛中飞起，伴随微风，溅起片片芦花飘浮于半空之中，蓝天、白云、野鸭、芦花，渲染这一幕生动的北国深秋之景，煞是壮美。

众人正陶醉于这美景之时，忽有野兔穿行于芦苇丛中，转眼间又消失于众人眼前。孟珙眼尖，策马疾行，尾追而前，追至一片半开阔之地，只见两百步开外的野兔蹦跳前跃，正欲再次钻入丛中，孟珙毫不犹豫地张弓搭箭，左眼微闭，拉出满弦，一声闷喝，离弦之箭应声而出，在半空划出一阵急鸣，正中野兔，野兔应声而倒。众人随孟珙向前，行至野兔倒地处，不论孟珙还是塔察尔心中皆有震惊之事，孟珙惊其弓，塔察尔惊其准。只见利箭自后股处贯穿野兔全身，塔察尔大赞孟珙神射，于两百步远能射此迅敏异常的野兔，孟珙亦惊蒙古弓之威力，射程如此之远，只要臂力得当，得有三四百步的射程。

塔察尔竖起拇指叫道："将军好箭法!"

孟珙刚欲谦虚，忽然塔察儿亲卫朝天喊道："元帅，快看，大雁!"

半空中正有一群大雁呈人字状自北向南而行，塔察尔笑道："将军能射之否?"

孟珙毫不怯弱，欣然笑道："元帅所请，孟珙愿一射以助兴。"

说完，腰身紧锁，夹住胯下战马，半身仰起，左臂绷直，右臂后拉，开弓满圆，于夕阳下，映射出绝妙的弯弓射雁之境。孟珙对准头雁，心中忽然一阵揪痛，不忍为之，箭头缓移，指向了最后一只尾雁。利箭脱弦而出，在众人群声喝好之下，那雁哀声而下，雁群一阵慌乱之后，继续向南前行。

众人前往大雁落地之处，塔察尔定睛一看，再次大呼惊叹道："孟将军真乃神箭也!”利箭不偏不倚，正中大雁肚腹。

孟珙笑道：“乃蒙古弓好，吾用之得心应手尔!”

“将军过谦了，将军若在吾蒙古军中，非哲别（蒙古神箭手）不能与汝对决。”塔察尔笑道：“吾欲与将军结为安答（蒙古语“兄弟”），不知将军意下如何?”

孟珙内心一振，随即豪笑道：“能与元帅结为兄弟，珙求之不得，哈哈!”

“然也，我欲与将军仿汝汉人桃园结义之为，天地为证，结为兄弟如何?”塔察尔敬声道。

“此事甚妙，你我兄弟齐心，其利断金，破金在际，共襄盛举!”孟珙倒地而归，面向苍天恭敬道，“天地为证，吾与塔察尔结为兄弟，不愿同年同月同日生，但愿同年同月同日死。”

塔察尔也跪地而拜，一脸庄重道：“天地为证，吾与孟珙结为兄弟，不愿同年同月同日生，但愿同年同月同日死。”

拜完天地，二人对照年龄，孟珙年长，塔察尔抱拳恭身称道：“大哥!”

孟珙抚住塔察尔道：“安答!”

两人相视一愣，哈哈大笑，笑声于旷野中回旋不断，再次惊得一片野鸭飞起。

鏖战蔡州(一)

宋蒙联手，对于金国而言，就是灭顶之灾的征兆。此时的金国朝廷噩耗不断，昔日为金国奔走尽忠的武仙终于在息州亡于蒙古人之手，继武仙而亡后，海州、沂州、莱州、潍州等州相继向蒙古开城投降。此时的金国几乎只剩下蔡州孤城苦苦支撑，宋蒙联军正式完成了对蔡州的合围，孟珙与塔察儿画地为守，以防交战时宋蒙两军误伤。

蔡州城内，被围日久，已至困境，守军无法出城，援兵也无法入城。金哀宗迫于无奈，只得于城内临时招募民兵御敌。金国统治中原已久，普通民众并无汉金之分，民众亦被动员守城，妇女也得协助搬运守城所需的大石，金哀宗深感哀痛，亦亲自抚军，以振民心。

蔡州城经金国上下巩固，城阔河宽，防卫森严。孟珙与塔察尔商讨，若强行攻之，必然死伤惨重，如今，宋蒙联军粮草充沛，不如先行据营而守，待蔡州城内粮尽，再攻不迟。

天气越发严寒，蔡州城内已然粮草耗竭，金哀宗完颜守绪深知，若不突围，长此以往，届时全城皆成瓮中之鳖，只有束手待擒的份了。在屡次组织突围失败后，金哀宗再次组织数千人自东门而出，欲杀出重围。

东门乃宋军营地，孟珙见状，从容淡定地令军士后退数百步，让金军出城，随后令千余将士迂回后插，断金军退路。金军顿时陷入重重包围之中，无论金军如何冲突，宋军皆盾牌固阵，以弓弩射之，待金军死伤半数，这才下令全军掩杀。金军早已身体力竭，无力相抗，再欲退回城内，可后路已被截断，此时的金军的确令宋军敬佩，不甘于束手就擒，只得再行前冲，宋军早有所料，在城外汝河边将金军截杀，可叹金军纷纷被赶入冰冷的汝河内，数千突围金军，顷刻间化为一堆冤魂，八十七名金军将校成为俘虏。

孟珙命人审问俘虏，果如孟珙所料，蔡州城内已经断粮日久。孟珙心知金人弹尽粮绝之时，即是金军拼命之时，遂下令宋军各营，严防死守，以防金军突围。

从孟珙处获悉蔡州粮绝，塔察尔立功心切，派遣汉军万户张柔率五千精卒攻城。蔡州城内将士在皇帝完颜守绪的激励下，于绝境中同仇敌忾，再次迸发出无与伦比的战斗意志力。凛洌的寒风中，金国将士身披单衣不惧寒，瘦骨嶙峋不畏饿，拼死与蒙军搏斗。

身为汉军统领，张柔不甘为蒙古人后，身先士卒，沿城墙攀延而上。金军于城墙上乱箭齐发，蒙军纷纷坠城而落，张柔也身中数箭，强忍剧痛，继续上爬。金军见状，用钩连枪勾住张柔，张柔立刻被悬在半空中，左手紧紧拉住云梯扶手，命悬一线。也算张柔命不该绝，要为未来蒙元灭宋留下一悬念（张柔乃灭宋将领张弘范之父），孟珙得知蒙军攻城受阻，急率宋军前来支援，见张柔有难，立即率前锋杀出，千钧一发之际，孟珙飞剑斩断钩连枪，与虎口中救得张柔一命。张柔捂住伤口，急速下行，避开金军再次袭击。

孟珙见双方陷入胶着，心知再攻下去，也难有破城，遂劝张柔退军，从长计议。张柔气衰，只得点头，鸣金收兵。在蔡州城内如此困境之时，张柔竟然受此大挫，一时间，受张柔影响，联军士气大落，萎靡不振。

鏖战蔡州（二）

孟珙用兵，稳中求胜，心知盲目进攻，必然导致无端伤亡，在与金军的拉锯战中，唯有步步为营，不断压缩金人空间，不断消耗金军有生力量，方为妥当。

十二月初六黎明时分，孟珙以退为进，造成城外守备空虚假象，设下埋伏，诱使金军出城。待金将郭山率军出城，宋军伏兵四起，金军顿时乱成一团，郭山正欲指挥突围，被宋军绊马索绊倒，捆至阵前。

孟珙惜其英武，欲纳为麾下，郭山悲声而叹道：“郭某虽为汉人，然世代为金臣，亦以忠义自居，山若背主，使后人不耻也，今被擒于将军，唯望将军全吾忠义，以死报国，无憾也！”

孟珙逼视郭山，只见郭山目不转睛，迎视不避，孟珙暗自一声叹息，抱拳道：“若昔日我大宋皆汝等忠臣良将，亦不至于南渡百年也！珙全尔之忠，今仍须借汝身一用，以助吾军，将军休怪孟珙。将军乃汉人，将军之后人，珙定会代为照料！”

郭山仰天闭眼叹道：“谢将军成全，败军之将，焉能自主，皆由将军尔。”

城内金军见郭山被擒，再次出城数百人，欲救回郭山，宋军已获悉孟珙之意，见金军嗷嗷而至，刀斧手手起刀落，郭山顿时人头落地。金军大骇，宋军将士却精神大振，一举杀出，可怜金军再次被杀得七零八落，留下三百多具尸体，残兵退回城内。宋军在孟珙命令下，进逼城外护城河柴潭设立堡垒，以备来日攻城。

当日午后，宋军大帐内庄严肃穆，孟珙持令牌威然而立，诸将分立左右，静听号令。

孟珙大声道：“蔡州城以柴潭、练江护城为屏障，以柴潭楼为制高点，楼上架设有巨型弩炮，实为我攻城阻碍，明日务必拔此据点，便我攻城！”

宋春在一旁忧道：“将军，传闻柴潭楼巨弩下有龙镇守，若拔此据点，军士们恐为不祥！”

“哈哈，汝多虑也，为军之将，岂有信鬼神之理？”孟珙好气又好笑，随即喝道：“切不可因此邪念扰乱军心！”

“末将谨记！”宋春悻悻而下。

孟珙说道：“那柴潭巨弩，只能远攻，不能近防，若兵临城楼之下，则巨弩形同虚设，还不如一弓箭好使！”顿了顿，孟珙厉声道：“传我将令！樊文彬！”

“末将在！”

“柴潭与汝水相去不远，潭高河低，汝今夜领兵前往堤坝处，掘开柴潭堤，引水入汝河致柴潭水尽。”

“遵命！”

“雷去危！”

“末将在！”

“领兵收集柴草芦苇及填充沙袋，待柴潭水尽后，以柴草沙袋填潭！”

“末将领命！”

“江万载！”

“待雷去危将柴潭填平，汝即领兵攻城！”

“末将遵命！”

孟珙发号施令之时，城西蒙军大帐内，塔察尔也发出同样号令，令军士掘开练江大堤。两位联军主将皆知，柴潭和练江乃蔡州城天然屏障，若此天险丧失，蔡州城破，指日可待。

次日清晨，联军同时于南北分别向蔡州城发起攻击。正如孟珙所料，当宋军攻至楼下，那柴潭巨弩就完全失去作用。宋蒙联军将士冒着硝石箭雨，攀城而上，高耸的运兵车如履平地，迈过被填平的柴潭，被推到城前，宋蒙联军与金军在城楼上下展开了腥风血雨的肉搏战。柴潭楼上，曝骨履肠，天气寒冷，气味难以散开，弥漫的血腥气令人作呕，可金军仍不罢休，更欲为这血腥气再添上一把火，将整个蔡州城拖入到地狱的边缘。

鏖战蔡州（三）

金军主帅殿前右副点检温端眼见城楼天险尽失，金军防御火器已然耗尽，城楼失陷在即，他顿失理智，急令军士驱赶城中老弱孩童至城楼之上，不顾众人苦苦哀求，严令士兵将众老幼乱枪戳死，然后用大锅熬成热油，往城下浇烫宋蒙士兵，温端称之为“人油炮”。饶是杀红眼睛的金军士兵，要杀死曾经相濡以沫的城中乡亲时，也心中绞痛不忍。

蔡州在联军狂风暴雨进攻下摇摇欲坠，金军主将已丧心病狂，狗急跳墙。蔡州百姓被困于城内，进退不能，徒然被绑架于金国朝廷这摇摇欲坠的破船而不能自已，濒死之时，还要受此地狱般的神焦鬼烂之祸，孟珙实在不忍此惨绝人寰的事情出现在他眼前，遂下令全军暂停攻击，请出随军道士，入城劝阻此惨无人道之事。

道士乃方外高人，说道：“天道喜善恶杀，国之争，乃兵家之争，然祸连百姓，将军欲违天意灭人伦否?”一番言语，令温端羞愧不已，无地自容，遂停止这惨绝之事。

熊熊战火再度燃起，宋蒙联军视温端为人间恶魔，恨不能将其碎尸万段；金军自身也因温端之为而深为羞耻，全军上下士气低落。不出半个时辰，宋军便占据柴潭城头四周，王坚部众看见仍负隅顽抗的温端，数十人蜂拥而上，将其戳成蜂窝。

奄奄一息的温端，斜靠在墙边，浑身鲜血淋漓，只有进气，没有出气。宋军将士仍不解恨，不谋而合，异身同行，再次群起刀枪相加，顷刻间，温端顿成一团肉泥，为其令人发指的行为终得报应。

随着温端的战死，本就脆弱不堪的金军城防已至瓦解的边缘，金哀宗惊闻温端所为，也气急攻心，亲临阵中抚军，金军将士这才士气稍振，且战且退，全军退回内城，将柴潭楼让与宋军。

山穷水尽

摇摇欲坠的蔡州城，已然是山穷水尽之境，只是在做着最后的垂死挣扎而已。已是瓮中之鳖的金国皇帝完颜守绪心知社稷虽倾覆在际，但心中仍旧期盼着有奇迹的诞生，不断地派出为数不多的勇士出城突袭，但事与愿违，无论金哀宗如何祈天祷告，也回天无力。十二月初九，蒙军破蔡州外城，金宿州副总帅高剌哥战死。祸不单行，十二月十九日，蒙军再攻破蔡州西城，都尉王爱实战死。同日，炮军总帅王锐杀元帅夹谷当哥，率三十人向蒙古投降。

此时的金哀宗终于对于守城彻底绝望，枯坐在破败不堪的临时宫殿内，对近侍完颜绛山哀声说道："我为金紫光禄大夫十年，当太子十年，当皇帝十年，自知无大的过恶，死无恨矣。所恨祖宗传祚百余年，至我而绝，与自古荒淫暴君同为亡国之主，唯此令我耿耿于怀。"

完颜绛山掩面抽泣，实不知如何安慰，只得匍匐在地，轻声哀唤道：

“陛下!”

完颜守绪猛然起身，走下台阶，厉声决绝道：“自古以来，无不亡之国，亡国之君往往为人辱囚，或被绑缚献俘，或跪于殿廷受辱，或幽闭于空房，朕绝不至于此！众爱卿，尔等看着，朕志决矣!”

完颜绛山匍匐向前，于完颜守绪脚下，仍痛苦无言，哀泣道：“陛下!”

完颜守绪仰面看天，不远处的城楼上，柴烟萦绕，遮天蔽日。今日联军没有攻城，蔡州城内难得的安宁，大殿之上寂静得可怕。突然，咕噜噜的声音从完颜守绪的腹腔传出，饥肠辘辘的他长叹一口气，自我苦笑一声，转身对完颜绛山轻轻说道：“卿等退下吧，朕想安静一会儿。”

夜半天晴，月明星稀，完颜守绪一身戎装，出现在殿前禁军的列队前，自始而终巡行于列队前，走到最后一人处，他面色平和地问道：“汝从军几载?”

“回陛下，小人从军一年!”那军士恭敬道。

完颜守绪默声不回，返身回走，再隔三四人，缓声问一军士道：“汝自何处参军!”

“回陛下，小人即蔡州人士，自陛下巡幸于蔡州，小人方才从军!”

完颜守绪心中一阵绞痛，伴随着饥饿，退出列队十余步远，转身回看，众军士皆面黄肌瘦，萎靡不振，他强忍心痛，猛然大声喝喊道：“将士们，今夜随朕出城，冲出重围，朕带汝等于他处过此元旦。”

“悉听陛下号令，吾等万死不辞!”金军将士异口同声，自肺腑出言，晃似穿云裂石般坚定。

完颜守绪举起腰剑喝道：“成败在此一举，今夜朕于众军同行，不成功便成仁！勇者胜，怯者亡，传朕号令，全军随朕杀将出去!”

“得令!”

“陛下，东门乃宋军防地，西门乃蒙古所防，吾等自何门而出，烦请陛下决断!”御史中丞张天纲（字正卿，金国忠臣）问道。

完颜守绪睁着血红的双眼咬牙切齿道：“宋人以侄事我大金百年，摇尾乞怜，奴颜媚骨，与犬羊何异。狼心狗肺之国，今反噬于我，欲亡我图存，朕即便与其同归于尽，也欲令其心不自安。传朕旨意，自东门出!”

“臣遵旨!”张天纲拜道。

东门外宋军大营内，孟珙命全军枕戈待旦，不敢疏忽。虽知金军已奄奄一息，但也需防金军孤注一掷。他命人将东门外以鹿角战栅团团围住，金军若自东门出，必为鹿角战栅阻隔。

帐内灯火通明，孟珙正襟危坐道：“金人兵尽粮绝，已至绝境，吾不日即发起总攻，诸君需传令各部，打起精神，休要延误战机。”

“末将遵命!”帐下诸将答道。

孟珙沉吟片刻，皱着眉头道：“据降兵所言，今蔡州城内缺粮已有三月，能裹入腹中之物皆已吃尽，鞍靴甲革、军鼓鼓皮皆成充饥之物。余惊闻城中已现老弱互食之惨状，人畜骨头和燕子筑巢之泥相熬，赖以苟活，败军若退回城内，也即为他军之肉，蔡州城已为地狱矣。”

孟珙娓娓道来，饶是众将皆是久经沙场之人，见惯腥风血雨，听到此等惨状，也是心惊肉跳，鸡皮疙瘩泛起。

“兵法云，攻心为上，攻城为下，心战为上，兵战为下，”孟珙继续说道，“传令伙夫，准备大锅，杀牛宰羊，大宴全军!”

“璞玉用兵如神，此计甚是妙也!”江海坐在次席称赞道。

孟珙正欲谦虚，江海笑道："璞玉此计，瓦解金人斗志。依愚兄之见，全军大宴，仍需派人严盯城内动静，以防有变。"

"江海兄所言甚是!"孟珙笑道。

"既如此，愚兄代汝传令!"江海脸色一变，喝令道："江万载!"

"末将在!"

"汝领三千兵马于东门通宵埋伏，金人穷饿疾苦之际，以防金人狗急跳墙，出城突围!"

"末将领命!"

待江海号令完毕，孟珙起身笑道："江海兄举贤不避亲，哈哈!"

"璞玉成全，哈哈!"江海笑道。

"即如此，今夜全军大宴，就委屈万载了!"孟珙走到江万载前面拍了拍肩膀，对江万载继续笑道："出营，吃肉，宰割一些，与随行将士!"

江万载挠头笑道："悉听将军号令!"

宋军大营内，炊烟于黑夜寥寥升起，不出一会儿，肉香四溢，弥漫于整个宋军大营，甚至顺着空气蔓延至蔡州城内。

与此同时，完颜守绪也亲率禁军，自东门倾巢而出，行至宋军所设鹿角战栅处，金军大窘不得前进，完颜守绪忙令全军搬移鹿角战栅。

"汝等当此摆设否?"一声喝叫自黑夜穿透而来，江万载率众迎面而来，威风凛凛，横刀立马于金军眼前，金军将士顿时慌成一团。

完颜守绪强作镇定，向全军号令道："众军莫慌，破釜沉舟，绝地逢生，随朕杀出去!"

可一切出乎完颜守绪的意外，刚在城内还意志无比坚定的金军将士此时全都挪不开脚步了，众将士皆两眼圆瞪，张大嘴巴，凑起鼻孔到处乱嗅，近在咫尺的危险也不自顾，只顾着到处追逐空气中的香味。不远处的宋军大营内，吆三喝四的酒令声欲隐欲现，更令众多金军将士几欲抓狂，不能自已，即便是完颜守绪也呃自按捺不住，将欲前往宋营缴械投降。皇帝的尊严令其放下这一闪而过的可耻念头，眼看将士们此等神态，已经全无斗志，完颜守绪心中绝望，但仍一声断喝："前军变后，后军变前，退入城内!"

可众将士哪里还能听见其言，皆欲奔走于宋营，跪地请降，只想求得一顿饱餐，孟珙早已授意江万载，若金军如此，即刻开栅纳降。当战栅被打开的那一刹那，金人如潮涌般奔向宋营，奔向那令其如痴如醉的酒宴肉局。

完颜守绪的命令此时如耳边风一样，从逃兵们的耳边一掠而过，转眼飘散得无影无踪。幸亏仍有数千死忠之士，簇拥着完颜守绪，趁乱阵之际，狼狈退回城内。孟珙不费一兵一卒，即刻又让金军折损大半，完颜守绪仰天大呼道："吾金国先人何等英武卓绝，怎奈传至吾手，竟溃于一顿肉食尔!"

金国覆灭

端平元年（1234）正月初二，元旦并没有给蔡州带来祥和之气，全城死气沉沉，坐以待毙。金哀宗已无计可施，枯坐在破败的临时宫殿里，耳边萦绕着儿时的鞭炮声，那时的汴梁城内，元旦张灯结彩，爆竹驱傩，桃符镇邪，偶尔他还会偷偷出宫，看街头表演，与百姓赏灯，可这一切已成过眼云烟。

前日除夕，他将自己的坐骑宰杀，分与诸军，勉强作一果腹之餐。那时他已心如死灰，众臣眼见皇帝将爱马宰杀之时，皆苦苦哀求不能杀。

完颜守绪哀道：“彼时，诸卿随朕至蔡州，不离不弃，今此困境，吾不能舍一马与诸卿图一元旦否?”

自完颜承麟、张天纲而下，皆悲戚而跪拜道：“谢陛下恩赏，臣等无以为报陛下厚恩，唯身死报国，以报陛下!”

金国上下已至死局，马肉进入众人之嘴时，泪水和着马肉夹杂着心中杂苦，味同嚼蜡。

城外的孟珙也不愿在此关键时刻亏待自己的兄弟们，攻心屈敌也好，犒劳军队也好，总而言之，孟珙一定要让跟随自己南征北战的弟兄们过好这个年。每日酒肉充足，顿顿好酒好菜，他心知，宋室南渡后最辉煌的时刻即将由这些兄弟们来创造，数百年来无数仁人志士梦寐以求的破金之局，即将由他和他的兄弟来实现，宋金百年来的对抗，即将由他和他的弟兄来画上完美的句号，他和他的弟兄们也即将为此而创造历史、光耀千古。

正月初五，黑气覆盖着蔡州城，太阳黯淡无光，蔡州就如一座死城，孤零零地竖立在宋蒙联军眼前，人间和地狱就差那一道城墙，宋蒙联军只要再有那致命的轻轻一击，守护地狱的城墙也就会轰然而塌。

正月初九凌晨，孟珙率领全军诸将于东门外三里处祭拜天地，告慰大宋列位皇帝先祖。回到军营后，孟珙立于校台，虎目环视，威风凛凛。众将士噤若寒蝉，不敢发声。

“将士们，尔等平日里皆诩忠君报国，今日正是践行之时。”孟珙顿了顿大声喊道：“吾等将复先人之愿，雪靖康耻、臣子恨。蔡州就在眼前，掳掠我大宋百年的金国君臣就在城内，吾将率尔等，毕千秋一役，全万世之功，尔等皆能因此战而功列社稷，名垂青史！弟兄们，衣锦还乡，光宗耀祖，即在此日，即刻起兵，攻城!”

全军将士雷霆震天，高举兵器一齐向天挥舞喊道：“攻城，攻城，攻城!”

孟珙深谙军士心理，此时唯有以利激军，才能激起将士们最大的斗志。

而与孟珙激昂顿挫相反，城内的金哀宗完颜守绪正在行使他作为皇帝做的最后一件事。他心知亡国将至，实不愿为亡国之君，看着殿下凄入肝脾的众臣，他拉过完颜承麟，悲声说道：“卿一路随我，风餐露宿，不曾过得片刻富贵，今朕欲禅位于卿，卿切勿推辞。”

完颜承麟大骇，匍匐在地苦泣道：“陛下，万万不可，臣怎敢妄图天位，死罪也!”

完颜守绪苦苦哀求道：“朕将江山社稷托付给卿，这也是迫不得已而为之。朕身体肥胖，不能策马出征。万一城陷，必难突围。卿平昔骁勇善战、才略兼备，如有幸，卿能逃出生天，可延续大金国祚，此乃朕之本意也。”

完颜承麟唯唯诺诺，不敢起身，于完颜守绪脚前悲戚道：“臣不能保陛下平安，臣之罪责，岂能鸠占鹊巢？臣心不安也!”

“汝要抗旨否?”完颜守绪怒目喝骂道。

“臣不敢!”完颜承麟哀道。

“即如此，即刻禅位!”金哀宗不由分说，对身旁太监命道：“取我龙袍，披于承麟身上。”

完颜承麟不敢再推辞，泪眼悲望心神俱丧的完颜守绪，神色哀绝地坐到完颜守绪留给他的龙椅上。禅位大典即在萧飒寒风中草草举行，没有任何喜庆之气。历代君主即位，其悲惨之状，莫过于此时。破落的宫城里，完颜守绪亲自给完颜承麟加冕，待群臣跪下山呼万岁之时，城外已经杀喊声四起，宋蒙联军正式发起总攻。

两万宋军将士，随着孟珙最后大手一挥，如决堤洪流，汹涌地卷向蔡州城，创造历史的时刻即由此展开大幕。

部将马义久未立功，一马当先，冲在最前，率数千部众，自东门搭上云梯攻城，余下部众，争先恐后，踊跃而上，生怕落于人后。马义率众打开城门后，孟珙及其诸将也全都心潮澎湃，不愿错过这历史交汇之时，皆身先士卒，披挂上阵。

城内金军早已饿得皮包骨头，无任何还手之力。宋军攻上城头之时，金军只能勉强反抗，那拨拉刀枪无力的动作，在宋军眼里也只是象征而已，绝大数金军即刻死于宋军刀下，极少数力气衰竭后弃械投降。宋军摧枯拉朽，不出半个时辰，即从东门城楼杀至南门，于南门升起大宋旗帜，此时蒙古军队还在西门上下与金军激战，宋军马不停蹄，奔袭至西门，从背后突袭金军，西门守城金军顷刻瓦解，宋军打开西门，蒙军潮涌而入，蒙宋联军终于在城内会师，与垂死挣扎的金军展开了最后的激战。

这是风云激荡的历史交会时刻，这是宋、蒙古、金唯一一次三国大交锋。熊熊大火燃烧着宫殿和街道，烈火烟尘中，炙热与寒冷交会，噼啪作响。三方军队都在为各自民族的使命而战，都在这一辉煌的历史时刻燃烧着生命的高光之火。三军大战的结局没有任何悬念，蔡州城内的大街小巷内，到处是金军横七竖八的尸体，蒙宋联军已经占领了蔡州城内的各个大小据点。

街道里四处弥漫的尘烟越过高墙，蔓延至幽兰轩内，夹杂着金军将士的哀嚎，向皇帝完颜守绪扑面而来。他双目无神，呆视前方，幽兰轩内的梅花树正迎风傲立，怒放散香，但在此时的完颜守绪眼里却分外刺眼，火一样的梅花红仿佛映出鲜血淋漓的金军将士相继倒下的身影，不断地刺激他血红的双睛。

一阵悲愤由胸腔涌向脑门，完颜守绪举起利剑，冲向梅树，狂砍一气，等枝头散落一地，他随即呆坐在树下，悲悲戚戚，诺诺自语，看腰带散落在地，他捡起腰带，缓缓站起身，将一头丢向梅树枝干，打成活节，他双目紧闭，将脖子伸入活节，那一刹那，完颜守绪和他的大金王朝化为历史尘烟。完颜守绪也完成了他作为一个君主最后的尊严使命，作为一个王朝终结的主角，完颜守绪给他的继任者完颜承麟做了一个最好的榜样。

完颜守绪在历史的交汇处留下浓墨重彩的一笔，但执笔人却是大宋未来的国之长城孟珙。孟珙还在城内奋勇厮杀，他的部下也在厮杀。一百多年前，金国人就在汴梁城内横行肆掠，今天，大宋健儿们只是在将这一切还给金人。时势易也，宋金百年世仇，宋人无时无刻不思报仇雪恨，不是不报，时候未到，孟珙就是执行这项任务的主角。

惊闻完颜守绪自缢的死讯后，完颜承麟率群臣入幽兰轩，跪拜于完颜守绪的尸体前痛哭不已。无奈战情紧急，完颜承麟与群臣将先帝草草收殓后，便即刻率领残部出门迎战。完颜承麟的出战，如同飞蛾扑火般的壮烈，刀山火海中，金国最后一个皇帝完颜承麟终因寡不敌众，丧于乱军之中，此时距离他即位登基还不足一个时辰。

完颜守绪自缢而死给金国的灭亡画上一个顿号，而完颜承麟则是为金国的终结画上句号的皇帝，而顿号和句号相隔的时间也只不过区区一个时辰而已。享国一百二十年的金国至此而亡。也就是这一个时辰，金国的两位皇帝无愧于列祖列宗，与北宋徽、钦二帝形成鲜明的对照。后人对金国两位君王为社稷存亡而惨烈身死的壮举，也无不敬佩不已。

国之长城　孟　珙

孟珙胜利之师的脚步不会因为金国二帝之亡而停。即便社稷已倾，金国将士为国奋战的步伐也未停止。

蔡州城内的战火仍在燃烧，金国宰相完颜忽斜虎率最后的一千多金兵仍在与蒙宋联军激烈巷战，终于不支，退至城内汝水河边。得知皇帝完颜守绪自缢的消息，完颜忽斜虎仰天叹息："陛下已经驾崩，吾等还何以为战？吾不能死于乱军之手，将投汝水自溺以追随陛下！诸君可善自为计。"话一说完，完颜忽斜虎奋身一跃跳入汝水中自杀。

余下金军将士血满身，泪满脸，相顾言道："完颜相公能死国，难道我辈不能吗！"于是上至参政、总师、元师，下至兵丁，五百多人皆一时跳入汝水殉国。

三军大战自此而终，蔡州城内的熊熊战火逐渐熄灭，金国君臣上下，以傲雪欺霜的姿态完成了他们的历史使命。半个世纪后的崖山之战，南宋君臣十万军民投海殉国，不能不说是与金人亡国做了最好的呼应。同为大宋君王，北宋屈辱而亡与南宋不屈而亡，总觉这就是历史和后人开的一个冷幽默，不能不令后人感慨万分。

降臣之言

江海于乱军之中抓住金国的执政官张天纲，押至孟珙前面，孟珙厉声问道："完颜守绪何在？"

张天纲冷笑道："我大金皇帝已然自焚谢国，岂能与尔等寻得。"

孟珙肃然起声道："汝乃忠臣，不与尔计较，然汝祖上亦我大宋子民，今吾克服故土，汝愿事我大宋否?”

张天纲仰面而泣道:“罢，罢，吾食金君之禄，事金国之事，自言不曾负于我朝，今亡国之际，余不畏死，唯求一死尔。但吾亦愿全将军万世英名，建不朽之功，以还汝之言，亦报我先祖之教也。皇帝于幽兰轩自缢而死，正由侍臣火化，汝等自去寻也!”

孟珙躬身而拜道:“谢大人明示!”起身后，命左右道:“将张大人请下去，好生看待，不得有误!”

待张天纲被押走，孟珙与蒙军将领倴盏率军飞速寻往幽兰轩。见完颜守绪的遗体尚在火化，孟珙命人迅速上前扑灭余烬，并捡出余骨。按照约定，宋蒙两国将金哀宗的余骨一分为二，各自带回国中表功。

金哀宗的余骨被带回南宋后，朝中上下一片欢腾，大有一雪当年“靖康之耻”的快感。按照流程，这批余骨首先被运交太庙，以告慰列祖列宗，然后押于大理寺狱库当中。金哀宗死后受此侮辱，跟当年的宋徽宗、钦宗父子的遭遇相比，也算是极其相似了。至于完颜承麟的死后事，其遗体被侍卫们偷偷地运送出城，然后星夜赶往泾州（今甘肃省泾川县）三星村岭背后的簸箕湾埋葬。

但事情并没有结束，金哀宗的死后受辱与徽钦二帝活着受辱的情形着实迥然有异，正如张天纲被押回南宋朝堂之上，大宋皇帝宋理宗命临安知府薛琼审问。

薛琼审道:“汝有何面目到此?”

张天纲傲然而对:“国之兴亡，何代无之。我金之亡，比汝二帝何如?”

薛琼大骇，惊吼道:“拉出去，快拉出去!”

南宋君臣亦知此事无法审问下去，金国君臣上下，无不令南宋朝堂肃然起敬。张天纲被南宋朝廷释放，后不知所踪。

尾　言

大宋的擎天之柱孟珙的征途才刚刚开始，南宋朝廷因为孟珙的横空出世，日后而能于蒙古铁骑踏遍欧亚大陆、毫无敌手之时，以半壁江山坚强对抗蒙元长达五十多年之久。灭金之后，孟珙毕数十年之功，以一己之力，建南宋纵横千里的防御线，其俨然成为了南宋朝廷的国之长城，他也培养了众多的优秀将星，诸如余玠、王坚等，都成为日后抗元的一方猛将。身为武将的孟珙，也重教兴文，在挥师抵御蒙古入侵的同时，他不以武备费文事，于战乱之际兴建公安、南阳书院，影响深远。

灭金之后，皇帝问其应对蒙古之策时，孟珙傲然起身答道："臣是一介武士，当言战，不当言和!"这是一个武将最标准的回答。这也是中华军人不屈于外侮的脊梁之言，掷地有声，振聋发聩。孟珙灭金的壮举已使他成为大宋立国三百多年之中最耀眼的将星，他也因此而必然屹立于中华民族千古名将之林，不朽于天地之间。

铮铮铁骨　铁　铉

明初，明太祖朱元璋分封诸子为藩王，本意让诸王拱卫中央，但在建文帝（朱允炆，朱元章长孙）登基后，各地藩王势力膨胀，严重地影响明王朝的中央统治，建文帝遂与亲信大臣齐泰、黄子澄等采取一系列削藩措施。

燕王朱棣（朱元章第四子，朱允炆叔父）于建文元年（1399）以“清君侧，靖国难”的口号起兵反抗，随后挥师南下，史称“靖难之役”。燕军一路所向披靡，大败年近古稀的老将长兴侯耿炳文，建文帝又派纨绔子弟、曹国公李文忠之子李景隆为大将军，代替耿炳文对燕军作战。不出意料，李景隆完败于马上王爷朱棣之手。

朱棣南下征途中，必须要拿下济南城，在那里，他碰到了他这一生军事生涯中最难啃的骨头、最难对付的敌人——铁铉。时为山东参政的铁铉率军于此展开了与朱棣军队惊心动魄的攻防战，成功地阻击了朱棣的数次进攻。南京城陷落后，铁铉被俘，就义于南京，临终之时，他不屈不挠，为后人诠释了何为铮铮铁骨。

铁铉运粮

草长莺飞的四月下午，和煦的阳光铺洒在德州前往济南的官道之上，粮草辎重排成长龙，蜿蜒曲折数公里，向济南城快速地游动着。

大明山东参政铁铉正徒步走在队伍最前列，黝黑的铁铉身躯凛凛，一双明目射出寒星，一身短打，浑然不像文官出身，他不停反身吆喝道：“弟兄们，北伐大军正与燕贼激战，大军日夜思盼粮草，吾等须速速前往。”

疾行至傍晚，虎背熊腰的昭信校尉安赤绂来到铁铉跟前请求道：“大人，运粮队星夜疾驰，人困马乏，今已至临邑，距济南城也就一日之遥，能不能稍事停歇一下，弟兄们真吃不消了！”

夕阳西斜，给运粮的长龙铺上一层金黄色的霞光，铁铉看着气喘吁吁的运粮大军，微微叹息道：“既如此，那就让大军小憩片刻，用过干粮，再继续启程，务必在今夜子时抵达济南！”

“得令！”安赤绂抱拳答道。

随着就地休息的指令传来，众军士如释重负，皆龇牙咧嘴，唉声瘫坐在地，更有甚者，索性幕天席地，四仰八叉，打起了呼噜。

铁铉倚坐在一棵树下，右手里拿着一块馍，停在嘴边，怔怔发神，思绪越来越远。

当年朝廷因他政绩斐然，调任他为都督府断事。在都督府断事任上，原先监狱里面有一些疑难案件，堆积了很久都无法得到解决，他一到任就把案件统统地判决掉，太祖皇帝对待人才一直是很重视的，赐字“鼎石”，希望他能成为大明朝廷柱石。当年他只是一个五品官员，却得到了皇帝这样隆重的礼遇，无疑是感激得五体投地。当今皇帝朱允炆乃太祖皇帝长孙，宅心仁厚，循规蹈矩，即位皇帝后，即提拔他为山东参政，他一下子就成为了朝廷倚仗的重臣，由不得他不感恩戴德，立誓要用平生所学报效朝廷，为民造福。但事与愿违，一切美好的愿景都随着燕王朱棣的造反而被打破了。皇帝朱允炆不堪坐视藩王的坐大，意图解决这一帝国难题。他没有采纳时任吏部侍郎高巍（字不危）推恩诸王的意见而强行削藩，各藩王惶惶不可终日，所以燕王朱棣在智囊姚广孝的策议下，举起清君侧的大旗，刀兵并起，自北平一路南下，刚经过洪武年间三十多年休养生息的华夏大地再一次陷入了兵火连天的境况。

国家兴亡，匹夫有责，况且其身为朝廷重臣，原本怀抱济世安民理想的铁铉被迫走上了战场，为大将军李景隆的北伐大军押运粮草，可绣花枕头般的李景隆根本不是燕王朱棣的对手——自白河沟开始，一路败退至济南城外。据探子报，此时的李景隆正带着十几万大军与燕军对峙于济南城外三十余里。

惊闻噩耗

“大人，大将军李景隆于济南城外兵败北军，大将军已率残军南去，燕王陈兵于济阳，即欲包围济南城。”探子快马急报，气喘吁吁地冲到铁铉面前说道。

“什么?”铁铉猛然站起身，手上的馍掉到地上。

昭信校尉安赤绂也听到此消息，慌忙走上前来道：“大人，北军来势汹汹，大将军十多万大军竟然皆溃于其势，济南城唯有都指挥使盛庸几千兵马，危如累卵，依末将之见，大人当止步于临邑，折道追上大将军，再从长计议。”

铁铉来回踱步，沉思良久，断然挥手道：“汝此言差矣，吾等万万不可弃济南而去，济南城城池高阔，固若金汤，易守难攻，可持久抗燕。且地处交通要冲，地势险要，扼守山东的交通十字路口，是防卫南京京师的屏障，乃我大明交通要冲和屯兵之所，若一旦沦于北军，北军北上可退至燕赵，南下可直抵江南，北军若有此进退自如之境，即我大明之痿厥之疾也！况且盛庸将军是当世虎将，我等入城，正可与其共守济南。”

济南四面基本上都是丘陵，属于半盆地，易守难攻，可以占领高点，并扼守住要道，而且因为济南不在沿海，所以也没有海上突然袭击的风险。也正是如此，铁铉经过认真思考，下定决心，继续率军前往济南。

“大人，此事不可啊，望大人再行考虑。况北军围城，水泄不通，我等何以进城?”安赤绂急劝道。

“吾意已决，休要再劝!”铁铉大手挥道，说完，继续对安赤绂道：“派人前去济南打探，有任何军情速速回报。”

“是！大人，属下这就去办!”安赤绂无奈，拱手抱拳，匆匆离开。

“是铁大人吗？铁大人？”一阵欣喜的叫声从运粮队伍后方传来，随后几匹快马疾驰而至，领头之人向铁铉站立之处喜叫道：“铁大人，鼎石老弟，我是高巍!”

“不危兄?”刚得知济南噩耗的铁铉突然听到老友高巍的声音，心胸为之一缓，笑将过去。来人正是铁铉朝中多年好友高巍。

铁铉握住高巍双手激动地说道：“不危兄，弟闻兄以参赞军务之职随大将军出师北伐，后出使燕王府，欲劝降燕王，兄于燕王府中慷慨陈书，大义凛然，弟以为兄已遭不测，不曾想竟在此地相逢，实令弟喜出望外。”

高巍叹息道：“蒙鼎石挂念，吾此去燕蕃，徒劳无功。可恨燕王不听吾言，冥顽不灵，在姚广孝（幼名天僖，法名道衍，字斯道，又字独闇，号独庵老人，靖难功臣）蛊惑之下，兴兵于北，兄也被燕王囚禁，前日吾趁看守不备，砸开牢笼，逃将出来，闻燕王正与大将军对阵于济南，愚兄正准备前去济南，效力于大将军帐下，以抗燕兵。”

听高巍说完，铁铉长叹一口气：“不危兄来晚了，大将军已败退，济南城危在旦夕。”

“什么？”高巍忙问何故。

铁铉把刚得到的消息叙述给高巍，高巍听完，咬牙切齿地骂道：“可恨燕贼！”骂完，却又无可奈何，一拳猛然击打至身边的树身上，一股鲜血从拳头中渗出。只见高巍仰天长悲道：“陛下，臣无能，出使燕藩，不能令其化干戈为玉帛，反身陷囹圄。燕王，尔与天子骨肉至亲，焉能从姚广孝之惑，陷我大明于水深火热、生灵涂炭。社稷不幸啊，大明不幸啊！”

看高巍如此伤悲，铁铉也痛心疾首道：“当初陛下不纳兄之建议，方有今日之祸啊！然吾等身为人臣，唯有忠义报国，以报陛下之恩也！”

当年高巍劝谏建文帝效法汉武帝的推恩令进行削藩，但建文帝没有采纳。另外对于削藩的次序，朝中也有两派意见，主要在黄子澄（名湜，字子澄）与齐泰（字尚礼，别号南塘）二人之间展开争论。黄子澄主张先削周王，周王是燕王胞弟，先除其羽翼，而齐泰则主张先削燕王，燕王是削藩成功与否的关键，只要燕王被削藩，其他诸王都好办。从后来的历史发展来看，齐泰的主张是对的，黄子澄的主张无异于打草惊蛇。可惜当时的建文帝采纳了黄子澄的建议，先削周王，这就给燕王敲响了警钟。

高巍收住哭声，向铁铉问道：“大将军兵败，鼎石意欲何往？”

“弟身为山东参政，本就应行山东之事，此国难之时，欲潜往济南，与济南都指挥使盛庸一起抗燕，人在城在，至死方休。”铁铉正色问道：“兄意如何?”

“鼎石所愿，正合吾意!”高巍亦正气浩然回应道。

“善也！那我等今夜即前往济南!”铁铉道，“弟已派探子先行打探，以弟所估计，北军虽刚败朝廷大军，陈兵于济阳，但其立足未稳，吾等正有空机潜入济南城内。”

“就依鼎石之言!”高巍道。

“好，弟在济阳还有一旧相识，名曰王省，乃济阳教喻，待吾书信与他，邀其一同抗燕!”铁铉思虑道。虽人还未至济南城，铁铉已经在心中做好各种打算。

“悉听鼎石安排，为兄不才，愿鼎力相助!”高巍道。

高巍虽年长于铁铉，但往年于南京朝廷之中，他官职低于铁铉，自身也一直佩服铁铉才智过人，心知此去济南，唯有铁铉才能托起此危局，心甘情愿居于铁铉之下，协助铁铉。

奔赴济南

军士们已歇息大半时辰了，夕阳的余晖依然坚强地给青色的天空添加出最后一片晕红，晚风徐徐地拂送来花木丛中的片片幽香，但铁铉和高巍等人却没有任何心情欣赏这傍晚的美景，两人的心早已飞向危在旦夕的济南城。事不宜迟，铁铉命令全军开拔，即刻前往济南，一路收拢李景隆败退后的残兵败将，聚拢到麾下，浩浩荡荡，披星戴月，进军济南。

铁铉口中固若金汤的济南城就在前方，那青方条石堆砌的高阔城墙，高耸在铁铉的眼前，在黑暗中巍巍森严，大明的军旗在迎风招展，在夜空中嚯嚯有声。

济南城南门为历山门，此时紧紧关闭，严阵以待，城头之上的哨兵看到城外蜿蜒如长龙般的火把队伍，叫喊道："来者何人!"

"速传都指挥使盛庸将军，就说北伐大军督粮官山东参政铁铉、参赞军务高巍求见。"铁铉令人高喊道。

"铁大人，高大人，军情危急，防务慎重，请两位大人稍候，待在下报于盛将军，再来给两位大人开城门。"哨兵说道。

片刻过后，魁梧异人、一身戎装的盛庸（字世用，建文帝一方名将，后投降朱棣）来到城头，探头向下询问道："来者可是铁铉铁大人?"

"正是铁铉，盛将军，别来无恙，快请开城门，铁铉给济南带粮而来!"铁铉高喊道。

"铁大人为李景隆大将军押粮，今不随大将军而去，来济南城有何贵干?"盛庸谨慎地问道。

"盛将军此言差矣，今大将军已南归京师，铁铉身为山东参政，不归济南，那去哪里?"铁铉反问道。

盛庸一时语塞，见盛庸还在迟疑，铁铉喊道："盛将军勿疑，铁铉此进济南，意欲与大人同舟共济，共守济南。今铁铉已筹粮草，原为北伐大军准备，现大军已退，正好奉上将军，以备将军于济南城抗燕之需。"

"即如此，待本将派人出城校验，铁大人请勿怪。北军近在咫尺，本将不得已谨慎行事!"盛庸说道。

铁铉拱手道："将军所言甚是，当年宋太祖夜守寿州城，为防不测，使其父夜宿城外。铁某自知此来突然，事出有因，自当理解将军为何谨慎!”

会师济南

经过一番周折，月上杆头之时，铁铉与高巍总算带领运粮大军浩浩荡荡地进入济南。盛庸来不及客套，就被军务缠身，返回将军府。

铁铉在济南城内有自己的府邸，和高巍在府中休息一宿后，刚起床，已闻仆人传言，盛庸在府外求见，铁铉赶忙和衣赤脚，冲出府外，笑道：“劳烦盛将军屈身登门造访，让铁铉汗颜不已。”

“铁大人就不要客气了，今燕兵大军临城，形势危急，本将正欲与大人商议如何守城。”盛庸已经年近古稀，但为人干练粗豪，快人快语。

“盛将军快请！堂中商议!”铁铉摊手将盛庸请进府中，适逢高巍也收拾妥当，迎将出来。铁铉赶忙介绍道：“昨夜匆忙，未能细细引荐，此乃铁铉朝中故友，原吏部侍郎、北伐大军参赞军务高巍高大人!”

“高大人，幸会！盛庸早有耳闻高大人于燕府劝谏燕王之事，令盛某佩服。”盛庸抬拳敬道。

“盛将军，高某也久仰盛将军威名，今日得见尊颜，名不虚传!”高巍回敬道。

“哈哈！两位大人就都别客套了，快请坐，请坐!”铁铉命仆人备好茶水。

三人落定，盛庸问道：“燕王大军压境，军情紧急，两位大人可有退敌之策?”

“盛将军，铁铉身为参政，乃文官，不敢误言军事，军中之事唯将军马首是瞻。”铁铉知道盛庸主政山东军务，不愿越俎代庖。

“不然，铁大人，本将与大人同政山东，虽你我二人交集甚少，不甚相熟，”盛庸浅酌了一口茶继续说道，“然大人于朝中美名，盛庸尝有闻之，大人熟通经史、性情刚决、聪明敏捷，先帝赐大人鼎石之字，对大人殷之切切，视大人为国之柱石栋梁也。今大人临危不惧，慷慨进城，定已心怀退敌之策，盛庸愿洗耳恭听。”

铁铉摆手笑道：“将军过奖了，铁铉一文弱书生，退敌之策不敢讲，但或有一法，权当试之。”

盛庸喜道：“愿闻其详!”

铁铉看了看高巍，对盛庸笑道：“此法其实不危兄已试过，不危兄此前往燕蕃，与燕王当面晓之以情动之以理，未能劝之。铁铉欲故技重施，灵验与否，不敢结论，但动摇北军士气，或可为之。”

盛庸有些失望道：“燕王早就厉兵秣马，绸缪桑土，妄图社稷，余恐此法不能奏效。”

“将军莫忧!”铁铉笑道：“余也知此法或许无用，然燕王此番倒悬逆施，假借清君侧之名行造反之事。既如此，吾等可顺水推舟，再以周公之义劝之，燕王若从，甚好，皆大欢喜；燕王若不从，则揭其假仁假义之面，反之能提升济南全城士气，亦能激起济南全城奋勇抗燕之心也!”

“鼎石所言甚是，大敌当前，唯有激起同仇敌忾之心，方能众志成城，坚守济南。”高巍赞同道。

“是的，将军，济南城阔墙坚，兵精粮足，易守难攻，再加上全城一心，何愁北军不退?”铁铉坚毅道。

“即如此，就依两位大人之言，权且试试。”盛庸无奈道。

“将军，兵来将挡，水来土掩，铁铉虽非将种，但也知战场之事，需临机应变，此时言退敌之策，铁铉实未可知。”喝了一口茶，铁铉突然神色一凛，豁然站起身道：“然铁铉已怀杀身成仁之心，誓与济南共存亡。”

“鼎石，愚兄愿从尔!”高巍眼含热泪，起身抱拳道。

眼见铁铉与高巍如此坚定，盛庸为之敬佩，俯身恭敬拜道：“久闻铁大人高风亮节、怀赤子之心，今盛庸亲眼目睹，世人所言非虚，盛庸佩服。”

“将军谬赞，”铁铉赶忙托起盛庸道，“今济南军务，铁铉愿尽全力佐助将军，还望将军不弃!”

“不然，大人为地方长官，山东父母官，济南全城百姓能否同心协力，还望大人周全，盛庸唯军务以助大人也!”盛庸谦逊道。

“哦嚯嚯，两位，”高巍在一旁笑道，“两位就别相互推让了，今两位一政一军，相得益彰，政事决于鼎石，军事以将军为主，如此即可。”

“不危兄言之有理!”铁铉笑道。

“就依不危老弟之言!”盛庸笑道，“既如此，今吾等三人，歃血为盟，城在人在，与济南共存亡!”

“好!”荡然浩气随笑声穿堂而出，三人走出堂外，仰望东方，薄云后朝阳正喷薄欲出，火红色与青蓝色交杂于一起，宛若鲜艳夺目的彩缎，装饰着整个天空。

济南保卫战即将从这个安详的清晨开始。济南，这座千年泉城，即将迎来属于自己的“城神”，朱棣即将从这里迎来自己南下以来的最大对手，大明即将迎来堪比唐代张巡的铮铮铁骨。誉满华夏的铁骨第一人——铁铉即将从这里展开自己彪炳千古的光辉伟绩。

安抚军民

大战之前的济南兵荒马乱，城内百姓闻北军将至，皆人心惶惶，惊恐万状，很多百姓纷纷准备行囊，扶老携幼随时准备出城避难。作为留在济南城中最高的地方行政官员，铁铉知道此时安抚城中百姓，缓和恐慌情绪，是首要之事。此时他已然成为城中百姓的主心骨，不时地穿梭于城中，与人闲聊，谈笑风生，神色自如，城中军民眼见铁铉如此镇定，渐渐人心安定，不安的骚动渐渐从城中消失。

建文二年（1400）六月初八，燕王朱棣的大军终于兵临济南城下。虽然百姓们早有预料，但当真正亲眼见到明晃晃的尖刀利刃陈列于城门之外时，还是慌作一团，不时有焦灼的哭泣声。情急之下，铁铉立于城中高台之上，张榜檄文，慷慨激昂道："城中军民们，父老乡亲们，今燕王无道，罔顾骨肉亲情，妄起逆兵，涂炭生灵，实乃不忠不孝不义之贼，吾齐鲁之士，浸孔孟之学，承忠义之本，持礼仪之道，于此，吾等军民当同城一心，众志成城，燕贼必败。"

右侧老当益壮的盛庸也顺着铁铉的话，向下高喊道："吾盛庸身为山东都指挥使，愿随铁大人坚守济南，济南城墙高城阔，易守难攻，且济南粮草充足，足可坚持一年之久，有吾盛庸在，城头的军旗就会在，有吾盛庸在，济南城就在。"

修长挺立的高巍热血沸腾道："自古齐鲁忠义多，安能燕贼临城慌？保家卫国，匹夫有责，齐鲁多侠士，皆英雄豪杰，国难当头，让吾等随铁大人、盛大人舍生取义、精忠报国！燕贼除非从我高巍的身上踏过去，否则休想踏进济南城半步!”

“铁大人，几位大人，吾等皆愿随大人坚守济南，以身报国!”一年长之人喊道。

“吾等草民，不懂庙堂之事，但铁大人及诸位大人如此忠义，吾等愿唯几位大人马首是瞻，杀身成仁!”一年轻壮汉振臂高呼道，“父老乡亲们，有铁大人、盛大人及几位大人在，我们还怕什么，若燕贼来，吾刘岩愿随大人出城杀他个人仰马翻!”

“好样的!”铁铉走下高台，握住刘岩的手激动道，“刘岩兄弟，济南有尔等义士在，何愁济南不保，何愁燕贼不破!”

初战朱棣

安抚好百姓，铁铉为首，盛庸、高巍左右随后，三人率众来到历山城头，眼见燕王大军正铺天盖地陈兵列阵于南城门外，数千幡“燕”字大旗嚯嚯作响，数万大军枪头银光闪闪，盔甲头上的红缨连成一片，士兵的呐喊声呼和着铠甲摩擦声震天动地，不可一世的冲天煞气平地而起。

骑高头大马的燕王朱棣身披金色铠甲，缓缓行至军队最前列，明太祖的第四子朱棣英武挺拔，浓眉虎目，冷面逼视着城头之上的铁铉和盛庸及高巍三人。眼见三人迎目而视，朱棣眯起眼睛，嘴角微微上翘：“三位大人，别来无恙!”

“托燕王福，还苟活于城头之上!”铁铉哈哈笑道，“就不知道燕王将祸福几何？哈哈！”

朱棣哼哼冷笑道：“铁大人，孤之祸福非天定，自北平至此，孤已知祸福之事皆人定，事在人为而已。今幼君纯良，朝廷虎狼成列，至社稷倒悬，危如累卵。孤高举义旗，行清君侧之举，当诛朝廷奸逆，孤闻大人昔日得太祖高皇帝赏识，赐尔鼎石二字，望尔行鼎功柱石之举，今尔何不早早从孤，以振肃朝纲。”

“燕王高看，铉不敢应！”铁铉道，“当今圣上，聪敏仁孝，天下爱戴，太祖高皇帝遣大王为大明守边，则吾大明朝廷，内有圣明在朝，外有强蕃守边，宇内承平也。今殿下舍千乘之尊，妄起刀戈，骨肉相残，生灵涂炭，殿下置黎明百姓于何地，置江山社稷于何地，铉想，此亦非太祖高皇帝之意也！”话音落毕，朱棣军中竟有些骚动，料是不少士卒已将铁铉之语听入心坎了。

“多言无益，孤不与尔等做此口舌之争！”朱棣不怒自威道，“铁铉、盛庸、高巍，莫为浮云遮望眼。孤今至城下，休要作螳臂当车之举，孤令尔等大开城门，迎孤进城！”

“殿下一意孤行，就恕吾等无礼！”铁铉抱拳道：“刀枪无眼，还请殿下见谅！”

“既如此，休怪本王无情，攻城！”朱棣转身对部将张玉（字世美）命令道。

“遵命！”张玉在马上，双手紧握长枪抱拳道。

随着张玉一声令下，头戴红缨帽的北军排山倒海般地扑向了济南城。由城墙上看下，北军将士仿佛红色的人浪，此起彼伏地涌向城头，青色的墙砖就像巨大的礁石，一轮一轮地挡住来浪，那从城墙上不断摔落下去的北军士兵，就像巨浪拍打礁石溅出的浪花，浪花摔落在地，就淹没于新一轮汹涌而至的浪潮中。

铁铉摘去官帽，将衣摆扎于腰间，持刀与高巍并肩而行，随盛庸一起，身先士卒，奋力地与士兵们拼杀于城头第一线。盛庸拦住铁铉和高巍两人，嘶吼道："两位大人速速退下城头!"浑身沾满鲜血的铁铉和高巍哪里肯退，可禁不住盛庸亲兵死拦，两人只得穿梭于城墙之上，不停地为士兵传递滚木和弓箭，尽己身绵薄之力。

城外成片的北军将士倒下，倒在血泊里的北军将士眼里映出家中妻儿翘首以待的那浅笑模样，一瞬间，又成为破灭的灰烬，而那还在挥舞着武器砍杀的燕兵们，不断有绝望的呼喊在身边响起，不断又有绝望的身形在眼前幻灭。

在那战场的中心，燕王朱棣依然坐镇中央，气定神闲地挥舞着令旗。一将功成万骨枯，在朱棣通往未来的帝王之路上，成群的士兵成为了他的垫脚石。战场之上，哀号漫天飞舞，血雾遍地流淌，在天幕倒映之下的那些士兵，即将化为大地上的那一抔黄土，鲜血浸润了这厚重的土壤，由灰色到深暗。双方的士兵仍在奋力厮杀，此时的他们已然如困兽般咆哮，眼中全是恐怖瘆人的血丝，心中只有你死我亡的信念，皆要与敌人同归于尽。也不知过了多久，烟尘四起间，嘶喊声戛然而止，残留的烽火终于在那一场倾盆大雨之后默默熄灭了。

偷袭燕军

第二天的战斗如期而至，北军的抛石机不停向城内发射铁石，夹杂着滚油的火弹也不停地飞至城头。城墙上火光四起，被炮弹打到的明军将士撕心裂肺地在城头翻滚。待城墙被轰出缺口，在张玉的命令下，北军士兵就推着攻城车和云梯蜂拥而至，城内明军在老当益壮的盛庸指挥下，皆奋不顾身填住缺口，与登上城头的北军拼死相搏，打退一场又一场进攻。

今天的铁铉依然站在战斗第一线，盛庸的亲兵根本拦不住铁铉的战斗激情，无奈之下，盛庸只得嘱托亲兵一定要保护好铁铉的安全。

夜幕降临，一天的战斗终于结束了。眼见城外的炊烟从帐中升起，铁铉心中一闪，拉住盛庸、高巍坐下，铁铉建议盛庸，此时正是偷袭北军之时，给朱棣来一个反戈一击。盛庸一拍大腿称赞道："铁大人奇谋，不为将军可惜了!来而不往非礼也，我们也需要给燕王一个还礼了，哈哈!"

当北军将士们欢呼雀跃地围着火头军，刚准备填肚充饥，铁铉与盛庸亲率敢死队，出其不意地杀入北军大营，砍瓜切菜似的给北军一个措手不及，北军营帐内顿时鬼哭狼嚎，军士们四处奔跑逃散。等北军将士反应过来，在张玉、朱能等将的督促下仓促迎战，可明军将士又旋风般地撤入城内，几乎全身而退。

晚霞再一次铺洒在陈尸遍野的战场上，刚经过重挫的北军将士垂头丧气，大营内到处是哀嚎不断的伤残兵士，一股凄凉哀怨的气息笼罩着北军大营。

明军疾风骤雨般的攻击令朱棣暴跳如雷。他愤愤起身，蔑视着济南城对身边张玉道："孤自幼随太祖皇帝征战南北，无往不胜，不曾想竟在这小小的济南城下损兵折将，实乃孤平生之大耻。铁铉等人如此食古不化，蚍蜉撼树，自不量力。孤定要将济南踩于脚下，将那铁铉、盛庸、高巍三人碎尸万段，方解我心头之恨!"

"殿下!"张玉跟随其后道："济南城阔墙厚，易守难攻，况铁铉、高巍深获人心，盛庸又乃当世名将，足智多谋，若一味强攻，定然损伤惨重。”

“那依世美之言，孤当如何?”龙行虎步的朱棣问道。

“孙子曰，不战而屈人之兵。今殿下以帝叔之尊，兴起义兵，清君侧，诛逆臣，此乃殿下家事，殿下可修书一封劝诫城内，进可全城倒戈，退可扰乱其心。”张玉道。

朱棣思虑道：“此计甚佳，那铁铉与我有旧，昔日于京师相谈甚欢，孤与盛庸亦曾并肩疆场，生死与共，那高巍虽是冥顽不灵，但也并非顽石一块。就依尔言，速速修书射至城内。”

千古名篇

黑暗之中的城头，串着信件的城外之箭擦着哨兵耳朵射到立柱之上，哨兵看到“铁铉亲启”的字样，慌忙赶往铁铉府邸。山东参政府邸里正灯火通明，连日的战斗虽然让铁铉等人身心俱疲，但他仍拉住盛庸、高巍等人商讨抗燕对策。

半夜里，昔日好友济阳王省的学生高贤宁自城外偷偷潜入，投奔铁铉。自高贤宁（明成祖锦衣卫指挥使纪纲好友，铁铉故去后，野史传高贤宁照顾铁铉后人）口中，铁铉已闻王省的噩耗。济阳教喻王省被攻入城中的北军士兵抓获，逼他投降，但他英勇不屈，慷慨陈词，北军士兵竟然为他所感动，放走了他。但更出人意料的是，他被放走后并未回家继续过自己的日子，而是召集他的学生们，在平日上课的明伦堂教授了他人生中的最后一堂课。他对自己的学生说道：“我平时教了你们很多东西，但其中要义你们未必知道，今天我就告诉你们，其中精髓就在于此堂之名明伦二字，请诸君牢记。”说完他便猛然以头撞柱而死。王省不求苟活，为自己的信念而死，乃纲常伦德之被诠释，乃华夏浩然正气之怒然绽放。

铁铉不停地摇着头哀叹道：“子职（王省字），子职，尔死得其所也，死得其所也！今汝身虽灭，然汝之精神长存也！”

此时哨兵拿着燕王的书信匆匆报于府中，看到朱棣的来信，铁铉轻蔑一笑，将信传与盛庸道：“盛将军，不危兄，城外劝降信来了。”

“哦?”盛庸看着信件，笑道：“城外是打怕了吧，哈哈!”

“燕王黔驴技穷，妄图玩心理战，扰我军心啊，鼎石，不如我们以牙还牙，返书一封，如何?”高巍笑道。

“不危兄此计甚妙，待吾修书，即刻回复燕王，哈哈!”铁铉大笑道。

刚入府不久的高贤宁忽然打断道：“不劳鼎石兄，贤宁刚入城，寸功未立，此事贤宁愿代为之!”

铁铉凝视着高贤宁，思虑片刻，笑道：“然，就依贤宁老弟，全尔之功!”

四人来至书房，铁铉亲自为高贤宁研墨，高巍为高贤宁举烛火，盛庸侧身一旁端视。此时的高贤宁早就胸有千言，片刻间皆化作宣纸上的铁画银钩，不出一炷香时间，一气呵成的《周公辅成王论》喷薄而出，通体文笔，大气磅礴，气势恢宏。铁铉在一旁细细打量，如梦初醒，如大旱逢甘雨，如久寒之日逢艳阳，待高贤宁收笔之时，铁铉不由得大呼道：“妙，妙，贤宁老弟大才，此文甚妙，此文乃贯古通今之奇文也！不危兄，贤宁老弟之才气不输于你啊!”

高贤宁一边擦手，一边汗颜摇头道：“鼎石兄谬赞，早已成文于胸也，只是应时写出而已。贤宁岂敢与不危兄比文采，那真是班门弄斧了，呵呵，献丑，献丑!”

高巍眼神随手指移动于宣纸之上，通读全文，也不禁点头大赞：“贤宁老弟，此千古奇文必将传世，汝之大名也必将随此文传至后世也!”

盛庸虽为军将，但看到此文，亦竖起大拇指称赞道：“盛庸粗通文笔，读此文，只读出一个妙字，哈哈！若燕王看到此信，必能震其脑，溃其心也，哈哈!”

朱棣很快收到了铁铉的答复，打开信件，随口刚读上几句，朱棣本来舒展开的笑容逐渐僵住，脸色由红泛白，继而变得铁青。张玉心知不妙，慌忙从朱棣手中接过信件，从头起读，看完全文，张玉亦是满头大汗。

虽然各为其主，虽然在济南城外两军相交，吃了铁铉不少苦头，但此时无论朱棣还是张玉，内心皆不由地对铁铉的复信佩服得五体投地。

来信正是高贤宁的《周公辅成王论》，洋洋洒洒数千字，行云流水，矫若惊龙。信中言道：不敢以功高而有藐孺子之心，不敢以尊属有轻天子之意。爵禄可捐，寄以居东之身，待感于风雷；兄弟可诛，不怀无将之心，擅兴夫斨斧。诚不贪一时之富贵，灭千古之君臣。

朱棣自言自语道：“此信写得好，写得好，子美，差人查一下，此信出于何人之手，日后若逢此人，孤当重用。”

“遵命!”

“《周公辅成王论》，哼哼，千古奇文，既如此，大军歇息数日，自北平调拨粮草，待将士们休养充足，日后再战，也算全此文之功!”朱棣沉声道：“济南地势险要，若得此城，进可南下京师，退可划江而治，不拿下此城，孤心有不甘。”

“谨遵殿下之命!”张玉恭敬道。

再战朱棣

两个月之后，北军将士已经休养得生龙活虎，在朱棣的死命令下，济南城的战斗又开始无休止地继续了。

北军再一次汹涌而来，面对如潮而至的北军，铁铉与盛庸早就计议好，将塞满火药的喷筒裹作人形，紧缚在马上，待北军兵近，令兵士大开城门，点燃火药，放马冲入北军阵中，火药于北军阵中爆炸，顿时炸得北军血肉横飞。

铁铉又命人随火势施放神机铳，火炮轰炸之处，人仰马翻，烈焰之中的北军士兵哭天喊地，倒地的战马也凄惨嘶鸣。

整个北军大营慌作一团，排兵列阵，全无章法，到处是四处乱窜的北军将士。督战队连续砍杀数人，这才止住溃散的步伐。

撕心裂肺的哭喊声传至中军大帐，朱棣暴跳如雷，马鞭遥指济南，怒喝道:“孤不破此城，不擒铁铉、盛庸、高巍三贼，誓不北还。”

双方僵持在济南城外，已逾三月，两军将士你来我往，互有胜负，明军大旗依然高高地耸立在济南城头。城中军民在铁铉、盛庸、高巍等人的领导下，已经完全克服了恐惧，斗志越来越昂扬，青壮男子纷纷踊跃从军，期望能为保卫济南贡献一己之力。

北军大帐中，朱棣率领众将一筹莫展，枯坐帐内。自起兵以来，所向披靡，无往不胜，骁勇过人的朱棣一度非常自信，自年幼随父皇历于军中，马革疆场就伴随他一生。此次在济南城受挫，堪为平生未尝之败局。

张玉献计

朱棣双手拿着马鞭别于身后，在帐内来回踱步，焦躁时，停下脚步，威声向诸将问道：“我军连番受挫，诸将可以计否?”

“吾有一计，或可一试。”张玉思虑道，“济南虽城池坚固，然其地势低洼，我军可决黄河之水淹之，则城中之兵皆无力可战，此为仿昔日关云长水淹七军之举也!”

闻听此言，帐中诸将纷纷惊恐站起劝阻。

大将朱能（字士弘）起身急道：“子美兄，万万不可，此计虽妙，但也歹毒异常，若依计实施，则置城中百姓于滔滔洪水之中，汝于心何忍。济南乃大明之济南，亦是殿下之济南，城中百姓亦是殿下之百姓，殿下起靖难之兵，行仁义之事，此举是为陷殿下于不仁，留后世骂名也。”

朱棣沉吟道：“士弘言之有理，此举剑走偏锋，实为下策。”

“殿下，士弘兄之虑末将何尝不知，然吾燕军将士随殿下南征，出生入死，征战数月，早已身心俱疲，殿下忍心将士们再于济南城下赴汤蹈火否?”张玉坚持道。

为下之时，张玉之计或许奏效，但却是无道之策，一边是大明济南城的子民，一边是浴血奋战的将士，张玉如此说，诸将俱左右为难，不敢发声支持，朱能也不再言语，皆张眼等着朱棣决策。

“子美之计诸将还有议否?”朱棣沉声继续问道。一股沉闷的肃杀之气逐渐酝酿于大帐之中，只听朱棣震馈发声：“诸君既无反对，即依子美之计，引水灌城!”

“殿下！还请殿下从长计议!”朱能率领诸将跪下，想劝但又提不出更有效的计策，只能苦劝不能行此下策。

“刮骨疗毒，壮士断腕，未尝不可，诸君休要再言，孤意已决!”朱棣怒意萦绕于大帐之中，威吼之声震得诸人耳膜鼓鼓作响。

水淹济南

在张玉的指挥下，北军在济水下游竖起大坝，一夜之间便蓄起巨大的洪流。待张玉一声令下，北军挖通沟渠，决开堤口，引水而至济南，滚滚洪潮自北向南，汹涌而至，顷刻之间，洪水漫过护城河，穿城门而入，像饿狼般张牙舞爪地肆掠街道的每一角，整个济南城顿时被洪潮吞噬，浸入漫漫水潮之中。城内到处是漂浮的木材、器物，百姓的痛哭之声不绝于耳。

忧心忡忡的铁铉视察完城内军情，原本皱成一团的眉头渐渐舒展，心中已有打算。踩着齐脚深的水，回到参政府中，盛庸、高巍早已焦急地在大堂之中等候多时。

“鼎石老弟，大水灌城，你倒是快拿个主意啊。”心直口快的盛庸焦急道。

“是啊，鼎石老弟，你可是全城主心骨，济南全城泡于水中，若长此以往，城墙崩塌不说，将士们总不能涉水而战啊!”高巍急道。

“两位老兄莫慌，余刚于城中视察，北军引水倒灌济南，皆因济水高悬，济南地势低洼，北军筑坝，水由沟渠自然而至，然吾观北军亦处于济南城外低洼之处，若吾等毁坏北军所筑堤坝，则济南城水定能退潮而去，洪水返流，吾亦可倒灌北军大营也!”铁铉道。

“妙啊，妙啊，此计甚妙!”盛庸一拍大腿称赞道。

“此计虽妙，然如何毁坏北军大坝?”高巍愁道。

“弟刚于城中遍寻善于泅水之士，并与彼等细聊。重赏之下必有勇夫，余欲招募彼等为敢死队，出城破坝!”铁铉道。

“鼎石老弟运筹帷幄，决胜千里，真将才也，兄自叹不如!”高巍赞道。

“原来鼎石老弟早就谋定在胸了，盛某佩服!”盛庸抱拳道。

“两位大人过奖了，铁铉身为山东参政，水务之事乃在下之本职耳。”铁铉谦虚道。

倒灌北军

子时三刻，小雨沥沥，伸手不见五指，正是大地熟睡之时。济南城中，几十名善水勇士由昭信校尉安赤绂率领，赤膊列队，神色坚毅，等待铁铉视察。众勇士精壮的肌肉在黑夜中闪闪发光，仿佛整个身体里都装满了蒸汽般，只等铁铉一声令下。

铁铉来到众人跟前，一一叮嘱，让众人务必小心行事，待视察完毕，众勇士便鱼贯而跃入护城河，义无反顾地顺渠水而上，直奔济水上游。

雨一直下个不停，越来越大，不断在水面之上砸出无数浪花。不出一个时辰，勇士们已摸到大坝之前。数百守坝北军士兵正于帐内熟睡，他们根本想不到官军会从城内潜水而出，连放哨的也都躲到帐内避雨。安赤绂等众勇士从漆黑一片的水中钻出，偷偷摸进北军帐内。哨卫还没来得及反应，一声闷喝，就被安赤绂等人一刀毙命。勇士们陆续奔到熟睡的士兵床前，纷纷手起刀落，瞬时间，惨叫连绵，余下的北军士兵闻声慌忙从被窝里爬出，和衣仓促应战。可众勇士有备而来，哪里容得下北军组织有效抵抗，众勇士早就置生死于度外，在安赤线一声令下后，如饿虎扑食般冲杀仓皇抵抗的北军士兵，可怜那数百人，刚刚还在热乎乎的被窝里做着美梦，一时间或人头落地，或伏尸水中，一两个偷得活命的漏网之鱼早已魂飞魄散，作鸟兽散，逃往北军大营报告去了。

事不宜迟，安赤绂等人不作任何停留，工具齐上，建高坝难，要坏一大坝，那便容易很多。朱棣数千部队费几宿之功而筑成的大坝顷刻就被破坏殆尽，滔滔济水没有了阻隔，顿时如被囚禁的蛟龙没有了束缚，一路东奔入海。济南城中之水也迅速退潮而去。

正如铁铉所料，大水倒灌至北军大营。霎时间，北军大营里器皿、衣服、杂物四处飘荡，一片狼藉，朱棣的军帐之中，也浸满了洪水，书籍、公文到处散落，一团乱麻。

“大坝何以被南军掘开?”朱棣暴跳如雷道，“济南城被团团围住，城内之人怎能出城?”

“殿下，据逃脱的守坝军士回报，铁铉召集善水勇士潜水至大坝处，我军无从发现，以至大坝决堤。”将军丘福道。

“吾守坝数百名军士，敌不过区区几十南军?”朱棣暴怒道：“亵渎职责，致孤功亏一篑，是可忍孰不可忍，来啊，将那失职之人剥皮抽筋，方解孤心头之恨。”

“是!”

“重塑大坝，吾定将济南全城人拿去喂鱼。”朱棣怒不可赦道。

“得令!”一旁的张玉道。

只可怜刚刚逃出生天的原守坝卫士，还是没能逃过身首异处。

星夜中，偶尔野狗叫上一两声，给宁静的夏夜增添点点生机。朱棣又已修完大坝，洪水再次袭卷济南城。更夫涉水艰难前行，“邦邦邦”三声，夜半三更的月光铺洒在济南全城，波光闪闪，全城已经被水浸泡三日。铁铉与盛庸、高巍、高贤宁等人彻夜不眠，分别带领军士驻守各城门要隘之处，凡有坍塌之处，就命人及时补上，劳碌半夜，几人心力交瘁，在城中高台之处，席地而坐。

盛庸啃了口干粮愁道：“城中浸泡日久，长此以往，终究难守。”

“今夜吾于汇波门巡视，发现前几日被北军轰塌的墙体，虽被补上，但终究抵不住这连日水泡，又要塌下去了。”高贤宁道。

铁铉与高巍相视良久，突然眼冒金光，计上心头，铁铉欣喜道：“擒贼先擒王，吾有一计，定能一举定乾坤。”

“鼎石，快快言之!”高巍急不可待道。

“诈降!”铁铉嘴里蹦出两个字。

“什么?”盛庸跳将起来：“诈降？铁大人，怎能出如此下策，致我等脸面全无。”

“盛将军，且听鼎石兄讲完再议，尔急甚?”高贤宁笑道。

“北军攻城日久，伤亡惨重，燕王心肝急躁，遂有此水灌济南之毒计。今已数日，燕王料定济南必不能防，然若吾等决心守城，两军相交，届时必然两败俱伤。今吾可修书一封与燕王，分遣城中老弱至北军营中哭诉，城中生存日渐艰难，言吾等父母官不忍济南生灵涂炭，情愿献城归降。”铁铉咬了一口干粮歇了歇。

“后续如何?”盛庸急道。

“呵呵，世用（盛庸之字）老兄真是急性子，且听吾计!”铁铉继续道：

“吾欲请燕王使北军退军十里，勿扰城中军民。纳降之事，请燕王单骑入城商讨，如此，即可于泺源门（济南城门）瓮城处掘出陷坑，城上堆起大石，令将士伏于墙边，高悬铁闸，只要燕王进城，即令兵士放下闸板。前有陷坑矢石，后又有闸板，如此这般，不死也能活捉燕王。”说到激动处，铁铉用手不停比画。

“妙，此计甚妙，兵不厌诈，请君入瓮，鼎石深谙孙子兵法之髓也。”高巍笑道。

“此计虽妙，然燕王焉能入此圈套单骑入城?”高贤宁担忧道。

“贤宁有所不知，燕王好大喜功，刚愎自用，为人甚是自负，当此济南城危之时，吾等纳降，彼必深信不疑。”铁铉信心满满道。

“即如此，就依此计，定能将朱棣擒下!”盛庸道，“只是此诈降之计，实非我等将军所为，老夫是不到万不得已，不愿依此下策啊，哎!”

“盛将军，兵不厌诈，哈哈，况且此计乃我等文官所为，不损将军威名，哈哈!”高巍端起身边的一碗水笑道，“那我等就以茶代酒，祝鼎石的计策马到功成!”

“干，干了!”众人一饮而尽，哈哈大笑。

待众人散尽，铁铉站在高台之上仰望星空，璀璨的星光如同一颗颗宝石镶嵌在青天幕布之上，一颗流星从天际划过，太祖皇帝朱元璋的谆谆教诲也如同流星般从铁铉心中掠过，他心中一阵惆怅，呃自哑然失笑，无奈地摇了摇头。

铁铉诈降

日出东山，北军大营内的将士们忽然欢呼雀跃起来，整个大营就像要被欢呼声掀起来一般。朱棣不知何故，还没来得及出帐察看，已有军士报来：“大王，济南城竖起白旗，请降大王!”

“此言非虚?”朱棣大喜道。

“千真万确，大王，城中已有百姓长者持铁铉之信出城请降。”军士道。

“然，且引长者至孤帐中!”朱棣道。

不多时，数位白发长者跪于朱棣眼前，为首者痛哭流涕陈诉道：“大王，朝中有奸臣进谗，才使得大王您冒着危险，出生入死，屈尊奋战。大王乃高皇帝亲子，金枝玉叶，我辈皆是高皇帝臣民，一直想向大王您投降。但我们济南人不习兵革，见大军压境，生怕被军士杀害。铁大人与城内百姓商议，敬请大王退师十里，单骑入城，届时我等济南全城军民将恭迎大驾!”

朱棣容颜大悦，亲手扶住几位长者笑道：“好，好，几位长者且先营内歇息，待孤与众将商议，答复与汝等后，汝等与孤回复铁大人!”

正如铁铉所料，燕王朱棣屏退几位长者后，于帐内果然同意了铁铉的信中所请，准备单骑孤身前往济南城中受降。

众将齐拜于帐中苦劝，张玉道：“兹事体大，殿下谨慎为之。”

“殿下，铁铉狡诈，焉知其非诈降之计?”朱能也劝道。

“殿下以身涉险，实不可为，末将愿代殿下前往。”丘福道。

“不然，诸将勿忧，铁铉虽可恨，然昔日孤与彼有旧，孤知彼乃刚烈之士，依铁铉之性，唯有坚守拒吾，断不会有此诈降之计陷我。”朱棣翻转着手中令牌，沉思片刻又继续说道：“然铁铉乃济南父母官，爱民如子，济南城受济水倒灌之灾，孤料铁铉不忍生灵涂炭，必不愿久持，这才投降于吾。吾南下将士，出征数日，军兵疲极，如果济南城降，即可割断南北，攻守有度，以孤之见，不入虎穴焉得虎子，即便受降有险，孤也意欲前往。”

诸将还欲再劝，朱棣摆了摆手说道：“诸君之心意，孤已知道，都退下吧，孤意已决!”

诸将知道朱棣的秉性，多劝无益，遂不再多言，皆叹息退出帐外。

逃出生天

烈日高悬，风中峭立的铁铉在泺源门城头看着北军依朱棣之命纷纷后撤，心中百番滋味交织心头，昔日北伐大军出征之时，建文皇帝朱允炆的命令萦绕耳边，“燕王乃吾亲叔，不得伤燕王性命”之令如朱棣之护身符，每逢大战，皆让官军投鼠忌器，不敢以刀剑加于其身，每每至危急之时，朱棣都能逢凶化吉。今朱棣前来，若能将他一举擒住，那必是大功一件，但铁闸、落石无眼，如若伤其性命，那当如何。

不远处的朱棣身披铁叶攒成铠甲，前后两面青铜护心镜，胯下全身护甲的骏马，雄姿飒爽，向济南城慢慢前行，迎着烈日，朱棣折手挡头仰望，看到城墙之上的白旗，心中暗喜道：“济南即为孤脚下之城也!”

看到朱棣离城门越来越近，铁铉领着盛庸、高巍迅速地来到城下，摆出恭迎朱棣的姿态。

朱棣只带了数名亲随，护卫们大张黄罗伞盖，保护着他志得意满地缓缓跨过护城河桥，前方就是济南西城门泺源门。城门大开，他行至门前，看到不远处正是铁铉、盛庸、高巍等人，正在瓮城处翘首以待，他微微一笑，双腿紧夹，骏马缓缓向前行去。

眼看着朱棣越来越近，几乎已经进入了预先设定的陷坑处，铁铉等人的额头、手中俱渗出一层汗水，不知是天热还是紧张所至，几人的后背已经完全湿透，只等铁铉的号令。

“千岁到!”这是预先谋划好的令号，这是朱棣即将进入鬼门关的令号，随着铁铉的这声令下，余音未尽，城头之上的巨大石块从天而降。

不知是铁铉传令过快，还是城头之上的军士紧张，朱棣还没有行至陷坑处，军士就放下石块，轰隆巨响，事先挖好的巨坑顿时现于朱棣眼前，惊出一身冷汗的朱棣双手拉紧马缰，战马双腿高高立起，长嘶不已，说时迟那时快，朱棣慌忙驱马后退，铁铉再下命令，城上铁闸也迅速应声下落，也算朱棣命不该绝，铁闸不偏不倚，贴着朱棣后背而下，正中马身，骏马一阵哀鸣，倒地不起，朱棣身后亲随急喊：“王爷!”

久经军阵的朱棣临危不乱，赶忙脱身下马，向前冲出几步。一名护卫赶忙下马，把马让与朱棣，朱棣一个箭步，翻身上马。情急之下，铁铉忙向城上命道：“放箭，快放箭!”可朱棣马快，等铁铉令至，士兵们还没来得及张弓搭箭，朱棣已跨过护城河桥，疾驰而去。

眼见朱棣扬长而去，铁铉泪流满面，仰天长叹：“功亏一篑也!”

高巍也急跺脚道：“燕王逃出，济南大祸临头也!”

“兵来将挡水来土掩，何惧之有!”盛庸面无惧色道。

神机大炮

刚逃出生天的朱棣立于城门外，惊魂未定，待气息稍稍缓和，朱棣马鞭遥指城头怒骂道："铁铉，孤定将尔碎尸万段！"

暴怒之下的朱棣退至帐中，抽出腰间利箭，对准帐中主将案台，大吼一声，奋力砍将下去，案台应声而断，一分为二，塌倒在地。

诸将皆噤若寒蝉，不敢有任何建言，心知盛怒之下的朱棣必有非常之举。

朱棣暴吼道："调出神机大炮，孤要把济南夷为平地！"

"殿下，万万不可啊！"忠厚的朱能跪下冒死劝谏道："济南城虽顽抗到底，但城中百姓亦为殿下之子民，若以炮击，城毁人亡，玉石俱焚，殿下千秋以后，后人何以言殿下！"

众将一起随朱能跪下："还请殿下三思后行！"

"汝等休要再言，不踏平济南，尽血吾耻，孤焉能扫平天下，孤欲以一济南之城而震慑天下，顺我者昌，逆我者亡！"盛怒之下的朱棣睁着血红的眼睛，怒目而视众将道："汝等退下，尔等如若再劝，休怪本王无情！"

众将只得悻悻退下，不敢与盛怒中的朱棣相较。

半日过后，高巍最为担心的事情终于来了，济南西城外十门神机大炮一字排开，黑洞洞的炮口处扎着红绸，就像张开血盆大口的恶虎，虎视眈眈地面向城门，只等朱棣一声令下，即刻就有成群的炮弹倾泻至济南城。

济南城头的明军将士见此阵仗，皆被吓得魂飞魄散。胆小者畏畏缩缩，瘫倒在地，不停向天祈祷，更有甚者已撺掇周边同伴，准备逃下城头，以逃避这传说中的攻城煞器。

看到这已实弹填充、蓄势待发的神机大炮，铁铉也暗自心惊，朱棣狼子野心他早已知晓，不曾想这天子宗亲竟如此心狠手辣，要对济南全城军民痛下杀手。盛庸、高巍、高贤宁等人心急如焚，皆眼巴巴地望着铁铉，等待他拿主意。

城头上留下的军士向铁铉跪下哀求道："铁大人，向燕王投降吧，若等燕王下令开炮，济南城将不复存也!"

面对成群结队俯身而拜的军民，铁铉心如刀割，赶忙俯身请起众人，铁铉悲痛道："铉自临济南，早已置生死于度外，今燕贼陈巨炮于城外，铉心有戚戚，不为吾身，铉亦不忍城中军民殒于炮火之中也。然铉身为大明山东参政，一方父母官，受教于先皇为天子门生，今有幸为大明守城，柱石于大明社稷，焉能因小情而弃大义，将济南拱手相送。燕贼身为宗亲，污侮天地，悖道逆理，实乃天下共讨之贼，吾铁铉与贼势不两立，誓不与贼共存。除非燕贼将济南城炸为平地，否则铉将是济南城战斗至最后一刻之人!"

"大人！大人!"众军民悲呼哀痛，希望铁铉收回成命。

铁铉让众人离开，掩面挥手说道："铉知诸位皆有妻儿老小，铉亦是肉身凡心，岂能铁石心肠，陷尔等于绝境，尔等若要逃命，吾命人将城门大开，放尔等去也!"

"诸君万万不可逃出城外，燕贼刚于城中逃出，对吾等济南城中之人恨之入骨，此刻出城，即羊入虎口耳。"高贤宁急道。

高贤宁一番话说得众人面面相觑，进退两难。众人一时嚎哭震天，不知所措，只能无助地求菩萨保佑，奢望在炮火中能偷得一命。

铁铉妙计

夕阳西下，天边的残红像要预示着济南的最后归属，济南全城岌岌可危，即将悬于猛烈的炮火之下。

铁铉仰面向天，悲怆满面，此时太祖高皇帝的音容笑貌再一次闪过，他陡然灵光一闪，心中暗喜，大叫："济南有救矣，诸君勿慌！济南有救了，哈哈！"

铁铉笑完，与身边的刘岩耳语几句，刘岩脸上顿露喜色，连连称是，继而飞速奔下城头，片刻之后，刘岩手中多了一份巨大的卷轴，众人不解。

盛庸疑惑问道："鼎石，此乃何物？"

铁铉神秘地笑道："世用老兄，此乃吾护城之宝，有此宝，燕贼既有千门万门大炮，也奈我济南不得，哈哈！"

说完，他对仍旧惊魂未定的众军民大叫道："将士们，父老乡亲们，吾可保济南免于炮火，诸君勿慌！"

只见铁铉从容淡定地打开轴卷，那是一副巨大的大明太祖高皇帝朱元璋的画像，刚由刘岩自铁铉府中取出。铁铉令刘岩将画像挂于城头旗杆之上，画像迎风招展，画像之上的朱元璋不停地与城下的朱棣四目相对，仿佛与他的第四子有说不完的话。在微风的拂动下，朱元璋一会儿慈眉善目，一会儿怒发冲冠。

眼见铁铉出此怪招，战马上的朱棣在原地瞠目结舌，浑身惊出冷汗，汗如雨下。纵然如此，他也不得不下马拜向画像，哭诉道："父皇，父皇令儿臣为大明守边，本欲安于现状，作一富贵贤王，然新帝允炆受黄子澄蛊惑，致吾宗室手足相残，周王已为庶人，后又齐王、湘王、代王，此是允炆又欲陷儿臣于万劫不复之地，儿臣于燕藩府邸日日跪拜父像，痛诉允炆之举，儿臣遂举清君侧之旗，诛逆臣，为国靖难。此番起事，儿臣实无奈也，儿臣也已祷告天下，以明吾志。望父皇在天之灵谅解儿臣之心，保佑我大明千秋万载，社稷永平！"

朱棣装模作样地拜完画像，起身上马，咬牙切齿地望着铁铉，他心知此时若以巨炮轰城，必然会毁先帝之像，这可是冒天下大不韪之事，纵然借他朱棣十个胆子，他也不敢为此逆天之事。左右为难的朱棣于城外气急败坏，马鞭遥指铁铉喝道：“铁铉，汝以为先帝可保尔乎？孤倒要看尔有几幅先帝之像。”

铁铉于城头之上朗声笑道：“殿下见先帝之像，有所感乎？哈哈！”

“移炮至南城！”朱棣转身向身后命令道。说完，朱棣向城头喝骂道：“先帝保尔西城，孤要看你南城如何？”

“谢千岁提醒，哈哈！先帝早已托梦与铁铉，保我济南全城不失！”铁铉骄傲地大笑道。

待北军炮队推着十门大炮，气喘吁吁地来到南城，朱棣正欲下令开炮，亲兵突然急呼道：“千岁快看！”

朱棣极目眺望城头，顿时让他七窍生烟，三魂出窍。只见城墙之上的各个垛口全都挂满了神牌，神牌之上分明写着大明太祖高皇帝朱元璋之灵位。

铁铉向朱棣喊道：“千岁，先帝托梦与我，铉所言非虚否？哈哈！”

“铁铉狗贼，汝休要猖狂，孤定要将尔碎尸万段！”朱棣气急攻心，一口鲜血自喉头中喷出，全身摇晃着跌下马，左右亲兵慌忙上前托住几欲倒地的朱棣。

“燕贼！吾等尔来擒。”铁铉忽然瞋目切齿怒道：“尔名为宗亲，实为国贼，吾与汝誓不两立！吾于太祖皇帝灵位下，与汝这太祖逆子决一死战！”

“哇呀呀！”冲天怒气填满朱棣胸膛，嘴角满是鲜血的他向身后不顾一切地狂吼道：“攻城，给本王攻城！踏平济南！”

生死大战

黄昏下的济南城再一次迎来了生死时刻，此番攻城远胜于前，铺天盖地的北军惊涛拍岸般扑向城头，云梯不断搭上济南城头。铁铉、盛庸、高巍等人早就有所准备，命令军士准备了撑杆，待云梯刚靠城边，即从墙垛里推出撑杆，爬上云梯的北军军士纷纷随云梯的倒落而摔落至城外，惨叫不断。北军又接着推出比城墙还要高的攻城车，城内明军火箭齐飞，攻城车顿时陷入火海之中，车中军士浑身裹火，纷纷跳将出来，无奈车高火大，军士跌落地上，非死即伤。

等北军黔驴技穷，在铁铉的一声令下，盛庸率领城中数千勇士掩杀而出，官军如猛虎下山冲入北军大营。老当益壮的盛庸一马当先，校尉安赤绂和刘岩尾随其后，北军被杀得措手不及，原本还在压阵督战的预备队也被杀得七零八落，厮杀声、惨叫声交织在一起，不绝于耳。城墙上观战的铁铉眼看战斗如此惨烈，城外几乎成为了一片人间地狱，不禁唏嘘哀叹，一将功成万骨枯，为了朱棣的进身之路，无数大明将士死于非命，可无论铁铉如何感慨，战斗依然在惨烈地继续着。

老而弥坚的盛庸高头战马，挥舞着六尺战刀，“呀呀”奔向北军中军大营，纷纷溃散的北军士兵不断后退，看到如黑面魔将般的盛庸，皆望而生畏，逐渐给盛庸让开一条血路，坐镇中军的朱棣离盛庸就咫尺之遥了。

眼看朱棣岌岌可危，就要被官军截杀，忠勇大将张玉高喊道：“保护千岁!”众亲兵久随朱棣，护主之法皆已练得驾轻就熟。众人纷纷不顾一切地涌到朱棣身边，像铁桶般紧紧地围住朱棣向后退去。

久经沙场的朱棣看着勇猛的盛庸，暗自心惊，但仍怒吼道：“勿要管我，擒住盛庸，重重有赏!”

亲兵们转换队形，在朱棣身前做成一道人墙，正面面对冲杀而至的盛庸。

一个北军亲随紧握长枪，直戳盛庸胸口，盛庸侧身闪过来枪，战马向前奔出一步，战刀从后背劈向北军士兵的后颈，那士兵顿时鲜血迸出，一声惨叫后倒地不起。那士兵倒下后，又有源源不断的北军士兵围了上来，但仍抵挡不住盛庸神武，包围圈渐渐被撕开一个缺口。

盛庸的刀锋离朱棣越来越近，死神就游走在朱棣身边，电光火石间，张玉拍马而至："王爷莫慌，张玉来也!"

"丘福来也，盛庸休要张狂!"丘福也匆匆赶至。

张玉架住盛庸的战刀，丘福长枪直刺盛庸，双拳难敌四手，更何况是燕王帐下两员猛将，没两个回合，盛庸就渐渐招架不住。

安赤绂、刘岩见状，急叫道："盛将军，吾等来救!"

"给我拦住他们!"盛庸怒吼道，说完，策马向右奔出，安赤绂和刘岩两人向前，接住张玉和丘福的攻击。

甩开两将围攻，盛庸几无停顿，直奔向朱棣。

朱棣虽是王爷，但并非纨绔之人，乃真正的马上王爷，驰骋疆场数十年，见过无数战场风浪。眼见盛庸刀至，他毫不犹豫地接住来刀，与盛庸斯缠扭打到一块儿，但无奈盛庸神勇，没过几个回合，朱棣就落于下风，盛庸瞅出朱棣一个破绽，大吼一声"朱棣受死"，雷霆一击从天而下，刀锋直压向朱棣头顶。

眼见死神来临，朱棣临危不乱，突然沉声喝出一句："盛庸，汝敢杀本王否?"

离朱棣头顶只差那一毫米处，战刀戛然而止，战机稍纵即逝，趁盛庸愣神那一刹那，朱棣拍马跳出战斗，北军将士迅速填补到两人之间，再次将盛庸团团围住，张玉看朱棣安全，向众军喊道："保护千岁，莫要恋战，全军后撤。”

红霞满天，苍朗浴火，鲜血遍地横流，几乎将大地染成深咖色。之前还在攻城的北军在盛庸的突袭下终于溃败而去，战场上留下了几千具横七竖八的北军尸体，还有不断哀怨的伤残士兵，哀求着打扫战场的官军给他一个痛快，让人不忍直视。

骑在马上的盛庸看着远去的朱棣，懊恼万分，朱棣的那一声如当头棒喝，使他不敢痛下杀手，皇帝朱允炆“勿伤吾叔”的旨意如魔咒一般令官军束手缚脚。

燕师退军

燕军大营已经退出十里之远，灯火通明的大帐内，朱棣面对北平燕王府姚广孝的来信，愁眉不展。姚广孝是朱棣的首席谋士，号称道衍法师，信上说道：“将士已经疲惫了，还是班师吧。”

“殿下，道衍法师所言有理，我军围困济南已有数月，师老兵疲，再者我军粮草也快断绝，当回北平休养一段时间再作计议。”朱能道。

“末将亦赞同士弘兄之见，济南城坚，铁铉又狡诈多端，千岁，待回北平，请道衍法师给出计策，再攻不迟。”张玉道。

朱棣咬牙切齿道：“孤驰骋疆场数十载，所向披靡，独遇这小小济南城，让孤损兵折将，孤实在是如鲠在喉，芒刺在背。”他恨恨地走出帐外，看着远处，明月下的济南城像一方灰暗色的古堡，牢牢地耸立在他眼前。他心有不甘地轻叹一口气道：“既如此，就依道衍之信，班师回北平休养，日后再战。”

恢复山东

很快，济南城内就获知了朱棣饮恨而去的消息，全城欢呼雀跃，但铁铉仍不敢放松，生怕有诈，派出哨兵反复打听，待确认北军的确撤退的消息，高巍和高贤宁如释重负，高巍欣喜道："燕军北归，济南转危为安矣。"

铁铉笑笑不言，高贤宁疑惑道："鼎石兄为何不言?"

粗中有细的盛庸像是突然读透铁铉的心思笑道："某知鼎石之意也!"

"哦，世用兄且言之，看是否与铁某心意相通。"铁铉笑道。

"这样，吾于鼎石各写一字于掌心，看是否意通，如何?"盛庸道。

高巍与高贤宁两人看得丈二和尚摸不着头脑，高贤宁笑道："两位大人故作玄虚哦！且写出来，吾与不危兄作裁判。"

两人笑看铁铉与盛庸背身而立，各自在手心写出一个字，待两人转身，高巍与高贤宁定睛一看，两人手心皆写着一个"追"字。看到一样的字，铁铉、盛庸两人击掌哈哈大笑起来。

"英雄所见略同，世用兄深谙吾心也!"铁铉笑道。

"鼎石虽为文官，实乃真军师也!"盛庸大笑道。

看着高巍和高贤宁依然不知何解，盛庸解释道："北军后撤，正是士气低落、惶惶不可终日之时，此时我军若全军追击，定可一举恢复山东全境。"

"正是，我军正是士气高涨之时，此消彼长，即如世用兄所言，收复此前陷落的州城，指日可待。"铁铉道。

骄阳似火，齐鲁大地在烈日的炙烤下，如蒸笼般闷热，但铁铉与盛庸却顶着烈日，率精锐将士倾城而出，高巍和高贤宁领老弱守城。机不可失时不再来，将士们星夜疾驰，尾追撤退的北军。北军将士得到撤退的命令后，本就无心恋战，心也早就飞回北平，盼望着早日与亲人团聚，诉说分离之苦，待铁铉追兵杀至，一触即溃，纷纷向北逃去。被朱棣殿后的北军也已锐气尽失，根本抵挡不住官军的凌厉攻势，数日之间，之前沦于北军的德州等诸郡县，复归于明军。

济南城神

四面荷花三面柳，一城山色半城湖，文人墨客对泉城明珠大明湖从不吝惜笔墨，然大明湖虽乃泉城盛景，但盛景也需点缀，天心亭即为大明湖画龙点睛之亭，有诗云“月到天心处，风来水面时”，于天心亭中，看神似江南碧水的大明湖，心旷神怡，宛若二八少女般婀娜多姿。正值盛夏，湖水碧蓝碧蓝，清澈见底，柔柔的水草随波摇曳，粼粼波光延向远方。正如娇柔的美女唯有刚硬的英雄才能与之相配，碧波荡漾的大明湖迎来了自己的英雄——大明的山东父母官铁铉。

今日的大明湖畔天心亭，披红结彩，人声鼎沸，铁铉张贴告示于全城，于天心亭犒赏三军，大宴全城。刚经历过生死考验的泉城父老闻此消息，皆蜂拥而至。自有民间艺人，自发成群，鼓瑟齐鸣，颂歌着铁铉守住济南的壮举。湖边摆出了长长的流水席，各色美食佳肴一应俱全。将士和百姓们欢呼雀跃，拥走而食，举酒欢歌，从日上三竿至日薄西山，宴席一刻也不停息。劫后余生的济南全城军民陷入了一片忘我的狂欢之中。

铁铉、盛庸、高巍、高贤宁等人皆着官服盛装，与军民同乐，欢走于人群之间。红光满面的铁铉身着三品孔雀绯袍，精神抖擞，笑逐颜开，向全军将士及全城父老一一作揖道谢，待行至一秀才长者跟前，那长者拉住铁铉的手，久久凝视，不肯放开，铁铉觉得奇怪，笑问道："老丈有何言?"

长者忽然向前后左右众人喊道："乡亲们，都快跪下，向铁大人跪下!"众人闻言，虽不知何故，但还是不由分说一齐跪下。

只听那长者对铁铉说道："余久视铁大人，似有一轮红光悬于铁大人之头上，此乃城隍爷之光也。铁大人救我济南，保佑我济南免于战火和洪灾，铁大人真乃我济南城神也!"

"对，对，铁大人为吾等草民守城，乃济南城神也!"众人呼应长者之言，跪拜齐声道。

铁铉慌忙扶起众人，汗颜道："老丈折杀铁某，铁某何德何能，守城乃铁某之职责，分内之事，切不可以此呼铉。"

"非也，非也!"长者说道："铁大人勿要谦虚，汝即为我济南城神，众百姓皆为此见证。吾等将为铁大人立祠，世代供奉!"

"对，我等愿为铁大人立祠，世代供奉!"众人也齐声呼应道。

"万万不可!"铁铉正欲与长者计较此事之时，一声锣鼓响起，一股清脆的半似男半似女的声音自人潮中传出："圣旨到!"

铁铉慌忙率领众人跪下，等太监宣读完，山呼万岁后，太监走到铁铉、盛庸、高巍面前拱手恭喜道："恭喜铁大人荣升山东布政司使，恭喜盛将军进为总兵，恭喜高参军进为司马！咱家这就回朝复命去也!"

"公公稍待，铉正犒劳三军，公公不弃，一起饮杯庆功酒!"铁铉笑道。

"好，好，那恭敬不如从命，咱家就不客气了!"传旨太监笑道："铁大人劳苦功高，皇上思念得很，皇上特地嘱咐咱家，务请铁大人尽快启程回京面圣!”

铁铉弯腰拜道：“公公过奖，铉今日交代好政务，即刻回京，还望公公知悉!”

“铁大人客气了！日后面圣时，铁大人也为咱家美言几句啊，哈哈!”太监笑道。

“一定，一定!”铁铉敬道。

酒至微醺的高巍缓缓行至天心亭下，极目远眺，不由心胸开阔，嘴里情不自禁地吟道：“群书历览见随何，错节盘根利器磨。久隐辽山思傅说，等闲尚志慕邹轲。为臣尽己全名节，处友知音取瑟歌。只尺凌烟题姓字，归田旧计且蹉跎。漫将无武笑随何，错节盘根利器摩。尝读治安思贾谊，等闲尚志慕邹轲。为臣尽职勤王事，处友知音扣铗歌。留得凌烟题姓字，功成归里漫蹉跎。”

“好，好诗！不危兄大才也!”高贤宁称赞道。

“贤宁兄谬赞，贤宁兄《周公辅成王论》更是千古奇文也!”高巍也拱手敬道。

“两位都是大才，都别吹捧了，走，我们一起去敬我们的铁尚书铁大人！哈哈!”盛庸举酒笑道。

“好，今夜，吾等不醉不归，哈哈!”众人笑道。

将士们和全城百姓此时也簇拥到铁铉及几位大人身边，争相与几位大人敬酒，铁铉等人是来者不拒，都直喝得酩酊大醉，这才让仆人搀扶回府。

黄昏下的大明湖在火烧云的映照下，火红与鳞白相间，壮观与秀美交相辉映，水乳交融，煞是令人陶醉。大明湖畔，千年泉城，历经血雨腥风的考验，锻造出了属于自己的守卫之神——铁铉，铁铉也因此而成为济南人世代供奉的城神。

铁铉进京

秋意盎然，天高云淡，经过半个月的长途跋涉，声名鹊起的铁铉在京师南京又受到了朝廷的隆重嘉奖，建文皇帝朱允炆特地在华盖殿安排了御宴。

用完御膳，建文帝和颜笑道："爱卿劳苦功高，济南一战，名震天下。此来京师，一路舟车劳顿，朕实心有不忍，朕尝闻爱卿爱民如子，两袖清风，生活清苦，先帝也曾与朕说起爱卿，爱卿乃我大明柱石之臣，今你我君臣二人开心见诚，爱卿尽可开口，有何所求乎？"

面对年轻皇帝的厚爱，铁铉诚惶诚恐，汗颜道："陛下，守土之责，乃为臣本分，岂敢有非分之想。贪图陛下恩赐，非臣所念，况陛下已对微臣加官晋爵，臣更感双肩重责，任重道远，臣谢陛下隆恩，若非让臣说是否有图，臣或有所求，就不知当讲不当讲？"

"爱卿但讲无妨！"建文帝说道。

"陛下，济南城抗燕数月，城池毁损严重，将士们疲惫不堪，兵戈不整。燕王虽退兵北还，但兵锋既起，燕王定然会再次南下，所以臣请陛下恩准户部拨款，加强山东全境城防，加大山东各地粮草给养，如此，则臣京师之愿成也！"铁铉拜道。

建文帝一团和气地笑道："爱卿如此公忠体国，乃我大明群臣之楷模，大明有爱卿，乃社稷之幸也。爱卿虽文臣，但爱卿之才有目共睹，明日朝会，朕欲加封爱卿为兵部尚书衔。爱卿之奏请，朕准了，既令户部拨款兵部，爱卿督行此事!”

铁铉不卑不亢拜倒道:“微臣谢陛下隆恩，谢陛下恩准臣之奏请，微臣必肝脑涂地，报陛下知遇之恩!”

建文帝微微颔首道:“爱卿，快快请起，此非朝堂，你我君臣亦师亦友，无须多礼!”

铁铉起身道:“谢陛下厚爱!”

建文帝笑道:“秋高气爽，正是赏月之时，爱卿陪朕小酌几杯!”

铁铉道:“臣恭敬不如从命!”

微风轻柔地拂过宫墙，银盘似的明月下，建文帝与铁铉二人举杯畅叙，君臣同乐，舒心的笑声回荡于宫城内外。

驰援东昌

一阵北风掠过，转眼间，疾风夹着大雪降临齐鲁大地，寒冬腊月已至，大明湖畔，银装素裹，恍若天上瑶池，秀美盛景令人为之倾倒。布政司府也已白雪皑皑，铁铉与高巍、高贤宁、安赤绂等人裹着厚厚的裘衣围坐在炭炉旁。

“燕王再次偕张玉、朱能等将率兵进攻东昌，盛庸将军来信请援，不危兄，吾等当速派援军，驰往东昌!”铁铉道。

自济南城解围后，盛庸替代李景隆，被朝廷钦点为平燕大将军，平安为副手。此时盛庸正与北军激战于东昌府。

“悉听鼎石之言，吾这就前去准备!”高巍道。

“好，贤宁兄暂代吾留守济南。”铁铉说完，转身对安赤绂命道：“安赤绂助高大人备齐军马。”

“末将遵命！吾这就前去准备。”安赤绂道。

“就依鼎石兄，济南城防，贤宁鼎力而为！”高贤宁庄肃道。

待诸事安排妥当，高巍、高贤宁、安赤绂当即起身，迎着风雪出府而去。

风雪中的东昌城外，夹带着豆大雪花的北风就像巨龙般怒吼着，向所能触及的一切宣示着它疯狂的力量，从城池上肆掠而过，再从平地上卷起千层雪浪，浑身背满白雪的北军将士正在燕王朱棣的亲自督战下艰难地向东昌城冲杀而来。

自从济南大败北军，官军将士们士气高昂，得知朱棣再次率军而来，纷纷请战。深谙兵法的盛庸知临阵迎敌，当狭路相逢勇者胜，东昌城小，不似济南城高墙阔，一味防守乃兵家大忌，乃自断后路之为，所以盛庸令全军出城，背城列阵，以逸待劳，烈风下的官军持枪鹄立，严阵以待。

北军骑兵离官军还有百步之举时，盛庸高呼道：“弓箭手准备！”

待五十步时，盛庸一声断喝：“射！”大手挥下，万箭齐发，在半空中如同一个巨大的箭毯，挡住纷纷落下的雪花，冲杀在前的北军骑兵顿时人仰马翻，但后排的骑兵依然在主将的号令下，勇猛无比地继续向前猛冲。

几轮箭雨过后，风雪中的南北两军终于风云际会，官军列下扇形军阵，盛庸自坐中军。北军骑兵冲破盛庸第一道薄弱的防线，朱棣看官军左翼薄弱，大喝一声：“随我来！”不由部将张玉、朱能阻拦，亲自率军向左翼冲杀，可官军左翼就像流水太极一般，看似薄弱，却刚硬无比，源源不断地从中路有兵而至，任朱棣如何拼杀，也突破不了这道防线。但朱棣毕竟久历军阵，战场之势瞬息而变，他瞅官军中军尽向左移，当即应变，折身率军向官军中路冲杀而去。哪知官军一触即溃，中路很快就被撕开一个口子，眼见盛庸就在眼前，朱棣大喜，大军随之一齐向盛庸冲杀。只见盛庸轻视一笑，令旗挥出，左右两翼的官军就像流水般又涌到了朱棣眼前，在朱棣的四周顿时形成一队布袋阵，将朱棣部队团团围住，无论朱棣左冲右突，总难突围，官军越聚越多，将朱棣围得水泄不通。

张玉阵亡

眼看朱棣危在旦夕，不远处的张玉、朱能心急如焚，两人分别从左右两翼向朱棣处靠拢。两人向朱棣处急呼道："殿下，吾等来救千岁也!"

冥冥之中，天意所至，济南援军在铁铉的率领下，恰到好处地出现在盛庸官军的左翼，这正是张玉所部的位置，铁铉向安赤绂急喝道："截住张玉!"

安赤绂拍马向前道："燕贼休得猖狂。"话音刚落，长枪如雪中长龙般钻向张玉。张玉哪敢恋战，急欲甩开安赤绂，可安赤绂怎能让他轻易抽身，死死缠住张玉。

朱能所部从右翼突破，与朱棣里应外合，总算于盛庸的包围圈打开一个缺口。千钧一发之际，在一根长枪迎胸而至之时，朱棣拍马闪开，一个急跃，跳出官军包围圈，在朱能所部的团团围护下，脱阵而出。不等官军再围，北军将士一拥而上，两军将士再次短兵相接，陷入到残酷的白刃战中。

张玉终于摆脱了安赤绂的纠缠，他不知朱棣已经冲出包围，义无反顾地冲进他以为围困朱棣的官军包围圈，却只看到两军将士的拼杀，没见到朱棣，焦心如焚，大喊道："千岁，千岁何在，张玉来也!"

逃出生天的朱棣哪里还能听到他的呼喊，张玉不甘心地仍在四处搜寻。包围圈外的铁铉眼精，一眼就看到了张玉仍在阵中，大喝道："休要放跑张玉，此乃燕王大将!"

官军将士听到此言，精神大振，更是奋不顾身，将张玉团团围住。张玉神勇，奋力斩杀十几名官军，但耗不住源源不断的官军蜂拥而至，逐渐心力不济，浑身鲜血淋漓，眼看不远处的铁铉，他长剑遥指喝骂道："铁铉，吾下阴间也不饶汝!"

铁铉厉声回击道："张玉，昔日汝弃元投明，深得先皇赏识，汝不思回报朝廷，反执迷不悟，与燕王助纣为虐，致我大明烽烟再起，实乃十恶不赦之贼，若有阴间相会，吾也不饶汝耳!"铁铉振聋发聩的怒吼声洞穿暴风雪，张玉陡然感觉魂飞魄散。

暴风雪依然铺天盖地，日后被朱棣追认的靖难第一功臣张玉在砍杀最后一名官军士兵后，终于被安赤绂的临空一枪重重地穿心而过，栽倒于马下。

东昌城外，哀嚎连连，朱棣自南下以来，虽历经数败，但从没有大将阵亡。此战痛失爱将张玉，朱棣如有断臂之痛，捶胸顿足，嚎哭不已。此时的他已无心再战，次日便引军北还，可铁铉哪里肯饶，建议盛庸再行追击，北军哀兵，却无必胜之心，再次折损数万人，经朱能拼死相抗后，朱棣终于在建文三年（1401）正月十六得以还归北平。

东昌大捷，此乃南北战事纷起以来未有之大捷，天下震动，举朝欢呼，铁铉、盛庸等人威名大盛。皇帝朱允炆于建文三年正月恢复了之前被撤职的齐泰、黄子澄的官职，同时沐浴更衣，斋戒三日，以此大捷拜祭太庙，檄文天下。

经此大捷，大明官军军势大振，山东境内的两次大胜完全扼制住了朱棣南下的步伐，山东全境各个战略要地在铁铉与盛庸的控制下得以巩固，双方局势一时得以平衡，南北双方都无法取得绝对优势。

自此以后，北军再图南下，皆由冀豫，转至徐沛，不敢再经过山东。

驰援平安

时光流转，如白驹过隙，转眼已经是建文四年（1402），燕王雄心不已，南京大明朝廷亦不敢放松，铁铉将齐鲁大地经营得像铁桶般坚固，北军根本找不出任何机会。

当年正月，刚经历了一次大胜的朱棣决心再次南下，避开重兵把守的真定（今河北正定）和德州，从两座城池中穿插而过，在徐州虚晃一枪后，转至宿州，目标直指淮北，大明副总兵平安率四万大军紧追不舍，朱棣观双方形势，于淝河一带扎营，准备埋伏官军。

冬日的淝河沿线，寒意潇潇，北军将士在朱棣的恩威并施下，已经在壕沟埋伏了三四日之久，身心俱疲之时，朱棣探知平安已率部于四十公里外扎营，闻信后，朱棣大喜，派出王真、白义、刘江三将以疑兵吸引官军。

白雪皑皑的平原大地上，炊烟缭绕，扶摇而上，追击了几天，官军将士们饥肠辘辘，难得有时间好好填充肚皮。铁铉与高巍率兵驰援平安，此时也与平安汇合到一起。大帐内的铁铉、平安和高巍等人无心就食，燕王避山东而行，直插淮北，若突破此防线，京师南京就门户大开，敞开在北军铁骑之前。

“平将军，淝河地势复杂，燕王乃马上王爷，久经沙场，将军须小心燕王设伏。”铁铉担心道。

“铁大人言之有理，燕王帐下，谋士众多，又有能征惯战之将，吾与燕王数次交手，互有胜负，此次淝河之战，吾不敢掉以轻心！”平安谨慎道。

几人正商议如何破敌之时，探子来报，北军率兵来攻，铁铉当即起身道：“平将军，铁某参赞军务，愿以先锋退敌，争这头功！”

闻听此言，平安愣住，迟疑道：“铁大人，您乃直隶之首，尚书至尊，当坐镇中军，运筹帷幄，大人若于沙场冲锋杀敌，平安于心觉得不妥。”

“将军此言差矣，铁某于济南、东昌二地，皆战于一线，主将于前，将士们皆会奋勇向前，将军不必为吾担心，吾会自保！”铁铉神色坚毅道：“北军攻我江淮，吾身为大明兵部尚书，此乃吾义不容辞之责也。”

“铁大人即如此坚持，余则不敢阻拦，大人且自顾安全，勿要逞强！”平安嘱托道。

“将军放心，且等铉拨得头功，献于将军！”说完，铁铉当即抱拳出帐点兵而去。

激战淝河

看到白义、王真、刘江三将率领几千军马就在眼前，铁铉亲率本部大军掩杀而至。根据朱棣的部署，北军一触即溃，丢盔弃甲，纷纷败退。官军将士觉得北军如此不堪一击，争先恐后向前追击，高巍、安赤绂各率所部，风一般地杀奔过去。

铁铉忽然觉得不妙，连声大呼：“穷寇莫追!”可将士们杀得兴起，全然听不见铁铉的喝令，眼见高巍、安赤绂等人率军不肯停歇，埋头追赶着溃散的北军。铁铉无奈，生怕高巍等人有失，只得紧随高巍、安赤绂身后，欲追上二人将其召回，但北军溃散速度太快，高巍、安赤绂的追击速度更快，铁铉根本来不及拦截。当追上二将之时，为时已晚，官军队伍已中朱棣埋伏之计，包括铁铉在内的大队人马都进入了朱棣精心布置的埋伏圈，顿时北军伏兵四起，纷纷冲出壕沟，将官军团团围住，白义、王真、刘江等人也返身杀回，刹那间，局势逆转，铁铉、高巍、安赤绂等部队皆陷入了重重包围之中。

王真于圈外哈哈大笑道：“铁大人，汝已陷入吾包围之中，尔今日早降，吾当劝千岁留尔性命，哈哈!”

“王真，吾早已起誓，不与燕贼共存，欲铉降尔等无忠无义之叛国贼人，痴心妄想!”铁铉厉声喝道：“吾今日死于阵中，亦问心无愧于我大明太祖皇帝也!”

“好，那本将今天就成全你，哈哈!”王真狂笑道，拍马抬枪直奔铁铉而来，铁铉身后安赤绂哪能让其伤到铁铉，挡住王真之枪，大声叫道：“大人速速后撤，吾来战之。”

“王真休得猖狂，汝等燕贼小将，焉能伤我大明兵部尚书!”一声断喝从不远处急袭而至，紧接着，滔天巨浪般的喊杀声由远而近，平安带着救兵杀将过来。

王真心慌，扭头一看，原本包围铁铉的人马竟然被平安大军反包围。原来平安生怕铁铉有所闪失，在铁铉出兵后不久，就带着大军尾随而至。

冥冥之中自有天意，大明兵部尚书铁铉此时命不该绝，历史留给他的使命还没有结束，他还没有来到他最辉煌的时刻，待到秋来九月八，我开花时百花杀，铮铮铁骨铁铉的“九月八”已经在向他招手，但淝河之战的确还只是在为铁铉这个“九月八”添加肥料而已。

世间万物，有正即有反，有黑即有白，此时铁铉捡得好运气，遇到沙场老将平安来救，但总要有人来接一个坏运气，王真就是这个接盘侠。等王真缓过神，他已经被平安的大军里三层外三层地重重包围，虽然是按照朱棣预先设定好的路线，但无奈平安人多，兵强马壮，且朱棣大军还没有赶到，官军的优势逐渐凸显出来了，饶是王真再生猛，也架不住官军人多，身边的护卫接连倒下，王真眼冒金星，连声怒吼，也无济于事，突围不得。当北军士卒被屠宰待尽之时，王真心知回天无力，击杀最后一名官军后，卖个破绽，大呼“殿下，王真去也”，在阵前饮剑自刎，血溅当场。

远远地看着这一幕，铁铉悲凉之感油然而生，世间不乏真男儿，唯有忠义精神存。王真于朱棣，忠肝义胆，实为真英雄。此时的铁铉并不知未来的历史将会由朱棣来续写，但他却不得不以己之立场，质疑着王真的忠义，身为大明将领，却为反贼效忠。历史的长河总是通过时间来检验着人的品质，铁铉无疑是上上之品，然上品之间亦各有差别，铁铉无法自品，亦无法品王真之为。

刀枪还在铁铉眼前晃动，朱棣闻王真阵前自杀，再一次震怒。此前，他只知平安率军与其对决，不曾想这文官铁铉竟又在场，而且充当前锋，当真是冤家路窄，朱棣牙齿恨得痒痒，当即下令，亲自率军前来，誓要将铁铉、平安等人擒杀。

此番再也无城给铁铉坚守，一场硬碰硬的平原野战即将打响。朱棣多年征战大漠的优势终于显现出来，常年追随他的蒙古骑兵朵颜三卫派上了大用场。平安的骑兵根本不是其对手，不到半个时辰，即显露败象。与铁铉的数次交锋，朱棣先失大将张玉，再失王真，新仇旧恨加在一起，盛怒之下朱棣杀红了眼睛，如一头暴怒的狮子，赫赫怒火恨不得将铁铉等人化为灰烬。眼见铁铉就在眼前，朱棣骑马挥剑，直杀过来，北军将士眼看王爷千岁一马当先，不敢畏缩，皆奋勇相随。铁铉所部经过刚才的连番厮杀，早已力不从心，节节败退，安赤绂、高巍紧随铁铉，一步不敢离开。

硬碰硬的大战，全拼实力。官军将士已经在与王真的对战中透支了大部分体力，朱棣大军的生猛此时加于铁铉、平安官军的身上，全军如立于危墙之下，一压即倒。无论铁铉、平安如何努力，也改变不了战局的大势所趋。平安部将火耳灰见情势危急，持矛向朱棣冲杀过来，无奈马失前蹄，火耳灰猝不及防，摔下战马，北军一拥而上，将火耳灰擒住。

眼见朱棣北军势大，由不得平安过多思虑，急呼大军撤退，铁铉在高巍和安赤绂的守护下，且战且退，总算退至安全之处。与平安汇合后，众人仔细斟酌，决定先稍避朱棣锋芒，平安引军至宿州，铁铉率部还归济南。

京师覆亡

不久，朱棣与平安又战于小河，相持数日后，北军不敌平安，又一次大败而去。燕王气馁，欲引兵北归，他的智胆姚广孝书信于朱棣，力劝其不可退，建议其绕开重兵之城，一路继续南下，渡江直逼南京。

正如姚广孝之策，朱棣一路见缝插针，避实就虚，众路明军不是被其击溃，就是被其甩开，不出数月就抵至南京城外。建文四年六月，昔日建文帝最为倚重的纨绔子弟李景隆大将军大开南京金川门，迎朱棣进城。

大明都城南京陷落，宫城在大火中化为灰烬，建文皇帝于城陷之后，不知所踪。燕王朱棣一朝登天，入主南京，在群臣的一番劝进之后，自立为帝，年号永乐。朱元璋期望的帝国没有在孙子朱允炆手中发扬光大，却将在儿子朱棣的手中延续。

京师易主之前，身在济南的铁铉得知朱棣渡江，忙飞书各州县，要联合各州县一起攻朱棣老巢北平，可大明的军队皆因朱棣攻南京时被牵着鼻子前去勤王，无暇应对铁铉的急书。况此时已江山易主，更是无人响应铁铉。

悲壮的一幕幕惨剧在南京城内拉开序幕，以方孝孺为首，一个个忠臣良将碧血丹心，坚受着忠于前朝的信念而不肯屈服于新朝。此时的南京城内亦不乏寡廉鲜耻之徒，以朱允炆抱以厚望的李景隆为首，原本忠心之言挂于嘴边的众多朝廷重臣皆望风而降，卑躬屈膝，三叩九拜，跪迎着新帝朱棣，在他们心中，无论如何，保自身富贵为先，管他是谁坐在那张龙椅上，皆朱家人而已。

神州巨变之时，高巍正在南京的驿舍，自知天下大势已去，他无力回天，遂南面稽首拜之再拜，恸哭告天："陛下，小臣心力竭矣。"说完，万念俱灰地自缢于驿舍。

以高巍为代表的这批文臣不仅是明帝国最后的绝唱，更是结束了中国古典意义上的士大夫精神，此后的士大夫们从气质上来说都跟前代不同，这场政治变动在士大夫的眼中丝毫不亚于宋元两朝的灭亡，他们心目中的那个明王朝的确已经灭亡了。

坚守济南

铁铉心中的明王朝还没有亡，他还在济南坚守，他心中认为建文皇帝并没有死，大明的建文皇帝还存活于世。他也曾经发过誓，朱棣乃篡国之贼，他不与燕贼共存，况且济南还在，山东还在，只要他一息尚存，他心中的大明就在。

朱棣取得帝位后，派遣朱能率军北上，复攻济南。此时，铁铉昔日的战友盛庸、平安都已沦为阶下囚，他将以孤军孤城奏响起这华夏文臣最后的绝唱。

大半个华夏大地皆已沦于新帝朱棣脚下，此番新朝大军回师北上，再无阻隔，浩浩荡荡杀到了济南。

六月的济南城外，午后烈日高悬，在半空中漂浮的热浪几乎都能看见，没有一丝风将它吹跑，知了叫个不停，依旧没能唤起大地的活力，郁郁葱葱的槐树仿佛也没有了生机，伫立在热浪中纹丝不动，大地沉浸在一股沉闷的肃杀之气中。

朱能率领大军将济南团团围住，水泄不通，连一个苍蝇都飞不进去，铁铉站在城头，阴沉着脸看着城外杀气腾腾的大军方阵，胸口如闷锤般不停地被敲打。

朱能向铁铉拱手抱拳道："铁大人，别来无恙!"

"济南城在，铁铉安能有恙，谢将军问候!"铁铉沉声道。

"铁大人，朱能敬佩大人，坚守济南两季，数败我大军，真英雄耳，然大明江山已易其主，陛下与大人所尊之皇帝，皆为太祖子孙，皇家血脉，大明仍为大明，朱能此来，乃劝大人，独木难支，孤掌难鸣，大人当早日归朝，良禽择木而栖，良臣择主而事，识时务者亦为大丈夫，若大军再攻，大人作此困兽之斗，无疑是螳臂当车，无济于事，济南必陷于烽火，生灵涂炭，实非吾之愿也!"朱能言之凿凿道。

“将军所言大谬也，燕王狂悖无道，图谋篡逆，新建伪朝，实为太祖不孝子孙，太祖赐铉‘鼎石’二字，柱鼎之石，焉能事叛国之贼。济南全城，皆圣贤之子，不卑人伦，固守纲常，焉能以蝇营狗苟之辞，加于吾济南军民。若因将军之言，则吾华夏何来忠义，忠臣不事二主，烈女不事二夫。大丈夫立于天地，论是非，不论利害；论顺逆，不论成败；论万世，不论此生。铉无德无能，亦不甘混沌苟活于世。将军至此，铉无意劝尔不忠，将军亦无须劝铉。兵戈相见，刀枪无眼，若天佑济南，将军败于铉，吾当全将军之忠，若天不佑济南，将军取铉性命，铉亦谢将军成全！”铁铉慷慨陈词，浩然正气洞彻苍穹，自城头径直向朱能扑面而来，令朱能肃然起敬。

朱能胯下战马右前蹄在地上蹭出两脚，尘土自热浪中翻起。他抱拳仰身道：“大人之言令朱能汗颜，既如此，朱能不再劝大人，两军相争，必有死伤，大人好自为之。君子之战，吾不诈取，明日清晨，吾来攻城！”

“谢将军成全，明日吾等将军来攻！”铁铉还以抱拳道。

清晨的济南，属于战火和硝烟，城墙内外，只属于死亡和恐惧。风云再起，尘烟弥漫，攻守双方的弓箭铺天盖地。尖利的呼啸声过后，是一片哀嚎，拼得鱼死网破的双方将士眼中，整个世界只剩下了两种颜色：到处正在溅落尘土的灰黑色以及其中夹杂着的夺目鲜红。

孤城济南的士气早就因天下大势而去，唯有铁铉正气依然。但济南不会因为铁铉的忠贞而免于沦陷，危急存亡之时，铁铉的亲兵卫队苦苦哀求道：“大人，撤吧，弟兄们守不住了！”

铁铉怒斥道：“城在人在，城亡人亡，尔等休要再劝！”

安赤绂也苦求铁铉道：“大人，留得青山在，不愁没柴烧！”说完，安赤绂不由得铁铉挣扎，死死架住铁铉，对左右命令道："保护铁大人，撤!"

在安赤绂的拼死保护下，数千残兵终于得以簇拥着铁铉从北门退出济南，看着烽火连天正在陷落的济南，铁铉捶胸顿足，不肯撤离，向天哭喊道："陛下，陛下，臣无能啊，臣不能保住济南，死不足惜啊!"说完，就要拔剑自刎。

时间紧迫，刻不容缓，安赤绂慌忙制止住铁铉的自刎之举，率领众军向淮南方向撤离。行至半途，安赤绂为防止铁铉有失，让铁铉先行，留下数百人殿后。

不屈被俘

攻入济南的朱能大军哪肯容铁铉逃脱，继续派数千精骑尾追而上，朱棣早就给朱能下了死命令，务必要抓住铁铉，活要见人，死要见尸。很快，半日过后，朱能就与安赤绂短兵相接，仇人相见，分外眼红，双方立刻展开了你死我活的厮杀。

只有数百残兵的安赤绂哪里是朱能虎狼之师的对手，烟尘四起间，数百人的惨叫声很快就淹没于战马嘶鸣之中，最后只剩下安赤绂还在重重包围中苦苦挣扎。

朱能冷冷地看着这一切，待安赤绂筋疲力尽之时，朱能大手一挥，众军士一拥而上，安赤绂再也无力挣脱，束手就擒。

看着被捆得结结实实的安赤绂，朱能向亲随命令道："押往南京，请陛下发落!"

“得令!”

“全军向淮南疾行，生擒铁铉!”朱能遥指淮南大声命道。

地处八公山麓的淮南古城迎来了大明历史交换的最后一幕，铁铉是这最后恢宏巨制的主角，已是风中残烛的铁铉所部虽然不堪一击，但在刀兵四起的城头，铁铉依旧刚劲挺拔如青松，头顶青天似柱石，任凭硝烟四起，他自稳如泰山。

将士们一个个倒下，城头一点点沦陷，当城头尽是朱能之军时，当守军再无一人可战时，铁铉南面而跪，仰天长叹道:“陛下，铁铉尽力矣!”说完，即欲引剑自刎。

朱能眼疾手快，向前冲出几步，于电光火石间，夺下铁铉手中长剑，朱能叹道:“铁大人何至于此！朱能敬公之忠义，不忍也!”

“为何拦我，将军要羞吾乎?”铁铉怒道。

“皇上欲见尔!”朱能恭敬道，“若大人面圣，或可免于一死矣!”

“哈哈!”铁铉仰天狂笑道，“将军仁义，然铁铉何惧一死，既如此，铉与将军见尔之皇帝。”

痛斥朱棣

南京宫城正殿奉天殿已于战火中毁于一旦，宫城内外，到处都是残垣破瓦的痕迹。一身囚装的铁铉沿途经过，想起昔日与建文皇帝君臣相宜的点点滴滴，忍不住潸然泪下。囚车所过之处，城内居民站立两旁，见到傲骨嶙嶙的铁铉，皆肃然起敬，纷纷窃窃私语:此为大明兵部尚书铁铉也！其坚守济南的光辉伟绩早已传于街巷，众人皆暗自竖起拇指而钦佩不已。

被押至临时用于朝会议事的武英殿，铁铉面南背北而立，不作吭声。

丘福喝道："铁铉放肆，见到陛下，为何不转身!"

龙椅之上的朱棣见状，看着铁铉挺直的脊背，耐住性子道："铁铉，为何不转身面朕?"

"忠臣不事二主，汝非吾君，吾有何所面?"铁铉朗声道。

朱棣面若冷霜，威逼道："今尔立我朝堂之上，尔若面北跪朕，即饶尔一命!"

"哈哈哈哈!"铁铉怒极反笑道："朱棣，汝乃国贼，吾既不肯面汝，焉能跪汝?"

"铁铉，念尔忠义，朕本欲恕尔一命，奈何尔执迷不悟，朕之刀下，不多尔一顽固不化之徒。"朱棣勃然大怒道。

铁铉不依不饶，喝骂道："叔夺侄位，如父奸子妻，大逆不道。尔背叛太祖遗命，妄起刀兵，陷大明江山于水火，实为祸国之贼，人人得而诛之。吾身为大明忠臣，恨不能食尔肉啖尔骨，方为痛快。国贼，哈哈，国贼，汝之屠刀，吾有何惧?"骂声绕梁萦绕，震得朱棣耳朵嗡嗡作响，殿内众大臣皆噤若寒蝉，不敢作声。

"来啊！来人啊！给朕将此贼拖出殿外剐了耳鼻，千刀万剐，给朕烹了此贼。"朱棣暴跳如雷，从龙椅上赫然起身，狂怒吼道："迂腐狂儒，狂悖不逊之贼，朕倒要看看汝有几张嘴能吃肉吮骨!"

"吾恨不能食尔肉啖尔骨，哈哈，痛快，痛快!"骂不绝口的铁铉哪里拗得过四个凶神恶煞的太监，硬生生被拖出殿外，文武官员只听见殿外铁铉依然骂不绝口，声若洪钟。朱棣愤而起身，带着众官员走出殿外。

至死不渝

烈日之下的武英殿外，早就立着一口油锅，滚滚冒着油烟，浑身鲜血、耳鼻全无的铁铉被五花大绑在一木桩之上。太监再用渔网之线紧缠全身，浑身息肉突出，刽子手用利刃从铁铉左胸剐出第一刀，铁铉恍若无痛，依然骂道："朱棣，无道祸国之贼，吾恨不能食尔肉啖尔骨!"

朱棣脸色铁青，喝道："将此贼耳鼻塞入其口，让其尝尝彼之肉味!"

太监用火钳夹起被煮熟的耳鼻，硬生生地撬开骂声不断的铁铉之嘴，铁铉怒目圆睁，待耳鼻塞入口中，他毫不犹豫，吞咽下去，甘之如饴。

朱棣阴问道："汝之骨肉，味道如何?"

"忠臣之肉，八珍玉食，美味佳肴，哈哈!"铁铉依然狂笑，五官不全的铁铉满头鲜血，狂笑之时，面目狰狞。虽是酷暑之下，看此血腥场面，朱棣与众大臣皆不寒而栗，阴寒之气自脚底油然而生，胆小之人，几欲呕吐，慌忙转身，不忍再看。

"朱棣，忠臣之肉，吾已尝之，鲜嫩绝美。尔逆贼之肉，与吾一口，吾亦要品出滋味，于阴间告之太祖皇帝，哈哈!"铁铉的笑骂声不绝于耳，任凭浑身上下被凌迟不断，他恍若已超脱肉体之痛，定要以凌厉的痛骂将朱棣的精神意志摧毁。

刚刚经过死难浩劫的宫城之内，除了铁铉已经变得怪异的恐怖骂声，朱棣仿佛又听到了无数冤魂的声音正在向他逼来。他浑身一个冷颤，继而不顾一切地嘶吼，雷霆暴怒道：“剐，剐，剐，千刀万剐此贼!”

烈日依然高悬，刽子手大汗淋漓，手脚发抖，千刀万剐之后，大骂不止的铁铉渐渐了无生息，地上鲜血横流，遍染殿外，太祖朱元璋的鼎石之臣终成一副骨架屹立于朱棣及众大臣之前。

刻薄的朱棣仍不解恨，余怒未消，暴喝道：“给朕将此贼骨架油烹了!”

太监依令而行，将铁铉的骨架丢到油锅里，大殿之上，顿时充满了焦煳气。朱棣怒道：“活着叫你朝拜于我，你不肯，炸成骨头灰你也得朝拜我!”太监急忙把铁铉的骨架用铁棒夹着令其转身，没承想此时油锅里一声爆响，热油从锅里飞溅出来，直烫得太监们嗷嗷乱叫。铁铉的骨架顿时散成若干碎骨，散落一地。

自铁铉被押至大殿之上，自始至终，没有与朱棣对视一眼，铮铮铁骨的铁铉真正做到了忠贞不贰，至死不改其志，至死不拜朱棣，哪怕是骨架，也不亏生前的执着。

“轰!”天空中突起一阵惊雷，刚刚还是艳阳高照的晴天，转瞬乌云密布，平地掠起一阵疾风，吹向朱棣及身后众臣，朱棣揉了揉眼睛，恍若铁铉又浮现于他眼前，满面鲜血，嘶哑地喝骂道：“吾恨不能食尔肉、啖尔骨！哈哈!”

嗜血成性的朱棣终于心弦崩断，“啊”地大叫一声，摔倒在地。

尾　言

中华数千年皇皇古典中，因为忠义而被后人牢记的人臣典范俯拾皆是，忠义二字，几千年来支撑着中国人的精神节操和理想追求，忠义之事，让人热血沸腾，豪情万丈，又令人泪湿沾襟，扼腕叹息。铁铉之忠义，高风千古，可昭日月。铁铉之刚硬更令人悍然起敬，那铁骨之铮，世间丈夫，无出其左右，给华夏儿女塑造出一根难以逾越的标杆。铁铉，济南的城神，无愧于中华铁骨第一人。

英雄父子　夏允彝、 夏完淳

明崇祯十七年（1644）三月，明王朝在清军铁骑下惨淡谢幕。中华大地风起云涌，无数反清复明的仁人志士前仆后继，拥立明朝宗室先后建立数个南明小朝廷。

南明南京弘光政权倾覆后，反清义士夏允彝（字彝仲，号瑗公，夏完淳父）、陈子龙（字人中，改字卧子）高举义旗，继续义无反顾地踏上抗清道路，少年英雄夏完淳（乳名端哥，别名复，字存古，号小隐，又号灵首）也由此跟随父亲奔赴疆场，父子二人在明清交替的历史时刻，闪耀出炫目夺眼的人性光辉，父子二人的家教传承，也为后代作出了最好的榜样，成为了父刚子强的最佳教育典范。

约誓起事

夜风夹带着丝丝寒意，肆意吹打着一切，门栏在疾风的鼓动下，不停地转出令人生畏的声音，烛光在昏暗的厅堂里左右摇曳，墙上的人影也随着烛光跳跃不断。

辗转反侧的吴淞参将鲁之玙（字瑟若，明末爱国将领）和衣起床，再次打开了副总兵吴志葵（字圣嘉，明末将领）转交与他的夏允彝来信，遒劲自然的笔迹跃然纸上，虽然空气中弥漫着一丝寒意，但鲁之玙看着来信，仍不免意气风发，精神倍增。

崇祯十七年，李自成入京，崇祯皇帝朱由检覆发自缢于景山，山海关总兵吴三桂大开关门，迎清兵入关，八旗满清入主中原。占半壁江山的南京弘光政权也因内耗刚刚崩溃，因丁忧赋闲在松江乡间的夏允彝满腔悲愤，联“几社”（夏允彝、陈子龙等人成立的诗文社团）之力，散尽家财，招募义军。信中所言，夏允彝欲与吴淞副总兵吴志葵合兵攻取苏州，然后收复杭州，再进兵南京，以图恢复明朝江南半壁江山。

夜半三分，鲁之玙于床上和衣而睡，但仍辗转反侧，眼前总是浮现出拖着金钱鼠辫且凶神恶煞的清兵。白日里，他看到夏允彝来信，遂于吴志葵座前义正词严，力劝吴志葵响应夏允彝之约，联合吴日生、陆世鑰、张守智等人合兵攻取苏州，吴志葵平生自诩忠君爱国，当即回复夏允彝，约定了起兵时间。

誓师陈湖

弘光朝元年（1645）六月的烈日高悬于空，阳光洞穿道路两侧茂密的桑树，将路上铺出一层层树荫，翡翠般的陈湖，荷叶陈塘，亭亭玉立的荷叶闪闪发光，仿佛被洗过一样，微风自湖面掠过，湖水自东向西飘动，迭起微波。阴凉处，太祖高皇帝朱元璋画像悬挂于祠堂前的旗杆上，随风微微摆动，夏允彝与陈子龙分立画像两侧，向画像分别作揖拜祭。两人身后，数千精壮之士列阵一字排开，着各色衣服，手持长兵短械，迎风肃穆而立。

儒冠长袖、眉目晴朗的夏允彝慷慨陈词道：“太祖黎庶，不畏暴元，驱逐鞑虏，恢复中华，开大明三百载，训天子守国门，奈何天不佑贤，神器颓于明主，鞑靼满蛮，窃我华夏，覆我大明，衣冠失色，礼乐崩丧，神州陆沉，九鼎碎裂，铁血华夏，死战于倾，我辈丈夫，几社兄弟，共举义旗，复汉室江山，迎日月明主，山河一统，宇内达明。”

一身英气的陈子龙点上三根香插于香炉之中，转身面向数千兄弟振臂高呼道：“大明的弟兄们，华夏沦陷，清贼正残害我百姓黎民，更我衣冠，削我发肤，危难之时，吾与瑗公歃血为盟，连吴淞之军，即刻兵发苏州，共讨清贼。”

队伍前列，一眉清目秀的戎装少年，牙关紧咬，面神凝重，待夏允彝和陈子龙讲完，他缓缓走上前，面向湖边，悲愤有声：“两眉颦，满腔心事向谁论？可怜天地无家客，湖海未归魂。三千宝剑埋何处？万里楼船更几人！英雄恨，泪满巾，何处三户可亡秦!”

少年转过身，躬身向夏允彝和陈子龙揖拜道：“父亲大人，老师，存古自小受两位教诲，无一日敢懈怠己身，国难当头，存古唯效法先贤，行报国之举，抛头颅、洒热血，投笔从军，效死疆场。”

此乃夏允彝独子夏完淳，刚刚完婚，即欲投笔从戎，加入父亲的抗清大军中。

夏允彝走到夏完淳跟前，爱怜地说道：“家门万幸，端哥有此大为，为父岂能不从。”说完，他与陈子龙对视一眼，转向数千兄弟大声喝道：“即刻启程，进发苏州!”

数千健儿于陈湖边的大道向西急奔，脚下尘烟滚滚，夏允彝和夏完淳父子波澜壮阔的生命史诗将从这陈湖之边拉开序幕，英雄父子将从这里走上彪炳千古的历史舞台，在磅礴恢宏的华夏抗击外侮史上留下浓墨重彩的一笔。

会师太湖

上有天堂下有苏杭，昔日美轮美奂、繁花似锦的苏州物华天宝、人杰地灵，可自弘光小朝廷崩塌之后，苏州离人间地狱也就一步之遥。嘉定、江阴、扬州等地已接二连三惨遭清兵屠城，江南各地，荒无人烟，惨绝人寰。此刻的苏州幸免于难，慑于清军淫威，城内故明遗民皆噤若寒蝉，唯唯诺诺，不敢有任何轻举妄动。但人心思明，高压之下必有反弹，城内城外，暗潮涌动，愈发高涨的反清洪流，只等这导火引线被点燃。

六月十二日傍晚，浩浩荡荡的夏允彝与陈子龙大队人马来到了苏州城外二十里处的太湖之滨，吴志葵也率水师大军方至，两方人马会师于太湖。

待起灶用过晚饭后，夏允彝、陈子龙、夏完淳等人行至湖中吴志葵大帐，吴志葵坐镇中堂，两部人马分列左右依次列席排开。

夏允彝，身为主将吴志葵昔日的老师，位列左列首位，为尊重主将，他还是起身拱手道："圣嘉（吴志葵之字），为师与卧子兄（陈子龙之字）所领之兵皆家乡亲兵，日常打渔为生，甚少操练，疏习军事，还望圣嘉不弃。"

"瑗公（夏允彝之号）多虑，苏州城内仅千余清兵，势单力薄，苏州虽城宽墙阔，但城门众多，清兵防卫定会顾此失彼，守城难以面面俱到，此战不足为虑。"吴志葵不以为然道："待学生明日领大军攻入，指日可破贼。"

"大人，末将愿为先锋攻城！"鲁子玙自告奋勇抱拳道。

"瑟若（鲁子玙之字）勇气可嘉，本将准了，瑟若明日率本部精兵攻城，本将率大军殿后。"吴志葵转身对夏允彝笑道，"明日晚学生即可与老师及诸位于苏州府中饮酒！哈哈！"

“大人切不可轻敌，清贼以十万之众，席卷华夏，吾大明百万之众，皆溃于贼手，此番攻城，将军切不可以寡众而言战力，以小可之见，大人可先派细作潜入城中，探明敌情再作计较。”夏完淳起身建议道。

“哦?”吴志葵细细打量夏完淳后，对夏允彝笑道：“老师，昔日见端哥，还在襁褓之中，不曾想时下意气风发，初生牛犊，已是少年英雄也！哈哈!”

夏允彝捋须微颔，不作言语，心中一股愉悦之情。

吴志葵继续笑道：“存古吾弟，余早已探明苏州城中敌情，存古勿忧，某自有打算。”

陈子龙顺着夏完淳的话对吴志葵道：“端哥言之有理，清贼奸诈，总兵大人还是谨慎为妙。”

“诸君所言，本将记下，小心驶得万年船，然区区苏州，数千敌兵，在吾眼里，如探囊取物尔，诸君休长他人志气，灭自己威风。”吴志葵不以为然道。

“总兵大人成竹在胸，诸君且放宽心，明日吾打前阵，攻入苏州，杀尽清贼，报吾江南百姓之仇!”鲁之玙咬牙切齿道。

夏允彝与陈子龙互视一眼，不再言语，夏完淳则眉头紧蹙，欲言又止。

离开营帐，夏允彝、陈子龙、夏完淳等人缓缓登上湖边山坡，极目远眺，不远处的苏州城郭依稀可见，城中园林若隐若现，虎丘塔在夕阳的余晖下，跃立在虎丘山头，闪耀出一片炫黄，知了不甘心地打断这大战前的宁静，仿佛诉说着明室倾覆的悲哀故事。

夏允彝轻叹一声：“圣嘉骄态横流，苏州之战，吉凶未知啊!”

“是啊，一意孤行，无计无策，兵家大忌也!”陈子龙道。

“父亲，老师，计疑无定事，事疑无成功，或许总兵大人的确谋事在胸，且看明日之战，吾等再作打算。”夏完淳道。

“端哥所言甚是，为下也只能如此，见机行事吧!”陈子龙叹息道。

太阳在山后抛出最后的一丝光辉后，从几人的眼前慢慢消失，大地渐渐陷入黑暗，只有西山最深处还泛有一丝丝不甘心的余白。边框模糊的月亮已高悬于半空，发出晕黄的光亮，正是应了天道轮回、周而复始。

夏完淳站在一棵树边，悲怆地低声吟道：“复楚情何极，亡秦气未平。雄风清角劲，落日大旗明。缟素酬家国，戈船决死生！胡笳千古恨，一片月临城。”

奔袭苏州

启明星在夜空中闪烁，不远处的苏州城还在睡眠之中，鲁之玙已与部下周蕃、王伯牙及三百明军勇士整装列队，三百勇士皆头缠白布，坎肩短打，精干壮实。待鲁之玙一声令下，众人披星戴月，向苏州胥门方向疾驰而去，在夜色下卷起阵阵尘土。

天刚蒙蒙亮，众人已至胥门之外。鲁之玙命人向城头扔出攀城铁爪，待结实拉紧后，自己与周蕃及数名善爬之人如壁虎游龙般沿城墙而上，半炷香的功夫，几人已攀至城头。鲁之玙率先探头，左右细细打探，见城头无人，再向城下招手，众人这才蹀手蹀脚爬上城头，持刀弓身急行。说来也怪，城门之上竟然一个守卫没有，至城门处，也就两个看守城门之兵，鲁之玙二话不说，与周蕃两人从背后上前，一人结果一个，然后打开城门，三百明军勇士鱼贯而入。夺取城门的整个过程，出奇顺利，鲁之玙禁不住心中一阵狂喜，但脚下不作停留，挥手命众人向苏州府衙方向前进。

周蕃却心中不定，拉住鲁之玙疑道：“大人，胥门乃苏州要害，吾等不费吹灰之力即得之，其中或有诈乎?”

“不然，苏州兵少，防守难免有漏洞，今已进城，有诈又当如何？吾等唯有以力抗之。”鲁之玙沉肃道。

周蕃无奈，不再劝诫，硬着头皮与众人沿宽阔的三香路疾行。宽阔的街道中一路无人，只有兵士们的脚步声，寂静得可怕。

天色隐隐泛白，众人疾行约莫两里路，至西美巷口，前方就是知府衙门，鲁之玙眉角上翘，暗自得意，他也没想到，攻城之事竟然如此轻而易举，也许清兵听闻他们大军已至，早就望风而逃。鲁之玙正欲挥手向众人命令进驻衙门，周蕃再一次拉住他：“大人，小心有诈!”

此刻的鲁之玙已经忘记了恐惧，笑道：“兵来将挡，水来土掩，有何惧之……?”

当“之”字还没有说完，他的目光就被瞬间定格在前方。一缕阳光喷薄而出，强光在鲁之玙的眼前铺出一层黑影，黑影之中，左手持盾、右手持枪、头后拖着金钱鼠尾的清兵在他面前一字排开。他于左右转身环视，十字路口四面皆是虎视眈眈的清兵，就像从天而降般，出现他与众人眼前。

周蕃不由得头皮一阵发麻，三百将士也被突然出现的清兵惊出一身冷汗，一阵轻微的骚动后，怔在原地。

但鲁之玙却肆无忌惮地狂笑道：“爷爷还以为尔等小儿都已逃之夭夭，正愁没有清妖祭刀，尔等送上门来，哈哈!”

鲁之玙一声令下：“勇士们，听我将令，与本将一齐杀个痛快，精忠报国，就在此时，杀啊!”众军士这才鼓足士气，不再恐慌，一齐拔刀，随鲁之玙冲向清兵军阵。顿时，狭窄的巷口里刀光四起，在朝阳的映射下，盛夏的空中不时闪出凛人的寒光，冲杀声和嘶吼声交相辉映，奏响了江南军民不屈的抗清序曲。

姑苏激战

早有防备的清兵用盾牌叠成一堵堵盾墙，任凭鲁之玙众人如何横冲直闯，也冲不破清兵的四面围堵。明军冲到跟前，清兵的长枪从盾牌缝隙中冷不丁地迎着明军的身体刺出，不时地有明军在鲁之玙身边惨烈地倒下，清兵几乎是踩着倒下的明军尸体向前蠕动，不断地压缩着包围圈。浑身鲜血的鲁之玙看到身边的兄弟接二连三地倒下，急得大吼一声，跃至半空，如雄鹰展翅般欲跃出包围圈，可哪有那么容易，一名清兵眼尖，看鲁之玙勇猛，长枪当胸刺出，欲堵住鲁之玙去路。鲁之玙睁着血红的眼睛，如饿虎般怒目圆睁，那清兵吓得手一哆嗦，枪头刺歪，鲁之玙半空中侧身握住枪缨处，手中大刀于半空中劈向那人脖子处，只听得惨叫一声，鲜血从那人脖子处喷出，溅红了半边墙根。鲁之玙正欲撕开此缺口，无奈清兵此起彼伏，顷刻间就有数名后继者补位而至，再一次将鲁之玙堵在包围圈内。

王伯牙看报恩寺方向清军兵力相对薄弱，忙对鲁之玙急道："大人，向此方向突围。"不由鲁子玙反应，对余下众人喊道："跟我来!"

周蕃、王伯牙合力掷出手中长剑于清兵盾墙某一处，一声惨叫后，盾牌之阵闪出一小块漏洞。王伯牙令众人以牙还牙，数人长枪合力刺向于此处，清兵慌忙补位，明军数人哪里肯让，众人形成一个锥子形状，前人倒下，后人继续义无反顾向前。候补清兵根本抵挡不住这强大的冲力，盾阵顷刻被撕出一个巨大的缺口。余下明军瞅准机会，拥着鲁之玙如潮水般涌向此缺口，杀红眼的鲁之玙哪里肯撤，明军将士几乎是抬着他，将他连拖带拽，一阵激烈的金戈激撞声后，众人总算逃出生天，匆匆向报恩寺方向撤退。

清兵欲追杀逃出的鲁之玙等人，一将官拦住众人说道：“侍郎大人（即李率泰，清军将领）交代过，穷寇莫追，令吾等在此等候。”众清兵这才停止追击的步伐。

城外吴志葵也已率兵来到胥门之外，衣衫统一、井然有序的明军将士与衣衫参差不齐的几社之兵合在一起，熙熙攘攘，阵容不整。吴志葵眼看胥门大开，城头上竖立着明军大旗，喜形于色，大叫道：“清兵不堪一击，瑟若已破敌，诸军随我进城!”

吴志葵败逃

明军将士顿时欢呼雀跃，簇拥吴志葵即欲进城，夏完淳见原本城宽墙阔的苏州竟然如此不堪，区区鲁之玙三百人就能拿下此城，委实不可思议，赶忙与夏允彝说道：“父亲，此必有诈，务须小心!”

夏完淳话音刚落，前方的吴志葵及众明军将士的脚步已于胥门之外戛然而止。胥门城门“吱哇”一声，被缓缓关上，城头之上的大明军旗瞬间被砍断，一面写着“李”的清军大旗缓缓扶摇而立，一个将官立于城头之上，看着吴志葵藐视地笑道：“城下何人，竟敢犯我苏州!”

战马之上的吴志葵见此情形突变，措手不及，突然语塞，惊魂不定，众明军将士皆面面相觑，不知发生何事，皆等着主将吴志葵发号施令。

倒是夏完淳一身是胆，指着城头，朗声问道：“尔乃何人？尔窃我大明故土苏州，吾等奉天命来取之耳!”

“哈哈!”城头之将遥指夏完淳笑道：“吾乃大清兵部侍郎李率泰（原名李延龄，努尔哈赤赐名“率泰”，字寿畴、叔达，隶属汉军正蓝旗，父李永芳为明末第一个投降后金的明朝将领），汝又是何家小儿，明军无人否？让尔乳臭未干小儿上阵。”

“恶贼，我知汝之恶名，臭名昭著，汝屠江阴、扬州，十恶不赦，罪大恶极，我大明襁褓之儿亦敢与汝之恶贼相搏!”夏完淳龇牙爆裂道。

“哈哈！成王败寇，不与尔等小儿作口舌之争，待吾擒了尔等再言不迟，哈哈!”李率泰令旗一挥，城外明军身后忽然出现一股清兵轻骑，卷起一阵阵尘烟，呼吼着向吴志葵扑袭而来。

领头之人乃江宁巡抚土国宝（明朝降清将领），他于高头战马上挥舞战刀，向城头高喊道：“李大人，江宁援兵至。”此乃李率泰预先埋伏好的骑兵，谎称为江宁援兵。

吴志葵方寸大乱，失声大喊道：“有埋伏，快撤!”说完，扭转战马，调头率先向清兵袭击的另一方逃脱。

主将此为令明军士气顿时一泻千里，众将士倒旗歇鼓，如惊弓之鸟般狼狈不堪，纷纷沿城池溃败而去，辎重兵器散落一地，众人恨不能多长一条腿，尽快逃离这生死之地。

几社之兵在夏允彝与陈子龙的命令下，旌旗傲立，全军纹丝不动。苏州城外的大地之上瞬时出现了一副令人啼笑皆非的画面，原本良莠不齐的几社之兵好像成了主力军，于城外严阵以待清兵铁骑，本应作为攻城主力的吴志葵明军却不战而溃，逃跑而卷起的烟尘铺天盖地。

苟延残喘的明王朝就是这样，本该挺身而出的将军们，徒有抗清之口舌，临阵应敌之时，皆如丧家之犬般逃之夭夭，但又有无数忠贞不贰的仁人志士，勇于担当地站在抗清第一线，可是以他们的单薄肩膀，却无法抵挡住清军的滚滚铁骑，只能给后世留下数不尽的精神财富，令后世唏嘘不已。

一介文人夏允彝面对汹涌来敌，向身后几社之兵命道："弟兄们，杀身成仁，舍生取义，即在今日，冲啊!"说完，带领几社之兵奋不顾身地迎向滚滚而至的清兵铁骑。陈子龙与夏完淳亦尾随其后，身先士卒，义无反顾。众人虽有成仁取义之心，但的确不是久经沙场的清军骑兵之对手，铁骑掠过之处，留下了一排排几社兄弟的尸体，看到倒在血泊中的家乡儿郎，夏允彝痛心疾首，待清兵再次返回，他嘶哑地嚷嚷着要再次迎头而上。

陈子龙心知不是对手，不能让兄弟们白白送死，死拉住夏允彝道："瑗公，吴志葵大军已撤，我几社兄弟难敌清军铁骑，若再战下去，我等必全军覆亡，留得青山在，不愁没柴烧，为下我等只有早撤，再图后举。"

夏允彝看着成排倒下的弟兄，心知再硬撑下去，即使把几社弟兄拼光，也无济于事，只得长叹一口气无奈道："就依卧子之言，且战且退吧。"

父亲如此说，少年英雄夏完淳高举利剑："全军听我号令，后军变前军，向太湖撤退，前军随我殿后，掩护!"

看到夏允彝等人也已撤离，李率泰在城头冷笑一声，令旗左右挥舞两下，再向城内挥指，城外骑兵得到旗令，不再追杀夏允彝的队伍，有序进城待命。

鲁之玙殉国

城中鲁之玙刚躲过一劫，逃至城北报恩寺，稍事休整后，清点人数，已损失过半。摆在他们面前只有两条路，回兵至胥门撤退，或者攻陷苏州府衙，一举定乾坤。鲁之玙、周蕃与王伯牙并不知城外吴志葵已经败退而逃，他们心知两条路皆是登天难路，回兵胥门，必遭埋伏，然自此再回兵至道前街反戈一击，或许还有一线生机。

早已皮开肉绽的鲁之玙自知凶多吉少，对众人慷慨激昂道："孔曰成仁，孟曰取义，诸君皆大明忠贞之士，食君之禄，忠君之事，今吾欲领尔等以身许国，尔等惧否?"

"何惧之有，吾等皆愿追随将军，大丈夫效死疆场，马革裹尸，今随公有重于泰山之死，无愧于列祖列宗，实乃幸事!"周蕃道。

"吾等愿追随将军!"浑身是血的残兵们皆单膝跪地，齐声说道。

王伯牙也说道："为国捐躯，大公至正，公之大名，也必将名垂千古也!"

"哈哈，此生唯愿不留骂名于后世，若能美名相传，亦是与诸君共取耳!"鲁之玙指着道前街方向，凛然喝道："随吾杀贼!"

鲁之玙率领众人浩浩荡荡杀将回来之时，清军好像早就知道鲁之玙一定会再次返回，待鲁之玙行至桥头，一股轻骑自侧身小巷中奔袭而出，皆右手持刀，呼啸而至，以迅雷不及掩耳之势从明军人丛中穿过，鲁子玙等人避之不及，阵型顿时散乱无章，将士们惨叫声不绝于耳，待轻骑掠过之后，留下了一溜明军尸体，鲜血顺桥而下，染红一片。

土国宝缓缓从清兵军中走出，冲着鲁之玙冷冷地问道："尔乃何人，放下兵器，饶尔不死!"

"哈哈！吾乃大明世袭指挥使，吴淞参将鲁之玙，吾食大明俸禄，焉能降尔，足下是何人?"鲁之玙问道。

“吾乃大清江宁巡抚土国宝，”土国宝笑道，“良禽择木而栖，大明已亡，将军何苦执迷不悟，一意孤行，作此困兽之斗，将军独不念身后之兵存亡否?”

鲁子玙这才知晓城外退兵之事，惨然一笑道：“吾闻汝世受明恩，然背主求荣，甘为清廷鹰犬，汝有何面目面对列祖列宗。”回首再向众人问道：“土大人之言，尔等听到否？尔等惧死否?”

“舍生取义，杀身成仁，死有何惧?”王伯牙大义凛然道。

周蕃带领众人亦异口同声喊道：“舍生取义，杀身成仁，死有何惧?”

忠贞之言，振聋发聩，呐喊出大明贞烈的拳拳忠义之心，如半空中掠出一阵惊雷，只震得昔日的大明参将土国宝两耳发聋。

随着土国宝一声令下，短兵相接，兵戈扬声，顷刻间，明军将士们纷纷殒于凶神恶煞的清兵铁骑屠刀之下。

鲜血淋漓的周蕃和王伯牙分列左右，勉强搀扶起伤痕累累的鲁之玙，三人皆身中数箭，摇摇欲坠，尤其是鲁之玙当胸还被一长剑刺穿，但三人依然屹立桥头，怒目逼视土国宝，令盛夏之日下的土国宝不禁寒毛倒竖、冷颤不断。

只见鲁之玙面若重枣，红面长髯，恍若关公再世，土国宝陡然心神一凛，纵马向后退出两步，下马揖首顿拜，抱拳朗声说道：“鲁将军，忠烈高义之士，大明若皆是鲁将军之士，焉能亡国。”他想了想，继续说道：“鲁将军，尔等身后之事，某定会奏吾大清朝廷，全尔之忠名，苏州之城，亦不会复江阴、扬州之事也!”

听闻土国宝如此说，鲁之玙使出最后力气双手抱拳，面向土国宝微微一笑，继而头一歪，惨然倒地，王伯牙急叫道：“大人，大人!”

可鲁之玙已魂归大明，没有半点声响，王伯牙起身喝向土国宝道：“土大人，苏州全城百姓性命系于尔手，足下勿忘今日之言，否则吾于九泉之下亦不饶尔!”说完引剑自刎，血溅苍天。

眼看两个战友先后倒下，周蕃睁着血红的双眼仰望红日，凄然一笑，抱拳向天而敬，不作任何言语，拔出鲁之玙胸口之剑，双手握住剑柄，猛然向自己腹中刺去。

一片乌云自南向北飘去，正挡住了熊熊烈日，给饮马桥留下了一阵阴凉，可在土国宝的心中，那是毛骨悚然的阴冷，令他不寒而栗。

大丈夫生在三光之下，生而何欢，死而何惧？人得一命，轻如牛毛，人得一名，扬满天下。饮马桥即是这群忠烈之士留于尘世的终点，但从这里，我们的少年夏完淳也开始了他英雄之路的起点。

噩耗连连

城外的夏允彝、陈子龙、夏完淳等人在几社兄弟的死命护卫下，总算大难不死，回到松江华亭乡下。面对死伤过半的几社兄弟，夏允彝捶胸顿足，对不战而逃的吴志葵咬牙切齿，但又无可奈何，陈子龙经此一战，也心神俱伤，与夏允彝告别后，携家奔走昆山。

夏完淳获悉鲁之玙于苏州城中壮烈殉国之事后，默然抽泣，转身回房，于桌案上愤然下笔：“瑟若轻健姿，一往仗奇气。宝剑酬君恩，深入无退志。孤军矢一战，光响横振厉。慷慨授命时，白虹贯吴市。”

祸不单行，噩耗接二连三，志高才疏的吴志葵自苏州城外败北后，率领残军与太湖总兵黄蜚部水师汇合黄浦江，清将李成栋、吴兆胜闻此信息，立即追击吴、黄二部，在清兵的攻击之下，堂堂大明官军好似乌合之众，一触即溃，清兵乘胜追击，一举击垮明军水师，再用一把火点燃，大明水师船只顷刻尽陷入火海之中，积数年之功而建的大明水军毁于一旦，吴志葵与黄蜚二将皆被擒。所幸吴、黄二人皆不辱先人，慷慨赴死，尤其以黄蜚更为惨烈。他被擒之时，驱使妻子一门三十余人沉入水中后，自己也跳入水中就死，但清兵用铁钩将他捞起，劝降他不成，折断其左手，被绑赴至南京。见到洪承畴，黄蜚破口大骂，清兵又折其右手，割其舌，动弹不得的黄蜚依然呀呀有声，痛斥卖主求荣之人，半月后，于南京水西门外英勇就义。

萌发死志

夏允彝闻此噩耗，悲痛欲绝，他曾于福建任地方县官，素有贤名，乡亲们劝他趁乱渡海前去福建，招纳兵员，再图恢复。夏允彝考虑再三，拒绝了此建议，大明军队一败再败，非战之过，乃人祸也，人心不齐，无论如何努力，也不能改变大厦将倾的事实，若前往福建，举事再败，则蒙羞万世，非他夏允彝所愿。

时任松江清军主将李成栋（字廷桢，号虎子，日后最难评价的明末清初将领，嘉定三屠的始作俑者，先降清，除灭南明二帝，后又高举反清复明大旗，成为南明最后的擎天之柱）早就知晓夏允彝大名，遣人拜帖至夏允彝，邀请其出山为官，以助新朝，即使夏允彝不愿为官，也可见一面，他李成栋愿拜夏允彝为师。

见到此帖，夏允彝赤目相对，断然闭门拒绝。烈女不事二夫，夏允彝以“贞妇”自比，在门上大书道：“有贞妇者，或欲嫁之，妇不可。则语之曰：

‘尔即无从，姑出其面。’妇将搴帷以出乎？抑将以死自蔽乎？”明白无误表达了自己不事二朝的决心。

大才子夏允彝于堂前枯坐良久，国家之事，他进退不得，无力改变现实，唯有改变自己。他遥想刚刚倾覆的弘光小朝廷，偏安一隅，逢此乱世，本应痛定思痛，众志成城，抵御外敌，但朝堂之上，物欲横流，皆是不思进取之辈。口中尽是三纲五常的文臣武将，在清兵袭来之时，皆丑态百出，气节全无。与之形成鲜明对照的是，朝堂之外的市井小民、贩夫走卒，本混迹于世，谋生图已而已，此芸芸众生中，竟有无数风骨峭峻之辈，他们将众朝堂之士虚伪的仁义道德撕扯得淋漓尽致。

南京城内一乞丐，眼见南京城内的一幕幕丑剧，绝笔写下：三百年来养士朝，如何文武尽皆逃？纲常留在卑田院，乞丐羞存命一条。继而纵身跳入秦淮河而亡。

本应胸怀天下、济世安邦的文臣武将们在这历史交会时刻，精彩地演绎了一场场文臣爱钱、武将怕死的桥段，他们的骨气甚至还不如一个乞丐。

夏允彝唏嘘不已，默念道：“吾夏允彝独不如一乞丐？”

他霍然起身，步出堂外，仰望苍天，心胸为之一缓：惶惶乱世，礼乐崩坏，我夏允彝身为大明忠臣，不能挽救大明于水火，唯有一死以明己心。想到此，他反而愈发平静，着手开始安排身后之事。

父子交心

陈子龙收到了夏允彝即将以死殉国的信件，放下手中事情，不顾一切地奔至华亭，欲劝夏允彝三思后行。

夏允彝平静道：“卧子，吾意已决，汝莫要再劝。”

知已无回旋余地，陈子龙道：“瑗公，子龙从兄多年，谆谆教诲，常萦于耳边，兄之大义，子龙深窥于心，兄之义举，于今乱世，如文山（南宋文天祥道号）之正气，贯彻古今，今兄欲以身殉国，留子龙独生，苟活于世，子龙不敢复劝，子龙上有老母，仍须尽孝，故不能随兄而去。明室衰微，鲁王于东南监国，子龙欲从鲁王，再图大业。兄之后事，凡兄之所托，子龙一一照办。”

“卧子知我也。”夏允彝面色平淡道：“独子端哥即托与子龙，存古自幼聪慧，志向高远，卧子代吾悉心调教，日后助我大明恢复山河，亦不枉与吾阳间父子一场也。家中妻子亦烦卧子多多关照，以宽吾心。”

陈子龙再也控制不住，情难自禁，泪流满面哭道：“彝仲兄（夏允彝字），汝怎忍弃我等而去？非此为不可乎？”

夏允彝左手轻轻抚住陈子龙，语态平和，轻轻说道：“唯心所愿耳！”

惊闻父亲夏允彝将有生殉大明之惊人之举，夏完淳反而一脸平静，仔细地端详将要远去的父亲。知子莫若父，知父莫若子。父亲的所作所为，夏完淳无不视为楷模，在他心中，伟岸的父亲就如参天大树般呵护并影响着他，父亲的才情、气节，夏完淳自小耳濡目染，在他的成长过程中，父亲是最重要的良师益友，他深深理解父亲此时的痛苦，父亲欲将这亡国的悲痛化作一抔黄土而激励他及后人，听完父亲的决定，他仍不甘心，轻轻地问出了同样的问题：“父亲，非这样不可吗？”

夏允彝没有回答夏完淳的问题，爱怜地抚摸夏完淳肩膀道：“汝学业小有所成，今后需以学致用，图报国之举。知否？”

“儿谨遵父命!”夏完淳道。

“为父走后，汝须好生侍奉汝母。”

“儿知。恪尽孝道乃儿之本分。”

“尔妻聪敏，汝须好甚待之。”

“儿知。吾与秦篆（夏完淳妻之名）相敬如宾，一同侍奉母亲。”

“汝伯父、岳父时常与吾念叨尔，尔闲暇之余，须常去常往。”

“儿知，长辈之教诲，儿不敢忘。”

夏允彝微微颔首，从背后拿出一本手稿，说道：“此乃为父未竟之作品《幸存录》，汝可代为续之!”

夏完淳再也克制不住情绪，抽泣道：“父亲大人，您非走不可吗?”

夏允彝微笑道：“端哥怎么不坚强了? 为父刚刚交代之事，汝都记下否?”

“儿记下了。”夏完淳抬头泪眼仰望父亲，大叫一声：“父亲!”趴在夏允彝膝盖上啼哭不已。

不待夏完淳哭完，夏允彝示意下人，让家中妻妾奴仆聚集厅堂，夏允彝环视诸人道：“吾意已决，尔等莫要悲伤，余下之事，吾已交代，夏氏门庭，日后靠尔等支撑，尔等好生相处，勿让吾忧。”

夏家府邸里，哭声一片。厅堂之上，嚎哭之声响彻震天，凄厉异常。

夏允彝兄长夏之旭也来到厅堂之上，他叹息道：“国事至此，我等无回天之力，然彝仲求死，于国无济于事，此事还可缓议论否?”

夏允彝微微一笑，对兄长摇了摇头，然后轻轻拍了拍夏完淳后背，缓缓站起身，走出堂外，夏完淳见状，赶忙跟上，陈子龙愣了一下，忙让众人暂停哭泣，尾随夏允彝跟出堂外。

壮烈殉国

是年九月十七日，夏允彝独自一人走在众人前面，沿乡间小路走走停停，不时仰望青天，念念叨叨，间或回望身后家人，微微一笑。

空气异常沉闷，没有一丝风，众人耳边充斥着蝉鸣蛙啼虫叫。夏允彝路过乡亲的屋前，黄狗不知趣地吠叫几声。屋前的黄瓜已经泛黄，有气无力地耷拉在藤下。看到夏允彝从门前经过，乡人依然热情地打着招呼："夏先生，您出门了?"夏允彝微笑点头示意，继续向前，乡人陡然看到夏允彝身后呈悲戚状的夏家众人，不知何事，遂也跟在人群后，如此反复，全村之人皆尾随而行，恍若一条巨大的长龙在乡间游走，龙首之人正是夏允彝。

行至一池塘边，夏允彝停下脚步，向池中望去，池塘里的荷花正是盛开之时，勃勃生机，姹紫嫣红，碧绿的荷叶挨挨挤挤，红绿相间，那里留出一汪碧水，鱼儿从荷叶中穿游，在那碧水中掀起微微波澜。

夏允彝微微闭眼，默念道："水陆草木之花，出淤泥而不染，清新脱俗之地，此吾葬身之处，不辱吾也!"

再睁眼凝视池塘片刻，夏允彝转过身，唤过夏完淳柔声道："端哥，拿笔墨来!"

仆人早有准备，拿出准备夏允彝归天后作祭祀之用的笔墨纸砚，将宣纸铺展至夏允彝面前，夏完淳亲自为父亲研墨。

夏允彝端正坐稳，执笔落墨，笔走龙蛇，铁画银钩跃然纸上，他留下了最后的绝命诗："少受父训，长荷国恩，以身殉国，无愧忠贞。南都既没，犹望中兴。中兴望杳，安忍长存？卓哉我友，虞求（徐石麒字）、广成（侯峒曾字）、勿斋（朱之瑜号）、绳如（嘉胤字）、悫人（何刚字）、蕴生（黄淳耀字），愿言从之，握手九京。人谁无死，不泯者心。修身俟命，警励后人！”

“父亲！”夏完淳泣不成声，不知如何劝慰父亲。

“端哥保重，为父去也！”夏允彝弃笔于地，起身缓缓走进池塘。

“父亲！”夏完淳哭喊道，欲追上夏允彝。

“端哥，汝乃坚强之人，勿要悲伤，勿要忘却为父所托！”夏允彝忽然厉声道：“汝欲不孝否？”

“儿，儿不敢！”

“好，好，端哥吾儿，为父有你为后，此生不悔也！”夏允彝再一次喝道：“莫要再跟，退上岸去。”

看夏完淳退上堤岸，他最后一次环视岸边，夏之旭、陈子龙、妻夏盛氏、妾夏陆氏、女夏惠吉、儿媳钱秦篆皆泪眼相望，夏允彝对岸上喊道：“兄长，卧子，娘子，昭南（夏完淳妹夏惠吉之字），秦篆，汝等好生活着，吾去也！”

一代才子，蹒跚前行至池塘荷花中那一汪碧水空隙处，松塘水浅，只能没过其腰杆处，夏允彝没有任何犹豫，硬生生埋头于水中，池水不断进其口鼻之中，继而呛进其肺，水面不断翻起气泡，铮铮丈夫夏允彝将双手紧插淤泥之中，浑身不断颤抖，但头依然深埋于水中。

夏完淳于岸边大声哭喊道：“父亲，父亲！”

伯父夏之旭满含热泪强拉住侄子，大喝道：“壮哉，彝仲吾弟！”

岸边哭声震天，响彻寰宇，尾随身后的村民此时才明白他们以往敬仰的大才子夏允彝竟然以如此的死法为大明殉葬，纷纷跪于岸边向池中拜道：“夏先生，您不能死啊！”

岸边之声已不闻于夏允彝，那水进口鼻之痛非常人所能忍，一尺见方的池塘里，夏允彝脊背顶天，手脚撑地，硬生生不移动半分，直至池中悄无声息，气泡全无。归天之时，其脊背衣服皆完好无损，竟没有半点水迹。

自古忠臣殉国者无数，但如夏允彝之死者，独一无二，殉难之苦，无出其右。千古悠悠，夏允彝再一次以一己之身诠释了忠义之道，古人为了一个“忠义”二字，是可以抛弃生命的，舍生取义即为此。夏允彝宁愿选择此不归路，以不事二朝之心，警示天下之人，是为忠义，大明虽亡，然大明之忠义犹存。忠义，它是一种让人须仰视才见的操守，是凛然而不可犯的铁骨丹心，是推动着滚滚前进之历史车轮的精神源泉。

不管是岸上的夏氏宗亲，还是远在南京的李成栋，都为夏允彝之死而扼腕叹息，社稷虽亡，但仍有无数像夏允彝这样的仁人志士，支撑着已分崩离析的诸多明朝宗室，不断树立起抗清大旗。因此信念，明室最终又得以在西南边陲续命十余年，日后李成栋振臂高呼，举起反清复明大旗，亦不枉有夏允彝作警示之因。

少年夫妻

江南秋风骤起，掠过一丝丝寒意，松塘荷叶凋零，不时有鸭子泅于塘中，欢声乐语，嘎嘎有声。鸭子不知人间冷暖、天地轮回，世间悲喜哀愁，皆人之所为，然善恶有分，忠奸有别，曲折起伏的历史总是能令后人咀嚼再三，回味无穷。

夏允彝的离去虽已成为历史，但在夏完淳的心中，父亲并没有离去，他一直活在自己的心中，父亲舍生取义的精神一直萦绕在他在心头。父亲的音容笑貌历历在目，父亲临终遗言环绕耳边，但他没有更多的时间来沉浸于失去父亲的痛苦中，因为有更多重要的事情正在等着他去完成。

逐渐西斜的秋日给小院铺洒完最后一道霞光后，依依不舍地沉没于墙后。夏完淳爱妻钱秦篆正在为其研磨，待写完一首诗文，夏完淳放下毛笔，轻轻按住钱秦篆葱葱玉手以商量口吻道："娘子，子龙老师来信与吾，有一太湖义军，正在重整大明旗鼓，吾欲变卖家财，招募义兵，追随老师投奔义军。"

"相公，公公已逝，相公所言，皆为公公之遗愿，你既有此意，为妻焉能阻拦，为妻恨不能为男儿身，与相公一同上阵杀敌，实为憾也!"钱秦篆戚戚道。

"只是苦了娘子，家中老幼，皆托付于娘子了!"夏完淳道。

"相公且放宽心，家中之事，妻能照应，恪守妇道，侍奉公婆，此为妻之责也。"钱秦篆顿了顿道："前番我父来信，他亦欲与你一道起兵，遥相呼应。"

"此事甚佳，岳父高义，吾能为其婿，吾能娶你为妻，皆是三生之幸!"夏完淳百感交集道。

长夜漫漫，两人相拥而坐，说不完的悄悄话，诉不完的心头事，月上枝头，银辉透过窗户，披洒在这对才子佳人身上，闪耀着令人艳羡的光辉。

随师从军

浩瀚的太湖在绚烂的夕阳下波光粼粼，天水相连，烟波浩渺之中，孤帆点点，置身太湖美景之中，令人如痴如醉。陈子龙与夏完淳等人却无心赏景，行色匆匆，前往太湖长白荡，那里是大明进士吴易（字日生，号朔清）的抗清水师大营，那里有他们的抗清希望所在。

吴易原为史可法（明末抗清名臣）的部下，授职职方主事，史可法扬州兵败后，吴易与同邑举人孙兆奎、诸生沈自駉共同创建此太湖水师，吴易的水师兵士皆以白布缠头作标志，以此为明朝戴孝，世人皆称为“白头军”。

“卧子兄!”远远地看到陈子龙一行，吴易迎面疾行而至。

“日生老弟！别来无恙!”陈子龙也匆匆向前，激动地握住吴易之手。

“卧子兄，数年不见，弟闻兄与夏瑗公成立几社，奔走四方，结纳海内义士，屡举义旗，抗击清贼，实令吴某仰慕备至！只可惜瑗公英年已逝，着实可惜啊!”吴易叹息道。

陈子龙黯然神伤道：“唉，有瑗公为楷模，吾日夜不敢忘复明之责也!”继而摆摆手道：“故人已逝，不说此伤心之事，今日故友相逢，瑗公在天之灵亦希望我等继承其遗志，图兴国大业。昔日吾也常闻日生老弟所举，着实让为兄佩服之极，以文弱之身，高举义旗，聚数千之众于长白荡，屡败清贼，实乃我江左英豪也!”

吴易右手食指在半空中虚点两下陈子龙笑道：“我们就别相互恭维了，走，待吾为卧子兄接风洗尘!”

陈子龙豪气一笑：“好，今夜不醉不归!”

吴易等众人正待簇拥陈子龙向前，陈子龙拉过身边夏完淳，向吴易介绍道：“日生老弟，向你介绍一人，此乃我的学生，夏完淳。”

夏完淳顿首恭敬拜道：“吴将军，小可久慕将军，今日得遇尊颜，实乃万幸!”

“贤侄快快免礼!”吴易慌忙挽住夏完淳，转身对陈子龙道：“可是夏瑗公独子，江左神童夏完淳夏灵首否?”

“正是此子!”陈子龙笑道。

“哎呀呀，”吴易大喜过望，反身对夏完淳深拜道，“高门贵子，豪气存身，诗妙词绝，请受吴某一拜!”

夏完淳赶忙还礼道：“将军行此大礼，小可实愧不敢当。”

“受得起，受得起，此拜有其三，一为汝父，溺水殉国，千古未见；二为夏氏一门，书香世家，满门忠烈；三为汝，汝天资卓绝，少年英豪。”吴易神色肃然道。

陈子龙在一旁笑道：“日生老弟，存古自幼追随彼父及在下，所历甚广，此番我带其入伍，望其能助日生一臂之力。”

“幸甚，幸甚，吾有此大才，何愁清贼不破!”吴易笑道。

“日生就不要再抬举存古了，以免其年少骄狂，你我罪过就大了，哈哈!”陈子龙道。

“老师说的对，吴将军，日后若有差遣，尽管吩咐，小可不敢不从，此来长白荡，小可自当为大明建功立业，唯将军马首是瞻也!”夏完淳拱手道。

“壮哉存古，走，进帐，摆酒，今日彻夜痛饮，一醉方休!”吴易豪气地笑道，摊开右手，引领陈子龙及夏完淳等人进入其水师大营。

对话孙兆奎

次日清晨，无心睡眠的夏完淳和衣走上船头，昨夜的酒还没有完全醒过，太湖上的一阵晨风拂过，顿时令他神清气爽，酒气散却。

吴易的水师有船百十余艘，桅杆遍立，帆樯如云，鳞次栉比，在宽阔的水面上，连成一片，煞是壮观。最大的主船即是脚下这艘，也是吴易的主船，船长八丈有余，宽三丈，船头高翘，正是整个船队最高点，登高望远，美丽的湖景令夏完淳为之心旷神怡。

东方露出了鱼肚白的颜色，随着红日跃出，渐渐地呈现出一片红色，将浩瀚的太湖照耀得耀眼夺目，宛如一面硕大的银镜。微风吹过，湖面荡起一圈圈涟漪，微风缓缓地将闪亮的太湖水推向与蓝天的交界处，五彩斑斓，交相辉映，壮阔绝伦。

凝神沉思间，肩膀忽然被人轻搭了一下，夏完淳回头一看，笑道："孙将军早!"

"存古起得好早!"来人乃孙兆奎（字君昌，曾为史可法部将），吴易水军初建时，孙兆奎有匡举之功，时人称其兵为"孙吴兵"。

"自幼家父督促，不敢偷懒，遂习以为常，"夏完淳笑道，"昨夜孙将军与家师畅谈甚欢，痛饮三大碗酒，不曾想也起这么早?"

"孙某与存古一样，习惯早起，哈哈。昨夜看存古甚少饮酒，为何?"方面红脸的孙兆奎笑道。

"小可不善酒量，不敢贪杯，怕扰了大伙兴致。"夏完淳笑着眺望远方，顿了顿，向孙兆奎弯腰敬道，"当年孙将军跟随史督师（史可法官至督师）于扬州抗清之事，小可早有所闻，实令小可敬佩之至!"

"存古过奖，清贼皆与我等有国恨家仇啊，唉，只可惜史督师以死殉国，临了连尸骨都辨认不清，唉!"孙兆奎和吴易一样，都是当年史可法的部下，扬州抗清，他们是为数不多得以逃脱的人。此时，他望着太湖，眼前却都是当年史可法对他谆谆教诲的场景，不禁眼睛湿润。

两人沉默良久，夏完淳打破沉默，问道："当今天下事，将军有何见教?"

孙兆奎捋了捋下颚胡须悲愤道："南都已失，江南岌岌可危，然清室乍至江南，人心不稳，暗潮涌动，此或为恢复半壁江山之际也。然我大明诸王纷争，不思进取，反祸起萧墙，自乱阵脚，此诚不可为也；东南沿海，二日争辉(南明绍兴鲁王监国与在福建称帝的唐王政权相互倾轧)，鹬蚌相争，手足相残，吾与吴易将军痛心疾首，然却无所作为，有心无力，徒以此太湖水师自保，以作明室恢复之本也!"

夏完淳顿首弯腰拜道："将军所言，与小可所思，分毫不差，为下之际，吾将修书与鲁王（即朱以海，朱元璋第十子鲁王朱檀之后，南明弘光政权覆灭后，被明臣拥立于绍兴监国）殿下，奏明吾太湖水师近况，请殿下授职，以便日后我军师出有名，将军意下如何?"

"存古虽年少，但谋虑长远，此举甚好!"孙兆奎笑道，"我太湖水师一直未得朝廷授准，若有存古此举，吾等以后出师皆可名正而言顺也。"

"然也，事不宜迟，吾今日就修书寄于鲁王。"夏完淳道。

达成此共识，两人于朝日之下的太湖之滨，击掌相庆，哈哈大笑。

初露锋芒

绍兴的鲁王朱以海收到夏完淳的来信后，获悉在太湖之上竟有如此雄壮且忠于朝廷的一支水师，喜出望外，又得知夏完淳乃大名鼎鼎的英雄少年，甚为欢喜，朝堂左右再言夏完淳之父乃先帝钦点表彰的七名县令之一，鲁王更是龙心大悦，当即回复，赐夏允彝谥号为“文忠公”，授夏完淳为中书舍人官职，陈子龙授兵部尚书衔，授吴易为兵部侍郎、左都御史，孙兆奎为兵部郎中，其余众将皆有赏封。夏完淳收到鲁王回复后，写表谢恩，连同抗清复明志士数十人名册，交与专在海上往来通信联系的秀才谢尧文，使其赴舟山呈与鲁王。

夏完淳自进入白头军中，如鱼得水，终于可以一展拳脚，平生所学得以发挥，他屡献计策，吴易、孙兆奎依计而行，屡有斩获，二人常于陈子龙身旁夸赞，夏瑗公有子如此，在天有灵，亦能欣慰。

白头军在夏完淳的建议下克复吴江，以吴江物资充斥军需。清廷震怒，急令松江提督吴胜兆前往剿灭，不等吴胜兆至吴江，吴易已令人席卷吴江县库，继而率水师从容再入太湖，避开吴胜兆兵锋，吴胜兆暴跳如雷，下令全军于吴江县城内外大肆劫掠，一时远近民怨沸腾。

计败清军

是年四月，吴胜兆在清廷的严令之下，派总兵李遇春率战船五十余艘、水师四千为先锋，征剿太湖，欲彻底剿平吴易、孙兆奎的太湖水师。

吴易见清军来势汹汹，心中不定，欲避敌远遁。夏完淳见形势危急，计上心头，于帐内慷慨陈词，将敌我形势分析得头头是道，然后依此形势，献出自己的计策，直说得吴易连连点头，称赞不已，最后下定决心，依夏完淳计策行事。

初春下午的太湖，湖天一色，波光粼粼，李遇春的清军水师绵延数里，一字长龙，浩浩荡荡开赴至长白荡。傍晚时分，李遇春看到岸边有四个人，形色可疑，遂令士卒将四人擒获，押至船中。

四人畏畏缩缩地跪在李遇春跟前，大呼冤枉。

李遇春冷眼看着匍匐在脚下的四人，喝问道："有没有看见罗头贼（清人称太湖水师为罗头贼）?"

四人其中为首者抖抖索索道："小的见过，见过。"

"有多少人?"李遇春问道。

"不多，就三十几号人，一条白船。"

"离去多远?"

"不远，自此方向刚去一炷香工夫。"四人为首者手指不远处道。

李遇春极目远眺，的确有一条白船正向长白荡深处急驶。大喜道："尔等四人，熟悉地形，置于前船，引吾军追击，待剿灭贼寇，定有重赏!"

"谢大人不杀之恩，我等为此地渔民，安分守己，若我等带大人前去追击，罗头贼日后知晓，定不会放过我等，大人可否开恩，放我等离去。"为首者道。

李遇春怒目圆睁骂道："休得放肆，今饶尔等性命，乃为我用，若不从之，即刻推出斩了!"

"大人，大人，饶命，吾等愿从，吾等愿从!"四人磕头如捣蒜，求饶不停。

"既如此，休要再言，即刻向导吾军。"李遇春喝道。

四人如释重负，磕头谢过，在几名清军的押解下，匆匆赶往头船。

头船如箭一般脱弦而出，清军水师大军紧随其后，那白船与清军水师若即若离，有的时候好像还似在刻意等清军，但李遇春立功心切，哪里还注意此细节，大军行至一片芦苇荡，离那条船越来越近，几乎也就十几丈的距离，李遇春站立船头喝喊道："贼寇休走!"

白船上为首之人站在船头对李遇春笑道："李总兵，别来无恙，子龙等候多时也!"

那人正是陈子龙，他与李遇春有过一面之缘，李遇春大喜过望，急得哇哇叫，向左右喝道："擒住陈子龙，重重有赏!"

话音未落，头船那引路的四名渔民突然一跃而起，于电光火石间抽出同船清兵刀剑，刺向身后清兵，霎时间，头船七八名清兵被杀个措手不及，血溅当场。

李遇春张大嘴巴，也算他反应快，惊愕道："有埋伏，快撤!"

可哪里还来得及，从芦苇荡中突然窜出十余条快船，皆装满浸透火油的燃草，以迅雷不及掩耳之势窜进清军船阵。

众快船在入阵前即被点燃，清军水师一触即燃，火借风势，越烧越旺，整个清军水师顿陷入一片火海之中。等清军陷入一片狼藉，孙吴水军顺势杀出，吴易、孙兆奎、陈子龙、夏完淳各执一军，从四个方向杀将过来，将清军船阵截为数段，互不相应。本已溃不成军的清军水师经此冲杀，更是雪上加霜，在湖面上四处奔散，舟船相撞，死伤无数，饶是李遇春大呼大喊，也无济于事，到处是惨叫之声，浑身起火的兵士慌不择路，跳入水中，再被孙吴水军用铁钩钩住俘虏，水面上，鲜血横流，染红一片。

情急之下，李遇春手足无措，不知如何是好。几乎所有船只均已陷入火海，根本无法脱身，幸亏部下眼见，瞅准一条白头军的小船，砍翻船工，引李遇春上船，几人这才趁乱冲出火海，奔岸而去。

小舟行至岸边，看到湖中还在燃烧的船只及在水中扑腾的清兵，李遇春愤恨不已道："可恨陈子龙，自吾渡江以来，未有此败也！"

此战清军折损三千余名，白头军斩将二十多名，缴获战船四十多艘。李遇春无奈收拾残兵，惨败而归，气得吴胜兆大骂其饭桶。

再败清军

半月过后，不死心的吴胜兆亲自率领七千余人卷土再来。因有上次惨败，此次吴胜兆吸取教训，步步为营，不敢冒进，逐步压缩孙吴水军的活动范围。

清兵装备精良，久经沙场，白头军毕竟乃渔民组成的民兵，短兵相接后，孙吴之兵不敌清军水师，屡次败北后退。此时白头军补给困难，随着战斗的日趋激烈，弓弩渐尽。清军得知此军情，愈加猖狂，耀武扬威地步步进逼，孙吴水军一退再退，几无可退之处。形势越来越危急，吴易、孙兆奎、陈子龙等人一筹莫展，不知所措，夏完淳坐在堂下一声不吭，若有所思。

陈子龙问道："存古或有计否？"

夏完淳沉思道："公等尝闻草船借箭否？"

"存古何意？"吴易和孙兆奎如抓住救命稻草般，凑过来一起问道。

"适逢春夏之交，湖面常起大雾，吾军于敌军逆风上游，此即诸葛孔明草船借箭之境也！"夏完淳笑道。

"妙，妙，妙！"吴易一拍大腿，连说三次妙。

"吴将军过誉，古为今用，适逢昨夜读三国才有此巧计。然今吾用此计，亦可作变通之法，"夏完淳谦虚道，"趁清晨雾大，吾军扎草人前往取箭，待敌军箭尽，敌军士气也尽也，吾可趁势掩军而杀，如此一击必中。"

“妙!”孙兆奎再次补上一句:“存古通晓古今,妙不可言也!”

陈子龙击掌大笑道:“就依存古之计,定破清贼!”

一切如夏完淳所料,清晨浓雾,扎满草人的小舟驶入吴胜兆水师附近,白头军鼓瑟齐鸣,吴胜兆以为孙吴兵近,只觉水雾中人影晃晃,慌忙命令清军万箭齐射,不出半个时辰,白头军的草人身上便扎满了数万支箭。待至红日跃出湖面,云开雾散,孙吴水军鸣金高奏凯歌,齐声嘲笑道:“谢谢将军赏箭。”

吴胜兆闻言,气急败坏,在船上大呼上当,但悔之已晚,清军将士也哭笑不得,堂堂正规军竟然被这等民兵如此羞辱,士气大失。

根据夏完淳的计策,孙吴水军并没有得箭而还,反而趁敌军士气消亡之时,命令士兵将所获之箭全部射还给清军,已经士气尽消的清军水师猝不及防,根本没有想到白头军会以牙还牙,不退反进,刹那间,清军士卒纷纷倒于箭雨之下。

待利箭射完,随着夏完淳挥下令旗,从恍惚飘荡的芦苇荡中,早就埋伏好的几十条船突袭而出,如猛虎下山般冲入清军阵营。此时清军已全无斗志,见白头军杀来,慌乱一团,于船上四处奔散。孙吴之兵登上清军战船,砍瓜切菜般追逐着清军水兵。清军七千水师,顷刻间再次折损过半,仓皇奔逃。吴胜兆捶胸顿足,不能自已,几欲投湖自尽,幸亏部下力劝,才将他拖至安全之处。清军再一次大败而归。

拜别老师

当夜,长白荡张灯结彩,彻夜不眠,自起兵以来,白头军从未获此连胜,今再次大捷，全军上下，士气大涨，锐气益壮。

吴易端酒来到夏完淳一旁敬道：“昔闻岳会卿（抗金将领岳飞儿子岳云字）十六从军，屡立战功，吾不敢信，今存古之为，吾方信古人之事也!”

“对啊，此番大捷，存古功不可没！真乃我大明少年英雄也!”孙兆奎也举杯敬道。

“两位将军过誉了，小可愧不敢当!”夏完淳谦逊道，小抿一口酒，对吴易悠悠道，“将军，大胜之时，有句煞风景的话，小可不知当讲不当讲。”

“存古但说无妨!”吴易笑道。

“清军狡诈，虽屡战屡败，然明枪易躲暗箭难防，外侮可敌，家贼难防，望将军小心清兵奸计。”夏完淳忧心忡忡道。

“哈哈，存古多虑了，随吾起事兄弟，皆肝胆相照，焉能害我，哈哈，喝酒，喝酒，今夜不醉不归!”吴易豪放地笑道，说完，一饮而尽。

宴中众人也都大笑，其中一人道：“存古初到，不知我等情谊深重，哈哈！喝酒，存古，来，来!”

陈子龙在一旁笑而不语，默默地举杯浅酌。

夏完淳脸色略显尴尬，不便在众人面前驳吴易情面，看了看陈子龙，也仰干而尽。

军中狂欢过后，已至半夜，众人皆已就寝，陈子龙唤过夏完淳，夏完淳不知所为何事，跟随其后，沿岸边羊肠小道缓缓而行。月明星稀，两人的脚步声给寂静的黑夜增添了一丝丝生机。

夏完淳不解道：“老师，您唤我究竟有何要事?”

陈子龙轻叹一口气道：“存古，汝观日生如何?”

夏完淳愕然，不知陈子龙为何有此一问。

陈子龙道：“吾与日生相处甚久，然近观日生日渐骄躁，御下白头军有不少乃昔日水贼，军纪松散，且日生交友，皆轻薄张狂之士，三教九流，他皆待为上宾，为师恐其不能长久。”

夏完淳这才知道陈子龙所虑何事，嘟囔道：“学生亦有此感。”

“存古，为师意欲离开此军，另寻他处，汝意下如何?”陈子龙道。

“老师?”夏完淳心中一惊，不知陈子龙为何有此决定。思考片刻后说道：“老师，人各有志，我等于吴日生军中，或可助其一臂之力，若我等皆弃之而去，学生于心不忍也，老师，若您去意已决，您尽可放心而去，我仍愿留在军中。”

“唉！好，好，不愧是我的好端哥，从一而终。”陈子龙叹道，“然吾不忍汝陷入敌手而蒙羞也，汝宁愿不走?”

“老师，学生不走!”夏完淳坚定道。

“既如此，为师不劝汝。”陈子龙说道，“待为师再寻得抗清义师，即刻书信与尔。吴日生处，我有手书一封，信中所言，我去他处助白头军筹集粮草，汝代我转交于他，我就不面辞了，以免尴尬。”

“学生知道了!”夏完淳眼眶湿润，依依不舍地问道，“老师，您这就要离学生而去了吗?”

星夜之下，陈子龙见夏完淳眼睛泛红，伸手轻轻在夏完淳眼角处抹了抹，疼惜道：“存古，你已是大人了，怎么还流泪了?”

夏完淳没有言语，陈子龙咬咬牙，狠了狠心道：“存古，为师不在，你好生照看自己，为师去也!”说完，转身离去，不再回头。

“老师！呜呜!”夏完淳追上几步，急喊道。

月光下的陈子龙伸出左手顿了顿，在夜空中挥舞了几下，心中暗自叹息一声，毅然决然地疾步远去。看着黑暗中陈子龙逐渐消失的背影，夏完淳悻悻而归。

劝谏吴易

吴胜兆大败而归，江宁巡抚土国宝闻此消息，计上心头，吴易可以草船借箭，清军这边也可以来一次苦肉计，三国演义的桥段真实地在浩瀚太湖之上开始了精彩的上演。

长白荡的白头军大营中，忽然来了一个吴易的旧相识，乃昔日同科秀才苏人。苏秀才带领了数十人投奔而至，吴易大喜过望，迎苏秀才至大营，引荐给孙兆奎、沈自駉、夏完淳等人，众人皆欢喜向前与苏秀才招呼，独夏完淳不言不语，冷眼观察。

孙兆奎拽住夏完淳衣角轻问道：“存古有心事?”

夏完淳拉孙兆奎于舱外耳语几句，孙兆奎默许，连连点头，暗自称是。

待苏秀才离舱而去歇息后，夏完淳请吴易和孙兆奎留下，吴易心中称疑，不知所为何事。

夏完淳试探向吴易问道：“将军，苏人与将军乃旧相识，然此人近况，将军知否?”

“未知!”吴易笑道：“存古有何疑惑?”

“此人此时来营，将军不疑有诈否?”夏完淳续问道。

“哈哈，存古多虑了!”吴易大笑道：“吾与苏人昔日相交甚欢，同食共寝，况此人一介书生，焉能害我?”

“将军，万万不可大意，全军性命系于将军，此事定要细察!”夏完淳急道。

“存古言之有理，日生兄不可不察!”孙兆奎也建言劝道。

吴易不以为然道：“存古谨慎，某记下了，改日定细细察之。”

“不可，事不宜迟，今夜即须查明，否则一旦遇险，悔之晚矣!”夏完淳道。

“存古，某自有打算，汝无须再言，哈哈，今夜欢快，你们都散了吧!”吴易打了个哈欠，摆摆手道。

夏完淳与孙兆奎相视一眼，无奈地讪讪退出。

清军夜袭

是夜，万籁寂静，白头军尽陷入沉睡之中。夏完淳辗转反侧，夜不能寐，苏人的一言一行于脑海中翻腾不已，想到要紧时，他猛然起身，叫醒同舟众人。自己独自走出舱外，跨越数船，行至苏人就寝处，哪知苏人寝舱之中空无一人，他左右探视，夜空下的岸边火光闪闪，数十金银鼠尾之人正举着火把急奔而至。

夏完淳暗叫一声不好，情急之下，大喊道：“清兵偷袭，清兵偷袭!”凌厉的叫声在黑夜中响彻云霄。

无奈形势逼人，从睡梦中惊醒的孙吴水军刚闻其声，还没有来得及准备，苏人已率众而至，数十把火把丢向各船，夜风疾劲，白头军阵营立刻陷入一片火海，夜空顿时如同白昼，幸亏夏完淳早有准备，回至本船，命手下迅速抛锚起航。孙兆奎也早有警觉，率数条船尾随其后，脱火海而去。

绕至吴易主船，夏完淳急令军士向前施救，可是风急火旺，人根本不能靠前。

不远处，“生擒吴易”的呼声由远至近，此起彼伏，土国宝已亲率水师逼近而来。火中狂奔的吴易急于换船，无奈船连着船，一时无法解开，狼狈不堪的吴易不愿连累夏完淳，情急之下，大喊道：“存古速走！休要管我！”

夏完淳不忍丢下吴易，命众人合船，空出一轻便小船，使人急驰至吴易处，吴易见状，对左右疾呼道：“余者随我登船。”

熊熊烈火中，有三十多人簇拥着吴易登上轻舟，众人奋力划水，横冲直撞，使出九牛二虎之力，总算脱离火海。与夏完淳等几条船会师后，吴易率领众人向黑暗的太湖深处划去。

土国宝见状，大喝道：“休要放跑吴易！抓住吴易者，赏银千两。”

重赏之下，必有勇夫。清军水师个个奋不顾身，拿出吃奶的力气使劲划船，眼看离吴易之船越来越近，众人仿佛都已经看到了银子正在向他们招手，更是越划越兴奋。其中已有士卒张弓搭箭，在黑暗中不停向吴易的船上射击。

吴易所乘之船，船小人多，吃水很深，无论吴易如何吆喝，也无济于事，难以摆脱清军围追。在清军的箭雨之下，不时有人中箭落水。事也凑巧，风急浪大，适逢一阵狂风刮来，小船根本禁不住众人东倒西歪，瞬时船倾人覆，包括吴易在内，所有人皆落于水中，幸亏吴易精于泅水，船翻之时，一个猛子，潜入水底。夜黑风高，清军也无从分别谁是吴易，只是行至众人落水出，长枪尽戳，一时间，哀嚎遍于湖面，水面被鲜血染红，除吴易外，三十多人无一幸存。

力挽狂澜

不远处的夏完淳见吴易落水，焦急万分。敌军势大，上前救人无异于羊入虎口，只能跺脚干着急，忽然，一军士拉住他指着前方叫道："夏将军，快看！"

此时天已蒙蒙亮，不远处的湖面上，一泅水之人正在浪花中若隐若现，正奋力向夏完淳这个方向游来。

"吴将军，是吴将军，快，快前去救人！"夏完淳急道。

待精疲力尽的吴易被拖上船，已如油灯耗尽，奄奄一息。夏完淳慌忙命人按其胸口。片刻之后，吴易大口大口地吐出血水，夏完淳将其拖入船舱，火烤全身，换上干爽衣服，吴易这才缓过神，喘着粗气懊恼道："悔不听存古之言啊。"

"将军勿忧，在下有所准备，收拢残兵，还有百十余人！"夏完淳安慰道。

"既如此，还可再图后事！"吴易道。

"将军，吾有一计，或可反败为胜！"夏完淳道。

"存古请讲！"

"敌军刚偷袭我大营成功，势必骄狂，骄兵必败，若此时我军反戈一击，或可有奇效！"夏完淳道。

"妙，就依尔言！"吴易喜道："存古权代我指挥全军。"

"遵命！"夏完淳转身向残余的白头军号令道，"全军随我反攻清军，全速前进！"

"得令！"

剩余的十多条船扬帆起航，乘风破浪，迎着朝日，义无反顾地向得胜而还的清军水师追击而去。

刚获大胜的土国宝清军水师正慢吞吞地向前行驶，不一会儿即出现在白头军眼前。清兵返身看到白头军残兵竟然会如此不怕死地冲上来，皆嗤之以鼻，嘲笑白头军以卵击石，自不量力。

夏完淳不管清军如何嘲弄，命令全军勇往直前。剩余的白头军将士带着刚失去战友的痛楚，怀揣着一颗必死之心，数十条船冲进清军船阵。随着一声声巨响，夏完淳身先士卒，与孙兆奎一起带领全军奋不顾身地向清军进攻，将士们相互说道："我等唯有齐心协力，方能消灭清妖，求得生存!"

白头军船小，穿插灵活，几条船的将士合为一体，集中兵力，跨上清军战船后，短兵相接勇者胜，白头军将士一阵急攻，奋力砍杀后，再返回本船，顺利换阵。清兵船大，掉头不易，只能眼睁睁看着白头军来去自如，见缝插针，清军士兵不是在船上被杀，就是被赶入湖中，死伤惨重，土国宝眼睁睁看着手下被陆续击败却无能为力。

待到烈日高悬，湖面一片鲜红，苍凉与悲壮交相辉映，一片狼藉的湖面，大小战船横列，桅杆或立或倒。湖面上尸体横陈，到处漂浮，随着波浪一起一伏，面目狰狞，令人不忍直视。

清军水师先胜后败，最后竟然损伤十之八九，主船上的土国宝再也顾不得手下众人，率领残兵败将，狼狈向西逃窜。

反败为胜、劫后余生的白头军士们站在船头，看着仓皇败退而去的清军水师，一齐高举手中兵器，振臂高呼，欢庆胜利。此战虽开始被偷袭，损失大部分战船兵力，但最终也斩获清军战船五十余艘，并俘获数百敌兵，缴获辎重无数。

大难不死的吴易走到夏完淳身边，惭愧地笑道："若非吾大意，吾军岂能有此劫难，幸亏有存古力挽狂澜，方有此大胜，存古真乃吾之诸葛孔明也。"

夏完淳云淡风轻道："将军过誉了，此战虽惨胜，但清兵狡诈，防不胜防，将军务必谨慎行事！"

"使得，使得，存古所言甚是，吾日后小心便是。"躲过一劫、大难不死的吴易还沉浸在这来之不易的胜利兴奋之中，无心揣测夏完淳的心思，转身吆喝着众人打扫战场。

将士们欢呼雀跃，于浩荡的太湖上四面高歌，夏完淳却无心加入欢庆的队伍，他独自立于船头，向东遥望，心想，土国宝虽然暂时败退，但必然会再次卷土而来，抗清斗争的道路任重道远，何时才能恢复山河，一统明室江山，他又能有何作为，心中一片迷茫，不知前途何在，更不知归途在哪。

吴易被擒

祸之福之所倚，福之祸之所依，祸福虽无常，仍可有先知，夏完淳忧虑家国天下的时候，白头军潜在的危机正在悄悄地向他们靠近，夏完淳能感知结果，却无从预知过程。陈子龙离开太湖水师，临行前曾给吴易的结局做出预言，年轻的夏完淳纵有回天之力，也无法阻挡即将到来的弥天大祸，壮烈的吴易太湖抗清运动即将于不久画上一个休止符。

正如陈子龙所言，吴易所交轻薄张狂之士甚多，他总能以诚相待，毫无防心，此交友可以，然若成大事，实乃致命要害。

对于清朝而言，吴易、孙兆奎的水军已经是眼中钉、肉中刺，清军屡次进兵围剿，虽互有胜负，总不能将其尽剿。清廷已经下旨，若在三月期限内，不能将吴易水师剿灭，他土国宝也要人头不保了。

心急火燎的土国宝于府中如热锅上的蚂蚁，急得团团转，两撇络腮胡的师爷见状，眼珠滴溜溜转，心生一计，与土国宝耳语几句，数言之后，土国宝连呼三声“妙，妙，妙”。对师爷笑道：“若此计成，汝功不可没也，定有重赏，哈哈!”

师爷回敬恭维道：“祝大人马到功成，日后步步高升!”

俗话说明枪易躲暗箭难防，上次偷袭成功，但竟然被吴易奇迹般地扭转败局，按照师爷的意思，吴易必然得意忘形，他的一言一行、一举一动，皆在土国宝奸细的掌握之中，只等时机来临。果然，对于土国宝而言，生擒吴易、孙兆奎，剿灭孙吴水师的机会终于来了。

吴易于嘉善有一老友刘肃之，乃嘉善知县，常有反清复明之想，某日邀请吴易作客，吴易盛情难却，欣然前往，无论夏完淳如何劝说，他都不以为然，笑道：“存古勿忧，彼乃吾过命好友，怎能害吾。”

夏完淳忧道：“此人不会害汝，然身边之人汝能防否？危急时刻，在下不许将军孤身前往，小心驶得万年船，万万不可大意!”

“存古，此言谬矣!”已数日不曾出门的吴易忽然愠怒道，“汝要限吾自由乎?”

闻听此言，夏完淳大惊失色，退后数步躬身道：“在下不敢!”

“既如此，汝休要再言，吾自有计较！吾带君昌（孙兆奎之字）一起，汝尽可宽心。”吴易道。

一股不祥之感油然而生，夏完淳只得轻叹一口气道：“将军路上小心！”同时嘱托孙兆奎道，“将军，如有不测，休要恋战，速速返回。”

孙兆奎抱拳道：“存古放心，某与日生兄去去就回，当不会有变。”

忐忑不已的夏完淳看着二人带着数名随从远去，直至没有了身影，这才摇了摇头，惴惴不安地退回船内，犹豫片刻，又冲出船外，欲将二人再劝回，可哪里还见二人，只留下空无一人的湖边大道在夏完淳眼前，片片落叶被风卷起，在半空中不停翻滚，再一阵风吹来，数片叶子被吹到夏完淳脸上，夏完淳伸手拿开树叶，仰面望天，叹息数声，退回船内。

月黑风高，伸手不见五指，嘉善知县刘肃之府中却张灯结彩，觥筹交错。众宾客正举杯痛饮间，大门“哐当”一声忽然被踢开，百余清兵全副武装，凶神恶煞地冲进府内，将惊慌错愕的众宾客团团围住。

吴易心知不妙，正欲起身逃跑，众清兵已如狼似虎地扑上去，哪容吴易逃脱，没过一会儿，吴易即被五花大绑，随着清将一句话：“全都绑起来！”

众宾客大呼冤枉，惊问清将所犯何事。清将喝骂道：“私通反贼吴易，汝等有何罪？何须我言？”

换作一副面孔的刘肃之从清将身后走到吴易面前奸笑道：“昔日汝劝我复明，今吾劝汝归清，汝意下如何？”

“恶贼！世间怎能有你这样的无耻之徒，白眼狼，无耻！无耻！”吴易眼睛喷火，无奈双手被缚，动弹不得。

孙兆奎困兽犹斗，挣脱左右清兵，欲夺门而去，清兵哪里肯让，十余人一哄而上，拳打脚踢，直打得孙兆奎浑身是血，倒地不起。吴易眼见孙兆奎被打得遍体鳞伤，大呼“狗贼，休伤我君昌”。无奈孙兆奎被五六名清兵死死按住，徒有吼声却无济于事。

是夜，长白荡的白头军遭遇了前所未有的灭顶之灾，数千清军从天而降，如猛虎下山般偷袭熟睡的白头军。夏完淳虽有防范，无奈两名主将不在，无法号令全军，抵不住敌军人多势众，不出一个时辰，白头军全军覆没。乱军之中，吴易的老父和妻女、孙兆奎的妻女，皆怕被俘受辱，纷纷投水而亡。硝烟过后，给清廷造成掣肘之痛的太湖水师荡然无存，只剩下长白荡和何家漾的湖水呜咽哭泣。

夏完淳趁夜黑泅水两里得以脱险，在岸边看着火光闪闪的水师大本营，此时依然杀声不断，惨叫连连。他心如刀绞，陈子龙一语成谶，吴易被擒。父亲殉国的情景再次浮现在眼前，夏完淳不由地再次泪流满面，他不断探求的抗清道路究竟在何方？他苦苦在心中追寻着答案。

思虑乡间

回到家乡的夏完淳梦游般地游走田间，乡民碰见他，也只能感叹夏先生走得太早，再礼貌问候其两句，继而扛着锄头奔向田间。

父亲已亡，家中还有老母娇妻幼女。夏完淳拜于堂前，向嫡母生母禀告近况，再回到己屋，挽住娇妻钱秦篆，怜抚幼女，天伦之乐，上和下睦，夏完淳几欲忘记江河沦陷之事。

直到吴易、孙兆奎分别就义的消息传至耳边，如当头棒喝般敲醒夏完淳，令他恍然大悟，抗清大业还在等着他，父亲慷慨殉国的意义不是为了让他沉沦于儿女之欢、家庭之乐，他夏完淳不是他个人的，是属于天下的，是属于大明的，他必须投入到反清复明的洪流中去，他必须举起反清复明的大旗，向天下的读书人及仁人志士做好楷模。

孙兆奎在南京狱中，面对昔日大明经略洪承畴，嬉笑怒骂，百般羞辱。孙兆奎曾羞辱洪承畴："吾大明朝亦有一大人洪承畴殉于沙场，汝不会与那位大人同名吧?"就义前，孙兆奎作绝命诗曰："书生自分无攸济，只为纲常看得真。今日从容趋死地，欣然谈笑拜君亲。"

吴易被押至杭州，在狱中，吴易大骂叛国之贼刘肃之。经过非人的折磨后，临刑前，吴易仰天长啸，请纸笔作绝命词："落魄少年场，说霸论王，金鞭玉辔拂垂杨。剑客屠沽连骑去，唤取红妆。歌笑酒炉旁，筑击高阳，弯弓醉里射天狼。瞥眼神州何处在?半枕黄粱。成败论英雄，史笔朦胧，与吴霸越事匆匆。尽墨凌烟能几个，人虎人龙。双弓酒杯中，身世萍逢，半窗斜月透西风。梦里邯郸还说梦，蓦地晨钟。"

往日战友魂归大明，为国尽忠，吴、孙二人皆无愧于纲常忠义之本。夏完淳于家中夜不成眠，黑夜之中，他和衣起身，独自步入书房，端坐案前，起烛落笔，写下长篇叙事抒情大赋、日后与庾信《哀江南赋》并称为赋中"双峰"的千古名篇《大哀赋》。

……秋水迢遥，寒林萧瑟，野兽暮号，群鸦晚集，鹤唳霜惊，鸥眠月直，过耳伤神，仰天吠息。山气兮江光，春阳兮秋色。嫖姚空旧筑之坛，郎将有先陪之戟，蛟龙非遇雨之期，鲲鹏无御风之力，韩王孙之城下，知己谁人；宋如意之堂前，伤心何极。下江但见夫绿林，圯桥未逢夫黄石。此孤臣所以辍食而拊心，枕戈而于邑者也。

慷慨悲歌，凄楚激昂，待夏完淳收笔落定，已是雄鸡报晓，天已初明。钱秦篆起床发现丈夫不在，遂进入书间，发现夏完淳早已泪湿衣襟，泣涕交零。

子龙殉国

虽闲居乡间，夏完淳不敢忘天下事，常与岳父、好友、几社兄弟互往，诗文酬和，以学救时，以学卫教，也时常与恩师陈子龙书信来往，交流天下大势。

陈子龙信中告知，之前替夏完淳呈送谢表与鲁王的秀才谢尧文被擒，连同名册被系往松江提督吴兆胜处。说来也巧，昔日的敌人吴胜兆与土国宝二人竟然不和，吴胜兆素有反意，所以名册于吴胜兆处暂时安全，不曾被泄露出去。陈子龙洞悉吴胜兆心思，在已成为吴胜兆谋士、昔日吴易部将戴之俊（字务公，长洲生员）的帮助下，竟然策反吴兆胜成功。收到老师来信，夏完淳顿时又萌发出巨大的希望，积极为吴兆胜和相关义军牵线搭桥，准备起义之时，他能即刻投身战斗。

已数日没有陈子龙的音信，夏完淳在家忧心忡忡，每日焦灼地等待陈子龙的回音，望眼欲穿，恨不得立刻奔赴疆场，与陈子龙再次并肩而战。可是事与愿违，华亭乡野中的夏府再次噩耗临门，此噩耗令夏完淳五雷轰顶，几欲昏厥。

出师未捷身先死，长使英雄泪满襟，恩师陈子龙竟已于近日投水殉节。来报之人乃陈子龙门生王沄，夏完淳忙问王沄到底发生何事。

据王沄所言，原来陈子龙策反提督吴兆胜之事被清廷察觉，派兵进剿，吴胜兆在数支义师被击溃而孤立无援的情况下被捕，陈子龙作为义军魁首，虽暂时逃脱，但随后不久也在吴县被捕。清廷命人将陈子龙押往南京审问，五月十三日，途经松江境内跨塘桥时，陈子龙乘守者不备，突然投水赴死，被捞起时，陈子龙已经气绝。清军将领邀功不成，暴跳如雷，面对已无声息的陈子龙还不解恨，残暴地将其凌迟斩首，弃尸水中，王沄于下游找到陈子龙遗体，具棺埋葬。

陈子龙死后，夏完淳伯父夏之旭悲痛异常，深感社稷倾覆，复明无望，也于数日后即五月二十五日，步其弟夏允彝及陈子龙的后尘，于华亭文庙自缢而亡。

英雄被擒

亲人老师战友相继而去，夏完淳肝肠寸断，先亡慈父，再失恩师，又失伯父，为了抗清大业，夏氏一族，满门尽忠。

王沄告知，吴胜兆被捕后，名册也被清廷缴获，夏完淳的身份也已暴露，此刻不容缓之时，容不得夏完淳过于悲伤，王沄催促其必须尽快隐藏，以躲避清兵追捕。清廷南京总督军务的洪承畴已严令各地，务必根据夏完淳递交于鲁王之名册，全面通缉夏完淳，以便一网打尽所有抗清义士。

清廷已尽克江南各地，以夏完淳画像张榜各地。天下之大，几无夏完淳藏身之地。无奈之时，他在友人的帮助下，避开重重险境，暂时躲避于嘉善岳父钱旃之家。他的宏心大愿仍在抗清大业之中，知道岳父家也非久藏之地，与其东藏西躲，不如奋起再战。经与岳父商议，两人决定一同渡海至舟山鲁王处，再图大业。

夏完淳乃至孝之人，六月底临行前，不顾岳父的劝阻，他悄悄潜回乡间老家，探望嫡母和生母，准备与二老作最后告别之后再出发。清廷眼线众多，夏完淳回家的消息，很快就被清廷侦知，夏完淳前脚进村，清廷人马后脚即至，将夏府四周团团围住，水泄不通。

跪拜在二老之前的夏完淳正泪眼戚戚，诉说离别之情，夏府大门被清兵哐当一声踢开，少年英雄听得声音，知大祸临头，跳将起来，冲到厅堂一侧，正欲抽出随身长剑，为时已晚，清兵的刀剑已架到其脖子之上，夏完淳还欲挣脱，无奈势单力薄，抵不住清兵人多，片刻便被擒住。清兵将其五花大绑，夏完淳动弹不得，怒目圆睁急骂道："恶贼，勿要伤我母亲。"

为首清将眼看夏完淳英勇，侧目道："夏完淳，小小年纪，竟是如此英雄。"

继夏完淳被捕后，清兵也根据线索摸到嘉善钱旃家，将其擒住，与夏完淳一道关入牢营，等待上面发落。

看管二人的清将对夏完淳一家的事迹有所耳闻，打心眼佩服夏完淳这样的少年英雄，左右细细打量钱旃及夏完淳，啧啧称奇，不解问道："明室已亡，江南各地尽归我大清，汝翁婿二人执意如此否？"

不待钱旃开口，夏完淳开口骂道："汝等掠我大明疆土，屠我大明百姓，吾家食大明俸禄，世受国恩，吾恨不能将汝等碎尸万段，今被汝所擒，何须多言，引刀成快而已。"

钱旃在一旁也喊道："好女婿，岳父陪汝。"

面对此翁婿二人，清将肃然起敬，不敢怠慢，命部下清兵将二人好生看待。后清廷有令，由于夏完淳是朝廷重犯，即刻押赴南京受讯。

光辉迸发

从被擒那一刻开始，少年英雄夏完淳就迸发出了生命最后的光芒，在他最后的生命旅途中，夏完淳以景为情，融情入景，给我们留下众多千古名篇，也因即将发生的他与洪承畴的对话而名扬千古，光耀千秋。

为确保夏完淳能顺利被押往南京，清廷决定走水路，以防抗清义士劫掠。船行至辰山，恩师陈子龙的音容浮现眼前，他向看守借过纸笔，含泪写下《细林夜哭》一诗：

……

我欲归来振羽翼，谁知一举入罗弋。

家世堪怜赵氏孤，到今竟作田横客。

呜呼！抚膺一声江云开，身在罗网且莫哀。

公乎，公乎，为我筑室傍夜台，霜寒月苦行当来。

船过吴江，夏完淳再次触景生情，昔日与吴易并肩战斗之情涌上心头，他再次落笔而下，写《吴江野哭》一诗：

江南三月莺花娇，东风系缆垂虹桥。

美人意气埋尘雾，门前枯柳风萧萧。

……

感激当年授命时，哭公清夜畏人知。

空间蔡琰犹堪赎，便作侯芭不敢辞。
相将洒泪衔黄土，筑公虚冢青松路。
年年同祭伍胥祠，人人不上要离墓。

船过松江之时，故乡牵魂难别，他又写下慷慨悲凉的《别云间》一诗：

三年羁旅客，今日又南冠。
无限河山泪，谁言天地宽？
已知泉路近，欲别故乡难。
毅魄归来日，灵旗空际看。

押至南京，被羁之初，他陆陆续续写下众多感人至深、情深意切的名篇，诸如《狱中上母书》《遗夫人书》《采桑子》《南冠草》，也继其父夏允彝所作政论集《幸存录》，作《续幸存录》。所作诗文，令人抑或热血上涌，抑或酸楚欲绝，既燃烧着似火一般的爱国思想，也揉捏进了家国天下的铁汉柔情，层出不穷的诗句中迸发其伟大无穷的力量，令后人敬仰不已。

对决洪承畴

清廷不会因为夏完淳的才华而网开一面，他名列要犯之首，江苏、浙江两地的抗清义士，皆能以夏完淳为圆心而串联成一个巨网。

洪承畴严令审判之人必须撬开夏完淳的嘴，将抗清义士一网打尽。可夏完淳严词拒绝，不肯吐露半个字。无奈，洪承畴只得亲自提审夏完淳。洪承畴心想，若能将夏完淳及其岳父钱旃劝降，即能为清廷主子招纳人才，又能给自己贴上仁慈爱才的名声。

南京旧朝堂之上，洪承畴端坐中堂，见夏完淳天庭饱满，秀目长眉，风姿玉立，非常喜欢，故作随和地问道："汝乃夏完淳?"

"正是!"夏完淳昂然答道。

"汝为何不跪?"

"大明忠臣，岂能跪于虏我大明之贼!"

洪承畴愕然，愣了一会儿，继续温和道："汝写过奏章与鲁王否?"

"正是我的手笔，大明之臣，陈奏大明之事，分内之事!"

"吾视汝小小年纪，未必会起兵造反，想必乃是受人指使。回头是岸，若汝肯归顺我大清，或可有一官职，亦可大有所为，造福四方。"洪承畴说道。

夏完淳根本不为所动，冷眼反问洪承畴："尔为何人?"

旁边虎狼衙役叱喝道："此乃洪大人!"又有狱吏在其旁低声告之："此乃洪亨九（洪承畴之号）先生。"

夏完淳佯作不知，厉声抗喝："堂上定是伪类假冒之人，本朝洪亨九先生，皇明人杰，他在松山、杏山与北虏勇战，血溅章渠，先帝（崇祯帝）闻之震悼，亲自作诗褒念。我正是仰慕洪亨九先生的忠烈，才欲杀身殉国，以效仿先烈英举。"

闻听此言，狱吏们皆窘迫异常，不知如何是好。洪承畴在上座也面如土灰，进退两难。审判陷入僵局。满堂寂静无声，总算有一会察言观色的吏卒，猛然冲上来，厉声叱喝夏完淳："台上审你的，正是洪大人!"

夏完淳朗声一笑："汝休要骗我！洪亨九先生死于大明国事已久，天子曾临祠亲祭，龙颜泪洒，群臣呜咽。汝等何样逆贼丑类，敢托忠烈先生大名，穿虏服虏帽冒充堂堂洪先生，真狗贼耳!”

洪承畴汗下如雨，嘴唇哆嗦，夏完淳字字戳到他灵魂痛处，正如彼时孙兆奎一样，使得这个变节之人如万箭穿心般难堪、难受，食禄数代之大明重臣，反而不如江南一名十六岁少年，令其无地自容，恨不能钻到地下。

大堂之上再次陷入无声，突然间“扑通”一声，打断了这沉寂。一旁因久受酷刑而难以支撑的钱旃歪身倒地不起。夏完淳见状，忙上前扶起岳父，大声激励道：“岳父大人，您当初与恩师陈子龙及我三人同时歃血为盟，决心在江南举义抗敌。今日，吾翁婿二人能一同赴死，可以慷慨与家父及子龙先生在九泉相会，真真为大丈夫平生之豪事，岳父何必如此气衰!”

听女婿如此说，钱旃先生忍耐奇痛，咬牙挺身站起，轻拍夏完淳脊背惨笑道：“贤婿勿忧，为父受得住!”

洪承畴默然，不忍直视少年英雄，心知不能劝此翁婿二人归降，只得挥挥手，令吏卒将二人押回牢狱，随后上报清廷，拟判处夏完淳、钱旃二人死刑。

风华正茂的少年英雄夏完淳最后的高光时刻终于到来，南明永历元年(1647) 九月秋，包括夏完淳、钱旃在内的三十多名抗清义士在南京西市慷慨就义。

临刑之时，面容白皙姣好的夏完淳仰望苍天，想起自己所作之文《土室馀论》，慷慨说道：“呜呼，家仇未报，匡功未成。赍志重泉，流恨千古。今生已矣，来世为期。万岁千秋，不销义魄；九天八表，永厉英魄!”

围观之人皆因这少年英豪之言而骚动不已，监斩官生怕有变，急催刽子手下刀。手提鬼头大刀、凶神恶煞般的刽子手，面对眼前昂然挺立的这位十七岁少年，他那杀砍掉无数人头的双手，也不由自主地发颤发抖，最终只能闭眼咬牙，才敢砍下那一刀。

尾 言

天妒英才，一代英杰夏允彝的独子、一代文宗陈子龙的学生、少年诗人、少年英豪夏完淳殒于大明故都南京。纵欲享乐的积习摧塌了大明，原本清晰的道德感和君臣大义在明末荡然无存，面对生死，众多文人士大夫在危急关头的卑俗和狡诈让人瞠目结舌，而我们的英雄父子夏允彝、夏完淳将国人最后的士大夫气节体现得淋漓尽致，其父子以书生之气，投入到抗清洪流之中，虽壮志未酬，但仍光芒四射，彪炳千古。相较而下，更让择主而事的圆滑粗鄙之人显得卑微无耻，正因为有了这些无愧于数千年忠贞礼教传承者，中华民族才更值得骄傲和自豪。